谜托邦
MYSTOPIA

华文推理新大陆
推理迷的乌托邦

谜托邦 MYSTOPIA

01
中国女侦探

主编 —— 华斯比

北京联合出版公司

目录
CONTENTS

瞭望台

一个人的推理"乌托邦" / 华斯比 / I

大本营

彼之蜜糖 / 时晨 / 002

灯笼 / 鸡丁 / 021

橘咖啡的一次聊天 / 陆烨华 / 039

末灯抄 / 陆秋槎 / 053

观察站

游园惊梦 / 廖舒波 / 095

滚!侦探 / 亮亮 / 160

新大陆

无面人奇谈 / 赵骏
/215/

巨人之怒 / 柳荐棉
/253/

星之悲剧 / 凌小灵
/285/

研究所

晚清民国侦探小说中的"女侦探" / 战玉冰
/304/

作者阵容

（按目录顺序排列）

华斯比

独立书评人，晚清民国侦探小说收藏家，"中国近现代侦探小说拾遗"丛书主编。

时晨

推理作家，上海作家协会会员，曾创办上海第一家侦探推理小说专营书店"孤岛书店"。

鸡丁（孙沁文）

推理作家、职业动画编剧，上海作家协会会员，被誉为中国推理界的"密室之王"。

陆烨华

推理作家，上海作家协会会员。

陆秋槎

推理作家、评论家，日本本格推理作家俱乐部会员，现旅居日本金泽。

廖舒波

科幻 & 推理作家，海南省文学院签约作家，中国科幻"银河奖"及中国原创推理星火奖得主。

亮亮

悬疑推理作家、编剧，擅长创作"幽默推理"和"犯罪喜剧"类型的小说和影视剧。

赵骏

新锐推理作家，江苏省作协会员，卡伦·霍妮心理学理论研究者。

柳荐棉

新锐推理作家，南京大学医学院在读研究生。

凌小灵

新锐推理作家，曾任复旦大学推理协会第七任会长。

战玉冰

文学博士、博士后，复旦大学中文系青年副研究员，上海市作家协会会员，主要研究方向为：类型文学与电影、数字人文等。

瞭望台

一个人的推理"乌托邦"

2011年，我第一次来上海工作，在悬疑作家蔡骏的文化公司做了一名文字编辑，成了《悬疑世界》杂志编辑部的一员。

在成为编辑之前，我是一名悬疑推理小说爱好者，从大学时代便开始阅读各种悬疑推理杂志，那些年国内能叫得上名字的，我几乎都看过，诸如《胆小鬼》《悬疑志》《谜小说》《推理》《推理世界》《最推理》《推理志》《推理大师》《悬疑世界》《漫客悬疑》《男生女生（金版）》《午夜小说绘》《最悬疑》《漫绘惊叹号》《百花悬念故事》等等。

后来，这些刊物都难逃停刊的命运，与我的阅读生涯一次次挥手告别。

2014年，我第一次担任长江文艺出版社悬疑年选的编者，开始了我的年选选编生涯，没想到至今居然坚持了八年之久。

这八年里，我亲历了上述悬疑推理杂志的停刊，仿佛送别了一位位伴我同行多年的老友。

告别虽然艰难，但更艰难的是，今后我要独自前行。

绝大多数悬疑推理杂志陆续停刊后，众多作者（尤其是想出道的新人）无处投稿，也让我在选编年选时捉襟见肘，不知该到哪里去组稿。所以，我试着从网络平台和高校推理社刊中发掘一些有亮点的作品，尽可能地给新人作者一些露脸的机会。于是，在我的"改造"下，悬疑年选逐渐变成一本选题更偏向"推理"的悬疑推理"年刊"，也算是为数不多的愿意推介新人新作的平台。

其实我心里很清楚，这样一本只选当年发过的二手稿的合集，对新人作者来说也是杯水车薪，"一年一度"的曝光率不会带来什么实质上的改变。包括国内目前几个以推介新人为主的推理小说奖，比如我自己前几年创办的"华斯比推理小说奖"以及"QED推理小说奖"（时晨、鸡丁、陆烨华联合创办）和"中国原创推理星火奖"（张小猫、别问、己莫为联合创办），都只是聊胜于无。如果获奖作品无法在公开平台（尤其是实体平台）发表并被更多读者读到，新人作者无法被大家认识，那么这些奖项最终也只能沦为可有可无的"自嗨锅"。

但我们目前的出版环境对新人何其不利，不但一般出版社不愿意冒风险出版新人的长篇单行本，就连发表中短篇的实体平台也成了稀罕物。2020年7月新创刊的《锐阅读·推理》算是目前我唯一知道的一本推理月刊，但由于每期的容量都不大，又多刊发名家二手稿，所以在提携新人和扩大自身影响力等方面都十分有限，完全不能与当年盛极一时的《推理》《推理世界》同日而语，实际上知道它存在的读者也并不多。

作为在悬疑推理圈摸爬滚打十余年的"老人"，我一直希望有朝一日自己也能主编一份主要刊发原创推理小说和评论的专刊，而且是能够容纳中篇小说甚至小长篇篇幅的大体量刊物。但办一本像样的刊物并不容易，不光需要强大的财力支持，更需要一个稳定的团队，才能保证定期出刊，而这些条件都是我个人不具备的。无奈之下，我只能退而求其次，先做一本更像推理小说合集的MOOK，并且一开始也只能保证一年出一到两辑，每辑总字数在25万字左右。

最终，在牧神文化与北京联合出版公司的大力支持下，这本主题向推理MOOK《谜托邦》（与牧神文化旗下推理小说品牌"谜托邦"文库同名）终于诞生了。虽然第一辑呈现出来的效果离我最初的设想还有一定差距，但已经算是一个不错的起点了。

至于为什么叫"谜托邦"，当然与之前"谜托邦"文库的出发点一致，只是希望能给华文推理打造一块新大陆，留下一个小小的"火种"——也权当我个人的一个推理"乌托邦"吧！

《谜托邦》第一辑的主题是"中国女侦探"，收录了九篇"女侦探"的探案故事。

"大本营"栏目的作者，都是目前坚守在华文推理创作一线的作家们。《彼之蜜糖》是时晨全新系列"毒药学家"系列首篇；《灯笼》是鸡丁"夏时系列"的回归之作；陆烨华的《橘咖啡的一次聊天》是一篇"对话体"推理小说，侦探角色由他此前作品中的"怪咖"咖啡店老板"星姐"李逐星担任；陆秋槎的《末灯抄》则以梦想及其破灭为主题，讲述了同名少女"陆秋槎"高中时代的一桩案件。

"观察站"差不多相当于从前《推理》杂志上的"特别推荐"栏目，主要推荐一些获奖作品，或者我个人十分看好的作品。这一次收录了两篇获奖作品：廖舒波（笔名立习习）的《游园惊梦》曾获第一届中国原创推理星火奖"首奖"

及"无限可能奖";亮亮的《滚!侦探》是第二届"华斯比推理小说奖"三等奖作品。

"新大陆"栏目是给"中国推理新势力"准备的,希望有潜力的新人作者能从这里扬帆起航!赵骏的《无面人奇谈》、柳荐棉的《巨人之怒》和凌小灵的《星之悲剧》,都是各自笔下"女侦探"系列的新作。

"研究所"栏目顾名思义,当然是留给推理研究评论文章的一席之地,如恰能和当辑主题契合就再好不过了。本辑特邀复旦大学中文系青年副研究员战玉冰撰写《晚清民国侦探小说中的"女侦探"》一文,为读者介绍华文推理草创期的几位"中国女侦探"。

能够预期到,作为一本小小的推理主题MOOK,《谜托邦》和办了两届后因故暂停的"华斯比推理小说奖"一样,对华文推理的推动作用可说是微乎其微,但我依然想试着多做几辑,起码把我个人感兴趣的几个主题先做出来。所以不出意外的话,后续应该还会推出"日常之谜""设定系""历史推理"等专辑,请大家拭目以待吧!

华斯比

2022 年 1 月 18 日凌晨于上海

华斯比,独立书评人,类型文学研究者,中国首个私人推理小说奖"华斯比推理小说奖"创办人,连续多年担任《中国悬疑小说精选》主编,曾选编主题推理小说集《给孩子的推理故事》《品脱猫:密室》。目前专注于晚清民国原创侦探小说的搜集与整理,并主编"中国近现代侦探小说拾遗"丛书。

大本营

- 彼之蜜糖 / 时晨 文
- 灯笼 / 鸡丁 文
- 橘咖啡的一次聊天 / 陆烨华 文
- 末灯抄 / 陆秋槎 文

彼之蜜糖

时　晨

1

恒健营养科技有限公司是一家主打营养补充剂的电子商务公司，主要是替品牌方提供全案策划及代运营的服务，在业内颇有点名气。与恒健合作的大部分是国外的营养品牌，其中不少在国际上享有盛誉。他们选择恒建的理由也很简单，在线上销售领域，恒健的业绩总是冠绝全网，去年营养品牌爱可维更是在年中大促时将销量翻了整整三倍。

这项傲人的成绩离不开市场部运营经理曾晓梅的智慧。事实证明，她的跨界营销案例取得了成功。而在此之前，这个方案曾遭到市场总监陈绍龙的反对，理由是推广方向有问题。陈绍龙的担心也能理解，毕竟客户群体的定位很重要，他认为健康或健身领域的 KOL 的粉丝才是他们真正的目标。然而曾晓梅却坚持认为，与其固守一隅，不如主动去拓展客户群体。与文化界名人的合作可以重塑爱可维的品牌调性，把更多高消费、高档次的客户纳入他们的视野，同时调整产品线，开拓更高端的市场。

曾晓梅就是这样，只要是她认定的事情，就一定会据理力争。对于工作，她百分百地投入，所以能在二十七岁的年纪就担任恒健市场部的运营经理，主管所有品牌方的运营推广工作。但也正是这样的性格，在不知不觉间会得罪许多同事。不仅在市场部内部，其他部门也经常会向陈绍龙投诉，认为曾晓梅手伸得太长，试图干扰别的部门工作。不过这种投诉都让陈绍龙给挡了回去，他比谁都知道曾晓梅的重要性，她能给公司带来巨大的利益，同时也让自己在面对公司老板时腰板挺得更直。

又到了市场部团建的日子，部门里的人都在讨论去哪里吃饭，最活跃的当属郭依诺。她是刚来公司的实习生，二十出头，主要负责文案工作，留着一头短发，是个性格开朗的女生。也因为年纪小，所以她会经常关注大众点评或小红书上的网红美食。上一次团建活动就是她推荐的餐厅，结果大家吃过之后都觉得不行，毕竟很多网红餐厅都是花钱找人做营销，噱头十足，但大部分的水准令人不敢恭维。

"不去这家店，我上次听人说，光排队就要排四个小时，还不接受预定！"

设计师刘琳大摇其头，表示否决。也许是年纪比郭依诺大几岁，所以她经常会用一种俯视的态度对待这名实习生。不过也有人猜测是因为郭依诺长得漂亮，抢了刘琳的风头，致使她对这名实习生一直采取否定的态度。

确实，光是从外形来看，刘琳不爱化妆，常常素面朝天，不论是相貌还是身材，都略逊郭依诺一筹，但在工作能力上却比实习生优秀太多。作为市场部首席设计师，平面设计自然不必说，她还很有艺术天赋，手绘能力超强，画工甚至可以媲美许多漫画家。记得在品牌细胞能量这个项目里，整个官网页面都是由她手绘而成，品牌方见了赞不绝口。

"那我们先决定吃什么吧？中餐、日料、西餐，还是烧烤？"担任策划的谢家奇说道。

谢家奇今年二十八岁，相貌英俊，身材挺拔，很受女孩子欢迎。他在这家公司已经待了三年，主要负责撰写年度、季度的运营方案，也会参加提案。他性格温和，在公司里话并不多，但谁需要帮忙，他总会第一个站出来。

"烧烤，我想吃韩国烧烤！"负责文案的李瑶喊道。

她和郭依诺一样，也是刚来公司不久的实习生，特别爱吃，所以身材有点微胖。

"太油腻了，我不要吃。"刘琳还是摇头。

"那你想吃什么呢？"谢家奇问道。

"日料吧，清淡一点。"刘琳回道。

谢家奇心里在想，她也许只是故意否决别人的建议而已，其实根本不想吃日料。

正说话间，办公室的门被人推开，是曾晓梅。

曾晓梅身材不高，但气势很足，相貌说不上漂亮，但也不难看，只是一直板着脸，给人一种难以接近的感觉。

办公室里的气氛一下子变得很压抑。

曾晓梅扫视一圈后，把目光落在了李瑶的身上。李瑶忙低下头，可是已经来不及了。

"你昨天写的什么东西？这种测评稿怎么拿得出手？连数据都是错的。"

"梅姐，对不起……"

"什么对不起？你没有对不起我，你对不起的是人家品牌方。如果有这种错误的稿子发出去，你想过后果没有？"

李瑶的头更低了。

"梅姐，你别骂小瑶了，这篇稿子的数据是我给她的。这件事，我也有责任……"郭依诺小声说道。

曾晓梅看向她。"怎么，要一起担责任是不是？能干就干，不能干就滚，两个一起滚。稿子重新写，明天中午之前交给我，要是完不成，自己走人。"

"发那么大火，至于吗？"谢家奇站起来，直视曾晓梅道，"两个实习生，偶尔搞错也很正常。晓梅，没必要这样，把错误的地方改正不就行了嘛！"

"实习生怎么了？做事情就可以马虎吗？"曾晓梅反问道。

"我不是这个意思，你先消消气，有什么话不能好好说？"谢家奇态度软了下来。

"有些是原则问题，我不会让步的。谢家奇，你也注意一下你的工作，上次去肌肉科技提案，竞品分析那块你写的都是什么鬼？别以为拿下过几个项目，尾巴就翘到天上去了。"

听了这话，谢家奇顿时沉下脸，感觉随时可能发作。

刘琳见气氛不对劲儿，忙出来打圆场，说道："刚才不是说团建吃什么吗？梅姐，不如你来选吧，我们讨论过了，都觉得还是你来拿主意比较好。"

曾晓梅瞥了一眼刘琳，冷冷道："你们选吧，我对吃没什么兴趣。"说完便转身离开，回到了自己的办公室。

刘琳讨了个没趣，十分尴尬，脸上一阵青一阵白。

在办公室的角落里，郭依诺正在安慰哭泣的李瑶，后者展开纸巾，捂住整张脸，尽力让自己不发出声音。

谢家奇瘫坐在椅子上，静静地看着这一切。

2

晶岩饭店是位于漕河泾开发区的一家川菜馆，路小伟很早就听朋友提起过，说他们家的水煮鱼片做得好，本打算有空来尝一尝的，但没想到第一次来此竟然是为了工作。

案发地点在二楼的包厢，现场已做了初步的勘查工作，法医也已经就位。路小伟从警这些年来，头一回遇到有人在饭店投毒。

包厢装修典雅，是仿古的风格，所选都是实木风格的家具，颇具中式风情。面积大约有十来个平方米，中间是一张大的红木圆桌，桌面上放满了菜肴点心和饮料酒瓶，看样子已经吃了一会儿。餐桌四周放着五把椅子，最里面那把椅子倒下了，边上躺着的便是这次案件的被害人。法医正蹲在尸体边上进行检查，路小伟凑过去看，发现死者是个身穿正装的女性。

法医对路小伟说："应该是氰化物中毒。死者口中有淡淡的杏仁味，很有可能是氰化钾。具体情况我们需要把尸体带回去做进一步的检查。"

路小伟点点头，然后转过头去问站在他身后的小张："什么情况？"

"公司团建，结果饭吃到一半，被害人突然中毒，倒地就死了。"在路小伟来之前，小张就已经做了案情的了解工作，所以答得很流畅，"被害人名叫曾晓梅，是一家电商公司的运营经理。今天部门团建，就一起出来吃了顿饭。谁知吃到一半，被害人喝了一口饮料，就出现了异常，有呼吸困难的症状，然后就倒下了。"

"喝了口饮料？"路小伟把目光投向餐桌。他看见五个玻璃杯里都倒有白色的液体。

小张解释道："就是桌上的饮料，这是最新的网红饮料，泰国的翡翠园花生牛奶。最近抖音上好多网红主播都在推这款饮料呢！回头我们也把这些饮料带走化验一下。"

路小伟点点头，示意小张继续说下去。

"参与这次团建活动的还有另外四个人，分别是设计师刘琳、策划谢家奇和另外两名实习生郭依诺和李瑶。"

"过程呢？"路小伟催促小张说重点。

"根据饭店工作人员的说辞，晚上六点半的时候，两名女实习生一起到店，然后开始点菜。六点四十五分时，刘琳到店。被害人曾晓梅是七点左右到的。她到包房后不久，就唤来了服务员，说可以上菜了。吃到大约七点二十分，谢家奇才到，他先去了厕所。七点二十六分，包房传来尖叫声，服务员上楼发现被害人倒地，其他同事正在抢救。谢家奇从厕所出来后，也加入了抢救的行列。七点三十五分，服务员报警。"

宣读完毕，小张合起手里的记事本，看向正在沉思的路小伟。

"网红饮料是这家餐厅提供的吗？"

"不是，是他们自带的。"

"谁带的？"路小伟一直受不了小张说话总说半句的习惯。

"两名实习生,郭依诺和李瑶。"

"他们现在都在哪儿?"

"楼下大厅等着呢,要不要都带回队里去?"小张问。

"行,我们先了解一下情况。"

随后,四名嫌疑人被带回了警队。经过一晚上的问询,加上之前餐厅工作人员的口供,路小伟基本上掌握了整件事情的全貌。

这家餐厅是李瑶订的,下班后,她与郭依诺一同来到晶岩饭店。在此之前,郭依诺把放在公司的网红饮料也一起带来了。到店之后,两人按照网上的推荐菜开始点单,并嘱咐服务员先上冷盘。点单完毕后,两人开始聊天,说了一些工作方面的事情。其实这次团建她们俩都有点紧张,生怕曾晓梅对她们的工作进行问责。之后到的人是刘琳,她见郭依诺和李瑶都有点紧张,便宽慰她们,说团建的时候一般不会谈论工作。

三人聊了一阵,曾晓梅终于到了,说是因为和品牌方通电话,误了点时间,然后又问谢家奇怎么没来,刘琳解释说谢家奇有点事,要晚到一会儿。曾晓梅听了,颇有些不快,表示如果不是因为工作的关系,迟到是不可原谅的,这种行为就能看出一个人的责任心。说完就催促服务员上菜,说不必再等谢家奇。

于是四人开始用餐,曾晓梅果然没谈论工作的事,都在聊明星的八卦,气氛还算融洽。吃了一圈,郭依诺忽然想起自己从公司带来的网红饮料,便拿了出来。由于是大瓶装,她从服务员那里拿来五个玻璃杯,分别倒满,并列放在玻璃转盘上,由五人随机拿取饮料。这时曾晓梅不巧吃到一口辣椒,拿起饮料就喝掉半杯。喝完后,曾晓梅表情开始发生变化,猛地咳嗽起来,双手捂住自己的喉咙,开始朝众人大声呼救。

最快做出反应的是刘琳,她以为曾晓梅是噎着了,于是拿起手边的湿巾,第一个冲上前去,将湿巾捂住曾晓梅的嘴巴,并拍打她的背部,试图让她把噎住的食物吐出,同时招呼其余两位实习生找人救命。郭依诺闻言,立刻冲出包房,向餐厅的工作人员求救,而李瑶则立刻倒了一杯白开水,上前递水。刘琳接过李瑶递来的水就往曾晓梅的嘴里灌,结果水没喝几口,杯子倒被曾晓梅一挥手打碎了,嘴里的水还都喷射出来,溅了刘琳和李瑶一身。

此时饭店的服务员也来到了包房,他哪里见过这种阵势,但他一眼就看出曾晓梅并不是噎着食物,而是中毒了!他慌忙中取出手机叫救护车,同时又报了警。与此同时,谢家奇也来到了包房,他见情况紧急,不由分说地推开刘琳和李瑶,开始伸手去抠曾晓梅的喉咙,试图让她把肚子里的东西吐出来。如果是食物中毒，这样也可以为救护车争取到一点时间。可他尝试了半天，曾晓梅只是发出呜呜呜的声音，怎么也吐不出来。最后，曾晓梅的身体慢慢静了下来，直到完全停止不动。

接下来的事情，路小伟都已经知道了。

录完口供，路小伟让小张将四个嫌疑人都送了回去，并请他们随时与警方保持联系。可以看出，曾晓梅的死对他们四个的打击都很大，路小伟也能理解，昨天还在身边一起工作的人，今天就成了一具不会动的尸体，而且凶手很有可能就是他们中的一个。这种心情不是一般人能够体会的。

第二天一早，化验报告就出来了，果然在曾晓梅喝过的杯子里检查出了氰化钾的成分，而另外四杯及大瓶装饮料内，没有检查出有毒物质。换言之，凶手只向曾晓梅的杯子里下了毒，而曾晓梅正是喝了这杯网红饮料，才毒发身亡的。

那么问题又来了，是谁投的毒呢？

根据郭依诺的证词，大瓶装的翡翠园花生牛奶带来晶岩饭店之前，是没有开封的状态，这种状态下无法投毒，而且瓶子里也没检查出什么。倒饮料的人是郭依诺，但她倒饮料时，大家没有说话，也没有玩手机，三双眼睛都看着她。在这种情况下，郭依诺是无法投毒的。然后她将五个杯子放在玻璃转盘上，让大家随机自取，自己则拿最后剩下的那杯。就在这个时间段，她们又开始交谈起来，如果有人假装去拿饮料，其实趁机在杯子里下药，热聊中的众人也是无法察觉的。

但是投毒者又怎么算到自己的目标会去拿哪杯饮料呢？

或者说，投毒者根本无所谓谁拿到那杯有毒的饮料，因为他的目标就是杀人，至于死的人是谁，对他来说并不重要。

然而路小伟这个想法很快被打脸了。

经过侦查员的调查，他们发现曾晓梅在公司树敌众多，尤其是她部门的几个手下，个个对她怀有强烈的恨意。

先说设计师刘琳。在曾晓梅出现之前，她和市场部总监陈绍龙的地下情已经维持好几个月了。尽管陈绍龙是有妇之夫，但沉浸在爱情中的刘琳完全不会被世俗的道德绑架，她根本不在乎名分。然而曾晓梅却从她手里夺走了陈绍龙。随后刘琳了解到，陈绍龙为了曾晓梅竟然还想过要离婚。这对刘琳是多么大的打击！毕竟陈绍龙从未对刘琳承诺过什么。如果曾晓梅死掉，也许陈绍龙会重新回到她的身边。刘琳一定有过这种想法。

至于谢家奇，动机也很明显。他和曾晓梅曾是一对恋人。据他所言，从前的曾晓梅并不像现在这样霸道，但自从和陈绍龙勾搭上后，立刻向他提出了分手，而且性情大变，对下属更是苛刻到了极点。谢家奇不否认从前的自己很爱曾晓梅，但这种爱意也会变成恨意。当初有多爱，现在就有多恨，因为曾晓梅背叛了他。郭依诺和李瑶的嫌疑也很大。曾晓梅不止一次在公开场合说要她们两个卷铺盖走人，尤其是李瑶，曾晓梅瞧不上她写的稿件，私下也多次侮辱李瑶，甚至质疑她的大学文凭是不是买来的。

　　如果是这样的情况，无差别投毒的可能性就微乎其微了。

　　凶手一定是用了某种诡计，使得曾晓梅自己选择了那杯有毒的饮料。

　　究竟是什么样的诡计呢？

　　想到这里，路小伟的头又开始痛了。

3

　　为了能够尽快破解这起投毒案，路小伟决定再破例一次。

　　距离上次与她见面，已经过了三个多月了。这期间，路小伟也没主动联系过她，毕竟在那次案件中，自己被狠狠羞辱了一顿。从那之后，路小伟就对天发誓，身为一名优秀的公安干警，再困难的案子也要亲自解决，不能依赖别人。

　　理想和现实总会有差距，这次的案件，让路小伟再次陷入了困境。经过激烈的思想斗争，他终于向现实妥协，给那位毒药学家打了电话。路小伟本以为对方会因上次不礼貌的行为而拒绝他，谁知对方很爽快地答应下来，并和他约好了见面的地点，这让路小伟多少有点吃惊，甚至有点为此前见面时的冒犯而感到羞愧。

　　他们约在南昌路上的一家咖啡店。据说这条路上还开了一家专门卖侦探小说的书店，叫孤岛书店。路小伟对这种虚构的犯罪故事没有兴趣，也从来不看。他认为真正的案件可不像推理小说里写的那么简单，那些所谓的推理作家简直在误导大众！

　　喝完第二杯冰美式，路小伟终于见到了他正在等的人。

　　推门而入的是一位年轻的女子，看上去差不多二十多岁，身高在一米六五左右。由于相貌出众，她立马引起了咖啡店里不少顾客的注意。最引人注目的是她那头乌黑浓密的披肩长发，黑发与她白得发光的皮肤形成了鲜明的对比。

女子的脸很小，五官秀气，挺拔的鼻梁上架着一副玫瑰金色的细边框眼镜。她身上穿着一件白色雪纺连衣裙，整个人显得很素雅。

路小伟起身迎接女子，招呼道："神老师，我们又见面了。"

姓神的女子微微点头，然后在路小伟的对面坐下。

这位女子的全名叫作神婷，是申江大学公共卫生学院毒理学系副教授，硕士生导师，主要从事毒理学的教科研工作，同时也会为公安局刑侦队提供专业上的帮助。路小伟对神婷的了解十分有限，只知道她是苏州人，典型江南女子的性格，比较文静、内向且不善言辞，但对于毒药方面的知识十分丰富。

"你要喝点什么？"路小伟将酒水单递给了她。

"嗯。"神婷面无表情地低下头，扫了一眼酒水单，然后用手指了指。

路小伟会意，招来了服务员，说道："要一杯燕麦抹茶拿铁。"

服务员走后，路小伟便道："神老师，我就开门见山了。这次我找你来，是想请教你一些问题。漕河泾那边发生了一起投毒案，现已证实凶手所用的毒药是氰化钾。"

"氰化钾？"神婷朱唇微启，发出的声音却很小。

"没错，就是氰化钾。如果你不赶时间，我可以把案件的来龙去脉和你说一遍。现在困扰我的只有一个问题——凶手是如何让死者选择那杯有毒的饮料的！想不通这点，这个案子就无从查起。希望你能用专业的知识，给我们一点提示。"

神婷面无表情地听完，随即点了点头。她不爱说话，这就表示同意。

路小伟坐正，将晶岩饭店毒杀案的始末与神婷细细说了一遍。神婷一直低着头在听，表情偶尔也会发生一点变化，但大部分时间里，她都是一副很淡定的模样。

案情复述完毕，路小伟说得口干舌燥，拿起桌上第三杯冰美式，一口气喝掉一半。

"神老师，这案子你怎么看？"

"你说她当时捂住喉咙，然后表示呼吸困难？"

"没错。"路小伟很肯定。

"氰化物一旦进入血红蛋白，很快就会取代氧分子，与铁原子发生不可逆的组合，从而阻断人体器官里正常的化学反应。血红蛋白是一种将氧气从肺部运往身体各处的蛋白质。被害人在死亡之前表现出的呼吸困难，确实是氰化物中毒的症状。"

神婷说话的声音依旧很轻,路小伟好不容易才听清。

"我想不明白,凶手是如何让被害人选择那杯有毒的饮料的?"路小伟还是在纠结这一点,"难道真是瞎猫撞上死耗子?靠运气博一把,毒死了曾晓梅?"

神婷没有说话,低着头像是在想心事。

路小伟继续道:"但也没那么好运吧?哎,我真是想不明白。神老师,如果你有破解谜团的思路,请一定要告诉我。"

"目前来说,我也没有头绪。"神婷回道。

相比第一次见面时神婷的意气风发,现在她的回答多少让路小伟感到失落。

不过,神婷并不打算放弃。她继续说道:"路警官,能不能带我去见见他们。"

"他们?你是指四位嫌疑人吗?"路小伟问。

"嗯。这样会不会太麻烦?"

"不会,不会!"路小伟摆了摆手,"不过,他们跟我说的话,我都复述给你听了,不知道你还想见他们做什么?"

"我还有其他问题要问。"神婷的回答都很简短。

路小伟点点头:"问题不大,我可以安排。只是……"

"只是什么?"

"这件事呢,就是我委托你帮忙这件事,还是希望神老师可以保密。毕竟我也算是刑侦支队的侦查员,如果让别人知道我找您帮忙,恐怕会……"

路小伟笑了笑,后半句话虽然没说,但意思神婷全都明白。

"放心,我不会说的。"

"那就没问题了,我来安排一下。"路小伟取出手机,正准备给嫌疑人打电话,忽然又想起一件事来,忙对神婷道,"对了,如果我们去调查他们,你千万别亮出自己的真实身份,就说你也是警队的刑警。我们俩是搭档。"

神婷点点头,脸上依然没有表情。

"你还真高冷呢!"路小伟故意这么说。

"啊?"神婷没听清楚。

"没事。"路小伟接通了电话。

也许是信号不好,路小伟在一旁喂了好几声才和对方搭上话。

和四人约好了时间,基本上都是明天,路小伟感觉一个下午就可以搞定。

很奇怪,他明明才第二次见到神婷,却感觉异常的亲切。

那种感觉,就像认识了好多年的朋友一样。

4

翌日中午，身穿便服的路小伟领着神婷，一起来到了恒健营养科技有限公司的本部。公司的位置很尴尬，在地铁九号线漕河泾开发区站和十二号线虹梅路站的中央，不论从哪站下都要走上一公里的路。路小伟庆幸自己开了车。

车从虹梅路转入商务楼的地下停车场，路小伟和神婷下车后，坐电梯上了四楼。

他们刚从电梯门出来，就见到一位中年男子迎了上来，笑着自我介绍道："两位一定是负责曾晓梅案件的刑警吧？你们好，我叫陈绍龙，是曾晓梅的领导。"

路小伟上前和他握手："我们今天来是为了再深入了解一下案情。"

陈绍龙点头如捣蒜："没问题，没问题！我都已经安排好了，还特意空了一间会议室给两位。你们要问谁，我就叫他来会议室找你们。这边请。"

说完，他将路小伟和神婷引入了公司。

这家公司的规模比路小伟想象的还要大，触目所及都是密密麻麻的格子间，来来往往的都是忙碌的年轻人。他曾经听过一个说法，意思是现在的互联网企业，三十五岁以上的都不招了。路小伟当时就觉得好笑，国家规定六十岁才退休呢，这些个互联网公司怎么就瞧不上三十五岁以上的员工了呢？

陈绍龙将他们带到会议室。路小伟挑了个座位，和神婷并排入座。这是一间可以容纳三十个人的会议室，空间很大，平时应该是用来开部门会议的。

"你打算先找谁来聊？"神婷问道。

"神老师，你可终于说话了。"路小伟本想调侃几句，见神婷一脸严肃，便打消了这个念头，清了清喉咙，对陈绍龙道，"你把刘琳叫来吧！"

"好的，我这就去叫她。"

过了一会儿，陈绍龙双手各拿着一杯热水走了进来，身后跟着刘琳。他把热水放在路小伟和神婷面前，说了声"你们先聊"便退了出去。

刘琳坐在他们对面，看上去有些憔悴。

"这次你们又要问什么？"她看起来有些不耐烦。

"刘小姐，很抱歉再次打扰你。不过我们也都是为了能够尽快抓获杀死曾小姐的凶手，所以还请你谅解。"路小伟的说辞很官方。

"你们是警察，你们说了算。"刘琳赌气似的说道。

"那我就开门见山地问了。"路小伟取出记事本,看着上面的笔记问道,"郭依诺倒饮料的时候,有没有人接近过杯子?"

"没有,服务员把杯子拿来之后,郭依诺就把饮料都倒满了。"

"曾晓梅取饮料杯的时候,有什么异常吗?"

"一切都很正常,就自己伸手拿。"

"有人说话吗?"路小伟又问。他其实想知道,曾晓梅伸手去拿杯子的时候,有没有可能受到了谁的指引。但刘琳接下来的回答,彻底粉碎了这个假设。

"没人说话,就是大家随机拿的。"

这和当天去警队做的口供没有太大区别。路小伟准备放大招了。

"听说你和陈绍龙……你明白我的意思吗?"

"你意思我是他的情妇,对不对?"

路小伟没想到她竟这么直白。"不,我不是这个意思。"

"你说的没错,我们的关系确实不简单。不过这也是过去式了,现在的我和他,没有任何关系。"刘琳对此不以为意,反倒是弄得路小伟很尴尬。

"所以你很讨厌曾晓梅,是因为这一层的关系?"

"不愧是警察,调查速度就是快啊!连曾晓梅和陈绍龙的关系,你们都查到了?"刘琳这话明面上的意思是夸,其实里面还带了一层讽刺的意味。

"所以你是希望曾晓梅死的,对不对?"路小伟没兴趣和她绕圈。

"整个市场部,谁不希望她死?明明是靠潜规则上去的,还整天趾高气扬地让我们做东做西,也不回家照照镜子,自己配不配来管我。"

"你说市场部都很仇视曾晓梅,就没人喜欢她吗?"

"谁会喜欢她这种人?面上是工作狂,什么都以公司为重,其实啊,就是个利己主义者!在公司的忙碌,也都是为了博取好感,在上司面前装出来的!"

"既然你希望她死,为什么会第一时间冲上去急救?"

"这不是人的本能吗?难道还见死不救啊!当时没想那么多,就是想救人。"刘琳这番话说得很坦然。

"所以你就用湿巾捂住了她的口鼻?"路小伟步步紧逼。

"警官,请你不要误导我!我只是想让她把胃里的食物吐出来而已。我本来以为她噎住了,谁知道竟是被人下了毒。"刘琳越说越激动,"被你这么一说,我倒后悔了。现在想想,看着她慢慢被人毒死,倒也不错……"

路小伟在刘琳情绪失控之前,结束了与她的谈话。

刘琳走后,下一个来到会议室的人是郭依诺。

在谈话中，她给出了一条很有价值的线索——翡翠园花生牛奶这瓶网红饮料，不知道是谁买的。

"我问了很多人，包括陈总监，都说不知道这个事。当然，也不可能是梅姐买的。但当时就是放在我的办公桌上，我以为是买来给大家喝的，晚上团建就带了过去。"

郭依诺一边说一边抹着眼泪，看样子是真伤心。

"这瓶饮料什么时候出现在你桌上的？"路小伟问。

"我早上来公司就有了。"

"当时你没问吗？"

"问了，但是那天比较忙，我见没人应答，就先把饮料放在桌下，心想等下班再问。接着就直接带去了餐厅。谁知道，竟发生了这种事……"

路小伟安慰道："这事和你带什么饮料没关系。如果一开始凶手就把毒药下在大瓶饮料中，你们几个喝过的都得死，可事实却是在你们的杯子和大瓶饮料里都没有检验出氰化钾的成分，说明凶手只在曾晓梅的杯子里下了毒。"

"不可能啊，我们都看着呢，哪儿有时间下毒？"郭依诺还是无法相信。

但不论她信不信，这起手法未知的"不可能毒杀"就是在大家眼皮底下发生了。

询问完郭依诺，下一个自然是李瑶。

与郭依诺的伤心流涕不同，李瑶的情绪起伏并没有那么大，回答路小伟问题时，思路也很清晰。

"听说曾晓梅很不待见你？"路小伟提出了一个尖锐的问题。

"除了陈总，她谁都不待见。"李瑶摊开双手。

"看样子你也不喜欢她这个人？"

"她天天骂我，我怎么会喜欢她？我又不是抖M！"

"什么？"路小伟没听明白。

"没什么。反正我就是不喜欢别人骂我。其实如果她不死的话，我也准备离职了。我都和爸妈说好了，这次辞职，再怎么样也要回去，不准备再待在上海了。"

"当时见她表现出异常，你为什么要递水给她？"

"我以为她吃饭太急，噎住了，想给她喝点水，把食物冲下去。谁晓得灌不进去，最后水杯还让她给打翻了，我还被她抓伤手背了呢！早知如此，我就不上去了！"

为了证明自己所言不虚，李瑶还特地抬起手背，给路小伟和神婷看。

果然，白皙的手背上有三条肉眼可见的抓痕。

最后一个进会议室的人是谢家奇，也就是曾晓梅的前男友。

"警察什么时候可以抓住毒死晓梅的凶手？"

方才坐定，谢家奇就对路小伟发问道。

被对方先发制人，路小伟也吓了一跳，忙回道："我们正在调查，所以也希望你配合一下。知道越多细节，对我们破案就越有利。"

"好啊，你们想知道细节，叫我也没用啊，案发时的细节，我也不知道。晓梅毒发之前，我都没进包房，还在上厕所呢！"谢家奇为自己辩解道。

"下毒未必自己要在房间里面。"神婷终于开口说话了。

谢家奇把目光投向神婷："不在房间里，难道在房间外下毒啊？真搞笑！"

神婷不再反驳，而是双手抱胸，静静地看着谢家奇。

路小伟继续问道："你冲进包房的时候，看见了什么？"

"晓梅躺在地上，她身边有拿着湿巾的刘琳和手足无措的李瑶。看她们这架势，我以为晓梅被食物噎住了。于是我便上前推开她们，伸手去抠了晓梅的喉咙，想让她呕吐。后来我才知道，根本不是被食物噎住了，而是被人下了毒！"

"你进包房的时候，见到刘琳和李瑶围在曾晓梅的身边，对不对？"

"对！"谢家奇用力点头。

"郭依诺呢？"

"吓得缩在角落里呢！看都不敢看晓梅这边。"

"对了，你和曾晓梅到底是怎么回事？"

谢家奇轻声叹了口气："你们应该都知道了，为什么还要问呢？"

"听说她甩了你，和陈绍龙在一起了？"路小伟故意这么问。

这话听着有点刺耳，不过谢家奇的反应却不大。

"没错。"

"所以，你恨她吗？"

"当然，起初肯定是气不过的，我的男人还是我的上司。可是我不会为此而杀人。"谢家奇面带苦笑地摇了摇头，"因为那样实在太愚蠢了，不是吗？"

路小伟看向神婷，想知道她还需不需要问点别的？神婷缓缓摇了摇头。路小伟会意，随即结束了此次谈话。

两人来到电梯间，正准备离开，这时，陈绍龙从公司里追了出来。

"我想起了一件关于曾晓梅的事，不知道对你们有没有用。"

"什么事？"路小伟疑惑地看着他。

"案发那天，曾晓梅没有吃午饭。"

"没吃午饭？"

陈绍龙这话让路小伟吃不准他想表达什么意思。

"就是我叫了两份外卖，给曾晓梅带了一份。但下午离开的时候，我发现她那份午饭还留在办公室，包装都没拆开。起初我想，她可能是胃不舒服吧。但发生这件毒杀案后，我越想越觉得奇怪。经过一番思量，我还是决定把这件事告诉你们。"

不吃午饭和被下毒有什么关系？路小伟想不通。

"你外卖叫的是什么？"神婷突然问道。

陈绍龙先是愣了一下，才道："上海冷面。"

路小伟想了想，觉得这事和毒杀案关系不大，就让陈绍龙先回去了。

两人下到停车场，回到车上。

路小伟系上安全带，踩着刹车按下了汽车的发动键，车厢蓦地抖动起来。他刚想问问神婷对这几个人的看法，却被神婷抢先了一步。

"我想我已经知道凶手的身份了。"

她说话的声音很轻，差点淹没在发动机的轰鸣中。

不过，当她说出那个人的名字时，路小伟却听得格外清楚。

5

逮捕嫌疑人后的第二天中午，路小伟又约见了神婷。

这一次，他们见面的地点是申江大学附近的一家西餐厅。路小伟为了表达对神婷的感谢，特意请她吃饭，也算是为第一次与她见面时表现出的鲁莽道歉。

两人边吃边聊，但大部分时间都是路小伟在说话，神婷一如既往地表现出冷漠的姿态。像她这样的人，很容易让人感觉到傲慢，但深入接触后会发现，其实她只是害羞，不知如何表达而已。其实这种人在社会上还不少。

聊着聊着，话题不经意地朝着毒杀案方向而去。基于那天神婷只是说了怀疑的对象，并且让路小伟从如何搞到氰化物这点入手，所以路小伟并不了解神婷是如何推理出凶手身份的。换言之，最后虽然找到了决定性的证据，但神婷的推理过程，他却一点也不知道。

"你是从什么时候开始怀疑凶手的呢?"路小伟忍不住问道。

神婷放下餐具,对路小伟道:"我也是到停车场才想到的。"

"能不能把你的推理过程告诉我呢?昨天晚上我也想了很久,可是毫无头绪。包括最重要的一点,凶手是如何在众目睽睽之下毒死被害人的,明明那个时候凶手没有一点机会嘛!"路小伟已经不怕在神婷面前丢面子了,把自己的疑惑一股脑都倒了出来。

也难怪他头疼,这件案子确实很蹊跷。第一,没有下毒的时机。网红饮料瓶内的饮料是无毒的,倒入五个玻璃杯中的整个过程都被严密监控。第二,凶手无法判定被害人会拿哪个杯子。即便凶手使用了某种手法,在大家眼皮底下下了毒,但随后众人拿取桌上的饮料,这个行为是随机的。被害人喝下饮料之后,立刻就死亡了,说明毒药已经在玻璃杯中。

路小伟试过好几种假设,但都无法还原出事件的真相。

"其实凶手使用的诡计很简单,只是利用了大家都忽略的一个'情报'。"

"情报?"路小伟听不懂。

"没错,由于凶手对曾晓梅的了解,所以知道一些别人不知道的事情。"神婷拿起高脚杯,喝了一口红酒。

"你能说得明白一点吗?"

"还记得我们离开恒健公司的时候,陈绍龙冲出来对我们说了些什么吗?"

"记得啊,他说曾晓梅没吃午饭。"

"没错,曾晓梅没吃午饭,这点非常重要,也正是因为这点,让我看穿了凶手的诡计。"

路小伟更迷糊了。不吃午饭不是很正常嘛,他自己也经常不吃。

"不吃饭和毒杀案有什么关联?"

"重点不是不吃午饭,而是不吃陈绍龙给她带的食物。你还记得是什么食物吗?"

"上海冷面?"路小伟有点印象。

神婷满意地点了点头:"没错,就是上海冷面。其实曾晓梅不是不想吃,而是不能吃。"

"不能吃?"

"对,因为上海冷面里面,添加了她无法食用的食材。"

"什么食材?"

"花生酱。"神婷宣布了答案,"其实曾晓梅是过敏体质,尤其对花生严重过敏！"

路小伟这才明白过来。

他听说过花生过敏症。许多过敏体质的患者如果进食了花生，会很敏感，立即就反映到呼吸系统的病症上，如咳嗽、哮喘。尤其是哮喘患者，吃了花生后症状就会立即加重。花生过敏可引起面部水肿、口腔溃疡、皮肤风团疹，严重时可发生急性喉水肿，导致窒息，危及生命。对花生过敏的人，哪怕是吃下极为微量的花生或花生油都会引发严重的过敏反应。同时，花生过敏也是食物过敏中致死率最高的一种。

然后，路小伟又想到了那瓶网红饮料——翡翠园花生牛奶！

"没错，凶手先在网上购买了花生牛奶，并故意放置在郭依诺的桌上。因为凶手知道当天晚上团建，郭依诺一定会把饮料带过去。由于饮料是泰国产的，而瓶身上贴的中文标签被凶手偷偷撕掉了。这个举措，让曾晓梅无法意识到这是一瓶含有花生成分的饮料。而像郭依诺、李瑶这样的小姑娘，对网红产品却是很熟悉的。但曾晓梅醉心工作，平时也不刷抖音这种短视频，所以并不知道。"

"但是一闻味道就会发现吧？"

"如果在平时的话，确实会发现，但是那天比较特殊。"

"特殊？"

"你别忘了，他们去的餐厅是什么菜系的？"

"川菜啊？"路小伟拍了一下自己的脑门，"对哦，川菜大多都是很辣的，所以麻痹了曾晓梅的味觉。而且吃多了辣菜，口会很渴，所以曾晓梅拿过饮料就会往自己嘴里猛灌，当她察觉到自己喝的饮料中有花生的成分时，已经晚了！"

"没错，所以曾晓梅立刻产生了呼吸困难的症状。"

"可是尸检结果，曾晓梅的死因确实是氰化钾中毒啊？而且也在凶手的家里找到了剩余的氰化钾，这又怎么解释呢？"

"花生过敏确实让曾晓梅吃足了苦头。所有人都喝了花生牛奶，只有她产生剧烈的反应，以至于让人以为，毒杀从那个时候就开始了。但真正让她致死的原因，并不是花生，而是氰化钾。这么说吧，花生牛奶只是为了让曾晓梅产生'呼吸困难'的表象，让所有人都以为她'中毒'了，从而减轻自己的嫌疑。其实真正的毒杀，是在曾晓梅发生花生过敏之后。"

路小伟立刻领会了神婷的意思。

"也就是说，曾晓梅因花生过敏而痛苦倒地的时候，毒杀才真正开始。这样一来，凶手的范围就缩小到给她递湿巾的刘琳、拿水杯让她喝水的李瑶，以及最后冲入房间抠她喉咙催吐的谢家奇三人身上。可是，你又是如何锁定凶手的呢？毕竟嫌疑人有三个呢！"

"这不是显而易见的嘛！"神婷这句话像是在骂路小伟笨，"凶手之所以要利用曾晓梅花生过敏症的特性来犯罪，那一定是考虑到了可以让自己脱身的方法。你想，曾晓梅喝下饮料到呼吸困难这段时间，谁最没有嫌疑？一定是不在包房里的人最没有嫌疑。因为他此时正在上厕所，连房门都没踏进一步呢。"

"原来如此，所以你就锁定了谢家奇！"

"没错。谢家奇其实一直在隔壁关注包房的动态，当他听见杂乱喧嚣的声音后，立刻冲入房间，假装帮曾晓梅催吐，用手指抠她的喉咙，其实是把氰化钾塞进了曾晓梅的嘴里！不得不佩服他心理素质真是好，众目睽睽之下，还演得那么投入。当然，后面他还得趁众人不备把氰化钾投到曾晓梅喝饮料的杯子里，也真难为他了。"

神婷的表情第一次有了变化，露出了一抹苦笑。

"果然还是因爱生恨啊。"路小伟长叹一声，"后来我们去他家搜查毒药的时候他还极力否认，说什么自己怎么会杀死最爱的女人。有些极端的人，常常会抱持自己得不到，别人也休想得到的心态，而主动毁掉那些得不到的人或物。所以情杀案才会那么多。"

"我无法理解。"神婷摇摇头。

"无法理解什么？"

"因爱生恨这件事。不，严格来说我无法理解人为什么会产生爱情。"说这话的时候，神婷又恢复了往常的扑克脸。

"不会吧？你从来没有喜欢过别人？"路小伟不信。

"没有。"神婷还是摇头，"这可能是我的先天缺陷。我无法对另一个人产生爱情。既然没有爱，当然无法理解因爱生恨这种情绪。"

路小伟盯着神婷看了好一会儿，才缓缓道："神老师，有时候我觉得你很可怕。"

"是吗？"神婷玩弄着手中的高脚杯，"你不是第一个这么说的人。"

说完，她把目光投向了窗外，脸上的神情像是在回忆某件极为遥远的往事。

时晨，推理作家，上海作家协会会员，咪咕幻想文优秀奖得主，本土原创推理作家中为数不多的坚守古典本格理念的创作者之一，曾创办上海第一家侦探推理小说专营书店"孤岛书店"。代表作：《侦探往事》《枉死城事件》等。

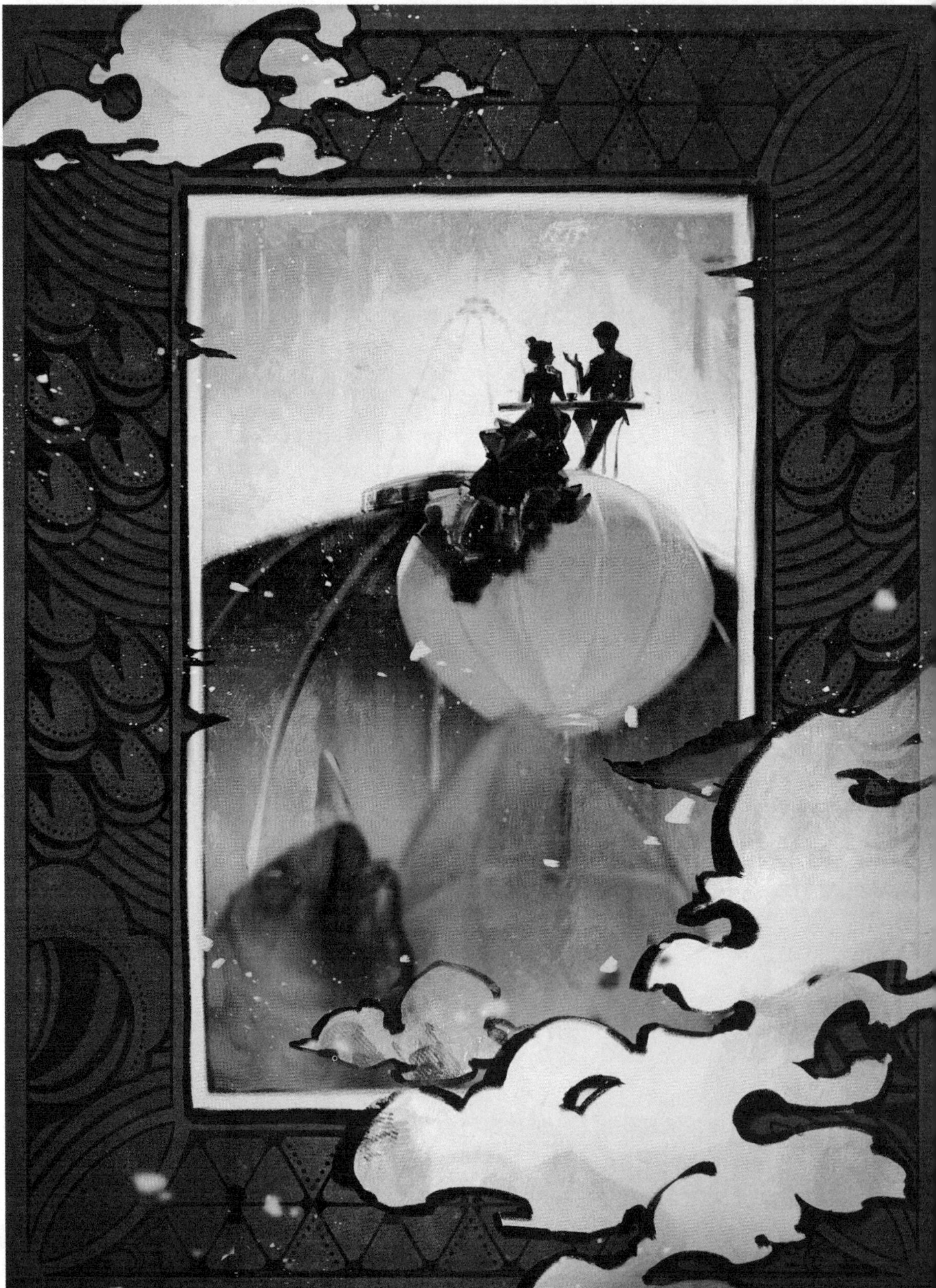

灯 笼

鸡 丁

第一部：铁皮密室

1

正月十五是城隍庙一年之中最热闹的时候，元宵灯会成了暗夜魔都的亮丽一景。建筑物在金色灯带的装饰下熠熠生辉，火红的灯笼代替早已垂落的夕阳照亮夜空，五颜六色的花灯各施其技，以不同的形态吸引着络绎不绝的游客——因为受到疫情的影响，今年的客流量要比往常下降不少。

王家毅已经好几年没来过城隍庙了。今天也是因为工作的关系，到附近走访一位谋杀案的证人，完成任务后才有闲情逸致过来逛一圈。他在松月楼门口排了半小时的队，买了两个净素菜包，啃了两口却觉得菜心过于油腻，豆腐干缺少香味，味道大不如前。穿过人群，王家毅看了看四周，不只是包子的味道，这里的一切都变了。

九曲桥旁，一盏巨大的鲤鱼花灯悬在湖面上空，犹如一条真实的鲤鱼从水中跃起，引得桥上的游客争相拍照。沿着九曲桥走到湖心亭，两盏圆鼓鼓的红灯笼吊挂在屋檐上，上面写满吉祥的文字。但无论是鲤鱼花灯还是大灯笼，都无法让王家毅感受到元宵佳节的喜庆，相反让他的思绪陷入异样的记忆旋涡。

鲤鱼花灯上那栩栩如生的鳞片让王家毅联想到一条十二年前的蟒蛇，两盏红色的灯笼又使他回忆起九年前的"天蛾人"。这些"记忆点"都出自他曾经侦办过的棘手案件。想到这里，他的心里咯噔了一下，脑海中浮现出一张女性的脸。

她还好吗？

九年前，在解决"天蛾人事件"后，她就离开了S市，飞往法国勒芒深造学习。一眨眼，已经过去了九年，当时和她在机场告别的场景依旧历历在目——当然，还有那个吻。九年间，偶尔和她在网络上有过联系。但生活在不同的国家，缺少必要的牵绊，疏远感不可避免地将两人的距离拉开。上一次在微信上和她聊天是什么时候呢？聊的话题又是什么？王家毅已经不记得了。

思念，并不能让人前行，做好刑警的工作才是王家毅的本分。这些年，王家毅每天依然要面对那些错综杂乱的案件。凭借从她身上学到的思维模式，加上自身经验的不断积累，王家毅慢慢摸索出一套自己的办案方法。在破获多起重案要案之后，如今的王家毅已晋升为F县刑侦支队的队长。

王家毅驻足在豫园门口，望着周围的人群发呆。牵着孩子的父母，相拥的情侣，结伴而行的亲友……中国的大多数节日都带有"团聚"的寓意。但这个夜晚，唯独王家毅孤身一人，他觉得自己与这般繁华旖旎格格不入。

一个小男孩提着用可乐罐做的小灯笼奔到王家毅面前："叔叔，你看我的灯笼漂亮吗？"

"漂亮。"王家毅摸了摸男孩的头。

"你的灯笼呢？今天出门都要拿灯笼的！"男孩又得意地秀着自己手里的灯笼。

"我的灯笼……我得找找。"

"那叔叔，我给你猜个灯谜！"

"叔叔不擅长猜谜……"

"一个罐，两个口，只装火，不装酒。"小男孩自顾自地说出了谜面，"打一物件！"

"这个……"王家毅傻笑了一声。

2

躺在棉被里的王家毅被一阵电话铃声吵醒。

昨晚从元宵灯会回家后，王家毅倒头就睡。这些日子，他为一宗骗保杀人案奔波劳碌，连新年都没有好好过。昨天，案件好不容易取得突破性进展，他本想踏踏实实睡上一觉。却没想到，翌日早晨迎接他的又是一桩新案件。

王家毅驾驶警车赶赴F县偏远地段的一个废旧汽车处理厂。这里人烟稀少，警车的鸣笛惊扰到了四周的野狗，远远传来的狗吠声让人烦躁不堪。厂区内有一块堆满报废车辆的空地。王家毅和两名警员穿过一排排报废车，走到空地的尽头。那里矗立着一栋异常显眼的深红色小屋，就像一座弃置在路边的电话亭。

在离小屋五米远的地方，一摊暗红色的血迹在水泥地面上大范围地铺开。血迹的形状没有规则，就像一位自暴自弃的画家疯狂地往地上乱丢红色颜料，狂躁而张扬。两位法医组的同事正蹲在旁边，耐心地进行取证工作。王家毅走近血迹，发现它还向外漫延出一条曲线，他马上意识到，这是拖痕——如同蜿蜒的触手，从那摊血迹一路伸展到铁皮屋门口。

顺着拖痕踱步到铁皮屋门前，近距离看，屋子的形状、大小，甚至那廉价感十足的"塑料红"，真的就跟电话亭无异。小屋由四面长方形墙板，以及上下两面正方形顶板与地板组成。唯一和电话亭不同的是，这六面板实则是六张薄薄的废旧铁皮。铁皮表面——小屋顶部和外墙都被涂上了红色油漆。

据技侦的同事介绍，搭建小屋的铁皮应该都属于"马口铁"，也就是那种为了防止生锈，在表面镀上了一层锡的薄钢板或钢带。马口铁通常是饼干罐子的原材料，一些废品处理厂经常会回收。但眼前的这座小屋，即便有锡的保护，墙面仍然出现了一些难看的锈斑，它们分布在红色外墙上，就像裂开的脓疮。由此可见，小屋建造已有些年头了。

此刻，在小屋正面的墙板上，一扇门敞开着。所谓的门，其实也只是一块稍微比墙板厚一点的钢板。王家毅踏入狭窄的小屋，一股血腥味混杂着焦味的难闻气味扑鼻而来。这使他条件反射地想要开窗通风，环顾了一圈后，他才注意到屋子里没有一扇窗户。昏暗的光线下，地上的尸体依然给他带来强烈的视觉冲击。死者以蜷缩的姿势侧躺在小屋中央，身上像被泼了柏油一样呈焦黑色，破烂的衣物下裸露出裂开的皮肤，全身上下还能看到好几道深深的口子，只是这些伤口中的血液已经变成深褐色的凝固物。

究竟是什么人，会以这种姿态死在这样一个奇怪的地方？一切都显得那么匪夷所思。

"你来了王队，初步判断，死者是一名六十岁上下的女性，身上有二十八处砍伤，应该是斧头一类的利器造成的，致命伤在颈部和胸部，都砍到了大动脉，最终死因是出血过多。"年迈的瞿法医指了指皮开肉绽的伤口如是报告，"不过，小屋里的出血量不大，从现场状况判断，外面那摊血液是属于死者的。另外，被害人死亡后，尸体还被烧过。所以，犯人应该是在屋外砍死被害人后，再把尸体拖进这间小屋，然后倒上汽油进行焚烧的。"

"焚尸？是要毁尸灭迹吗？"

这时一位技侦组的同事从门口探进脑袋："王队，小屋和尸体上检测出灭火器里的干粉。"

"灭火器？"

瞿法医点点头继续说道："犯人虽然在尸体上浇了汽油，但尸体的烧毁程度并没有很严重。我想，凶手应该是等尸体起火之后，又在短时间内用灭火器把火灭了。"

"烧尸之后又灭火？为什么要这么做呢？真是奇怪的家伙。"王家毅疑惑地摇摇头。

3

"死亡时间呢？"

"昨天夜里十点至十二点之间。"

这两个小时内，到底发生了什么？王家毅对真相的探究欲上升到了顶点，这不光是出于一名刑警的职责，也是缘自他自身对离奇现象的好奇心。

王家毅蹲下身子，仔细查看了一番尸体。经过焚烧后，尸体的面容已经无法辨别，身上也没有能够识别身份的证件。

站起身，王家毅很轻易地就摸到了天花板。这个铁盒一般的房子再一次引起了他的兴趣。从小屋出来，王家毅发现门的侧边被锯开了一道弧线，而原本安装在门上的插销，如今已和房门分离，牢牢地插在另一侧墙板的金属扣内。

警员小胡拿着记事本向王家毅报告道："王队，报警的是这里的厂长。今天是年后第一天开工。他早晨来厂里，看到空地上有一摊血，就打了110。我们赶到现场之后，发现血迹延伸到小屋门外，但上前拉门，门又打不开，插销从里面反锁了。这个屋子没有别的出入口，我们只能找来消防队员，让他们用切割机锯开了屋门，才进到里面。"

王家毅感到心脏颤动了一下："所以，当时屋门是从里面反锁的？"

"对，是这样没错。"

密、室、杀、人！

这四个字猛然间从尘封的记忆中冒出来，王家毅仿佛听到一声震碎记忆闸门的巨响，往事如泉涌般浮现在脑海里。这是时隔九年之后，他再一次遇到密室杀人事件。

"王队，听说您以前是破解密室杀人的高手。"小胡投来敬仰的目光，"您看看这个屋子是怎么回事？"

王家毅摆摆手:"先别急着下结论。"他走到屋内,拨了一下还留在墙上的插销,插销却纹丝不动,"这个插销怎么拉不开?"

小胡连忙说道:"哦,技侦的同事说,这个插销从里面插上之后,又被焊死了,现在它和墙上的插孔连在了一起。"

"焊死?"王家毅感到震惊。原本他认为这个密室很简单。像这种破破烂烂的铁皮屋,即便门关上也不可能严丝合缝,只要用钓鱼线之类的工具,通过门缝拉动插销,就能顺利让房门反锁。但现在,技侦的结论堵死了这条路——就算能够在门外拉动插销,也不可能仅仅通过门缝把插销从内侧焊死,这是必须待在屋内才能进行的工作。

"对的,焊得很精细,也很牢固,所以最后只能从外部强行把门锯开。"小胡补充了一句。

王家毅又不死心地检查了屋门另一边的铰链。此刻,两根铰链完好地固定在屋门上。可让王家毅有些疑惑的是,两根铰链离得很近,只相距十厘米左右,而且都靠近门的中间。

这铰链是不是被拆下来过呢?

为了证实自己的想法,王家毅找来了技侦的警员。对方的回答却让他面露失望:"铰链没有拆过的痕迹,甚至没有一丝最近有被工具撬过的痕迹。"

放弃在屋门上找突破口之后,待尸体被担架运走,王家毅又专心研究起了墙壁和天花板。在技侦警员的协助下,他发现小屋的顶板和地板都严丝合缝地焊在了四块侧面的墙板上,但是四块墙板之间却没有任何焊接点。换句话说,小屋的上下都是密封的,但侧面的四条边都留出了缝隙。

这时,王家毅的脑中响起了她曾说过的一句话:"任何密室都存在'犹大之窗'。"

四条缝隙会不会就是犹大之窗?

王家毅兴冲冲地找来一根长条状的铁片,用力从其中一条缝隙插进去,似乎很顺利。他又使劲掰了掰铁片,试图将缝隙撬大一些。当缝隙被撑大到极限时,也只留出一厘米不到的宽度。而在王家毅将铁片抽走之后,缝隙又迅速闭合了起来。呼出一口气,王家毅又尝试了另外三边,也是一样的情况。

如果死者只是被人一刀捅死,那么凶手还有可能利用缝隙把刀插进去刺死受害者。但现在,死者被斧头砍了二十八下,还被浇上汽油焚尸,这么复杂的事情能只通过四条缝隙做到吗?

更何况,按照法医的结论,死者是在屋外被砍死后再拖进小屋的。换个角度思考，将尸体扔进小屋后，犯人必须亲自待在屋里把插销反锁再焊死。那么按照常理，这时候他自己也会被关在密室里。可现在，小屋里只剩一具尸体，本该存在的凶手却不翼而飞。四条缝隙再怎么样也不可能让一个大活人通过吧？难道凶手化为一缕青烟消失了吗？

"这个顶板或地板有没有可能被拆下来又重新焊上去过？"王家毅不死心地向技侦警员求证。

技侦警员摇摇头："顶板和地板都没有新焊接的痕迹。"

"那么这四面墙板呢？"

"墙板的内外都没有撬痕。"

经过一番苦思，王家毅甚至想到利用起重机把小屋抬起来。在他以往经手的案件中，曾遇到过这类诡计。小屋的底部虽然有一块底板，但即便把小屋抬起来，人也不可能从底下爬出来。

又是一个如此纯粹的密室，每条思考之路上都挡着一块名为"矛盾"的巨石。深深的无力感让王家毅有些喘不过气。

这九年来，王家毅总是有意无意地回避社会上的密室杀人事件，只希望不再勾起隐藏在内心某个角落的孤独感。即使是四年前闹得沸沸扬扬的青浦区陆家宅连环密室杀人案，他也没有过多关注，只听说最后解决案子的，是一个青年漫画家。

但此刻，他心中突然又涌起一丝对过往的怀念。

4

汽车处理厂的负责人詹厂长被带到了王家毅面前，这位棱角分明的中年男子显得很焦躁。

"是你报的警吗？"

"是啊，警官……你说这叫什么事啊？我们这么太平的一个地方，怎么……怎么就莫名其妙出现一个死人？您可要帮忙查清楚，还我们厂一个清白啊。"对方哭丧着脸。

"你认识死者吗？"

"哎哟，都烧成这样了，她爹妈都未必认识，我怎么可能认识？"

王家毅叹了口气："你们这有没有六十岁左右的女人？"

"当然没有,我们这儿都是男工。"

"那边那个铁皮小屋,是干什么用的?"王家毅指了指案发现场。

詹厂长别过头不敢朝那个方向看:"那就是个杂物房,没啥特别的用处。"

"如果只是用来堆杂物,为什么还要在房门内部安装一个插销?"

"这个你得问老曹,他偶尔会住在里面。"

"老曹?"

"哦,他叫曹伟明,是我们这儿最好的技工,这小屋就是他搭的,不过一个月前离职了。"詹厂长掏出手机,打开一张几位工友坐一起吃饭的照片,指着其中一个男人道,"就是他。"

王家毅接过手机,端详着照片里那个浓眉粗眼、皮肤黝黑的男子:"他是什么来头?"

"好几年前来我们这儿的,湖州人,汽修专业毕业,手艺好,效率高,话不多。"

"是他搭的那间铁皮屋?"

"没错,是他用厂里回收的废旧铁皮搭的。说来也挺奇怪,有时候晚上值班啊,他就一个人在那屋里待一夜。尤其是过年那几天,基本上天天睡在小屋里。不过这个老曹人挺老实,做事卖力,所以我也没管太多。"

"他是因为什么离职的?"

詹厂长皱了皱眉:"我也问过他为什么要离职,但他吞吞吐吐的也讲不清楚,我试图劝他留下来,还提出涨工资,但他执意要走。"

"那这个曹伟明现在在哪里,你知道吗?"

"可能还在县里吧,他有自己住的地方,你们可以打他电话。"詹厂长在通讯录里翻出一个手机号码。

王家毅把号码记下来之后继续问道:"昨天晚上,厂里有人值班吗?"

"警官,昨天元宵节,这大过年的,厂里都放假了,谁值班啊?"

"一个人都没有?"

"对啊,有人的话,哪至于发生这种事情?"詹厂长的脸上写满懊悔。

"那你昨晚在哪里?"

"我……"对方突然变得紧张起来,"我当然在家吃汤圆啊!这事跟我没关系警官,我们这小破厂保安措施不严密,大晚上的谁都可以进来的。"

"你别激动,我只是例行问一下。"

回到局里，王家毅拨打了曹伟明的手机，却无人应答。他又派人前往曹伟明的现住地，依然扑了个空。曹伟明会不会和这个案子有牵连？敏锐的职业嗅觉告诉王家毅，必须找到这个人。

另一边，搞清死者的身份也是当务之急。尸体的面容虽已无法辨认，但整体烧毁程度并不严重。瞿法医顺利在尸体血液里提取到了 DNA 信息。王家毅则让小胡通过公安信息资源库逐一比对。与此同时，他也筛查了全市 50 至 70 岁之间的女性失踪人口。

很快，警员小胡兴冲冲地带着一张个人信息资料表奔进办公室。

"王队，查到了！"他将资料摊在王家毅的办公桌上，"死者名叫王玉宁，原名王莲，今年 59 岁，有过案底，因贩卖儿童被判有期徒刑十二年，去年年初刚放出来。由于在监狱服过刑，所以全国违法犯罪人员信息资源库录入了她的 DNA 信息，和尸体的 DNA 完全吻合。"

"好家伙，原来是个人贩子。"王家毅拿起资料表，上面贴着一张王莲的照片，那是一个面容慈祥的女人，怎么也看不出做过伤天害理之事。"这个王莲我也有所耳闻，在短短三年时间里拐卖过二十几个儿童，其中最小的只有四个月。"

"没错，这个女人特别可恨。"年轻气盛的小胡咬了咬牙，"曾经拐走一个七岁男孩，男孩中途哮喘发作，她就把孩子扔到桥底下不管不顾，眼睁睁看着他窒息而死。简直毫无人性，这样的人死了活该！"

王家毅连忙做出制止的动作："欸，不能这么说，就算王莲罪大恶极，能够严惩她的也只有法律。现在她被杀害，我们还是得抓住凶手。这是我们身为人民警察的职责。"

被王队一番教育后，小胡耷拉着脑袋一言不发，心里的怒火却仍然没有熄灭。

第二部：复仇之路

1

小亮一出生的时候，眼睛就瞪得大大的，活像两只大灯笼。

可能正是眼睛像灯笼的缘故，小亮从小就喜欢灯笼，每当他瞧见红扑扑的灯笼，都会发出咯咯咯的笑声。恰巧，小亮的父亲是个灯笼工匠，擅长制作各种各样的灯笼。

小亮患有顽固性小儿哮喘，母亲因工作常年在外出差，所以爸爸总是陪在他身边。每当小亮哭闹的时候，爸爸就随手拿出一个空可乐罐，将中间竖直剪开成条状，从顶部轻轻一压，一只鼓起来的小灯笼就做好了。把小灯笼在小亮面前晃一晃，他就不哭了。

从小亮学会走路起，每逢元宵节，父子俩的身影都会出现在城隍庙。小亮总是提着一只爸爸亲手做的灯笼，在灯会现场"大杀四方"。望着其他小朋友手里那千篇一律的量产货，自己的灯笼总是那样造型独特，格外惹眼。那是小亮一年中最高兴的时刻。

"爸爸做的灯笼是最好的。"听到儿子的夸赞，曹伟明也觉得一切都充满意义。为了让儿子过上更好的生活，他决定去考个汽修专业的文凭，将来成为一名专职技工，毕竟"动手能力"是他的天赋。

可是，就在小亮七岁那一年，曹伟明的世界崩塌了。

小亮的尸体是在桥底下被发现的。

两天前的元宵节，曹伟明和往年一样带着小亮去城隍庙看花灯。因为这年是鼠年，曹伟明用竹片做了一只可爱的老鼠灯笼。小亮提着这只发光的"小老鼠"飞快地奔跑着，由于人太多，老鼠灯笼不小心被挤坏了。小亮伤心得大哭起来。曹伟明为了哄儿子，答应回去之后再帮他做一个新的。但眼下，他只能去商店里买一只灯笼让儿子继续拿在手里玩。就在曹伟明站在商店柜台买灯笼的间隙，一转眼，身旁的小亮就不见了。

曹伟明像疯了一样四处寻找，两天两夜没有合眼，最终等来的，却是小亮的死讯。

不久之后，经过警方的全力侦破，人贩子王莲被捕了。

"孩子丢了就丢了，再生一个不就好了，有什么大不了的。"这是记者采访王莲时她说的一句话，脸上没有任何悔恨和感伤，只有被捕后的不甘。

王莲坦言，拐走小亮后，因为天气转冷，小亮哮喘发作。她嫌麻烦，就直接将孩子扔在桥底，不管不顾，最终酿成悲剧。

有期徒刑十二年，这是法院对王莲的宣判。

一个孩子的生命，一个家庭的幸福，十二年，够吗？

显然是不够的。

小亮离开后的每一天，曹伟明都在万念俱灰中度过。他无时无刻不在后悔，后悔那一天没有好好看住小亮，后悔放开了他的手，后悔没有追赶上人贩子……他每天把自己关在房间里，做了一只又一只灯笼，变得精神失常。妻子也因此离开了他。

如今，唯一支撑曹伟明苟活在世界上的，只有一个信念——复仇。

2

"川沙友间宾馆，晚上八点见。"

将这条消息发出去之后，曹伟明深吸一口气，旋即打开背包，再次检查了一遍里面的东西：木棍、药水、针筒、麻绳……他想了想，决定再带一根布条，以防万一。

为了今天，曹伟明足足等了十三年。

十三年前，曹伟明就认准王莲这种人不可能改过自新，出狱后必定还会重操旧业。

为了引王莲上钩，他事先就摸清了人贩子的交易套路。在王莲刑满释放后，曹伟明第一时间在某个地下网站发布了一个帖子，声称想"送养"自己刚出生的男婴。几个月后，一个陌生QQ号联系了他。对方非常警惕，直到看到孩子的视频和照片，才渐渐放下戒心，答应和曹伟明交易。当然，那些视频和照片也都是曹伟明花钱从别处购买的。

曹伟明执意要在元宵节当天交易。

最后收拾了一遍东西，曹伟明背上背包，提着一个空荡荡的大行李箱，驾驶着一辆租来的车，从F县赶往川沙。

他比约定时间提前一小时到达宾馆，开好房间，又马上发了一条新消息给对方："305房间。"

曹伟明在卫生间里洗了把脸，他能感觉到自己的心脏扑通扑通跳个不停。

真的要这样做吗？

这个问题他问了自己一万遍，可事到如今，身体里另一个扭曲的灵魂已经操控了他的全部意识、思维和行为。

四十分钟后，外面响起敲门声，曹伟明拉开房门，一个衣着朴素的女人站在门外。

"进来吧。"

没有人比曹伟明更熟悉这张面孔。王莲被逮捕的新闻,他每天都要看一遍,为的就是将这张脸深深烙印在自己的记忆里。此刻,这张脸虽然因为老了十多岁而增加了皱纹,但那副毫无恻隐之心的淡漠神情,曹伟明一辈子都不会忘记。

对方把头探进房内,警惕地扫视了一圈后才像黄鼠狼一样迅速蹿了进来。

"孩子呢?"王莲往床上看了看,一脸茫然。

"那个哮喘发作的孩子,你还记得吗?"曹伟明阴沉着脸,一字一句地吐出这句话。

"你……你是谁?"王莲察觉到事态不妙。但此时,曹伟明的身体已经挡在了房门前,现在的王莲,可谓是牢笼中的困兽。"你……你想干什么?"

曹伟明抽出藏在衣服里的木棍,步步逼近。

"你干什么?你要干什么!"

"嘣"的一声,木棍重重地敲在王莲的头顶上,那一瞬间,她只感觉周围天旋地转。

"嘣嘣!"又是两下,王莲彻底晕了过去。

曹伟明迅速拿出包里的针筒,在王莲的脖子上注射了一针镇静剂,随后用布条绑住她的嘴,再用麻绳捆住她的手脚。

把王莲塞进行李箱费了曹伟明很大的力气,因为需要将人的四肢弯曲到一个恰当的角度,才能与行李箱的空间贴合,这可不像电视剧里演的那么轻松。

做完这一切后,曹伟明若无其事地拖着行李箱离开宾馆,驾车前往自己一个月前离职的汽车处理厂。

3

铁皮屋里放着曹伟明早已准备好的斧头、汽油和灭火器。此刻,他像一个选择武器的战士,泰然自若地抽出斧头,缓缓走向屋外。

全身被捆绑得动弹不得的王莲躺在地上,身上的衣物凌乱不堪。看见提着斧头的曹伟明靠近自己,王莲使劲蠕动着身子妄图逃离,但显然是徒劳的。

曹伟明走到王莲身旁,蹲下身,摘掉她嘴里的布条。

"小……小伙子……阿姨……阿姨做错了什么?阿姨给你道歉,好吧?我这也一把年纪了……你不能、你不能这么做啊,你这是犯法的呀!"她因极度惊恐,脸上的肌肉不停抽搐。

曹伟明静静地俯视着地上的王莲,呼吸变得急促起来,眼洞中的目光比寒冬之夜的气温还要冰冷。自从小亮离世之后,他做梦都盼着这一刻。

"你……你别杀我啊!"王莲撕心裂肺地喊着,没有人理睬,没有人回应,就像当年在桥底下苦苦挣扎的小亮。

"杀就杀了,让你父母再生一个好了,有什么大不了的。"说完这句话,曹伟明高高地举起斧头,月光像一层雪白的霜洒在斧刃上。

"救……"还没等王莲说出"命"字,斧头就重重地劈砍在她身上。

一下,两下,三下……曹伟明也不知道自己砍了多少下。这十三年来,所有对小亮的思念,所有对人贩子的愤恨,所有压抑的情绪,所有的所有,都在这一刻化作手中的力量,拼命地、永无止境地向下砸去。

第三部:解谜

1

当把调查重点集中到曹伟明身上后,案情逐渐变得明朗。警方找到了曹伟明通过非法渠道购买镇静剂的记录,以及川沙友间宾馆的开房记录,而在工厂附近,作为凶器的斧头、汽油桶、灭火器罐子也相继被发现,上面都有曹伟明的指纹。

经警方核实,二〇〇八年被王莲拐走并扔在桥底下致死的男孩曹亮,正是曹伟明的儿子。

至此,曹伟明绑架并杀害人贩子王莲的犯罪事实,基本浮出水面。

但是目前,曹伟明仍然下落不明。公安机关签发了通缉令,加大了对曹伟明的搜捕力度,相信将凶手缉拿归案只是时间问题。然而,从种种迹象来看,曹伟明似乎并没有要掩盖自己的凶手身份。既然如此,现场又为什么会变成一个令所有人头痛不已的密室?这一切究竟是怎么回事?

对王家毅来说,现在摆在他面前的,只有那个铁皮小屋的密室之谜了。

面带愁容的王家毅来到思南路，那家记忆中的咖啡馆竟还开着。一位白领模样的女士拉开玻璃门走了进去，阵阵咖啡香飘散出来，是那股陌生又熟悉的味道。

王家毅不自觉地走进咖啡馆，找了一个角落的位置坐下，要了一杯热拿铁。曾经，王家毅和那个女孩在这里探讨了不少案情，多少次的豁然开朗，都在此地发生。

现在，即便那个女孩不在身边，他也要靠自己的努力，破解密室杀人的诡计。他决定边喝咖啡边重新整理一遍思路。

听说这附近住着一个名叫陈爝的著名数学家，这位天才数学家也协助警方破获过多起离奇案件，包括举国震惊的黑曜馆事件。王家毅心想，实在不行，一会儿干脆去拜访一下陈爝，听听他对这个铁皮密室的看法。

正在王家毅对着案件资料绞尽脑汁之时，面前传来一个轻盈的声音。

"迷案兄。"

"迷案"是王家毅多年前的网名，现在早已不用了，没有人知道这个名字，除非……

王家毅全身的血液沸腾了起来，倏地抬起头。那一秒钟，他简直不敢相信自己的眼睛。

"夏时……你……"他喊出了那个女孩的名字。

"这么巧啊？"阔别九年的夏时露出让人安心的笑容，娇小的模样依然像多年前的那个大学生。

王家毅站起身，仔细打量着眼前的夏时。斜刘海下是一张极其相称的少女脸，淡妆下的五官尤为精致，身上的咖啡色风衣和脚下的黑色马丁靴增添了几分个性。是她，就是记忆中的那个夏时，是帮他解决了十三桩谜案的夏时，是九年前在机场和他告别的夏时。

"你怎么回来了？你不是在勒芒吗？"

夏时在王家毅的对面坐下，说道："我好朋友要举行婚礼了呀，所以我就回来一段时间。啊呀，昨天刚刚从隔离酒店出来，闷死我了，正好很怀念这家咖啡馆的红茶，就想着过来坐坐。"

"这可太巧了！"

"你最近挺忙的吧？隔离期间我没事干，看到了汽车厂那件案子的新闻。"

"啊，你来得正是时候！"王家毅高兴地咧开嘴，连忙把桌上的一叠案件资料推到桌子对面，手忙脚乱地差点弄翻咖啡，"凶手我们已经确认了，但唯独案件中的密室之谜还没有解开。"

夏时将纤细的手指压在卷宗上,呼出一口气:"一回来你就让我做侦探吗?"

"拜托了!"

"还真是有点怀念呢。"

2

和以往一样,夏时耐心地看完了案件的全部资料,同时听王家毅将案情巨细靡遗地复述了一遍。此刻的旧咖啡馆仿佛变成了一张老照片,将画面定格在了很久以前。

放下卷宗后,夏时抿了口红茶,对王家毅说道:"迷案兄,这么多年,你为什么还是那么笨?"

"我……"王家毅愣在原地。

"这么简单的密室,你都解不开吗?"

"什么意思?难道你解开了?"

"嗯,解开了。"

"快告诉我!"

"其实啊,你也不算太笨,你之前已经找到了这个密室的突破口,也就是犹大之窗。"夏时神秘地一笑。

"你是说,是侧面墙板的四条裂缝?"

"没错。"

"可那个裂缝连只手都伸不进去啊。"

"那是因为,你只把那间铁皮屋当成一间屋子,但事实上,它可不是一间屋子。"

"这到底什么意思?"王家毅越听越糊涂,"它不是屋子是什么?"

"它是一只灯笼。"夏时炯炯有神地望着一脸迷茫的王家毅,一语道破天机。

"灯笼?"

"是的,你小时候有没有上过手工课?"夏时随手拿起边上的一个方糖盒子,将里面的方糖全部倒在碟子里,"手工课老师一定教你做过一种简易的灯笼。拿一个空易拉罐,用美工刀在罐子侧面,从顶部到底部纵向划开几道裂口,随后在罐子顶部用力一压,侧面的铝片就会鼓起来,变成灯笼的形状。

"那间铁皮屋，不也是相同的构造吗？虽然顶板和地板是密封的，但侧面的四块墙板可是分开的哟。铁皮的材料是马口铁，那并不是纯铁，而是含有碳元素的钢，加上做得很薄，因此具有较强的韧性和弹性，能够弯曲变形。所以，只要像制作易拉罐灯笼那样，在顶板上施加一个压力，整个小屋的四块墙板就会同时向外弯曲、鼓起，将四条缝隙扩大，打开四个足以让活人通过的缺口。就像这样……"夏时用手掌压住空方糖盒的顶部，盒子逐渐受力变形后，侧面的四条边从直线弯成弧形，就像微微张开的嘴。

"这……"王家毅被这个推论惊得目瞪口呆，他从来没想过这间铁皮屋还可以这样"玩"。震惊之余，他在记事本上画了一张示意图，帮助自己理解这个诡计。

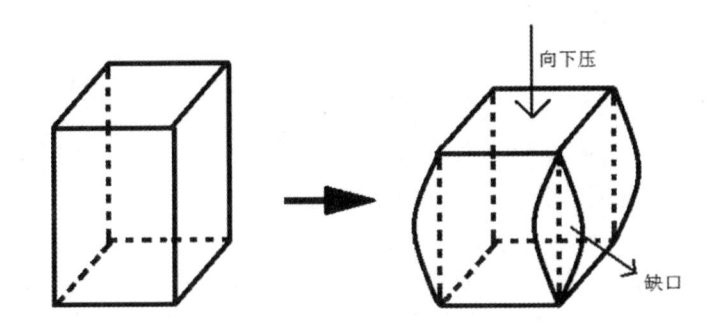

"是不是简单到超乎想象？"

"这我还真没想过。"王家毅拍了拍自己的额头，"但要把整个铁皮屋压到变形，需要在顶上施加一个相当大的力……啊！我知道了！案发现场在废旧车处理厂。为了方便运输和处理废料，那里应该有铲车或挖掘机一类的工具。只要将挖掘机的铲斗压在顶板上，操控斗杆向下施压，就能实现了！"

"嗯，同样因为铁板具有韧性。只要别压得太猛，将铲斗拿开后，墙板会弹回原形使屋子恢复原样。我想，制造这间铁皮屋的人，一定对铁板的最大形变能力、受压力道范围等数据做过精确的计算。"夏时补充道。

"啊？造这间小屋，一开始就为了这个密室诡计吗？"王家毅很是诧异。

"是呀，你想一下小屋的门，为什么侧边的两根铰链会离得这么近，而且都靠中间？铰链是门和墙的连接点，如果两个连接点之间的距离较长，那么这部分墙板在弯曲时就会受到来自门的阻碍。但现在两个连接点都靠中间，加之在另一边插上插销。这样，当墙板弯曲的时候，门仍然可以保持原状，互不影响。所以这一切，都是事先算计好的。"

王家毅用自己那仅有的空间想象力消化了一番夏时的话，五分钟后才开窍："原来……原来是这么回事。你等等，我……我试着来捋一捋曹伟明的作案经过啊。

　　"曹伟明在小屋外砍死王莲，随后驾驶挖掘机停在小屋旁，将铲斗平放在顶板之上。随后，他走进小屋把门反锁，将插销焊死。接下来，他使用带在身上的挖掘机遥控器，按下控制铲斗的开关，使铲斗对小屋顶部施压。小屋慢慢变形，打开侧边的缺口。曹伟明就这么走出小屋，再把尸体从缺口搬进去，焚烧，灭火。完成这一切后，他走出小屋，将铲斗升起，使小屋的缺口闭合，形成密室。

　　"之所以要冒着自己被关起来的风险先插上插销，再压下铲斗，也是怕铁板在变形过程中使插孔的位置发生偏移，事后与插销对不准。"

　　"不错，有长进。"夏时的目光之中透露出赞许的意味。

　　"密室诡计我是弄懂了，但是……"王家毅皱了皱眉，"曹伟明为什么执意要把现场布置成密室呢？甚至为了强调密室的不可解，还特意把插销焊死。另外，他为什么要烧王莲的尸体？如果只是想毁尸灭迹，为什么不烧彻底一些？"

　　"你还不明白吗？"夏时觉得暖气太热了，于是脱下风衣继续说，"先回答你第二个问题，为什么要烧王莲的尸体？我刚才也说过了，那是因为……

　　"因为小屋就是灯笼啊！为什么小屋的外表被涂成了红色？因为那是灯笼的颜色。为什么让小屋变形？因为那是灯笼的形状。但空有灯笼的外形是不够的，灯笼最重要的部分是什么？当然就是点燃的灯芯啊！有了灯芯，灯笼才能真正亮起来。"

　　夏时这短短几句话再一次让王家毅大受震撼，他仿佛感到脚下的地板裂开了，整个世界都在颤动。

　　"你是说……他把王莲的尸体当成了……灯芯，给点燃了？"

　　"是的，他烧王莲的尸体，并不是为了毁尸灭迹，只是想'完成'这只灯笼。当一切都准备就绪，王莲就是最后的'制作工序'。"夏时的语气变得有些悯恻，"我想，对曹伟明来说，见到这只亲手制作的灯笼被点燃的瞬间，他就心满意足了。最后将火熄灭，显然是不希望'灯笼'被烈火烧毁。

　　"最后的问题，为什么要制造这个密室？别忘了案发时间是在元宵节。除了灯笼，传统元宵节还有一样必不可少的元素——猜灯谜。这个密室，正是曹伟明给世人出的灯谜。他把王莲的死布置成一场元宵盛会，以这种方式来告慰儿子的在天之灵。一切，都是他对彼岸的儿子的……一种变态的追思。"

3

几天之后,警方在曹亮的墓碑前发现了曹伟明的尸体,死因是服毒。

曹伟明的手上捏着一张拍立得照片,照片里一只巨大的红色铁皮灯笼在夜空下发出耀眼的橙色光芒,熊熊燃烧的火焰在灯笼中心跳动,美得就像一幅画。

照片背面用黑色钢笔整齐地写了一行字:

小亮,爸爸欠你的灯笼,做好了。

4

冬日里的武康路就像一首与时代告别的诗,王家毅和夏时正在这条凝结了城市历史的街道上散步。

"谢谢你啊,夏时,没想到这么多年之后,还是要借用你的智慧来破案。"王家毅一边神情懒慢地道着谢,一边偷瞄了眼身旁这位31岁的女性,不敢想象时光过得如此匆匆。

"还真是想起了很多往事呢。"夏时停下脚步,用鞋尖拨弄起一片枯叶来,"你啊,真是一点没变,还是这张大叔脸,还是那么笨。"

"那我本来就是大叔了嘛。哎,别说啊,就算我这把年纪,经历了这么多,这案子还是让我很难受。都说共情能力强的人不适合当警察,我觉得没错。这好好的元宵节,本来是家人团聚的日子,现在却变成生命的终结。"

"从某种意义上来说,曹伟明和小亮,也算在某个地方团聚了吧。"夏时将一根挡住眼睛的发丝拨开,"但不管怎么样,活着的时候,才更应该珍惜身边的人。"

"夏时……你这次来,要待多久?"王家毅问出了这个早就想问的问题。

夏时踌躇了一分钟,侧过头道:"暂时不回去了,这疫情反反复复也挺麻烦的,不然就多待一阵子吧。"

"哦。"王家毅强忍着内心的欢悦。

"哦?你就说个'哦'字啊?"

"那……那我要说什么啊?"

"你不想跟我团聚吗？"

"我很想啊。"

"那你怎么不表现得激动一点？"

"我喜欢你，夏时。"王家毅的额头竟然在大冷天冒出汗珠。

"你这句话，迟到了九年哦。"夏时牵住他的手，"其实啊，我并不是恰巧出现在那间咖啡馆里的。"

鸡丁，本名孙沁文，推理作家、职业动画编剧，上海作家协会会员，擅长密室与不可能犯罪题材，被誉为中国推理界的"密室之王"。代表作：《雪祭》《凛冬之棺》《写字楼的奇想日志》《吃谜少女》。

橘咖啡的一次聊天

陆烨华

"原来所谓的'招牌橘咖啡',就是普通咖啡附赠一个已经剥开的橘子啊。"

"……啊,你是在跟我说话吗?不好意思。"

"不好意思的是我,突然坐在你旁边,打扰了。"

"没有没有,位子空着嘛,本来吧台就是随便坐的。"

"我也是好奇,这家店开在小区里面,进来的时候我就在想,坐在吧台不会看到小区房子里的什么东西吧。"

"确实是,这个视野挺差的,但还挺有看头。呵呵。"

"有看头,是吗?哦,果然……你看一楼那户人家,是自己弄了个院子吧,植物养得可真好啊,我就养不出这么好的植物。我在花店买过的一些花草盆栽,平均寿命大概就只有一个月,到期后不约而同都会枯萎。"

"看你的样子,不像是……"

"看我的样子,就是个很精致的女人,是吧?可能我把它们的养分吸光了吧,我只能照顾照顾自己,照顾别的生命,我并不擅长。"

"你……结婚了吗?"

"离婚了。"

"……对不起。"

"这话应该由我前夫说……哎,你不会是在看二楼吧?我刚发现!"

"二楼怎么了?"

"你看这对面的二楼,应该是客厅吧,这么大的落地窗,可惜阳光太强了,窗帘拉了下来,看不见什么。"

"嗯,那是罗马帘,不过没拉到底,还是可以看到一部分空间的。"

"大概能看到六十厘米吧,什么也没有啊,那里住人吗?"

"你问我吗?我不知道啊。你坐在窗边就是为了偷窥对面住户?"

"我不是坐在窗边,我是坐在你旁边。"

"我?我有什么特殊的地方吗?这里那么多空位呢。"

"别误会,我只是单纯好奇你坐在这里能看到什么,我也想看看。"

"我能看到什么，这很重要吗？"

"不重要，但这就是我喜欢咖啡店的原因，总能碰到各种各样的人，看到各种各样故事的碎片，以及看到别人眼中的风景。"

"那你应该去酒吧。"

"不行，酒吧太吵了，不适合聊天。而且酒精也无法让人理性思考。"

"我还以为你是个感性的人。"

"男人总以为女人是感性的人。"

"所以，你是一个理性的……"

"我确实是一个感性的人。"

"……"

"同时还很八卦。啊……这橘子好酸。"

"嗯，不是什么好橘子。"

"真该听你的，不要吃橘子，把它当成摆设就好。"

"听我的？我没说过这橘子不好吃啊。"

"你是没说，但我能听出来。你在这里坐了很久了吧，橘子都干瘪了，但你一点都没有吃。如果你是第一次来这家店，总会想尝一尝这个赠送的橘子。这不是什么没有开封的小饼干，也不是吃起来不太方便的食物，而是一个已经被剥开，会随着时间流逝而逐渐失去水分的水果啊。但你没有吃，就任它这样失去水分，直到无法再吃。从这个橘子上我至少能推断出两点：一、你不是第一次来；二、这里的橘子不好吃。"

"也许我只是不爱吃橘子，所以没碰。"

"那你就不会点橘咖啡。"

"哦，是啊。厉害厉害，要不是你长得这么好看，我都怀疑你是警察了。"

"警察就不能长得好看吗？我就认识长得很好看的警察，她也很优秀。"

"哦？你认识警察？你是做什么工作的？"

"你猜。"

"猜不到。今天是工作日，你没上班，但这并不能说明什么。你的年龄——不好意思，不像刚毕业的学生，而且你说你结过婚。"

"没关系，我确实年纪不小了。"

"后来我又猜你是网红，你知道吗，就是那种一天到晚不知道在干什么，但其实很忙碌的那种人，通常长得都很好看。我以为你是，但你进来之后别说前面架个摄影设备了，就连照片都没拍一张。哎，现在社会上有太多奇奇怪怪的职业了，或者说也有很多人没有职业同样能过得很好，我实在是猜不到。"

"我是开咖啡店的。"

"哦？所以……你是来做市场调研的？"

"我是来喝咖啡的。"

"对呀，你不是开咖啡店的嘛，正好在其他家喝咖啡，当作市场调研。怎么样？这里的咖啡加一点橘子，你觉得如何？"

"我只是来喝咖啡的。不过，你要说调研嘛……可能用调查更合适一点。"

"调查？"

"调查前不久这个小区里发生的一起命案。"

"你……真不是警察？"

"哈哈，有意思。"

"哪里有意思？"

"一般人听到我说来调查命案，第一反应肯定是'什么命案？展开说说？'，但你很有意思，对命案毫不好奇，最想知道的反而是我是不是警察——你是不是怕警察？"

"没有，只是你突然跟我说来调查命案，这件事情对我来说太荒谬了，没有真实感。所以，我比较好奇的反而是你的身份。"

"这个解释不错。我确实不是警察，只是一个无聊的咖啡店老板而已。平时呢，我就喜欢在自己的店里和客人聊天。你知道，人与人之间真是千差万别，不仅是思想，还有经历，所以和别人聊天的时候就好像自己也在经历一些平时不可能看到、听到的事情，很有意思。前几天，我们店里来了一个客人，恰好说起这边发生的命案，不过很多消息他也只是道听途说，再添油加醋，但已经成功引起了我的好奇心。再加上案件发生的小区里有一家咖啡店，关键的目击证词就是店里的客人提供的——奇怪的故事，没去过的咖啡店，这简直是致命的吸引力。"

"这个解释也不错。那你听到的是一个怎样的故事呢？"

"自杀。死者是一名年轻女性，我们叫她 T 小姐吧，独居，住在小区二楼。她很热爱生活，客厅里有一面很大的落地窗，通过落地窗可以看到房子对面的咖啡店。当然，咖啡店里的客人，对她家的客厅也一览无余。"

"现在的年轻人，真不知道是注意隐私还是不注意隐私，连手机这么小的东西都要买个防窥膜屏幕，但客厅那么大的展示空间，却大大方方地给陌生人看。"

"你这个想法就跟女生穿好看的衣服是为了给别人看是一样的。女生穿好看的衣服，其实只是为了取悦自己。客厅装大落地窗，也只是为了自己能享受更多阳光和更广阔视野罢了。装大落地窗和贴防窥膜并不冲突。"

"好好好，不要对我打拳，我也只是随口一说罢了。那这位看起来热爱生活的女生，又怎么会自杀呢？"

"动机问题众说纷纭，也是坊间八卦最爱添油加醋的地方……哦对，你不好奇她是怎么自杀的吗？不然怎么会跳过自杀方式，直接问动机了呢？"

"你还真像一个警察。我只是一个普通人，自杀嘛，又不是谋杀案、凶杀案，没那么夸张的，无非就那几种方式，总归是动机比较有趣一点。"

"看来你也是一个八卦的人。"

"大家都一样。"

"那这样，我把我听到的事情脉络大致讲一遍。有哪里讲得不清楚，你再来问我，怎么样？"

"好啊。"

"上个月的某日下午3点左右，警方接到报案电话，称X阳花苑小区1栋202室疑似有人自杀。警方随即赶到案发小区，在小区入口，也就是咖啡店的门口处，看到已经有大量居民围观驻足。在围观群众站立的地方，可以清晰看到X阳花苑1栋202室客厅的一部分。和今天的情况恰好一样，客厅的罗马帘垂下，但没有垂到底，距离地面约60厘米。也就是说，那些在外面围观的群众，也只能看到这60厘米的画面。但这已经足够了，在这个有限的画面中，可以看到一截裸露的小腿悬在空中。如果这不是恶作剧的话，那只要稍微联想一下，就能猜到——有人上吊了。

"警方来到202室，因为没有钥匙，只好破门而入，随后发现T小姐吊死在客厅。客厅很干净，非常匹配工业风的设计，甚至连沙发都没有，墙边是一排开放式书柜，书柜里部分书籍已经被取了出来当成垫脚的东西，如今散落在地，最上方和最下方的书柜格子中的书没有被动过。顺便说一句，书柜最上方，还放着T小姐的手机。警方放下T小姐后，发现她已经没有呼吸，但尸体仍有余温。用来上吊的绳子是麻绳，这种绳子的特点是缠住打结后很难用双手解开，绳圈的大小刚好围住脖颈，无法从头上直接取下，判断死者事前准备了麻绳，套上后自己打了死结。整个房间的装修风格是现在年轻人中间比较流行的工业风，天花板没有做吊顶，取而代之的是一些穿梭的钢管。这些钢管是一体式的，但是做出来有高有低，也正因为有这样的装修风格，才能牢牢地挂住麻绳。而

T小姐上吊的那段靠近书架的钢管，刚好是距离地面最高的一部分，也恰好是这样的高度，才吊起了T小姐。如果是房间其他地方较低的钢管，以麻绳的长度是无法成功上吊的。"

"现在果然是信息时代啊。这些现场的细节居然传得这么详细。"

"当然了，我也通过我的渠道询问了很多人，最后才整理出这个版本。信息时代，辨别真假的成本真是太高了。"

"我先来说下我的看法，尸体仍有余温，说明她刚死去不久，通过目击者的证词，也可以判断现场没有其他人。而且，她事先准备了麻绳，套在头上后再打了死结，可见铁了心要自杀。"

"没错，光看现场确实是这样。被判断为自杀，还有一个最重要的原因，就是目击者。"

"前面说过，警方是接到报案电话才去现场的，报案人是咖啡店的一名顾客。据他所言，当天下午，他和往常一样，在咖啡店的吧台处喝咖啡——就跟我们现在一样——在喝咖啡的过程中，无意间发现对面202室的客厅里面有人在走动。因为罗马帘被放下，目击者只能看到一双裸露的小腿在客厅里来回踱步。我后来特意向好几个目击者询问过，他们说虽然只能看到一截腿，但是从步伐的速率来看，可以想象到当时死者很焦虑。这个过程持续了大约不到十分钟吧，其间或许是第一个目击者有意地提醒，又或许是看得太入迷了，总之咖啡店里又有其他人观察到了这一幕。再后来，在好几个人的目视下，那双腿的主人放了几本书在地上，叠成一叠，然后她踩了上去，很快，书籍散落，双脚悬空。那双脚挣扎了一阵，最终无力地垂荡在半空——也就是在这个时候，大家终于意识到自己刚刚看到的可能是一个人自杀的过程，于是有人报警了。"

"我打断一下。"

"请讲。"

"你说的目击者所在的咖啡店，不会就是这家店吧？"

"你完全可以这么认为。"

"这里发生了这么大的事情，我怎么不知道？"

"咖啡店嘛，还要开门做生意的。"

"好吧，你继续往下说。"

"说得差不多了，咖啡店里的目击者算是目击了自杀过程的一半吧。虽然隔着两块玻璃和一段距离，也没有看到死者的容貌，但根据一般的生活经验加上合理的想象足以判断发生了什么。现场从头至尾只有死者一人，没有第二个人，或者说没有出现第二个人的脚。而且警方后来看到的现场也没有可疑之处，现场的环境、目击者的证言、关于死者的传言……这一切都指向了自杀。"

"死者的传言？"

"就是你最期待的动机环节。"

"哦对，我一开始就问动机来着。那么动机是什么？"

"为情所困。T小姐不是上海人，在这边也没有任何朋友。两个月前，大学毕业的T小姐来上海旅游，原本打算玩一个礼拜就回去的，可就在要回去的时候，她突然跟老家的父母说在上海找到了真爱，再过一阵回去。父母一开始当然很担心，但是T小姐每天都跟他们打电话、微信发照片，表现出生活非常幸福的样子。后来还说在上海找到了挺好的工作，接下去可能会在上海发展，先忙完这一阵就回去。工作和婚姻，两件对T小姐父母来说最重要的大事，居然通过这次旅行全部解决了，他们也就不再多说什么了，直到传来噩耗。"

"说起来，父母真的很奇怪啊，上学的时候不让人恋爱，一毕业就要人结婚。这样反而会让人陷于不幸。"

"这不是奇怪，只是'什么年纪该做什么事'的要求困住了很多人。独立思考之所以可贵，就是因为很多人都在用他人的思考方式生活。不过这个话题和今天我们讨论的案件是两码事，过分指责T小姐的父母没有必要。从某个角度来说，他们反而是开明的父母。T小姐已经大学毕业，有独立思考的能力，她愿意和谁在一起、选择怎样的工作、留在哪里发展，父母都不应该阻挠，不能如今发生悲剧之后再从结果反推。试想，如果T小姐真的在上海生活得很幸福呢？这件事情里，唯一要责怪的就是杀害T小姐的凶手。"

"不对啊，哪里来的凶手？"

"任何死亡都有凶手，凶手是疾病，凶手是时间……"

"自杀呢？"

"总有人要为自杀负责。"

"警方没有找到T小姐的男朋友吗？"

"找到了——不，这样说不对，应该说，那个男人从一开始就出现了，但也因此，他不可能是凶手。他就是最早的那个目击者。"

"也就是说，她男朋友是亲眼看着她一步步上吊自杀的，是吗？"

"没错。"

"那这还挺讽刺的，想必在那个男人的心里也留下了阴影吧。他在这边喝咖啡，看着对面女朋友焦虑地走来走去，就没有想过她会想不开吗？"

"据说,他们当时正在闹分手。当然,那都是坊间传闻。关于桃色新闻,坊间的传闻一向是极尽夸张之能事的。有他——我不太喜欢把某一个具体的人统称为男人或女人,所以还是老规矩,暂且称之为J先生吧——有J先生是有妇之夫的版本、J先生是诈骗犯的版本、J先生是某著名游戏公司高管的版本,听起来都不像真的,又都特别像真的。这些众说纷纭的花边新闻就不谈了,对我来说也没有太多价值,总之,用最简单的故事陈述,就是两人度过了恋爱蜜月期之后,因为某些不大不小的性格原因闹别扭。案发的时候,他们已经三天没有联系了,这一点在T小姐的遗物中也得到了证实。

"据J先生所说,他还爱着T小姐,所以案发当天下午他来到T小姐的小区,点了一杯咖啡,准备喝完之后就去谈复合。他看到T小姐在客厅焦虑地踱步的时候,内心也十分煎熬,还给她打了一通电话,但是T小姐没有接,竟然选择了自杀。这一通未接来电,后来也被警方证实了。"

"男人很天真,以为伤害之后是复合,而对女生来说,伤害之后是无尽的痛苦。"

"这又是一个天真的想法,男人总以为世间万物都可以归纳总结出一些规律。"

"好吧。说回案件,通过你的叙述,这起案件虽然很不可信,但也没有什么可疑之处啊。"

"对,这起案件看起来特别清晰明了,从现场和目击情况来看,不可能是陌生人入室抢劫,意外杀人。在上海唯一和T小姐有关系的也只有J先生一人,但两人之间没有金钱纠纷。T小姐刚毕业,只身来沪,本来就没有多少积蓄,据说房租也是J先生帮她出的。而如果说是因为T小姐缠住了J先生,J先生想干净地摆脱她呢,也不合理,因为J先生作为案件的目击者第一时间跳了出来,对两人的关系供认不讳,可见'想要隐瞒这段关系而杀人'的动机也是不存在的。除此之外,两个月的交往过程中产生的情感纠葛,也不至于会恨到要将对方置于死地。综上所述,从动机方面考虑,确实T小姐自杀更为合理。但是……"

"但是什么?"

"如果我说女性的直觉,你会不会觉得很可笑?"

"会。"

"感谢你的诚实,但整起事件确实有很多耐人寻味的地方。比如空旷的客厅和书架。"

"这一点确实很奇怪,但你前面不是说了嘛,这是某种现在流行的工业风设计。我大概不太理解,在我的概念中,这和极简风应该差不多吧,就是家里几乎没有任何家具。"

"对,确实有这种装修风格,但这种装修风格和书架是矛盾的。我有一些朋友家里也是极简风,那是非必要的东西不买,必要的东西还是有的,比如沙发、餐桌,或者一两把椅子。我曾经参观过一个朋友的家,他们花了很大的价钱,把房间做成了所谓的'战后风',乍看之下,就像是战争后的一片废墟,但这些'废墟'也是他们请装修团队一点点制作出来的。与此同时,他们的房间里依然有该有的生活家具。T小姐的客厅,如果硬说是极端的极简风,什么东西都不要,那也不应该有书架。放书架无非有两种目的:一种是为了装饰——这显然和客厅的整体风格不搭;另一种是为了实用,也就是阅读,但客厅里连一把椅子都没有,又如何阅读呢?这个客厅给我一种故意弄成这样的感觉,刻意感极强。"

"这么说来,确实有点。"

"还有手机。前面我说了,手机被放在书架的最上方一层,我从来没有见过一部手机会放在这么不趁手的地方。"

"嗯……可能她不想用手机?为了不被别人打扰,而故意放到自己很难拿到的地方。"

"那和自杀者的心境不符。前面你也说了,从麻绳的准备、绳结的打法等可以看出,T小姐是一个很决绝的人,铁了心要自杀,那么她就不会担心一个来电、一条信息就会动摇自己。而且,一个人在做出生死抉择之前,难道真的不会再犹豫一下,或者给别人留一点信息吗?现场并没有发现T小姐的遗书,不管是出于报复也好,交代也罢,她应该想要拿着手机给J先生或者自己的家人留一点话才合理,哪怕最终没有真的发出去,也应该是犹豫的,手机就在手边的。这是第二个不对劲儿的地方。"

"还有第三点吗?"

"有,就是踩书自杀的方式。T小姐事先买好了坚固的麻绳,这说明是一次有准备的自杀,可如果有这样的准备,再不济也得给自己准备个凳子什么的吧,可她却是临时在书架上拿下来几本书垫在脚下,这两者之间充满了矛盾。"

"所以你的结论是——T小姐并不是自杀?而是被人谋杀?"

"是的。"

"凶手呢?J先生吗?"

"只有他。"

"他是如何办到的呢？T 小姐上吊的时候，J 先生正在咖啡店坐着，身边有一群证人，而且他们和 J 先生一起目睹了 T 小姐自杀的全过程。"

"这确实让我苦恼了很久，我在错误的思考方向上走了很远。比如我想过房间里其实不止 T 小姐一人，大家看到的腿是别人的，但这样考虑的话要面临的问题就更多了，这第二个人是如何离开房间的？尸体有余温说明 T 小姐确实刚死，那这么一览无余的客厅，她又被藏在了哪里呢？不管怎么样，六十厘米的高度不算矮，尸体总不能悬浮着或者一直背在身上吧？我按照这个思路想下去，最终碰到了更多死胡同，现场的特殊性限定了凶手没有共犯，房间内也没有第二个人，目击者们看到的那双腿，就是 T 小姐本人的。"

"那又回到最初的问题了，凶手是如何办到的呢？"

"不，并没有回到最初的问题。我们在面对不可思议的事件时，往往会顺理成章地用不可思议的思维角度去思考。"

"很正常，只有魔法才能打败魔法。"

"但这起事件并不是，凶手的诡计很简单，简单到堂而皇之，就在所有目击者眼皮子底下，杀掉了 T 小姐。"

"哦？在所有人的眼皮子底下吗？"

"在所有人的眼皮子底下。"

"他是怎么办到的？"

"你觉得 T 小姐是什么时候上吊的？"

"什么时候……不就是所有人看到的那时候吗？警方后来进到现场也证实了 T 小姐刚死不久，这一点是最没有疑问的呀。"

"我不是问她什么时候死的，我问的是——她什么时候上吊。"

"也是那时候啊，按照常理推论，一个人上吊最多坚持一两分钟，而且 T 小姐上吊的整个过程不都……咦？难道说？"

"对，正如你所想，事实上没有任何一个人看到 T 小姐上吊的过程！大家看到的，只是 T 小姐的在客厅里走来走去，显得很焦虑，然后她踩在了书上，最终完成了吊死的动作，但是最关键的凶器——那根麻绳——是什么时候套在她脖子上的，没有一个人看到！"

"那麻绳究竟是什么时候套在她脖子上的呢？"

"很早之前，当时凶手还在家里。我倾向于是晚上，毕竟凶手在 T 小姐脖子上套好麻绳后，还要把客厅的罗马帘拉开一部分，好露出 T 小姐的小腿让目击者看到。在拉开罗马帘的时候，凶手很难保证自己的双腿不会被小区或咖啡店的人看到，所以保险起见，他应该是在前一天的晚上，或者凌晨做这些准备的。当凶手给T小姐套好绳套后，拉开罗马帘，离开现场，之后的时间随便找个地方度过，等时间差不多了，他来到咖啡店，坐在吧台前，有意无意地引导店里的客人见证T小姐死亡的那一瞬间。这起事件中最有意思的地方就在于，杀人和死亡，并不是同一时间发生的，甚至之间还隔了很久，这就是凶手的杀人诡计。

"现场每一个地方都流露出一种'刻意'的感觉。比如罗马帘半垂，你说想要视野吧，它上面全部挡住了，你说想要私密感吧，下面又偏偏露出很多令人遐想的空间来，就好像这露出来的地方，是一块屏幕，一块刻意要别人看到的屏幕。不用说，咖啡店坐在吧台处的客人就是现成的观众。再比如书架，前面也已经说过了，这个书架实在是太过奇怪，和整个客厅的风格完全不搭，它出现在现场好像是为了完成某个任务。再加上过于空旷的客厅、放在书架顶层的手机、用来当脚垫的书，这些物品一个个的，都仿佛带着强烈的目的性。"

"等一下。你说的这些如果要成立，得有一个前提，就是T小姐的反应。凶手在T小姐脖子上套麻绳的时候，难道她不会反抗吗？"

"会，正常来说肯定会，但你别忘了凶手动手的时间是在前一天的晚上。凶手是趁T小姐睡着之后才动手的，为了让计划能够顺利进行，恐怕他还给T小姐下了一点安眠药。"

"这都是你的凭空猜测吧？毕竟现场没有说发现什么安眠药啊。"

"你以为在玩剧本杀吗，必须搜到线索才能指认别人？首先，我说的这些本来就是我的推理——哦，你要说是凭空猜测也可以，这两者之间可以画个约等于符号吧——其次，凶手有大量的时间可以处理现场，安眠药的瓶子难道他还会留在现场吗？死者生前有没有服用过安眠药，恐怕只有法医尸检之后才能得知，但一来已经结案为自杀了，家属不同意的话是不太会进行司法解剖的，二来即便解剖了，结果也不会告诉别人，警察自己就去调查了。所以，我只是通过现场的一些情况尝试做一番可能性的推理，在这个过程中有很多东西当然是没有证据的，但不妨碍它们出现在我的逻辑链中。"

"明白了。我来总结一下，凶手前一晚和T小姐待在一起，他早就有了杀人的预谋，为此还准备了麻绳和安眠药，等T小姐昏睡过去后，凶手将她带到客厅，用麻绳在她的脖颈上缠了一个徒手无法解开的死结，另一端则挂在天花板的横梁上。客厅内没有家具但是有一个摆着书的书架是必要的道具，所以留着。最后，凶手把罗马帘拉开一点空间，使对面楼下咖啡店的人可以看到T小姐的小腿动作。准备完这一切之后，凶手离开现场，等着T小姐'自杀'成功。"

"没错，这就是我的推理，或者说猜测。"

"但是这里还有一个最关键的问题，就是绳子的长度。在你的推理中，凶手把麻绳缠在T小姐的脖子上，然后离开，这个时候，T小姐应该还没有处于'上吊'的状态吧？"

"是的。"

"也就是说，这个时候绳子是松弛的，所以T小姐才不会窒息，甚至不会醒来。那既然如此，凶手是怎么在离开房间后，让绳子变短，由此让T小姐处于'上吊'的状态呢？"

"很简单，让T小姐醒来后自己上吊，就行了。"

"你在开玩笑吧？"

"我没有哦，还记得客厅上方钢管的构造吗？"

"我记得是……钢管是一体式的，有高有低……绳子就绑在最高的那一段钢管上。"

"记性很好啊。"

"你在描述的时候我就在想那个画面，真的是很奇怪的装修风格，所以印象很深刻。好像这个装修风格就是为了……杀人用的？"

"现实不是小说，没有一种装修是为了杀人而装的，但架不住有些人因地制宜。关于这起案件，你记得没错，T小姐确实是吊死在距离书架最近的那一段钢管上，那也是最高的一节钢管了，但是凶手在离开的时候，绑的并不是这一节，而是客厅内偏低的那一节钢管。"

"那她是以什么姿势被绑住的呢？较低钢管的部分，客厅内并没有其他家具。"

"应该是坐在地上，背靠在墙壁吧。那个地方应该距离书架和罗马帘都有一定的距离，从楼下看不到。还记得第一个目击者说的吗，忽然看到两条腿出现在客厅，那说明T小姐是逐渐走过来的。安眠药的药效退去之后，T小姐醒来，然后她意识到自己的脖子上缠着一根麻绳，麻绳的另外一头系在钢管上。她的第一个反应是疑惑，她当然知道给她套上绳圈的人是谁，事实上那个人在两个月之前就已经给她的生活套了一个绳圈，她只是不明白这么做的目的是什么？绳圈无法徒手解开，她也够不到天花板，但即便这样又如何呢？她不会因此而窒息死亡，所以，T小姐只是很迷茫地在客厅里走来走去，她想寻求一个答案，那个人这么做是为了惩罚她吗？让她感到害怕、孤独、无助？"

"她就不会想到自己快要死了吗？"

"或许有过一丝吧，但不会很强烈，多数人在危险靠近的时候都浑然不觉，总觉得死亡距离自己很遥远。而且，一个碰到渣男而不自知的女人，我也不认为她有足够的能力辨别出更大的危险。"

"你应该比我更了解女人，所以我也没法反驳。那T小姐戴着绳套在客厅来回踱步的时候，心里在想什么呢？"

"幸福的，悲伤的，曾经的，未来的，都绕不开那个亲手为他套上绳索的人。总之，不管是继续和那个人大吵一架，还是再看看有没有可能，最重要的是联系到那个人。所以你觉得T小姐那个时候在想什么？"

"想一个人？"

"想自己的手机在哪儿。"

"啊？"

"这才是人之常情吧？不管遇到了什么问题，总会想要先找一下手机，心里想着另外一个人的时候，也会拿起手机看看吧。可是T小姐在空旷的客厅看来看去，却找不到自己的手机在哪里。这个时候，她才真正地着急了起来。"

"所以她步伐变得焦虑，其实是因为找不到手机？"

"因为这之前所有的事情，再加上找不到手机——而这是最重要的。有了手机，她可以打电话给对方，甚至可以报警，总是有办法的。但没有手机，就等于断绝了她所有的后路，所以她着急了。就在这时，手机铃声响了。"

"这个铃声是……"

"没错，正在咖啡店里的J先生打的。他在楼下看到T小姐的步伐变得焦虑，知道时机成熟了，可以打电话了。"

"这么说来，J先生的电话并不是没有意义拨打的？"

"当然，J先生——现在我们已经形成了闭环，他就是凶手——在他的计划中，打电话是不可或缺的一步，甚至是最重要的一步，正是因为这通来电，才让T小姐真正走向了死亡。"

"因为……手机在书架的最上层。"

"对，来电铃声让T小姐知道了手机的位置，在这种焦虑的情形下，她此刻唯一想做的，就是拿到手机。对她而言，手机就是离开这里的钥匙，就是解开绳索的小刀。于是，她一步步靠近书架，与此同时，上方的绳索也在一体式的钢管上移动，逐渐升高，为了够到手机，也为了缓解绳索越来越紧的压力，她把书架里的书拿了出来，垫在脚下……随后的一切，都和我们知道的没有两样了。"

"很有趣的故事。"

"谢谢你的聆听，一杯咖啡正好喝完，我也得走了。"

"等一下。"

"怎么？"

"这个故事……是你编的吗，还是真的？"

"有什么区别吗？"

"当然了，真的是已经发生的。编的，就是假的。"

"真的是已经发生的，编的却未必是假的，也有可能是还没发生的。或者，正在发生的。"

"那为什么要跟我说这些事呢？总觉得你意有所指……"

"你想多了，一个故事而已。没有故事，只有咖啡，那也太苦了。况且，这杯咖啡也不好喝呀。"

陆烨华，推理作家、上海作家协会会员。2012 年在豆瓣连载幽默推理短篇集《撸撸姐的超本格事件簿》，初次尝试将搞笑与推理相结合的创作。已出版推理小说《春日之书》《今夜宜有彩虹》《逐星记》《助手的自我修养》等。译有阿加莎·克里斯蒂的长篇小说《长夜》《他们来到巴格达》。同时经营 B 站账号"推理作家陆烨华"，科普关于推理小说的趣味知识。

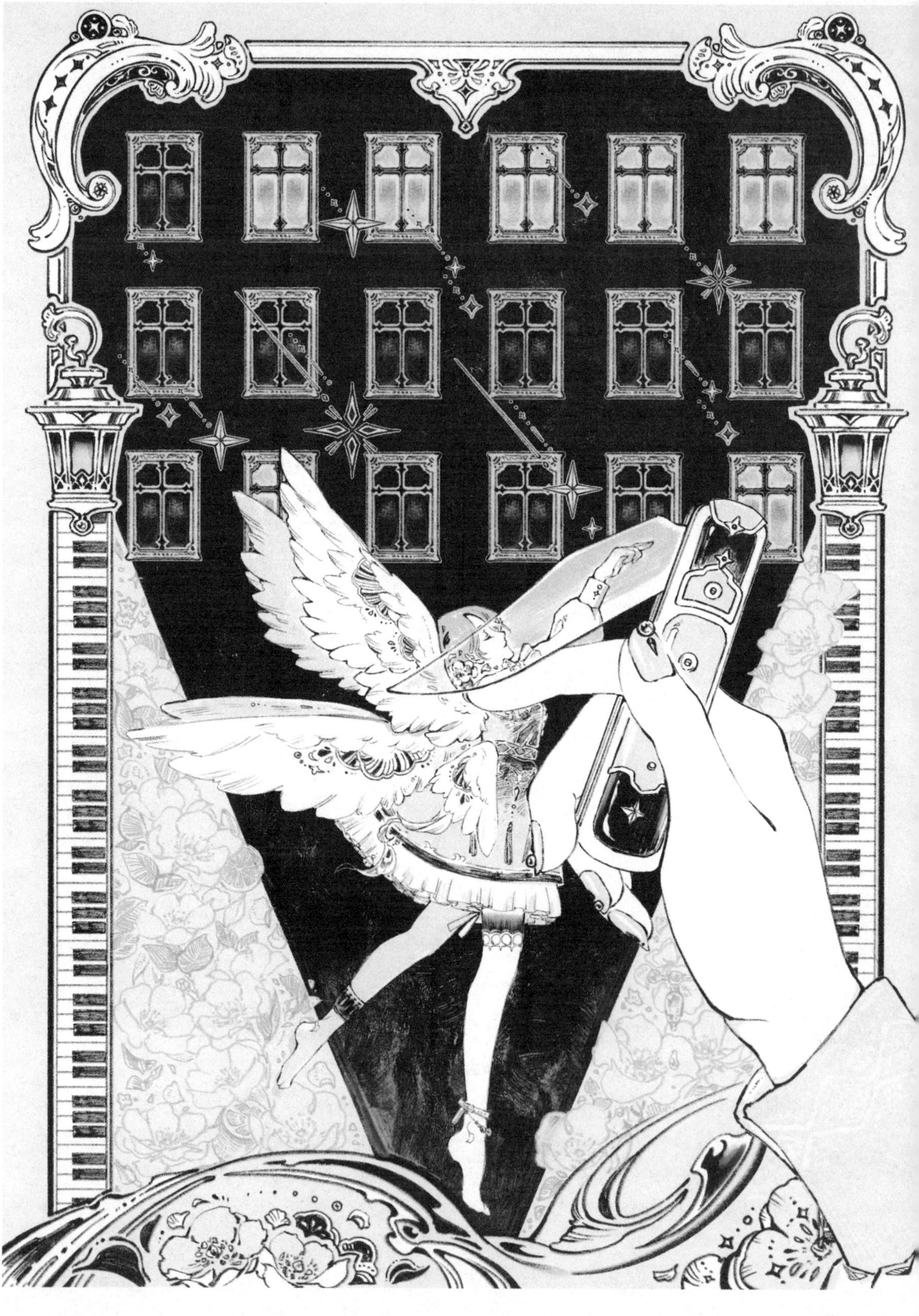

末灯抄

陆秋槎

···of moments awful,
Now in thy inner life, and now abroad,
When power streamed from thee, and thy soul received
The light reflected, as a light bestowed–

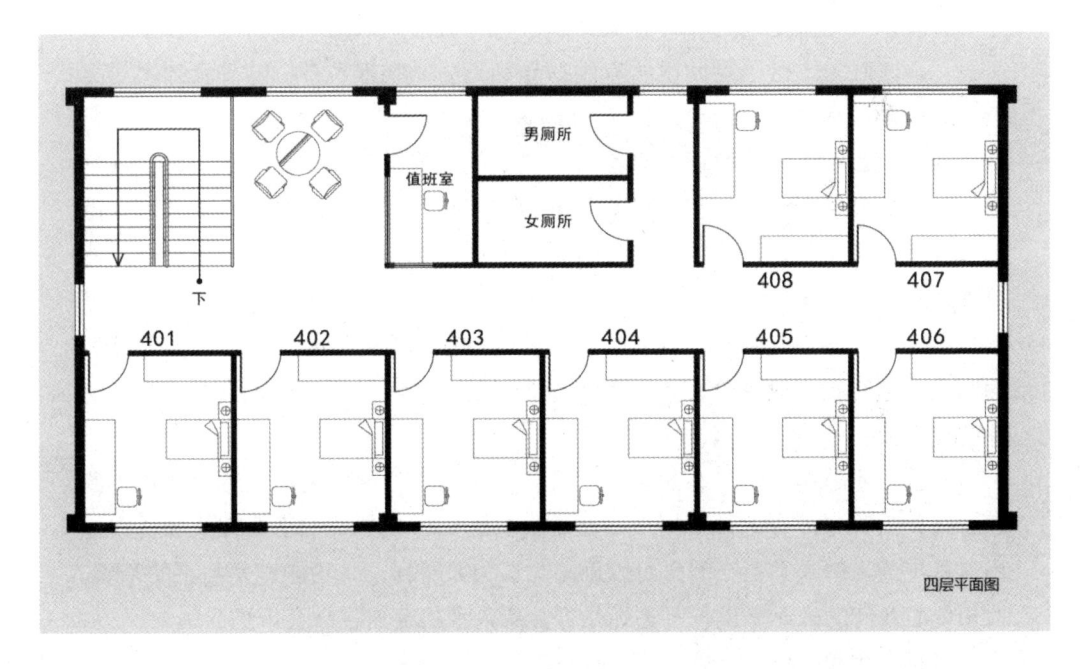

四层平面图

1

下午的舞蹈课后，我和赵七海结伴冲了澡，洗去满身的汗，又来到401室，问住在那里的田茉裕借吹风机。替我们打开房门之后，田茉裕再度让自己的下半身陷在柔软的床垫里，上身倚在床头——这几日她总是以这副姿态出现在我们面前。披着浴袍的七海坐在床沿，解开缠在头上的毛巾，摆弄着垂在胸前湿漉漉的头发。我则比较客气地侧坐在桌子旁的木椅上，将毛巾握在右手里，手肘搭在椅背上，左手拿起原本放在桌上的吹风机。

床头没有电源，我和七海每次都这样轮流坐在桌边吹干头发。

"伤口还痛吗？"

七海抚着田茉裕缠有绷带的右手问道。

自从在楼梯上摔伤之后，田茉裕就一直处于卧床静养的状态，缺席了这几日的课程。幸好她是我们当中唯一一个有过演艺经验的人，原本就接受过这类培训，所以即便耽误了几天的课程，也绝对不会拖大家的后腿。

反倒是一无是处的我，明明每一节课都出勤了，却总是拖累大家。

恐怕我真的不适合站在被聚光灯照亮的舞台上。毕竟直至一个月以前，我都无法想象自己会参加选秀活动，并接受偶像歌手的培训。

和娱乐圈完全绝缘的我，会来到这里，究其缘由只是和家里人大吵了一架而已。那天晚上，砸了房间里所有的易碎品之后，我抱着自己的外套冲出了家门，乘坐倒数第二班公交车去投奔我的室友陈姝琳。听完我的电话，姝琳非常冷静地让我在她家楼下等了半个小时，直到她父母睡熟了才招呼我上去。或许是为了不让父母担心我，也很可能只是怕他们报警，我特地给比较能理解我的母亲发了一条短信，告诉她我打算暂时住在同学家。之后我就和姝琳挤在一张单人床上睡了一晚。

第二天，姝琳向她家长说明了我的情况，他们对此表示理解，并联系了我的家人。当时我真的很羡慕姝琳拥有这么善解人意的父母，但也清楚不能就这样叨扰下去。

而且，我总担心，姝琳的父母了解我离家出走的原因之后，难免会认为我这种叛逆的人可能会对姝琳造成一些不好的影响。虽然他们不会在我面前表露出这种担忧，但未必不会因此对姝琳施加压力。更何况，这毕竟是高三的寒假，对于一心备考的姝琳来说，不论她是否介意，我的存在也总会干扰到她。

可是，我和家里的矛盾估计一时也没法解决……

因此，住在姝琳家的那几天，我一直在寻找其他可去的地方。最后将这根救命稻草递给我的正是赵七海。

我和七海是在一个古典乐论坛上认识的。她虽然比我低一年级，但自幼学习音乐，所以教了我许多东西。去年6月，我去上海听了一场纪念肖斯塔科维奇一百周年诞辰的音乐会，和她见了一面，之后又在她家沙发上借宿了一晚。此后，我们几乎每周都会通一两个小时的电话，报告近况、诉诉苦，再交流一下听音乐的心得。

住进姝琳家的第四天，我接到了七海打来的电话。寒暄之后，她把话题引向了令我难以置信的方向。她说，就算自己继续在钢琴上面下功夫，可能也很难再有进步，但是又不愿放弃音乐，所以在考虑要不要朝着其他方向努力，比如流行音乐和作曲。她和老师商量过之后，决定报名参加某个培育偶像歌手的计划。根据这一计划，主办方将选拔出人数未定的几名女生，经过训练，由她们组成一个偶像团体。据说她的钢琴老师——以创作电影配乐和极简主义音乐著称的叶绪雪——也是这一项目的策划人之一，会为这一团体创作歌曲。七海说她应该可以顺利通过初选，只要能熬过为时两个月的训练，或许就能闯进那个封闭的娱乐圈了。

最后，她半开玩笑地问我，对此有没有兴趣。而我后面讲的那些话一定让她大吃一惊。了解了我的处境之后，她表示欢迎我去上海投奔她，顺便参加一下那场选拔。如果通过了，就能找到免费的住处；即便不能，也大可在她参加封闭式训练期间借住在她家。

或许是因为宣传不利，也有可能是大家都不看好这个计划，选拔当日来参加的女孩子寥寥无几，恐怕还不足五十人。于是，毫无基础的我也挤进了通过初选的六个人之中。六个人里面，除去已经年满二十岁的许宜初，最年长的便是正在读高三的我了。林结绮和方理南才刚满十六岁。

说起来，我在那个年纪，都在做些什么呢？

不，确切地说，直到现在，我都把人生浪费在什么地方了呢？

我总是在努力回应别人的期待，面对自己真正想做的事情反而总抱着一种漫不经心、自娱自乐的态度。毕竟，对于我来说，"梦想"什么的恐怕根本就无望实现。而且，就算实现了，也很难换取一般人眼中的成功，甚至还会让我过上朝不保夕的日子。

因而，上了高三之后，我就再没写过小说，若有不错的构思涌进脑海里，我也会竭力逼自己忘掉。几个月以来，我只是一心备考。尽管如此，当家长在填报志愿阶段对我指手画脚的时候，我还是没能控制住自己的情绪，结果以此为导火索，积压多时的负面情感在那一刻决堤，最后闹到离家出走的地步。

通过初选之后，我决定留下来接受培训，恐怕只是想逃避现实。不过，若能以偶像歌手的身份出道，或许能积攒一些名气，最坏也不失为一种人生体验。相比参加高考，走这条路或许能让我更接近目标吧……

——成为小说家的目标。

两周的训练，我就是带着这种侥幸心理坚持了下来。但我的表现的确令人失望。实际上，按照制作人的解释，我们六个人通过的只是初选而已，该偶像组合出道时还能留下几人，全都要看我们在训练中的表现来决定。

换言之，我们之中应该有人会被淘汰。

在这样的前提下，我们六个虽然表面上处得很融洽，实际上也总是难以忘掉竞争关系、毫无芥蒂地交往。

终于，灾祸降临在了最引人注目的田茉裕身上……

"手腕已经没事了，医生说过两天就可以拆掉绷带。"田茉裕苦笑着回答道，"只是手指还不行，毕竟挫伤了软组织，要彻底恢复，可能还要一两周的时间。幸好没有伤到头或颈椎，否则可能这辈子都下不了床了。"

"快点康复，回到我们中间。大家都在等着你呢。而且，虽然你不可能掉队，但是，如果你一直躺在床上，就没人能单独指导秋槎了。这两天她可是一直被江老师骂呢。"

江老师指导我们跳舞，而舞蹈一直是我最不擅长的一门课程。和唱歌不同，在舞蹈方面，不要说基础了，我就连一点经验也没有。上课的时候，只是跟着节奏摆出动作就已经力不从心了，还要保持笑容、放声歌唱，对我来说实在是件要命的差事。体力固然是软肋，僵硬的身体也是个难以克服的障碍。

为此，我曾经向参加过偶像培训的田茉裕和有舞蹈基础的方理南请教过，她们的建议惊人地一致，虽然我实在不愿照她们说的做……

"看来，只要没人监督，你就不会按照我要求的那样，认真地做柔韧性训练。"田茉裕将头转向我，为了让我隔着吹风机的噪声也能听清她的话，特意提高了音量，"我必须早点康复才行啊。"

……呜，又被教训了。

明明她比我还要小上一岁。

我一想到这一点，心里多少有些不甘。

不过的确如她所言，这几天我都没有按照她的要求完成练习。

"因为真的很疼啊。"每次拉扯韧带的时候，我都会在心里怨恨父母没有把我生得更柔软些，"真是的，为什么只有我要做这种训练……"

"话也不能这么说，每个人都有必须克服的东西。只不过，你遇到的难题，碰巧是柔韧性罢了。"

"对于我来说，就是狭窄的音域吧。"七海接过话茬，"不过对茉裕你来说，必须克服的又是什么呢？你的先天条件很好，外形和声线都很漂亮，后天培养的技巧也无可指摘，还参加过选秀，见识过大场面，不会像许宜初那样容易怯场。硬要说的话，你现在需要克服的就只有手上的伤了。"

"对我来说最棘手的事情是人际关系啊。"

"七海，我吹好了。"将吹风机放回桌上，我起身说道。就这样，我和七海交换了位置。"茉裕，你真的确定吗，自己当时是被人推下楼梯的？"

"你该不会认为我在说谎吧？"

"我不是这个意思。"面对田茉裕的强势态度，我连忙解释道，"只是不愿相信我们中有人会做这种事罢了，总觉得大家都是好人……"

"你自己做惯了好孩子才会这么觉得。我也算是在这个圈子里混过一段时间，自然知道其中的险恶。成功的概率这么低，每个人自然不愿放过任何一个机会。但是很多时候，公平竞争根本没有胜算，就只好采取别的办法来铲除比自己强大的敌手了。"

"茉裕也做过这种事吗？"

"没有，"她摇了摇头，"但的确想过要这么做。两年前，我有过一次机会，得到一个很适合自己的角色，但当时有一个比我更擅长演戏的竞争对手。她和我同岁。我们住在同一家宾馆里。试镜前一晚，我在二层阳台上打电话，无意瞥见她站在草丛边的路灯下吸烟。而我的手机又碰巧有拍照功能。那个时候，如果我挂断电话，拍下她吸烟的情形，拿去威胁她或想办法让导演看到，或许就能抢到那个角色了。"

两年前田茉裕还只有十五岁，而那个女生与她同岁……

这种年纪的女孩子如果被人拍到正在吸烟的照片，的确有些不妙。

"可惜我到最后还是没有勇气那么做，也不知道是担心被她报复，还是真的良心发现了。反正我退缩了。结果就是，她得到了那个角色。好在这部电影到现在也没能上映。在试镜中落选，对我来说其实也并没有什么损失，反倒节省了不少时间。"

"那么，茉裕很看好我们这个计划吗？你觉得我们有可能走红吗？"

"以我们现在的水平，能不能出道都成问题呢。而且就算大家到最后能统一步调，唱功、舞蹈都达到专业水准，也未必有什么前途。且不说国内唱片市场这么萧条，我们在做的事情，说到底不过是在模仿国外的偶像组合罢了。真正喜欢偶像歌手的人，想来会对我们嗤之以鼻。到最后，我们的受众只可能是那些不了解日本、韩国偶像团体的人，甚至是一些反日、嫌韩分子……"

"如果是这样，真的会有人为了排除竞争对手而加害于你吗？反正就算出道了也没什么前途。"

"但是，你看，认为这个计划毫无前途的我也来参加了，这又是为什么呢？"茉裕一面用没有受伤的左手摆弄着垂在肩上的卷发，一面向我解释道，"虽然这个计划前景黯淡，偶像团体毫无前途，但这并不妨碍我们以此为跳板，获得更多的机会。只要能出道，就可以参加各种晚会和综艺节目，可能还有全员一起接拍影视剧的机会——而且吧，我们一起组成的偶像团体的前途，并不等于我们每一个人的前途。你还有机会成为超级明星。"

这种事怎样都好，我根本没有这方面的野心。

一心想着做其他事情的我，的确不可能和她们竞争。

"我呢我呢？茉裕觉得我有没有可能走红呢？"七海吹好头发，坐到我身边，也加入了我们的对话，"虽然唱歌不行，但是我对自己的演技还是比较有信心的，如果以后能转行做演员就好了。"

"那样的话，我还是建议你去报考戏剧学院。不过有参加偶像团体的经历，考艺术类院校可能会更有胜算一些……等等，我记得前两天你还说要考音乐学院呢，怎么突然又改变主意了？你还是先想清楚自己打算做什么比较好。"茉裕说着，又把脸转向我，"对了，秋榕，是不是快到你和她们约的时间了？"

"还有一会儿，不过我要先给在南京的朋友打个电话。"我和姝琳约定过，每天通一次电话。今晚要和林结绮她们一起去商业街购物，不知道什么时候才能回来，所以我打算在出发前打给她。"有没有什么需要我帮忙买给你的呢？"

"不必了，这几天多亏你借书给我，我才不会觉得寂寞、无聊，怎么好再麻烦你帮我买东西呢。"她把视线投向堆在她卧床位置左侧的几本小说，那些大多是我从姝琳家拿来的。"当然，也要感谢七海把 CD 机借给我。"

"我们不是也一直用你的吹风机吗？而且在课程上你也一直帮助我们。"

"对了七海，你晚上有钢琴课，对吧？"我问道。

因为她的钢琴教师叶绪雪是这个计划的策划人之一，我们的舞蹈室里又放着一架三角钢琴，很自然地，叶绪雪每周都会到这边来给七海上钢琴课。

"是啊。所以没法和你们一起去买东西了。"说着，她面露难色，"其实，老师留给我的作业，我还没有练熟。"

"作业……如果我没记错的话，是弗朗克的钢琴作品？《前奏曲、圣咏与赋格》(*Prélude, Choral et Fugue*)？"

"如果是这首就好了，我大概早就已经练好了。这毕竟是弗朗克最著名的钢琴曲，我还能找到不少前人的录音，听熟之后练起来会很快。但是老师好像存心在刁难我，特意让我练习一首比较冷门的曲子，说是要考验我独力读谱的能力。"

看来我至少没有把作曲家弄错。"那么她让你练习的曲子是？"

"作品 18 号，《前奏曲、赋格与变奏曲》（Prélude, Fugue et Variation）。"

这和我刚刚说的曲名之间有什么区别吗？

"区别就是我没找到什么能参考的录音。"她说，"每天的课程已经快把我榨干了，还要压缩少得可怜的休息时间，把自己关在琴房里练琴。我其实读谱能力很差，尤其不擅长应付那些表情术语。幸好这首曲子里只出现了 dolce、sempre legato、marcato il canto 之类比较简单的。但如果今天叶老师给我留了更难的作业……"

听到这一连串的音乐术语，没有学过乐器的我一时语塞了。

最后还是茉裕替我解了围。

"刚刚七海不是说对自己的演技很有信心吗？其实演戏和演奏应该是一回事吧。拿到手里的剧本也只是记录着你需要讲的台词和需要摆出的动作、表情，没法提供更多细节上的指导。导演也总是自顾自地讲些莫名其妙的话。结果，什么事情都要自己把握，有时候要彻夜精读剧本，要请教前辈，要一遍一遍演练、找出一种效果最佳的表演。我想，叶老师之所以留给你这样的作业，也是想说明这个道理吧？她一定是希望你能走出自己的步调……"

"希望是这样吧。对了，秋榁，晚上你能不能在书店帮我找找，有没有关于音乐表情术语的字典？"我应允之后，七海继续说道，"那我先去练习了。茉裕，六点钟左右我再来找你，我们一起吃晚饭吧。"

"好的。"茉裕应允道。

就这样，我和七海一起离开了茉裕的房间。很快我们就来到了隔壁七海的房门口。她问我要不要进去坐一会儿，被我婉拒了。

走廊里的白炽灯，如日落前的最后一缕光一般昏暗。

"真是受不了，茉裕她，怎么这么喜欢说教，明明自己一直在逃避现实。"

"小声些，七海。会被她听到的……"

"不用担心，我们不在的时候茉裕会一直戴着耳机。"七海从浴袍的口袋里取出磁卡，打开房门，转身面对着我。她的后背靠在门上、将房门推开几厘米的缝隙。"老实说，我真的很担心茉裕。虽然论能力和经验，我们一时都还没法追上她。但是，即便如此，在一事无成这一点上，她和我们几个还不都是一样的吗？"

"七海，你说得好过分啊。"

"但事实如此，不是吗？这就好比一个文学青年，一直向别人夸耀自己文笔如何出彩、脑子里装着多少绝妙的构思，甚至宣称书桌的抽屉里塞满了惊世之作的手稿，结果，这样自吹自擂了几年之后还是什么都没有发表过……秋榠，你脸色好差，身体不舒服吗？"

"没有，我很好。"

……一点也不好，完全被戳到痛处了。

"这样的人呢，或许真的积累了不少创作经验，比从来没动笔写过东西的人更有机会接近成功。但是她也会比别人焦急吧？毕竟，总是不能向别人证明自己的能力——璞玉被剖开之前，和一般的石头又没有什么区别。"

"放心好了，我总有一天会出道的。"

"你在说什么啊，我们不是在谈论茉裕吗？"七海恐怕是在故作迟钝，只是为了不继续打击到我，"她一定很害怕被我们追上吧。我想她也发觉了，即使是最没有干劲的你，这段时间也非常努力。她没有信心继续保持优势，所以开始选择逃避，预先为自己的失败寻找借口，为此甚至不惜故意弄伤自己……"

"你为什么断定她是自己故意摔下去的呢？"

"我至少可以肯定，她不是被人推下去的。这件事我只跟你说过。"七海开始复述茉裕受伤那天的情形。这些内容她在事发当晚曾向我诉说过一次。"当时我正好要下楼，已经走到四层的楼梯口了，就听到下面传来茉裕的惊叫声。四层到三层的楼梯有两段，她是在下面的那一段摔倒的，从我当时站立的位置无法看到她摔下去的情形。但是，如果她真的是被人推下去的，那个人不可能站在原地不动，肯定要跑上楼来，那样的话应该正好撞上我才对。但是当时并没有任何人冲上来。所以，虽然不能断定她是自己故意摔倒的，但至少可以证明她不是被人推下去的。但是茉裕自己却一口咬定有人要加害于自己，这又是为什么？"

"是啊，为什么呢？"

"不管怎么说，她都在说谎欺骗我们，这个事实是不会改变的——不管她是自己故意摔倒，还是不慎踩空，都与她自己的说法不符。"

"可能她也有什么苦衷吧。"

"反正我已经没法再信任她了。所以刚刚我才向她夸耀自己的演技——明明心里很讨厌，却还能若无其事地跟她谈笑。"七海苦笑道，"我该不会真的是演技派吧？"

不，七海你错了，我才是我们六个人里面最大的演技派。

我一直装作和大家拥有一个共同的目标，装作在与你们竞争，装作一直为课程的事情苦恼不已。

其实，那都是演技。

说到底，能不能成为偶像，我根本就不在乎。

"秋槎，有些话我一直想跟你说清楚。"七海说，"你不适合留在这里，还是趁早面对现实吧。就连我也看得出来，你在演艺方面毫无天分，留在这里也只是浪费时间罢了。快点跟家里和解，好好准备考试吧。你不是一直打算报考F大的中文系吗，好好备考才是你现在最该做的事情……"

"我知道，这种事我当然清楚了。但是……"

对于我来说，能不能考上F大，也是完全无关紧要的事情——考上F大和成为偶像一样，都和我的目标没有多大的关系，不过是跳板罢了。

所以就算都失败了，我也并不觉得可惜。

"秋槎，我没有你那种梦想，所以有时候我还蛮羡慕你的。但我总担心你到了最后什么都做不好，还要拿'梦想'当挡箭牌。我希望你能明白，即使真的到了那一天——你做不成偶像、高考失利、在大学里挂科乃至被劝退、被恋人抛弃、为当初的朋友所不齿、没有工作只能做'啃老族'、最后被父母赶出家门——这一切的一切，并不是'梦想'的错，而是你的错。"

"你什么时候也变得这么喜欢说教了？你这语气就像我家长一样。"我不确定自己的两颊是否已沾满泪水，但视线的确变得模糊了起来，"我还以为你一定能理解我。"

"就算我可以理解你，又能为你做什么呢？把你养在家里，让你安心追求梦想吗？好啊，我当然愿意为你这么做，我当然想和你一起生活，但不是现在。现在的我们还什么都做不了，只能继续伪装，凭演技活下去，不管是否怀有难以成真的梦想，也不论是否对谁抱有不可能实现的恋心……"

说到这里，七海哭了出来。她的肩膀在不住地颤抖。

"再忍一忍，给我一些时间，好吗？十年。我现在十七岁，到二十七岁的时候一定就有稳定的收入了，应该可以维持两个人的生活，到那个时候，我一定可以为你做些什么。"

"谢谢你的好意。我当然不能让你为我付出那么多。我知道该怎么做。"恐怕我说这些只是在敷衍她，因为对于以后的事情，到底还是一点信心也没有。"放心好了，我会继续留在这里，和你们一起训练，大学也一定会考上……"

就自己的人生向别人许诺，即便有时能幸运地骗过别人，却终究无法让自己信服。

"希望一切都会好起来吧。"她挤出笑容，眼泪却依然流个不停，"我们这样在走廊里大吵大闹，其他人应该都听到了。再不回去，只怕她们要出来围观了。我准备收拾一下，就去琴房练习弗朗克了。希望我们吵架的事情不会传到叶老师的耳朵里。"

"对不起，我一直在逃避现实，让你担心了。我会找机会和家里人谈一谈的。"

说着，我伸出手，想放在她的肩膀上。七海却迅速转过身去，打开了门，只留下了一句"晚上见"。看着她走进房间、掩好房门之后，我才借着走廊里昏黑的灯光，踉跄着逃回寝室，扑倒在床上痛哭了一场。

等到啜泣完全止住了，我拨通了姝琳的电话。

2

在电话里，我没有将刚刚和七海吵架的事情告诉姝琳，只是报告了课程的内容而已。但她显然觉察到了什么，或许是从我的语调中听出了什么异样。在我说出"再见"之后，她沉默了很久，最后问出一句："秋槎，下个学期开学的时候还能见到你吗？"

我却没法给她一个确切的答复。

正在我迟疑着、不知道该怎样回答的时候，姝琳继续说了下去。

"我也很想尊重你的选择。"我能从姝琳的话音中听出她在拼命隐忍，"但是这样真的好吗？总感觉这样下去我会后悔的。在事情变得无法挽回之前，我也该采取些行动了。其实我已经买了明天去上海的火车票。"

"你是打算强行把我带回南京吗？"

"是啊，我就是这么打算的。这件事本想瞒着你，结果还是讲出来了。"

不对，她一定是故意讲给我听的。

"还有就是，你最好不要太信任赵七海。"

"为什么要这么说？七海也是我的朋友，就像姝琳你一样。"

"就是因为她把你骗去参加这场闹剧，才会变成这样。如果当初她没有掺和进来，事情估计早就解决了。"

"不要说下去了，姝琳。"不知为什么，我补上了一句异常刺耳的话，"我不想变得讨厌你。"

我明明不愿和谁争吵，为什么一开口就会变成这样……

"这样也好。"姝琳笑了，"我总算是下定决心了。麻烦你今晚收拾好东西。明天，我无论如何都要把你带回南京。开学之前，我会把你一直关在自己家里。直到毕业，我都会看好你的。你愿意讨厌我便讨厌吧。明天见。"

就这样，电话被挂断了。

说到最后，姝琳的话音里已经带上了些许哭腔。只怕此时的她，正像刚才的我一样，正伏在枕头里哭泣着。

我有些犹豫，要不要再打一个电话过去，却怎么也想不出该讲些什么。

就在刚刚过去的一个小时里面，我接连和两个最重要的朋友吵了架，这究竟意味着什么呢？或许，是我这段时间待人接物的态度过于尖锐，还是说，我目前的状况真的很让她们替我着急……

我到底应该怎么做才好？

这半个月以来，我就像那辆被戈耳狄俄斯之结（Gordian Knot）捆缚着的战车，没法自如地进退，只能停在这里，任凭自己在令人窒息的泥淖里越陷越深。就算拉扯绳结，也只能让它们缠得更紧。这种时候，真想挥动利刃，一举斩断这条用山茱萸树皮编成的绳结。

我真的累了。什么都不想做，而且，什么也做不了……

一个人独处的时候，心里那些被友人们驱散的阴霾就会卷土重来。

我来到窗边，推开窗户，想看看街景。一家养老院挡住了我的视线。那是一栋灰色的建筑，半数的窗口黑洞洞的，半数亮着灯。

那里会是我若干年之后的归宿吗？

我又将视线投向立在养老院屋顶上的那根瘦小的烟囱，青灰色的烟雾正从那里涌出。我仿佛看到了自己的结局。

好想消失。

一切都没有意义，什么都不属于我……

接着，我将头探出窗口，注视着地面。我房间的正下方是一块草坪。枯草之下，是柔软的泥地。就算从这里跳下去，也未必能让自己消失。

阖上窗，拉好窗帘，我打开灯，从抽屉里取出折叠刀，掰开它，并将有刃的一侧对着自己。这是我离开南京之前背着姝琳偷偷买的。刀身上映出的我的笑容，起初只是让我觉得恐怖，渐渐地，我感到了莫大的自我厌恶。

只可惜……

我不能确定，折叠刀落地的声音和叩门声，究竟是哪一个先响起的。所以，我也没法确认，我到底是自己退缩了，还是说，仅仅是很不巧地被人打断了。这些都无所谓了，就这件事而言，结果才是最重要的。

反正我本来就是个怯懦、有癔症而优柔寡断的人。

根本就不可能下定决心。

"秋槎，在吗？我们都准备好了，在楼梯口等你。"

从门外传来了林结绮的声音——她的语调一如既往地欢快而清澈，从中丝毫听不到负面的情绪。

一时间，我不敢应门，只是"嗯"了一声，然后就披上大衣，拾起那把刀并折好，将它收进口袋里，关上抽屉和灯，离开寝室去与她们会合了。

出发之前，由林结绮向位于四层值班室的管理员说明了晚上的行程，并告诉她我们会在晚上八点钟左右返回住处。管理员是一位四十岁左右的女性，平时一直待在值班室里，与我们只有事务上的往来。我们都被制作人叮嘱过，外出之前要和管理员打声招呼。

了解了我们的外出计划，管理员也只是提醒我们注意安全而已。

坐了两站公交车抵达商业区之后，我们走进了一家价格适中的餐馆。

虽然没有什么食欲，我还是和饭量最小的许宜初点了同样的东西。食物的味道应该比训练基地附近的小餐馆要好上许多，但我却什么味儿也尝不出。

"秋槎今天好像没什么精神？"平日就缺乏表情的方理南左手挂颊、斜乜着我，问道，"是因为七海不在吗？"

"理南，你怎么可以这么问呢，"林结绮低声抗议道，"你没听到吗，她们刚刚在楼道里……她一定是因为和七海吵架了，心情才会不好。"

"我倒是觉得她是因为心情不好才会和七海吵架。"

结果她们两个就这样旁若无人地持续着无意义的对话，而我的心情、我和七海的争执很不幸地成了她们的谈资。

性格内向的许宜初一言不发地坐在我身边，缓缓地从餐盘里夹起一块芋头。

我丢下筷子。木筷碰撞着瓷碗的边缘，发出清脆的声响。坐在我对面的林结绮和方理南都将视线投向我这边……

"大家都是出于什么目的才参加这个项目的呢？"近乎无意识地，我甩出了这个满是火药味的问题。"你们到底为什么想成为偶像？"

"因为很帅气，不是吗？我想站在舞台上。"

林结绮不假思索地给出了自己的答案。

是啊，如果是她的话，一定会这样回答我，早在她开口之前我就很清楚。

许宜初的话，一定会闪烁其词，没法讲出一个像样的理由。但是，我也可以想象，她大抵是出于"想改变自己"或是"想尝试一下自己一直不敢想象的事情"一类的理由才加入我们的。

　　我一时没法看透的只有方理南而已。

　　从我们初见，她全身弥散着不良少女的气息就给我留下了很深的印象——当然，我也十分清楚，那其实是烟草的味道。

　　说起来，她那一头茶色的卷发应该也不是天生的吧……

　　"原来你都是先给自己找好理由再开始行动的吗？我还真的没考虑这么多。"说着，方理南放下手里的餐筷，"这也没什么好奇怪的吧，干吗摆出那种表情，一点也不适合你。反正，你问出这个问题之前，也根本没考虑过什么吧？"

　　"是啊。你说的对。"

　　"这样才对嘛。你看，我们出生之前不是也什么都没有考虑过吗？"

　　假使考虑过，才会不选择降生在这个世界上。

　　"我没有你那么聪明，很多事就算去想肯定也想不出什么结果。既然很清楚自己就是这样没用的人，一旦做错了事、选错了道路，我也可以心安理得地接受。这才是适合我这种人的生活方式。如果是那种心机比较重的人，做事之前肯定会考虑再三。可即便如此还是失败了的话，就免不了要归咎于自己了，以为都是自己想得不周全的缘故。"

　　"我只是觉得，如果考量之后发觉某件事毫无胜算，那么就没必要去做了……"

　　"所以，你的意思是，我们这个计划不会以失败告终吗？"

　　"你认为呢？"

　　"当然会失败。结绮也这么认为吧？"

　　"是啊。"林结绮欢快地回答道，"就算失败了也是一段不错的经历啊。"

　　"秋榱，你是不是一直过于正确了呢？或者说，太执着于结果了。"

　　"你们比我小两岁，当然有资格这么指责我，但是我已经没有时间再犯错了——不对，我可能就是想犯错才会参加这个项目吧？或许真的是这样。我一定是想着要做些要付出极大代价却必定颗粒无收的事情、要背叛别人对我的期待，才会加入你们，哪怕这并不是我真心想做的事情……"

　　十八岁和十六岁之间或许真的有着天差地别吧。

　　但是，这两年来我究竟经历了什么，又学到了什么呢？似乎有很多值得一提的，但转念又觉得并没有。

说到底，我的青春时代已经就这样悄无声息地结束了吧？

那么，我的人生是不是也已经结束了呢？

我喜欢读的、还有自己构思出来的故事，多数是以校园为背景的。就算不是这样，也往往以未满十八周岁的少女为主角。我为什么如此执着于这样的设定？难道，在我看来，只有未满十八周岁的人才有资格拥有属于她的故事？

我根本没法想象高中毕业之后的人生，就像我肯定没法驾驭校园之外的小说题材。

但是我的高中生涯即将告终。将来的我，会一直缅怀这段时光，不断美化自己的记忆，再编织出许多满载着少女心的文字吗？还是说，随着年龄和阅历的增长，终有一天，我能胜任更复杂的题材？

茫茫来日，不知道如何排遣。

是不是，等我到了许宜初的年纪，就能找到答案了呢……

"我去一下厕所。"

许宜初放下筷子，起身说道。

她离开之后，方理南轻叹了一口气。"你好像忘了，你也比宜初小两岁，你刚才的那番话，在她听来一定很刺耳吧——以她的性格，现在说不定已经在哭了。"

"我去看看。"

"如果弄哭了她，记得道歉。"

问过店员，我找到了位于餐厅最深处的洗手间。只见许宜初站在男女共用的洗手池前面，任凭自来水从水龙头里不住地涌出，却没有将手伸进水流，只是注视着它而已。幸好，她的面颊上没有挂着泪水，眼圈也没有泛红。

但她这副样子，还是不能让人坐视不管。

"宜初……"

"秋槎，你说，"她并没有将头转向我，也没有按下水龙头的开关止住水流，"到了我这个年纪，还不能面对现实，是不是很可笑呢？你不用回答，你会追过来就已经说明一切了。"

我按她说的，保持着沉默。

"我的同学，很多都开始在外面实习了，我却在做这种蠢事。每天和你们这群高中生一起蹦蹦跳跳，把精力都投在这种不会有结果的事情上。可是，我像你们这个年纪的时候，根本还没有这样的机会。当时，我周围的同学大多根本不知'偶像'为何物。所以我就算有这方面的志愿，也根本得不到实现的机会。

知道我的梦想的高中同学半开玩笑地把这个计划的选拔信息发给我的时候，我刚刚过完二十岁生日。到了这个年纪，仅仅是讲出'我要追逐自己的梦想'这种话就已经够丢人的了，更何况真的去做呢。所以这件事我瞒着所有大学同学，我父母也瞒着所有的亲戚……"

"我并不觉得这有什么可耻的，相反我很佩服你的勇气。"

"不要再说这种漂亮话了。我会加入这个计划，你肯定松了一口气吧？'终于有比我条件更差的人出现了'——你是不是这么想的呢？'如果没有许宜初，我就是倒数第一了，幸亏她来参加了'——这才是你的真实想法吧？"

"不要这样揣测我的想法。"被我深埋在内心深处的负面情绪终于被她发掘到了意识的表层，"我根本就没觉得你比我差。相反，我觉得是因为有我的存在，你才能心安理得地留在这里。"

"但是我跟你不同啊，我是真的想成为偶像才加入这个计划的——你们，都只是玩玩而已吧！"

"其他人我不知道，但是我的确没有那么认真。"

"我很喜欢美空云雀的歌，像是《生如川流》(川の流れのように)、《没有终点的旅程》(終りなき旅)，都曾经激励过我。但我渐渐发现，我们的人生根本不是川流，而是这样一股自来水——在工厂里被批量生产出来，从水龙头里流出来以后，便涌向那最秽恶的、令人作呕的下水道。我们没法洗净这个世界，但注定会弄脏自己……"

我很清楚她的这个比喻究竟指向什么。在许宜初看来，社会是肮脏的下水道，而学校则是批量生产毕业生的工厂，整个世界都找不到自己的容身之所。我不愿承认她是对的，但一时也想不出反驳的话语。

我能做的，或许只是替她按下水龙头的开关而已——于是我这么做了。

"说到底，真正像川流一般的就只有美空云雀这种了不起的人和她们的人生吧？我竟然梦想成为那样的人，竟然被这种歌词打动，真是太自不量力了……"

"我也觉得，宜初，你不会成为美空云雀那样的人。假使你们的人生都可以比喻成水流，你和她之间的区别并不是水量。每个人其实都是那样一股渺小的水流吧，只不过她用歌声打动了许多人，让别人追随自己，才成为一条广阔的深河。但是你做不到的。你这样沉醉于怨天尤人、自暴自弃的人，根本不可能打动别人。你的人生注定就是这么渺小的，你的归宿也只会是下水道而已。"我看到她开始放声哭泣，镜中的我则露出了狰狞而苦涩的笑容，"我不会陪你哭，也不会为自己弄哭了你而道歉。"

"不需要，不需要，我根本不需要！我不需要你向我道歉！你又没有说错什么，为什么要道歉！"

"……但我觉得，宜初，你也没有做错什么。"我替痛哭的她重新打开了水龙头，一时水声大作。"你只是以为自己做错了而已。"

我将许宜初一个人丢在那里，回到餐桌之后只是轻描淡写地说了一句"最后还是把她弄哭了，真抱歉"。

"秋槎你也一样，"方理南说道，顺势将一张餐巾纸递给我，"还没哭够吗？把嗓子哭哑了的话，明天就上不了声乐课了哦。"

五分钟之后，真的将嗓子哭哑了的许宜初回到了我们身边。

我和她后来都没有再说什么，并且回避着坐在对面的林结绮和方理南的视线。在压抑的气氛中，她们吃完了盘中的食物。结账之后，我们便离开餐厅，分头行动了。

林结绮和方理南打算去买几件衣服，再去一趟超市。许宜初计划去花店。

至于我，自然是以书店为目的地。

在这种位于闹市区的国营书店里，很难买到自己中意的书。但是陪朋友去逛街的时候，当她们在几款似乎并无多少区别的衣服之间犹豫不决之际，我总会抽身去附近的书店转转。

平时只要走进书店我就会觉得很安心，但今天我却感到了某种异样。我以为这里一定不会让我反感，以为这是仅有的一个可以让我放松一下的场所。

但我错了。

看着密集排列在架子上的花花绿绿的书脊，我却像是一个常年患有肺病的人，只是觉得它们令我窒息。

我很清楚，就算我赌上自己的一生，舍弃所有属于普通人的平凡幸福，再幸而避开每一桩平凡的悲剧，忘我且仿佛忘记这世界存在一般不顾一切地写作，最后究竟能在这世界上——在书店里——留下怎样的痕迹呢？

最多不过是排在架子上的几册书而已。

但是，出版的书太多了，一如出生的人。

结果，我的作品能在书店里占有多少空间、摆放多久呢？又能被几个人碰巧看中、买回去填充自家的书柜呢？若干年之后，又能被几个人记住？恐怕，"立言"根本就不能使人不朽，恰恰相反，它只能加速人的死亡、榨干作者的人生。

为了所谓的"文学"，真的值得吗？我虽然不能想象不从事文字事业的人生，但就算真的成为作家，我的努力就有意义了吗？我自以为是"成就"的东西，会不会也只是一种自我陶醉呢？

那样的话……

都烧掉算了。

——像梶井基次郎所写的那样，以一颗柠檬为爆弹，将这里夷为平地。

我将手伸进口袋里，用指尖反复体味着那把折叠刀的温度和金属质感。

只可惜，它没法变成一只打火机。它只能被用来毁灭我，而不能捎带上眼前这些令我窒息的书籍。这个时候，我第一次羡慕那些吸烟的人，因为，他们可以在有纵火的冲动时马上遂行。

下次跟方理南学一下吸烟吧，如果还有机会的话……

不行，现在不是考虑这些事情的时候，我还有必须要做的事，必须找到七海拜托我买的东西。

于是，我走向摆放音乐类书籍的区域，很快就在"音乐理论"的架子上最醒目的位置发现了一叠小册子，那是人民音乐出版社刊行的《音乐表情术语字典》。这应该能帮上七海的忙吧？

从中间抽出一册之后，我准备转身离开，视线却被一样与架上其他书籍格格不入的东西攫住。那是一册少女向小说，被人封面朝外地摆在架子上，挡住了后面一排书的书脊。我注视着它鲜艳、俗丽的封面和毫无格调的小说标题，刚刚走进书店时那种窒息的感觉再次袭击了我的胸口和咽喉。

好恶心……

将来我的小说也会被装帧成这样吗？还是说，若不写这种东西便没有出版的可能性，我的文稿会在抽屉和电脑硬盘里躺上几十年而无人问津？

若真的是这样……

带着一种莫名的愤懑，我抓起那本放错了位置的书，将它掷在地上，仿佛这是一种复仇。

我也很清楚，自己的这种行为不过是在破坏属于书店的财物，若被店员看到难免会引起麻烦。或许，正确的做法是将它放回原位，让喜读这类书的读者可以找到它。还是说，我应该负起损毁它的责任，忍着羞耻将它带到收银台并买下它……

这样想着，我俯下身，准备拾起那本书。

下一个瞬间，它却被人一脚踩住了。

"就让它躺在地板上吧，这才是最适合它的位置。"

耳畔响起陌生的声音，这句话显然是对我说的。我急忙抬起头，一名和我年纪相仿的少女站在我面前，脸上不带任何表情，注视着我的两眼中却满是苦恼、义愤，还有些许快意。她身着一袭灰色的紧身套装连衣裙，其上装点着扭曲而浑厚的黑白色线条，仿佛出自保罗·克利之手；一件呢子大衣被她对折之后搭在左臂；下身是黑色长袜和黑色马丁靴。

她的发型碰巧和我去年的一样，是那种以齐刘海搭配及腰的直发，就像是平安朝公主的样式。因为这种发型经常在少女漫画里出现，我也忍不住尝试过。当然，每周将快要长进眼睛里的刘海重新剪短、剪齐，实在是种辛苦且要求高精密度的差事，我自然没法坚持做下去。结果一直以来，都是姝琳在帮我修整头发。读高三之后，我和姝琳都不再有打理头发的闲情，我便渐渐蓄长了刘海，将它们别在耳后，再用发卡固定好，换成了现在这个平庸的发型。

当然，我自己也很清楚，这发型实在不适合我，我终究做不成平安时代的贵族。高二那一年，我的发型被许多友人嘲笑过，说这样的发型根本就不适合我，"文学少女就应该乖乖地扎三股辫"。

不过，她的五官倒是很适合这样的发型，衣着也意外地相称。

说起来，川端康成在《古都》里说保罗·克利的画作很适合东方人的审美，这一判断似乎也在她身上得到了证明。

在她身后，立着一个白色的行李箱。

"这种书只是工业制品罢了，实物如此，内容也一样。和真正的艺术品不同，工业制品都有使用期限，几年之后它就会自行消失。所以，只要当它不存在便好了。"

"是吗……"

"你真是个有趣的人，"她的眉头微微蹙起，嘴角却扬起一线微笑，"陆秋槎同学，我对你越来越有兴趣了。"

"你为什么会知道我的名字？"

"我当然知道。至于为什么，你也很快就会知道了。反正，"说着，她拖着行李箱从我身边走过，"我们马上就会再见面的。"

我连呼了几声"等一下"，她却没有再回头看我，只是径直走出了书店。我试图追上她，却因为手里握着还未付款的那册《音乐表情术语字典》而被店员拦在门口。

她确信我们还会见面——这是我对她仅有的了解。

现在，我也只好相信她是对的。

3

接到许宜初打来的电话已经是一个多小时之后的事情了，当时我正在文学区翻看新刊的推理小说，她则已经和方理南她们会合了。如我所料，电话是方理南逼迫她打给我的。

在电话里，我终于还是向她道歉了。

挂断电话之后，我又用了五分钟左右的时间赶到公交车站和她们碰头，之后便乘坐公交车返回了训练基地。

她们几个并没有买什么。

坐在昏暗的车厢里，我没有和坐在身边的许宜初搭话，只是努力地回想着自己之前是否见过那名少女，却怎么也想不起。或许我和她真的是初次见面吧，但是，为什么她能毫不犹豫地喊出我的名字……

诚如她所言，我很快就知道了答案。

因为，一回到训练基地，我就再次遇到了她——在一层大厅里。

她坐在一张双人沙发的左侧，斜倚在扶手上。那个白色的手提箱则放在旁边。一层大厅的空调没有打开，所以此时的她穿上了大衣。

她手里捧着一本维特根斯坦的《战时笔记》。

觉察到我们走进大厅之后，她将书放在一边，站起身来。

"我是从今天起加入你们的夏友桐。"她稍稍侧过头，将视线投向我，露出得意的微笑，"怎么样，陆秋槎同学，我没有骗你，我们又见面了。"

"你们认识？"方理南问道。

我只好把在书店遇到她的情形复述了一遍。当然，略去了纵火的冲动和打算跟她学抽烟的部分。

"你们不用自我介绍了，反正，我都已经看过你们的公式照，分得清谁是谁。叶老师说她有事想告诉大家，让大家在这里等她一会儿。"名叫夏友桐的少女说着，抬起左腕，看了看手表，"现在还不到八点。七海的课应该要上到八点结束，不过老师很有可能会拖堂……"

"你认识七海？"

"何止'认识'呢？她可是我可爱的师妹啊。"夏友桐重新坐回沙发，"我们都是叶老师的学生。"

方理南她们也纷纷就座。我本想选个离夏友桐远些的位置，却被她叫住，

"陆秋槎同学可不可以坐到我旁边来呢?"说罢,她满怀诚意地拿起放在旁边的《战时笔记》,示意我坐在原本放着那本书的位置。

找不到推辞理由的我,只好照办了。结果这样一来,代表大家向夏友桐发问的重担就理所应当地落在了我身上。

"我经常听七海谈起你。"她说。

"但我从没听她提起过你……"

"那也难怪,是我让她失望了。她会来参加这个计划,我也负有相当大的责任。"

我最近的种种表现,是不是也让七海失望了呢?

"我比她大一岁,学琴也比她早,很长一段时间,她都跟在我后面,参加我参加过的比赛,练习我擅长的曲子……"

"所以,是你先提出要加入这个计划的吗?"

她摇了摇头:"是因为我接连在几次大赛里落选,而且始终没有弄清楚问题究竟出在哪里。我按照自己的理解去演绎,没有技术上的错误,也没有什么出格之处,但就是没法打动评委。我又按照老师的建议,尝试弹一些高难度的作品,甚至挑战过《彼得鲁什卡》和利盖蒂的练习曲,成绩依然不理想,结果,渐渐对音乐的评价标准产生了怀疑。那段时间,我总是情绪失控,摔打东西,然后不停地向七海抱怨评委的失察。我还质问过叶老师:'弹得好'到底有没有一个近乎绝对的评价标准?不知道为什么,那些演奏得比我更生硬、更刻板,甚至出了错的人都还可以拿到名次,但我却总是连初选都过不了。结果,我渐渐开始讨厌这种需要由所谓'专家''评委'给出评价的音乐,不再练琴,只想着要尝试一些更好懂的东西……"

"你希望能演奏或创作那种'不需要由专家来判断,而可以由大众来进行评价'的音乐,是吗?"

"是啊。所以我才劝老师做了这个企划。"

听到这里,在场的人都忍不住惊呼了一声。

竟然是这样:这个或许会改变我们所有人的命运的计划,原来肇始于一个同龄人的挫败、迷惘和自暴自弃……

"这个计划招募成员的时候对外宣传说,以后会由叶老师来创作歌曲,这其实是骗人的。"夏友桐自虐地笑着,"很遗憾地告诉大家,你们以后要唱的,是我的作品。叶老师是不会把才华浪费在这样一个没什么前途的组合身上的。"

"这样也蛮好的,好听就可以了。"方理南皱着眉头,说道,"那么,是不是只要你把歌写好,我们就可以发布唱片了呢?"

"出道曲的话,已经写好了。"说着,她起身打开旅行箱(里面书和衣服各占去一半的空间),取出一叠乐谱,递给方理南,又重新坐好。"曲名是《击落星辰》,因为时间紧迫,还没来得及把歌词抄上去。以后的曲子可能会拜托陆秋槎同学来作词,听七海说,你很擅长写东西。我们合作的话,一定能写出让人难忘的歌。"

"但是我……"

"我说,"读着乐谱的方理南插话进来说,"这曲子写得很好,我很喜欢。但是,作为写给偶像组合的歌,是不是过于阴暗了?竟然用了那么多和声小调和半音阶……"

"因为是'击落星辰'啊——把一等星都击落了,夜晚当然会变得漆黑一片。"

"为什么会取这个名字?"

"是啊,为什么呢?陆秋槎同学应该能理解吧?"夏友桐又将矛头指向我,"很多人都以为自己想寻找的东西一定存在于路灯照不到的地方,所以离开已经铺好的道路,借着星光,走进旷野。但是,这样下去真的能找到自己渴求的东西吗?还是说,这只是涉世未深的旅人时常会犯的一种致命的错误呢?"

我当然能理解。

她不过是在说,抱有"梦想"是一种年轻人常犯的错误。所以要把作为"梦想"的代名词的"星辰"尽早击落,让它化作一颗转瞬即逝的流星,好让自己安心地返回那些别人已经铺好的道路上去。

这个道理我早就明白。

"烦死了,"方理南摇了摇头,"我周围的人为什么一个比一个阴暗呢?茉裕、七海、宜初、秋槎……现在又加上了你。"

"我并不是来和大家吵架的,也不想坏了你们的兴致。虽然也没有指望和你们做朋友。说到'朋友',我倒是想起来了。"夏友桐视线对准方理南的双眼,冷静地说,"如果方理南同学不喜欢刚刚那首《击落星辰》,我还有一首备选的曲子,是我好几年前写的了,最近又从抽屉里翻出来,稍稍润色了一下。名字叫《等待春天的公主们》,主题是'友情',或许会很对你的口味。写这首歌的时候,我还没法想象之后遇到的事情,所以并没有把它写成一首阴郁的曲子……"

"我还没有明白你所谓的'击落星辰'到底是什么意思,你说得太含糊了。"

而且，用什么曲子出道大概也不是我能决定的事情吧？"

"既然你这么说，我就解释得更直白一些好了。"她仍没有移开自己直视着方理南两眼的目光，"我觉得，最好不要将梦想视为星辰一样高高在上的东西，而应该击落它们，尽早认清这样一个事实——

"所谓的梦想，不过是你放弃它、成为一个普通人之前的一场消遣罢了。"

"原来如此。"方理南微微仰起头，"最厉害的人，想做什么都可以做到。最差的人从来没有梦想。所以，会感到困扰的，只有我们这些普通人。对于我们这种能力和愿望之间有着巨大落差的人来说，的确应该用你刚刚说的那种想法来麻痹自己。当然，我其实一直都是这么想的。"

"我们，都出生得太早了。"夏友桐继续解释道，"所以，可供我们选择的道路只有这么多。但是我们比上一代人要幸运。因为他们就算想做什么，也根本没有践行的机会。我们或许有机会去做，虽然往往不会有什么结果，但至少还能享受过程。尽管我在钢琴上遭遇了很多挫折，但是我父母那一辈人，大多都还没有机会学习音乐。所以比起他们，我是幸运的，因为我生得比他们晚一些。同理，做偶像也是这么一回事。比我们年纪稍长一些的人，根本没有机会参加这种培训……但是，我们还是生得太早了。很可能，再过十年，就会有真正走红的偶像团体，而我们至多不过是她们的垫脚石罢了。"

"……是太晚了。"我近乎无意识地吐出这四个字。

或许，一出生便已经太晚了：在我出生之前，世界就存在了，规则便存在了，所有支配我人生的东西就都已经存在了。基于这样的前提，我的意志能贯彻到怎样的程度呢？恐怕什么都无法改变吧。如果我只能握着这世界赋予我的武器与世界战斗，那便毫无胜算可言。一切——能成就我或毁灭我的一切，都早已存在于世界上了，远远早于我的出生——因而，我的成就或毁灭，也都是早已注定好的吧？

"你说的也对。反正我们讲的其实是一个意思。"

"是啊……"

"好了，'参话头'游戏就到此为止吧。"方理南击掌两次，说道，"我听到脚步声了，应该是叶老师她们。不知道今天她会带来怎样的坏消息。"

到了这个时候，或许要公布掉队者的名单了吧？明天，我还能留在这里吗……

叶绪雪出现在楼梯口，一如既往地穿着那件灰色风衣。见她走进一层大厅，我们急忙从沙发上起身。

她和我们几个的父母同龄，举止打扮十分得体，从外表丝毫看不出是个从事艺术工作的人。她的音乐也是这样，不出格也不十分出彩，从出道到现在风格从未改变，既无精进也说不上退步，只是保持着相当高的水准而已。

茉裕和七海跟在她身后。七海一副精疲力竭的样子，想来是在课程上耗费了太多的心力。

示意我们就座之后，叶绪雪也坐在了离楼梯最近的一张沙发上。几句例行的寒暄之后，她讲起了今天的正题。

"今天有两件事想通知大家。"用的是那种毫无起伏、不带情感的腔调，"第一件事想必大家已经知道了，我的学生夏友桐从今天开始加入我们。她是个很有天赋的孩子，虽然有点阴暗，希望你们能相处得融洽。"

接着，她向田茉裕介绍了夏友桐。

"第二件事，我也是刚刚才知道。今天制作人和唱片公司的人见了面，商讨了你们出道的事情，虽然还没有敲定日期，不过应该很快了。"这本应是一件令人兴奋的事，现场却一片死寂，"而且，组合的名字也取好了，是我在唱片公司工作的一位前辈想的。直接说出来的话，或许很难理解，所以我写在了纸上……"

说着，她取出了一张对折的 A4 打印纸，翻开，举在身前。上面用马克笔写了一个英文单词——

Seraph

我的英文并不好，但碰巧认识这个稍稍有些生僻的字眼。以前读过一本中英文对照的爱伦坡的诗集，这个单词正好出现在全书的最后一首《安娜贝尔·李》（Annabel Lee）里面，那句话是这样的："就连远在天国的六翼天使也妒忌她和我的爱情"（With a love that the winged seraphs of Heaven/Coveted her and me.）。

"六翼天使吗……"

果然，夏友桐也认识这个单词，她苦笑着讲出了它的中文含义。

这样说来，最终能留在组合里的人数也已经确定了。如果一个偶像团体有九人，则不妨命名为"缪斯"（μ's）。七人的话就是"昴星团"（Pleiades）。

若叫"Seraph"的话……

"也就是说我们之中有一个人会被刷掉？"夏友桐又讲出了一个再简单不过

的推论,"还是说,这个名字是在我决定加入之前敲定的,所以没有考虑到成员一共有七个人?"

"具体如何我还不清楚,"叶绪雪回答道,"但是,我想应该考虑到你会加入的因素吧,毕竟你从一开始就打算参与这个计划。"

"那样的话,为什么要叫这种只适合六人组合的名字?"

"总之,我要通知的事情就是这些了……"

就在这时,许宜初突然起身,带着一种仿佛顿悟了什么的表情。

"反正,一定要刷掉一个人的话,肯定就是我了。"她用颤抖着的声音说道,"感谢大家这段时间的照顾,我现在就从这里搬走。"

该离开的人明明是我才对……

"宜初,你坐下。"叶绪雪命令道。

"不要,"这或许是乖巧的她第一次反抗长辈,所以语气并不自然,像是在逞强,"事实已经证明了,我并不适合做偶像歌手。就算成功出道,我这种一无是处的人也只能站在组合的角落里,根本不会被谁注意到……"

"你真的这样认为吗?"叶绪雪起身与她对峙,"当初决定把你招进来的人是我。正因为你是这样一个一无是处的人,我才决定要让你参加这个计划。试镜的时候你说自己很了解国外的偶像团体,我看根本不是这样。你对偶像其实一无所知。所谓偶像,并不意味着一开始就是完美无缺的,恰恰相反,偶像应该在观众的应援下有所成长。因而,你这样的人对于一个团体而言是必须的。结果你好像根本没有勇气,将不完美的自己暴露在别人的目光下。我对你非常失望,你要离开,我也不会阻拦你。"

"抱歉,让我一个人冷静一下。"刚刚仿佛有所彻悟的许宜初,此时又重新堕入烦恼之中,"对不起,顶撞了您,也败坏了大家的心情,我果然……"

她咬着嘴唇,没有说下去。

迟疑了十几秒之后,她低下头全力跑向楼梯,最终从我们的视线里消失了。

在方理南的示意下,我从沙发上起身,表示想去看看许宜初的情况。得到叶绪雪的点头应允之后,我也跑上了楼。

爬到三层的时候,从楼上传来了许宜初的惊叫声。我起初只觉得那是她在哭喊,但又觉得她不是这种会大声哭闹的性格。

我加快步子,跑上四层,只见许宜初跌坐在405室的房门口。

她的房门开着,日光灯的强光从中射进灯光昏暗的走廊,将她战栗不已的影子投在地板上。

"宜初！"

一边喊着她的名字，我一边奔向那边。躬下身、伸出手试图扶起她。宜初抬起右臂，却没有握住我伸出的手，而是抬起食指指向自己的房间。

"秋槎，里面……"

我将视线投往她指着的方向，只见身着卡其色羽绒服的管理员倒在地上，头部向内，面部朝下，颈部附近的地面上满是血痕。我失神地注视了十秒左右，她的身体纹丝未动，恐怕已经断了气。

尸体旁边躺着一个约三十厘米长的白色花瓶，呈圆柱状，瓶口直径约十厘米。在我的印象里，这个花瓶原本摆在桌上，是许宜初的私人物品。

书桌左侧堆放着几本关于插花的书籍，右侧则放着一个纸巾盒，是可以直接从里面抽取面巾纸的那种。抽纸还没有用完。

纸盒右侧不远处有一个沾血的纸团。

"你们没事吧？"听到惊叫声，方理南她们也赶了过来。林结绮将许宜初扶起，带到走廊尽头——至少，从那里看不到尸体和血迹。

叶绪雪则取出手机报警。

"秋槎没事吧？"七海问道。

"还好。也不是第一次见到这种场面了。"

"是啊，你高一的时候就遇到过这种事……"

"我现在担心的是，凶手会不会还留在这附近呢？如果是这样的话，我们最好一起回到一层大厅。"

就在这个时候，夏友桐的声音从厕所所在的方向传来——"你们过来一下"，她的语气并不惊慌，所以想必不是撞见了凶手。

或许是发现了什么新线索吧。

我和七海奔向那边，只见夏友桐站在靠外侧的一间厕所里。这一间的门上贴着女性的标志，而靠里侧的一间在我们住进这里之前曾被用作男厕（直到现在那个男性的标志仍留在门上，厕所左墙上也安放着两个男用小便池）。我们起初并不愿走进靠里侧的那间"男厕"。但从上周开始，"女厕"仅有的一个洗手池的水龙头坏掉了，如厕之后要绕到另一间去洗手，很不方便。后来我们渐渐习惯使用靠里侧的那一间，也见惯了那两个男用小便池。

"镜子上面……"

按照夏友桐的提示，我将头转向洗手池和悬挂在上面的镜子。镜子底部、水龙头和洗手池边缘都不规则地沾染了血迹。白色的陶瓷洗手池底有一团灰黑色的不明物体，像是什么东西燃烧之后的产物。

洗手池左侧不远处躺着一个绿色的打火机，也染上了血。

当然，这显然不是夏友桐想让我们看的东西。真正吸引她注意力的是写在镜子上的一行血书，那是一个我不认识的西文单词——

erlöschend

"我在乐谱上见过这个表情记号。"站在我身后的七海说道，"我记得意思是……不行，我想不起来。"

于是，我从大衣口袋里取出买给七海的那本《音乐表情术语字典》，想要翻到记载着这个单词的那一页。

"这是德语，"夏友桐却先开口了，"是动词 erlöschen 的形容词化。"

"这个词的意思是……"

"死、熄灭，"她平静地说着，像是在英文课上被任课老师问起一个单词的诸种义项时做出的回答，"逐渐消亡。"

4

警方人员闻讯赶来，是十分钟之后的事情。

在此之前，夏友桐听到有水流声从隔壁那间厕所传来，继而我们在那边的洗手池里发现了一把干净的红色剪刀。自来水从水龙头里涌出，冲刷着剪刀——这就是刚刚听到的水流声。为了不破坏现场，我们只好任凭自来水就这样白白流走。

"打火机和剪刀，你们有印象吗？"从厕所返回走廊，夏友桐问道，"这是你们中谁的私人物品吗？"

"剪刀应该是许宜初的，我问她借来用过。"我回答说，"打火机的话，我没见过。不过我们之中如果有人吸烟的话……"

"或许是方理南的。"七海替我说了下去。

于是，我们将方理南带到了靠外侧、写有血书的那间厕所。她表示自己的确有一个相同样式的打火机，被自己放在抽屉里。

"我回房间确认一下。"

方理南说着，奔向她居住的 403 室。我们也跟随她返回走廊。少顷，她走出房间，摇着头告诉我们，抽屉里的打火机不见了。

"烦死了。这样一来，我是不是也有重大凶嫌了呢？"

"你应该不会有事。"我安慰着她，"我们一起去商业街之前，和管理员打过招呼，她那时还平安无事。而你从那个时候开始，不是一直和结绮在一起吗？你们中间应该没有分头行动吧？除非警方认为你们两个串通作案，否则应该不会怀疑到你头上。反倒是我……"

"现场没有留下什么你的私人物品，你的凶嫌应该不重才对吧？"

"并不是这样，理南，你想得太简单了。"我只好继续向她解释，"不管怎么看，我的凶嫌都是最大的。结绮的情况和你一样，就不必谈了。七海从七点钟开始就一直在上钢琴课。宜初的话，乍一看凶嫌是最大的，但反过来想，倘使她真的是凶手，应该没必要在自己的房间里行凶吧？因为，她明明可以自由出入每个人的房间……"

"自由出入每个人的房间？我不明白你的意思。"

"凶手当然可以自由出入每个房间，这不是明摆着的事情吗？否则的话，你放在抽屉里的打火机为什么会出现在洗手池旁边？出门的时候，你应该把门锁好了吧？"

"也就是说，凶手使用了管理员手里的'万能磁卡'？"

"只能这么推测了。"

我们每个人拿到的磁卡只能打开自己房间的门，而使用管理员的磁卡则可以进入这层的每个房间。

"但是，凶手拿到'万能磁卡'，应该是杀害管理员之后的事情吧？"

"这可不一定。你忘记了吗，我们是可以向管理员借'万能磁卡'的。上周我把自己的磁卡忘在房间里，门自动上了锁，最后就只好问管理员借了那张可以打开每个房间门的磁卡。"

"好像确实有这回事。对了，结绮也借过一次。"说到这里，理南仿佛突然想起了什么，轻轻地惊呼了一声，"但是，借磁卡不是需要登记吗？当时我陪她一起去借的，所以还有印象。登记的时候要签名，而且还要注明借磁卡的日期、时间。如果凶手在行凶之前想拿到磁卡，就必须填写登记簿，这样警方一来调查不就立刻暴露了？"

"是啊，借磁卡需要登记。"实际上，值班室里有两本用作登记簿的活页夹，一个用于外来访客登记，一个则用来记录借磁卡的人，"但是，只要事后把写在纸上的记录销毁掉便好了。我推测，洗手池里那团黑乎乎的东西，就是凶手将登记表焚烧掉而留下的灰烬。当然，这只是我的推测而已。总而言之，凶手完全可以事先拿到万用磁卡，也就是说，凶手可以在这层楼的任何一个房间行凶，那么，何苦要选在自己的房间呢？"

"可是，除了宜初，其他人有什么办法把管理员叫到405室吗？"

"这种时候随便编个理由就好了。比如，骗她说自己接到了许宜初的电话，拜托自己转告管理员寝室的灯管坏了。总而言之，将管理员骗到405室并不困难……"

"所以，宜初的嫌疑也洗清了吗？"

"洗清倒谈不上。只不过，基于行凶地点，她并不是那么值得怀疑。"我叹了口气，给出了结论，"既然你、结绮、七海、宜初身上的嫌疑都不重，茉裕的手指又受了伤，这起事件中的头号嫌疑人想必非我莫属了。"

"也不用这么悲观吧？我觉得警方应该不会这样考虑。而且，为什么到这个时候，秋槎，你看起来反而非常冷静呢？明明什么都没发生的时候情绪那么不稳定……"

"因为有人死了啊。尽管我和她并不熟，但她的尸体就躺在离我只有四五米远的地方。"我没有编造一个冠冕堂皇的理由的余裕，只好如实回答她，"我今天的确非常烦恼，很难过，像是有一个死结缠在脖子上，连喘息都觉得困难。而且我真的想过一死了之。但是现在我已经没法再把注意力集中在自己的烦恼上面了。理南，对我造成最大冲击的，并不是管理员的死，也不是血腥的杀人现场，而是种种迹象都指向的一个结论……"

"什么结论？"

"恐怕，杀害管理员的凶手，就在我们中间。"忍着鼻腔的酸楚，我讲完了剩下的话，"某个我信任的人，做了这么残忍的事……"

后来，我关于洗手池里那团不明物体的推测得到了警方的证实。他们发现值班室的门没有上锁，原本保存在活页夹里的借磁卡的记录不翼而飞了——凶手显然担心若只是取走留有自己名字的一页，警方会根据留在后面空白页上的压按痕迹还原出上一页的记录。因而，她（嫌疑人都是女性）取走了那个活页夹里的每一张纸。

同时，收纳在另一个活页夹里的访客记录是完好的。最近的一位来访者，是昨天晚上七点钟到这里来为女儿送衣服的、林结绮的母亲。

赶到这里的警方人员先是简单询问了现场的状况和发现尸体的过程，之后又搜查了我们每个人的房间和随身物品，除了没收了我的折叠刀之外，并没有什么有价值的发现。最终，警方将我们召集到了二层的一个视听教室。我、七海、林结绮、方理南被安排在教室的第一排，许宜初、田茉裕、夏友桐和叶绪雪则坐在我们后面。

一名中年刑警斜靠在讲台上，手执钢笔和一个牛皮纸封面的本子，对我们展开了询问。首先被问到的是，我们最后见到管理员是什么时候。

我和方理南她们一起离开训练基地的时候，和管理员打过招呼，当时大约是五点半。之后，七海和田茉裕在五点五十五分左右外出用餐，也见到了管理员。她们从附近的餐馆返回这里之后，七海直接去了位于二层的琴房，茉裕则回到了寝室。她回来的时候，管理员正在值班室吃泡面。值班室的挂钟显示，当时是六点三十五分。

这是管理员最后一次出现在我们面前。

再后来，七海的钢琴课结束时，叶绪雪说有事要通知大家，要她去四楼叫田茉裕下来。这时，管理员不在值班室。恐怕这个时候她已经遭遇不测，陈尸在许宜初的房间里了。

之后，警方又问起了今晚我们每个人的行动。

田茉裕和七海的情况在回答刚刚的那个问题时已涉及了一些，需要补充的只是田茉裕返回房间之后，直到后来被七海叫下楼，一直都躺在床上。用她自己的话说，"我把灯关了，用七海借给我的 CD 机听了一会儿音乐，就睡着了。直到听见七海的敲门声才醒过来。"

七海去琴房之后，一直在练习那首弗朗克的钢琴曲。

我和方理南她们大约五点半离开这里，在商业区用餐之后，大约是在六点二十分左右分开行动的。之后方理南和林结绮一起逛了几家服装店，还去了一趟超市，但并没有发现中意的商品。许宜初则去了附近的几家花店。不过因为她们去的几家店客流量很大，因而警方很难确认她们的证词是否可信。

我的情况也是如此。和她们分开行动之后，我在书店遇到了夏友桐，那是六点半左右的事情。之后我就在文学区随便翻看了一些新出的外国小说，直到七点四十五分接到许宜初的电话。

乘公交车的话，从商业区到训练基地，往返也只需要半小时的时间，因而我们都有作案的机会。

夏友桐今晚的行动则多少有些可笑，尽管在这种场合并没有人能笑得出来。"大约六点半的时候，我在书店遇到了陆秋槎，和她聊了几句。这件事她刚刚也讲到了。后来我就动身来这里。但是,我忘记了训练基地附近的车站名,所幸老师发给我的材料上面有这附近的地图,我就打算照着地图自己走过来……"

"拖着一个行李箱走过来?"

"现在想想还真是无谋的举动。我方向感很差,所以很快就迷路了。明明当时给叶老师打一个电话就好了——我就这样后悔了一路。后来发现我很可能提前一个路口左拐了。找回那个路口之后,总算找到了正确的路。结果前前后后用了四十几分钟,直到七点一刻左右才走到这里。"

"真是难为你了。"做完记录的刑警狐疑地看着她,不无讽刺地说。

最后回答这个问题的是叶绪雪。她大约六点二十五分从家出发,驾车到这里。之前一直在家。因为她一个人住,所以没有人可以替她作证。从她家开车到这里只需要半小时左右的时间。七点钟左右到达这里之后,她直接去了琴房,七海当时正在里面练习。后来她们就一起在琴房里待到了八点零五分。

警方的第三个问题是,我们中是否有人与管理员有私人恩怨。得知我们与她连私交都没有,中年刑警改变了提问方式:"关于死者,你们都了解些什么?"

我们面面相觑了许久,不知道该如何作答。

最终,只有叶绪雪正面回答了这个问题。

"她是唱片公司的工作人员,比我小一岁。我看过她的履历。她原本在一家外企工作,八年前辞去了工作。后来,以词曲作者的身份加入了现在供职的这家唱片公司。我想,她当时一定以为自己就要实现长久以来的梦想,而不可预见到今天的结局。她毕竟不是科班出身,所以写的作品并不是很出彩,公司也从来没让她写过主打歌。而且,她只会弹钢琴,其他乐器都没怎么碰过,所以也不擅长编曲。后来,公司就把她调到业务部门了。但是她对此似乎很不满,总想着要写出惊人的曲子,证明自己的能力,结果业务上的事情也做不好。她在这个项目中原本属于宣传团队,计划启动之后,却被调到这里做管理员。对此,她也闹过一些情绪。但是,她已经这把年纪了,若被公司解雇,很可能再也找不到什么像样的工作,所以最后还是忍了下来。"思索了片刻,叶绪雪又补了一句,"还有就是,她和我一样没有结婚。"

老实说,听到这段话之前,我一直把管理员当作是摆放在值班室的家具的一部分。没想到,她竟然也有过这样的梦想和挫败。

下午从房间的窗户里望见那家养老院时的不悦再次冲击着我的胸口,我又一次看到了自己的未来。

果然，和循规蹈矩的人生一样，逸出常轨的人生也是可以一眼就看到尽头的。

之后警方又问起了剪刀和打火机的情况，那把剪刀的确是许宜初的私人物品。此时时间已将近十点了。

二十分钟之后，一名青年警员送来了尸检结果，推定的死亡时间在六点五十至七点二十分之间。死因是失血过多，致命伤在颈部，创口与许宜初的剪刀吻合，初步可以确定那就是凶器。同时，死者后脑还有被钝器击打的痕迹。

根据在花瓶上检查到的血迹，可以大致还原管理员遇害的过程：凶手先是用花瓶击打了她的后脑，令她失去意识，之后又用剪刀割断了她的颈动脉……

报告完尸检结果，青年警员并没有立刻离开，而是问我们谁会操作教室里的视听设备。比较精通电子产品的林结绮应答并离开座位前去帮忙。

这平时是管理员的工作。

林结绮打开投影仪并放下幕布的时候，青年警员离开了教室。片刻之后，他捧着一台笔记本电脑返回了这里。结绮又帮助他将投影仪的连接线插在电脑上面。最终，她关上了教室前排的灯并返回自己的座位。

短暂的等待之后，投影仪上出现了模糊的黑白画面。

"这是某个街头摄像机拍摄到的画面，左下角的数字显示的是拍摄时间。"青年警员向中年刑警说明道，"画面右侧的这座四层建筑就是这栋楼。案发地点是四层从右数第二个房间。"

"也就是说，在推定的死亡时间内，这个房间亮灯的时候，也就是凶案发生的时间？"

"是的。而且，即便案发的时候没有开灯，只要一打开门，走廊里的灯光也会投到窗户上。只可惜窗帘是拉上了的，否则，说不定能直接拍到凶手的脸。"

"能确定案发时间的话，也算是很大的进展了。"

于是，青年警员拖动视频的进度条，画面快速闪过。

从六点三十五分田茉裕返回房间开始，摄像机所能拍摄到的六个房间，一直暗着灯。进度条继续趋近推定死亡时间的起始点——六点五十分……

"停下！"盯着屏幕的中年刑警突然大声喝令道，"往前倒一点……好，就是这里。从这里开始播放——"

青年警员照做了。进度条被拖到了六点四十三分，很快，跳到了四十四分。紧接着，视频中出现了一系列出人意料的事情。

六点四十四分，赵七海居住的402室的灯亮了起来，又在四十五分的时候熄灭了。

继而，方理南居住的 403 室的灯亮起，又在四十六分的时候熄灭。

紧接着亮灯的是林结绮居住的 404 室，之后是案发的 405 室，最后，是我居住的 406 室——每个房间的灯都只亮了一分钟左右。

整个过程在将近六点五十分的时候结束。

换言之，这一切都发生在推定的死亡时间之前。

视频显示，405 室的灯再次亮起是六点五十二分的事情，再次熄灭则在将近七点的时候。很显然，凶案就是在这段时间内发生的。

之后，青年警员又快速播放起剩下的视频，直到八点过后七海前去叫田茉裕下楼，整层楼的灯再也没亮起过。

"我大概已经知道凶手是谁了。"夏友桐在漆黑的视听教室中起身说道，"虽然，现在还没有明确指向她的证据，但是，根据已有条件，运用简单的逻辑推演，似乎只能得出这个结论。所以，只要按照这个方向继续调查，就一定能找到确凿的证据，让凶手认罪。"

中年刑警示意她继续说下去，并让青年警员打开了视听教室的灯。

5

"首先，我们可以划定嫌疑人的范围。"夏友桐陈述着自己的观点，我很羡慕她这种出于自信的沉着，"在案发的时间，包括我在内在场的八个人都没有确凿的不在场证明。但是，我们有办法将嫌疑人的数目先缩减到五个。凶手销毁了借磁卡的记录，而留下了访客记录。并且，访客登记簿从昨天开始就没有新的记录。很显然，凶手不会是外人。更何况，凶手可以向管理员借磁卡，并真的借了，这就意味着，凶手就在四层的住户之中。同时，住在 401 的田茉裕手指有伤，而花瓶是圆柱形的，必须用两只手才能举起，因而可以暂时排除她的凶嫌……"

她沉默了片刻，给出了第一个结论。

"于是，凶手就一定在赵七海、方理南、林结绮、许宜初和陆秋楼中间。有趣的是，也正是她们居住的五个房间，在案发前相继亮起了灯，而且是按照自西向东的顺序，或者说，是按照从楼梯口走向走廊尽头的顺序。"

"按照这个顺序，很奇怪吗？"青年警员发问了。

"只谈顺序的话，当然不奇怪。或者说，按照这个顺序才是最正常的。因为，402 离值班室最近，而 406 离得最远。凶手从管理员那里借来万能磁卡之后，依次走进每个房间，本就应该遵照这样的顺序。"

"等等，当时依次进入这五个房间的人，一定就是凶手吗？那个时候管理员还活着，不可能是她出于什么目的……"

"不可能，当然不可能。依次进入五个房间的人一定就是凶手。"夏友桐继续解释道，"因为，视频显示，在此之后，直到我们发现尸体，再也没有人进入过方理南的房间。那么，方理南原本放在房间抽屉里的打火机是什么时候被取走的呢？"

那个躺在洗手池边的打火机……

"只能是六点四十五分 403 亮灯的时候被取走的，不是吗？据此就可以肯定，那时依次进入每个房间的人一定就是凶手。而只通过凶手依次进入五个房间这一事实，我们可以直接推断出她的身份。"

"真的能做到吗，只通过这一条线索……"

"一定可以，只要找到正确的切入点，通过最低限度的线索就可以得出结论。"此时的她，仿佛忘记了有人死去这一悲惨的事实，而只是陶醉于解谜的快感之中。"解决这起事件的切入点其实非常简单，那就是——凶手在借到万能磁卡之后，为什么要特地返回自己的房间？"

的确，夏友桐划定的嫌疑人的范围，就是这五个房间的住户，而凶手当时又依次进入了这五个房间，难免会产生这样一个矛盾。

"这或许是一种掩饰工作？"青年警官给出了一种解释，"凶手考虑到这一切都会被街头监控拍摄下来，如果当时唯独不进入自己的房间，就会立刻暴露自己的身份。"

"应该不是这样。"夏友桐否定道，"如果凶手事先知道那一面墙正在被街头录像拍摄，她应该不会选在 405 室作案。毕竟，没有人清楚警方的技术达到了怎样的水平，是否可以根据投在窗帘上的剪影抓到凶手。在这种情况下，凶手更有可能选在背阴面的 407 或 408 室作案。"

408 是管理员的房间，而 407 一直空着，恐怕是为夏友桐准备的。她今天拖着行李箱过来，显然是要在这边过夜，而空着的寝室又只有这一间……

"既然'掩饰说'是站不住脚的，我们就必须寻找其他的解释。在作案过程中，凶手使用了方理南的打火机和许宜初的花瓶、剪刀，这些私人物品原本都放在她们的房间里。那么，凶手是不是为了寻找并获取作案工具才依次进入这五个房间的呢？"

"这个解释似乎很有说服力。"

"凶手当然抱有这一目的，但是，这绝不是她进入这五个房间的全部理由。"夏友桐推翻了自己的假说，"因为，如果只是为了寻找作案工具，她在这个时候还是没有必要返回自己的房间。毕竟，为了不被怀疑，她特地使用了别人的私人物品杀人，这时她不大可能从自己的房间取出什么作案工具。"

"的确。"

"那么，继续考虑下一种可能性。有没有可能凶手进入这五个房间还带有其他目的呢？例如，她有什么把柄掌握在别人手里，还碰巧被对方留下了'物证'，一旦警方前来进行搜查，就会立刻暴露，因而需要在行凶之前赶快处理掉。"

"确实可能有这种情况。如果调查的时候发现嫌疑人有什么不可告人的秘密，即便和凶案无关，也会被我们重点怀疑。"

"只可惜，这个解释还是说不通。因为，若有把柄留在别人手里，只需要把'物证'销毁掉便好了，仍没有必要返回自己的房间。因为，就算把那样东西在自己的房间藏好，警方进行搜查的时候还是会暴露啊。毕竟，这一整层楼——不，乃至这一整栋楼都是搜查范围。很遗憾，我们仍需要另找一种解释。"

"可能性还没有被穷尽吗？"

"并没有，不过很快就会被穷尽。因为，"夏友桐稍事停顿，"我要讲到的下一种情况，应该就是事情的真相了。"

对于她即将给出的结论，我有一种不祥的预感。她的推理稍有偏差，就可能导致灾难性的后果。可惜的是，她究竟过于轻率了。这一系列的推演，毕竟只建立在五个房间依次亮灯这样简单的事实基础上，与其说是推理，倒不如说是一种阐释。并且，这种阐释还得不到最低限度的旁证支持。

可是，背负着嫌疑的我，无法阻止她继续说下去。

"结论很简单，当时凶手进入别人的房间，是为了找回本属于自己的东西——唯有这样，她才必须返回自己的房间。"

"属于自己的东西，指的是什么？"

"大约是日记之类的？具体我也不清楚，不过只要继续调查，这种问题总能搞清楚吧。我推测，有杀人嫌疑的五人中，有人遭到了别人的欺负，对她来说很重要的某样私人物品被别人藏了起来。她确定那件东西就藏在另外四人中某个人的房间里。于是，在寻找可以用于行凶的道具时，顺便找到了那样东西，并将它放回了自己的房间。这是我能想到的最后一种可能性了,唯有在这种情况下,凶手当时才有必要返回自己的房间。

"至此,我们已经可以指证凶手了……

"我们可以排除掉许宜初和方理南的嫌疑,因为她们的私人物品被用于杀人和销毁证据,并且事后被留在了现场。同时,声称自己整晚都和方理南一起行动的林结绮应该也是清白的。假使她们是串通好的,方理南为她做了伪证,她便不应该把方理南的打火机留在洗手池边。"

我也不认为她们三人是凶手,但这样一来……

"那么,赵七海会是凶手吗?应该不会。我们刚刚已经得出了这样一个结论:凶手返回自己的房间是为了将本属于自己的东西放回去,那么,她就不应该先返回自己的房间。赵七海居住的402室是最先亮灯的,因而,她也不会是凶手。

"至此,嫌疑人就只剩下了一个。"

讲到这里,夏友桐深深地弯下了腰,最终坐在了塑料座椅上,她低垂着头,以这样的姿势讲出最终结论。她这样做,似乎是为了让听众不再将视线集中在她身上。

"本次事件中,杀害管理员的凶手是住在406室的陆秋槎。"

此时,除了夏友桐和七海,在场的人都将目光投向了我。七海愤怒地起身,试图为我抗辩,却被一直没有开口的中年刑警勒令坐下。

"我一直觉得她就是凶手。"说着,他从制服口袋里取出手铐,走向我,"这种随身带着折叠刀的女生,干出什么事情都不奇怪。"

6

审讯室没有窗户,因而无法判断一堵墙之外的世界是否已经迎来了破晓之光。

鸟鸣声时不时地透过水泥墙壁和铁门,死寂的房间才听到一点点声音。回想起来,那几日我都起得很早,洗漱完毕踱回寝室时,总能在走廊尽头的那扇玻璃窗里看到一轮初升的红日。这种时候,无意间听到的,也正是这样的鸟啼声。

明明昨天这个时间,我还和同龄人一起沿着结冰的河道慢跑,一边喘息、一边嬉笑，却不会停下步子……

等待我的，会是怎样的结局呢？

毕竟，我已经年满十八周岁了。如果罪名成立，判决只会是死刑吧。

结束了通宵的讯问之后，直到刚才还坐在我对面的两名刑警已经离开了。他们似乎比我更疲惫。毕竟，这一整夜，他们也远比我更焦急。不过警方的急躁态度对我来说也未尝不是个好兆头，这似乎意味着，他们还没有发现任何对我不利的证据，所以特别希望能从我的口供里发现些什么。

最后，我还是让他们的期待落空了。

这也是理所当然的事情，因为我根本就没有杀人。

可笑的是，我被"逮捕"，并非被人有意嫁祸，也不是因为警方的失察——说到底，我会被"圈禁"在这间审讯室，完全是夏友桐滥用逻辑推演而酿成的结果。

话虽如此，她的推理的确有合理之处。她认为凶手即是问管理员借磁卡并依次进入五个房间的人，这一论断应该是正确的。但是她最终将凶嫌锁定在我身上，实在过于草率。最后这一步推理，究竟只是说出了某一种可能性罢了。

她的推理围绕着"凶手当时为什么要返回自己的房间"展开，看似穷举了诸种可能性，却总难免有所遗漏。换言之，"凶手找回本属于自己的东西之后又放回自己房间"的猜测，并不具备唯一的正确性，到底也不过是一种臆想。

她的推理似乎忽略了一个很重要的问题。凶手在进入他人的房间之前和实施凶杀之后，总有一些必须要做的准备和善后工作吧？

她必须准备某样东西，并在最后将它处理掉……

——没错，正是手套！

凶手在寻找合适凶器的过程中，难免要翻箱倒柜，因而一定要戴上手套，以免让自己的指纹留在杀人现场。行凶时就更不待论了。那种戴上之后不方便活动手指的棉线手套当然不行，皮手套也比较勉强。若要戴着杀人，最佳选择当然还是那种轻便的乳胶手套吧。但是事后警方搜查时，并没有发现此类物品。

发现尸体后，我们又在里侧那间厕所的洗手池里发现了被洗净的剪刀，那是最终夺走管理员生命的凶器，这自不待论，但它在此次事件中似乎还派上了其他用途——可以想象，杀人之后，凶手正是用那把剪刀将手套剪碎，从马桶冲走。

这样一来，凶手当时返回自己的房间也不过是为了戴上手套而已。这样一来，她就必须最先返回自己的房间，因而最早亮灯的房间的主人便是凶手……

——居住在402室的赵七海。

不行，我绝对没法接受这个结论！七海绝不是凶手。尽管她昨天傍晚宣称自己具有超凡的演技，但她的情绪和想法总还是逃不过我的眼睛。倘使她预谋了这样一起犯罪，我也应该能察觉到才对。

可惜，这种心证在逻辑面前总是无力的，而根据逻辑似乎只能得出她是凶手这个结论。

假使七海是凶手，她杀害管理员的动机又会是什么呢？她们之间不过接触了两周的时间，只有最低限度的事务上的往来，因为我和七海总是形影不离的，所以对此非常清楚。我几乎可以断言，她不应有什么对管理员痛下杀手的理由。

除非，那件事真的是她做的……

——除非，真的是七海将田茉裕推下了楼梯，而这一幕碰巧被管理员看到了。昨天，她在描述茉裕从楼梯上摔落时说，当时她正好要下楼，走到四层的楼梯口时听到下面传来了茉裕的惊叫声。她就此认为，茉裕肯定不是被谁推下去的。我当时听信了她的这个说法，现在想想却觉得有些可疑。这似乎只能证明，七海以外的人没有将茉裕推下去的机会，但七海却有可能做到……

毋宁说，只有她才做得到。

即便如此，我还是不愿相信七海就是凶手。而且，我也不相信七海会做出将人推下楼梯这种事。假使夏友桐昨晚并没有根据她那套逻辑指证我为凶手，而是根据我刚刚的思路推理出七海是凶手的结论，我也会愤而起身与她争执吧？

如果向警方讲出我刚刚这番推理，或许就能让他们认识到夏友桐的穷举是不完备的，结论也是站不住脚的。这样一来，我或许就能重获自由。但是，这样无疑会让七海遭受警方的怀疑，乃至会酿成一场新的冤狱。

不，不可以这样。我不能像夏友桐那样，仅仅根据五个房间的灯接连亮起又熄灭这个事实就做出了臆断。

考虑一下其他的线索吧。

对于写在厕所镜子上的血书，夏友桐只是讲出了那个德文词的意思，却没有深究下去。对于丢弃在另一间厕所的剪刀，她也只字未提。

关于剪刀，刚刚我已经得出了结论，是为了剪碎手套才被凶手带到里侧那间厕所的。失去手套之后，凶手的指纹难免留在剪刀的手柄上，因而必须将它冲洗干净。那么，为什么之后凶手没有关上水龙头的开关呢？

是为了避免在龙水头开关上留下指纹吗？当时的情形很可能是这样的：凶

手戴着手套拧开了水龙头之后，再摘下手套并用剪刀剪碎将其从马桶冲走。按下马桶开关的时候只要隔着袖子就不会留下指纹，而若要以这种方式在避免留下指纹的前提下拧上圆形的水龙头开关，多少有一些困难，所以……

——不对！

我似乎忽略了一个最基本的问题。

夏友桐认为凶手是我们五人中的一个，但是，我们根本不必担心在水龙头开关上留下自己的指纹啊！另一间厕所的水龙头坏掉以后，我们在这一整层楼里，所能使用的水龙头只有这一个，留有我们的指纹岂不是理所应当的事情吗？

凶手是不便在水龙头开关上留下指纹的人，换言之，她并不是这一层的住户。同时，她又不是访客，而且可以问管理员借到万能磁卡。

但这又产生了一个矛盾：管理员应该不会将万能磁卡借给住户之外的人。

除非，她虽然之前不是住户，但即将住进这里……

——凶手是夏友桐。

如果凶手是她的话，很多疑点就可以迎刃而解了。

因为她不是402至406这五个房间的住户，所以，为了寻找作案工具，她当时自然有理由依次进入这五个房间。换言之，她所提出的那个问题——凶手当时为什么一定要返回自己的住所——根本就是个伪问题，只是她为了误导警方而甩出的烟幕弹。

而且，她也的确有必要在镜子上写上一行血书。

恐怕，行凶之后，她先是走进了靠外侧的那间厕所，不仅因为那里离她作案的405室更近，也因为门上的标志表示那里是女厕。她不是这里的住户，自然不知道那里的水龙头已经坏掉了，她拧开了水龙头的开关，发现无法出水的时候，便意识到自己犯了一个重大错误：手套上的血虽然经过擦拭，但还没有完全凝固，所以难免会在水龙头的开关上留下血痕，如果警方注意到了这个证据，就很可能会联想到，凶手是不知道这个水龙头有故障的人。为了掩盖这一点，她不得不在镜子上写上一行血书，同时在洗手台上也留下血迹。因为时间紧迫，她写下的一定是当时最先想到的一个词。深谙乐理、一直沉浸在音乐世界里的她，会立刻想到"erlöschend"这样一个表情术语，也没什么好奇怪的。

而她的那番推理，也不过是一出自导自演的闹剧，只是为了洗清自己的嫌疑。

那么，她是如何将管理员骗到405室的呢？假使凶手是我，我可以随意编造一个理由,骗管理员说自己接到了许宜初的委托,需要她过去一趟。但是,这种小伎俩,夏友桐没有机会实施,因为她根本就不认识许宜初。

不过,如果是她的话,也没有必要将管理员叫到405室。她可以在第一次进入405室的时候,将花瓶搬到自己即将住进的407室,再骗管理员过去,在407室用花瓶将她击昏,再将她搬到405室用剪刀杀害,最后再将花瓶放到405室的地面。

因为407室在走廊另一侧,街头摄像机无法拍到,所以我们也无法确定那段时间夏友桐是否出入过那里。

总而言之,夏友桐具备在405室杀害管理员的条件。

可是,我无论如何也想不出她杀人的动机。

很难想象她会和管理员有什么私人恩怨,也难以想象管理员可能握有她的什么把柄。作案方法如此具有计划性,想必也不是冲动性犯罪。难道说,她的目的只是为了嫁祸给与她有竞争关系的某个人,希望通过这种手段剔除对手,留在即将出道的偶像团体里?恐怕也不是。毕竟,出了这种事之后,这个计划能否顺利进行下去都是未知数。

还是说,她杀害管理员并没有什么功利性的理由。遭遇了那么多挫败之后,她选择以这种方式发泄自己的愤懑……

正当我完成了全部的推理准备重新整理一下思路的时候,审讯室的门被打开了。映进我眼中的光景,似乎可以证明我的猜测是正确的。

——出现在门口的,是正在掩面痛哭的夏友桐。

7

昨晚替我戴上手铐的中年刑警跟随夏友桐一起走进审讯室。

"你可以走了。"他轻描淡写地说,"我们已经找到了真凶。"

夏友桐则用颤抖着的声音,反复说着"对不起"。我起身走向她,她则将手掌从面部移开,把两臂交叉在胸前,肩膀不住地战栗,目光低垂,不敢看我的眼睛。见她这副样子,我不禁开始怀疑,自己的推理是不是出了什么差错。

这个比我想象中要脆弱得多的女孩子,真的会做出那么残忍的事情吗?

结果,中年刑警的下一句话,让我超负荷运转了一整夜的大脑再次陷入空白。

"就在刚才,犯罪嫌疑人叶绪雪已经向我们自首了。"

不对,一定是哪里弄错了,叶绪雪不应该是凶手,她也许只是在袒护夏友桐,因为,"她明明没办法借到万能磁卡才对……"

"叶老师谎称说……有件礼物想送给我……希望能在我搬进寝室之前,摆在407室的床头……作为给我的一个惊喜……"夏友桐啜泣着,向我说明道,"管理员听信了……就把磁卡借给了叶老师……"

原来如此,竟然还有这种方法。那么,后面的事情大抵就像我之前猜测的那样吧:她将花瓶移动到407室,用它在那里击倒了管理员……

恐怕叶绪雪也并没有嫁祸给谁的打算。她在许宜初的房间杀人,以许宜初的私人物品为凶器,却特地将方理南的打火机留在现场——她这么做大概只是为了扰乱调查,让警方无法逮捕谁。

因而,在我含冤被捕之后,她立刻就向警方自首了。

"是我想得太简单了……都怪我没能考虑到这种可能性,才会害你受了一整夜的委屈……"

"不必道歉了。"我其实也怀疑过你,而且,也像你一样没能做到真正的穷举——当然,这种话我没法讲出口。更何况,我还有更想向夏友桐打探的事情。"但我不明白,叶老师为什么要杀害管理员。"

"叶老师觉得她太可怜了……追求梦想未果,竟落得连普通人也做不成的境地……实在太可怜了……"

陆秋槎,推理作家、评论家,复旦大学古籍所古典文献学专业硕士毕业,在校期间为复旦大学推理协会成员。现为日本本格推理作家俱乐部会员,旅居日本金泽。第二届"华文推理大奖赛"最佳新人奖得主。已出版推理小说《元年春之祭》《当且仅当雪是白的》《樱草忌》《文学少女对数学少女》。作品目前已被翻译成日文、韩文、越南文。《元年春之祭》于2018年在日本出版后曾引发热议,入围年度四大推理榜单。

观察

- 游园惊梦 / 廖舒波 文
- 滚！侦探 / 亮亮 文

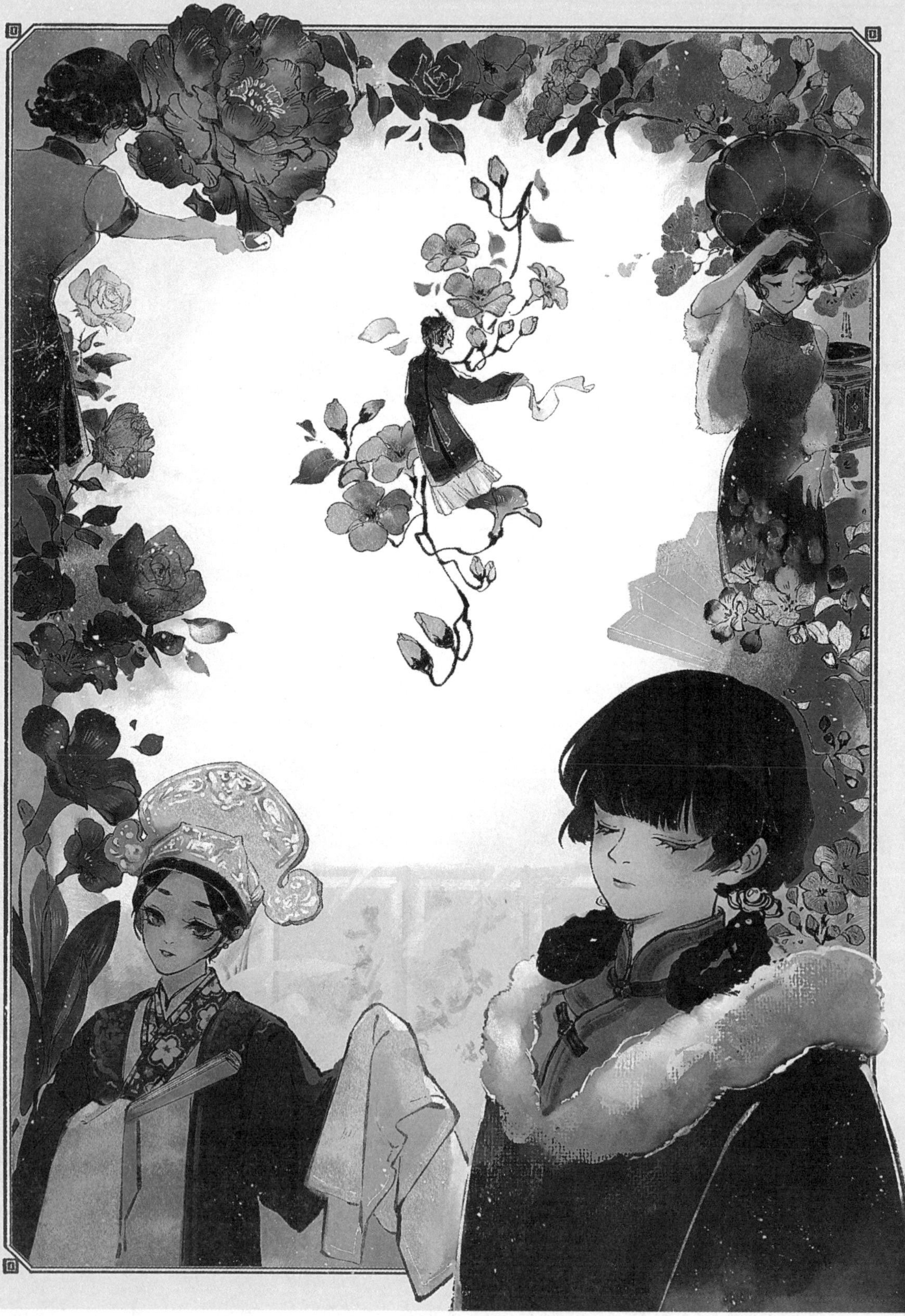

游园惊梦

廖舒波

一

——如今这个时代，大约已经没有人记得"玉家班"了。

乾州，这江畔的温柔之地，在民国那个风雨飘摇的时期，仍旧如同避世桃园般，夜夜笙箫，歌舞不休。诸多的戏班，争奇斗艳，各有绝活。那时，不管是富家子，还是官家人，只要稍有点积蓄权势，都以捧戏子为荣，在这上面一掷千金的，不在少数。有些人捧得久了，与戏子处出点真情实感，男戏子便结个契兄弟，女戏子就收个偏房，这在别处或许不是好事，但在乾州，却是能流传一阵子的美谈。因此，十几年来，乾州的戏班如雨后春笋，一批接着一批地起来，数也数不尽。

玉家班就是其中之一。

在我所找到的资料里，是这样记述这个戏班的。

玉家班的前身叫作"百花杀"，是乾州也少有的全女班，不仅花旦、青衣，甚至连"生""净"的角色也由女子扮演。在那样的一个旧时，难免会让人浮想联翩。而现实多少也是如此，比起青楼中纯粹的皮肉生意，或是评弹那样的卖艺不卖身，"百花杀"居于其中。戏班的女孩子不待客，但专拣通俗甚至低俗的戏剧来演——比如纣王和妲己的酒池肉林，就是在戏台上搭上帘子，只让扮演妲己的演员将手脚伸出帘外，赤裸的肢体随着乐声，时而弯折，时而绷紧，演员边唱着淫词艳曲，边做出各种惹火的动作。唱到段末，乐声猛停，帘子里蓦地洒出一瓢浓稠的鸡蛋清来，引得满堂起哄，剧情达到高潮……就是以如此的似是而非（现下或许叫"擦边球"）的表演，百花杀的表演场场爆满，且观众全都是男士。在大姑娘小媳妇提到这个班子都会面红耳赤的时候，男子们总在台下爆发出热烈的掌声，吹起意味深长的口哨……

"百花杀"在民国二年最为红火，甚至被称为"乾州一景"。但戏班鼎盛之时，内斗倾轧也分外严重，角儿面和心不和，时有拒演、出走等丑事发生。又加上时事飘摇，角儿或是赎身出门，或是沉迷鸦片，到了约莫民国六年时，班子已是后继无人，除去吹拉弹奏与跑龙套的，能唱的统共只剩下三个女孩子。

这三个女孩子，便是日后"玉家班"的"四美"之三：最年长的君子兰，她的亲妹妹月月红，最小的小姑娘，便是秋海棠。

当时的君子兰不过十六，秋海棠也才十三，女孩美则美矣，却撑不起台面。眼看着盛极一时的百花杀就要树倒猢狲散，一个关键的人物凭空出现，力挽狂澜，稳了大局。

他，便是玉家班后来的班主玉琳琅。

玉琳琅本名玉林郎，本是乾州大族玉家长子。玉家据说是清廷皇室支脉，宣统退位后，家族固守着对皇室的忠诚，不肯出仕，隐居度日。到玉林郎这辈，偌大家业早已坐吃山空，所剩无几。按说以玉家人脉，玉林郎谋一份差使过活，不是难事，但他偏偏自幼娇生惯养，不事正业，平日里只爱票戏，整天与其他少爷一起，与各路戏子厮混。待到玉老爷去世，玉家一贫如洗，就连日常用度都无人接济。眼看一门贵人就要沦落成乞丐，有人趁机登门，要给玉林郎亲妹玉凌霄说媒，嫁给乾州一个老富商做妾。谁知玉林郎一口拒绝，并且当着众人的面，宣布了一个惊人的决定——

他要带着他的亲妹子玉凌霄投入一个戏班名下。

这个戏班，就是臭名昭著的"百花杀"。

皇亲国戚的少爷屈尊成为下九流的戏子，可以想象，这件事在当年的乾州城是多么轰动。民国八年，玉林郎加入百花杀后的第一场演出，台下里里外外都挤满了人。这些人当然不是来看戏的，他们是来看笑话的。当夜演的剧目是《游园惊梦》，玉林郎演杜丽娘，君子兰饰柳梦梅，男扮女装、女扮男装，颠颠倒倒，大大方方。在等待开场之时，台下的男子们无不挤眉弄眼，彼此心照不宣，只盼看一场刺激香艳的好戏。

又一会儿，锣鼓敲响，大幕拉开，伴着略显刺耳的笛音，玉林郎水袖一甩，飘然登场。他一身红衣，如临水照花，扶风摆柳，动作温柔，神情贞淑，竟比真女子还要动人。台下的人都张大了嘴，眼睛片刻不离他身，心中却不敢有一丝一毫的非分之想。而后君子兰登场，眉清目秀，飒爽不让须眉，双目一扫，含情脉脉。又一声鼓响，二人亮嗓，对面开唱，霎时间，看戏的人如在梦中，不知哪边是真，哪边是幻，哪边是男子，而哪边又是女子……

这一出《游园惊梦》成功非常。即使鼓乐混乱，布景简陋，但两位主演一搭一档，将一套才子佳人戏演得幽怨动人，荡气回肠。说起来，那夜台下其实来了不少地痞流氓，专为喝倒彩而来，结果这些粗俗人都看得呆了，整出戏一言不发，一动不动，直到演员离场，大幕合上，才如梦初醒般地回过神来，和他人一起拍手叫好，手都拍红了。

更不用说懂戏的人了。

"这戏，太有味儿了，从没听过这么好的戏！"

第一次亮相就获得满堂彩，玉林郎成了乾州的传奇。此后他的戏场场爆满。无论城中贵胄，还是下九流民，只要是听戏的人，都为他痴狂。声名传开，便有其他州县的人，乘车乘船，千里迢迢地前来捧场。戏班当家君子兰见来观戏的女客越来越多，觉得再用"百花杀"的旧名有些不妥，便提议改弦易辙，让玉林郎担任班主。玉林郎不愿理俗务，坚辞不受，但耐不住君子兰苦劝，最终终于让步——

至此，"百花杀"改名"玉家班"。玉林郎挂名班主，君子兰仍掌实权。

正式改名之日，戏班特制斑斓大旗一面，旗上麒麟、狮子俯首低眉，兰花、灵芝傲然盛放，祥瑞之物围绕着白璧一块，璧中以正楷书写一个偌大的"玉"字。为表决心，戏班于旗下连演三日，以示与过去彻底交割。班中众人跟着玉林郎，唱得分外卖力。乾州的文人墨客早已按捺不住，借此机会，赠了许多诗画，又给班中女角起了号，按年序依次是"君子兰""月月红""玉凌霄""秋海棠"，统称"玉班四美"，再以谐音为名，给玉林郎一个雅号"玉琳琅"。如此一来，改名换姓后的玉家班，在乾州，乃至方圆百里的各县，又一次声名显赫，红极一时。

如果不是后来的"金玉殉情案"，玉琳琅，想来会是不亚于梅老板的一代传奇……

关于民国十一年轰动全国那场"金玉殉情"，当时的小报上是这样描写的——

玉家班红火之后，不少富贵之家便邀请他们去家中唱堂会。唱堂会本就酬金高，有些戏班只要给钱，便来者不拒。玉琳琅却是挑的，他绝不去粗俗的富豪之家做宴席的背景，只有懂戏、认真听戏的，他才会带着一班人前去，倾力出演。正因如此，他遇见了他一生的劫难和知己，金家大小姐金淇华女士。

"金风玉露一相逢，更胜却人间无数"，淇华女士偶然听了玉琳琅的戏，从此便迷恋上他。不管玉琳琅在何时、何处表演，淇华女士都会前去观看。不久之后，人们便时常见到淇华女士与玉琳琅共入明月楼饭店，于包厢雅座中共饮。据跑堂说，二人用餐之时，总是低声交谈，不时微笑，眉目传情，颇为投契。

彼时淇华女士已订婚，未婚夫是外县银行家之子，是门当户对的一桩亲事。女士婚前与戏子交往，虽有不妥，但人都道淇华女士是读过女大的知识女性，不至做出傻事。谁知当年中秋，月凉如水，二人于明月楼相会。夜已过半，跑堂于厢门外问二人是否要添新酒，雅座内寂静无声，无人应答。跑堂惶然，推门而入，只见淇华女士与玉琳琅双双卧倒其中，气息微弱，俨然是殉情之相。跑堂大惊，立刻唤来老板，将二人送至医院。

二人被送至医院，大夫立刻洗胃。所幸两人服的不是烈毒，量也不大，很快就被救醒。

金家虽以留洋开明著称，但这等丑事，还是无法视而不见。金家兄弟得知消息后，立刻将淇华女士从医院中接出，带回家中软禁。他们一面封锁消息，一面与未婚夫家商议，快刀斩乱麻，决定立刻举行婚礼，令淇华女士与未婚夫完婚。

淇华女士拗不过家人，只得同意，五日后出嫁。婚礼当日，夫家以装饰红绸轿车来迎，人们夹道围观，场面说不出的喜庆热闹。然而在淇华女士出门前夜，玉琳琅于玉家班小院再次服毒，这一回，毒药猛烈，刚咽下便起效，挣扎半日，人便去了。玉琳琅离世之日，正是淇华女士出门之时。同一时间，金家十丈软红，玉班人皆缟素，真如红楼梦里的黛死钗嫁，给这场轰轰烈烈的爱情平添了一个悲剧意味的终结……

玉琳琅殉情而去，玉家班的戏仿佛失了魂魄，总少了那么点味。痴心的观众们放不下，只盼着"玉班四美"还能多唱唱戏，给他们留个念想。然而三年后的"红颜相妒毒杀案"，却无情地击碎了他们对玉家班最后一丝期望——

玉琳琅有一自幼的好友，名叫贺约瑟。此人家境丰厚，容貌英俊，与玉家班交往甚密。玉琳琅去世前，贺约瑟已与君子兰相好，数次提到要为她赎身，娶她做个妾室。这本是美事一桩，偏偏君子兰亲妹，老二月月红看不过眼，总觉得自己比姐姐美、比姐姐红，还比姐姐聪明，这赎身入豪门之事怎么也得先落到自己。正逢玉琳琅身故，君子兰忙于丧葬与班内诸事，忙得不可开交。月月红便趁机与贺约瑟眉来眼去，引得这富商移情别恋，解了与君子兰的婚约，另娉月月红为妾。

然而好景不长。贺约瑟虽不娶君子兰，却也迟迟不让月月红过门，就这么吊着，吊了三载，愣是拖到了民国十五年，把当年红透一时的角儿月月红拖到半红不紫。就算是性格刚烈的月月红，也有些起急，偏在这时，贺约瑟突然不声不响地下聘，明媒正娶一房太太，娶的不是别人，正是玉家班中，那最不声不响的老四秋海棠！像是要故意气月月红一般，娶妻前的小年夜，他还专在明月楼设宴，请来玉家班人叙旧。谁也无法预料，这诛心之计导致了最终悲惨的结果——

宴席之上，月月红支开众人，以刀刺死秋海棠，自己也服毒身亡。

如此连遭大变，君子兰打击颇深，很快一病不起，溘然长辞。仅剩下的老三玉凌霄，解散了戏班，遁入空门，不再见人。

玉家班的传奇，就此落下了大幕。

转眼又是数年过去，斗转星移，沧海桑田。当年红得登峰造极的传奇戏班早已被人淡忘，人们的记忆里，除去两桩红粉凶案，大约只剩下一段苍凉的唱腔，还有几个美丽凄婉的影子。今时今日，依然关注这桩旧事的人大概已经不多，而我，正是这极少人中的一个。

彼时的我，家道中落，孑然一身，靠给乾州几家报馆连载《金粉世家》《啼笑因缘》般的世情小说勉强度日。初时还好，但几大篇写下来，渐觉素材匮乏，思维枯竭。正在搜肠刮肚之时，小时随祖母观看玉家班唱戏的场面突然跃入脑海，于是我立刻决定，下一部小说，便以玉家班为题，最好是还原两桩凶案中的复杂纠葛，以满足读者的好奇心。

题材敲定，我四下探访，遍寻故人，林林总总得知许多。然而此事当年太过轰动，无论报纸报道，还是口耳相传，都充满了主观的揣测，自相矛盾之处颇多。我又是个好刨根问底的人，知道得越是繁杂，越想了解当年的真相究竟如何。于是我暂时放下了书写，前往尼庵，求见仅剩的当事人玉凌霄。我开始当然是吃了闭门羹，玉凌霄入空门已近十年，绝没有随随便便见人的道理。我只得托沙弥尼带去我写的小说，恳请她阅读。大约见我态度真诚，她口气有所松动。当年冬天，她大病一场，差点没挺过去。大约是有了大限将至的预感，来年春天，她同意了与我会面。

　　她订了会面地点，不在庵中，而在昔日玉家班住着的玉家小院。如此举动，让我觉得其中定有隐情，心中不觉满是兴奋。果不其然，我刚进了门，坐在院中石椅上的老尼姑就起身迎上来，不待寒暄，她就自顾自低声说道："有些事，我本想带到坟墓里去的，但如今，世界不一样了……看了你的小说，我想着，将大哥大姐的实情流传下去，或许也是好的……"

　　大约潜心修行，久不同人说话，玉凌霄说起话来声音很轻，像是自言自语，又像是兀自在回忆。机会难得，我也不敢打断，就静静地坐在一边，将当年那场红颜相妒、自相残杀的夜宴细节，一字不差地记录下来——

二

　　距今十年前的民国十五年。小年夜。

　　这日恰好也是立春。天气不似往年般冰冷刺骨。玉凌霄从黄包车上走下，夜风灌进她的白绒褂子，倒有几分隐隐的暖意。她一步一顿，走到明月楼前。楼倒是和曾经一样，仍旧是前后两座三层小楼，鸡油黄的屋顶，镶着琉璃瓦，挂着铜风铃。外间却不似几年前那般古色古香了，门前屋后，都搭起了巨大的霓虹灯牌，耳边仿佛响起喧嚣，令人恍惚觉得乾州已远，自己是身在热闹却孤寂的大上海……

　　玉凌霄正在走神，旁边吱呀一声，停下一辆黑色汽车。车上闪下一个人来，还没走近，就轻声喊道："三妹妹——"

　　循声回头。只见那边快步走来个身量颇高的女子，浅灰底银丝斗篷，下面是一身如烟似雾的藕荷旗袍。服色浅淡，衬得她整个人好似淡影，仿佛一不小心便会被灯牌喧闹的光吞没。

　　女子走近，又低低地喊了声："三妹妹，你来了。"

　　那是大姐君子兰。大约是许久未见，她有些拘谨。

　　虽说玉凌霄也是"玉班四美"，但毕竟是随兄长入的梨园，与自小一起长大的另外三姐妹不免有些生疏。三年前玉琳琅去世，她便以服丧之名搬出玉家小院，自己租了间独门小户另住，只在练戏唱戏时回去应卯。玉家班人对此颇有微词，便与玉凌霄生分了。唯有君子兰知她天性便是如此，并非故意，于是平时总让人偷偷捎去一点东西、几封书信以示探望。这番挂念，玉凌霄还是感激。想到此处，不由得也轻声回道："大姐。"

离得近了，看得更是清楚。今日君子兰只是简单地绾个发髻，只在颈上戴了一长串珍珠链，虽说也是上好的南珠，但与过去的花团锦簇相比，多少显得有些寒酸。想起昔年，大姐每次赴宴，哪次不是白玉琥珀簪、纯金镶贝耳坠、红宝石戒指、翡翠银玉镯一应俱全。再看她如今，不只身着朴素，颊间眼旁的脂粉下，尽是暗暗的青色，有掩不住的疲惫与落寞。玉凌霄心中思量，看来，二姐、四妹与那贺约瑟的事，她也是颇为头痛。

正在思虑，君子兰伸手挽她手臂，笑道："外间冷，进去再说吧。"玉凌霄向来不多话，便点了点头。正欲迈步，君子兰反而迟疑，顿了顿，低声自语道："今夜，免不了是要闹一场了。"

玉凌霄清楚她是说秋海棠与月月红之事，也不敢贸然接话，只是低了头不语。只听君子兰支吾道"棠儿……红儿……"，她好像想说什么，可终究还是没有说出，最后只是苦笑摇头："走吧，三妹妹，一会还请你多担待些。"

二人携手穿过明月楼门，又经过前楼，沿着一条鹅卵石便道，往专设雅座的后楼走去。便道两边种满梅树，左为红梅，右为白梅，花开得正盛，夕阳之下，阵阵香气扑面而来。玉凌霄和君子兰走着，突然间，她眼神轻动，猛地停下脚步。

君子兰牵着她的手被甩脱，不由得一愣："怎么了？"

玉凌霄微微抬眼，看着远处梅林，许久，才轻笑道："这里梅花开得可真好。"

君子兰也笑："三妹还是那么风雅。可要折两枝？"

玉凌霄叹了两声，摇头道："不必了，大姐先走吧，我在这儿看一会。"说罢，便在道上立住，站着不动。

君子兰停了停，见她确实没有走的意思，便也不强求，自己先行而去。

玉凌霄站在道上数着落梅，梅香过于浓厚，令她有些眩晕。她的眼中，映出梅林深处的景象——

在那白梅树暗处，有一个臃肿的影子，像是一人穿了极其厚重的棉衣，膀大腰圆。

但今日并不冷，玉凌霄方才一看就明白了，那是一男一女两人，纠缠在一起，正避着他人，共温私情。既是私情，玉凌霄也不愿惊扰，就挡住君子兰视线，又将她支开。如今大功告成，玉凌霄也打算到另一侧的红梅林中暂避一避，然而抬头一望，却发现如今天未黑完，落日在空中还有一丝余晖，橙黄色的夕阳下，二人背光而立，两个剪影时而紧抱，时而亲吻，仿佛一场皮影戏般。

玉凌霄不由得多看了两眼。这一多看可不好，那对男女似乎发现这边有人，立刻匆匆分开，一前一后地离去了。有那么一瞬间，玉凌霄看见了他们的脸，顿时有些窘，但又不好出声，只得装作看不见，待到两人身影彻底消失，才迈步而行。她又在便道上磨蹭慢行了一阵，足有十来分钟，这才缓缓地步入后楼，进了大厅。

大厅里已有数人坐在那里。还未进门，玉凌霄已听见一阵笑声，笑声蜿蜒曲折，末了像是有个小小的钩子，勾着你的脖子，酥酥麻麻地，拉着你往声音的来处看。可玉凌霄不用看也知道，那是二姐月月红。在玉家班还是百花杀的时候，她就是这样，演红娘不看张生，演虞姬不看霸王，一上场，亮个相，就往恩客那边一扭，对着恩客唱，一双眼睛频频地抛着媚眼，抛得勾魂夺魄的。为这不顾规矩的事，班主玉琳琅说了她一次又一次，甚至吵了好几回，可都没有用，她照"勾"不误。换了别人，玉琳琅早就赶她出门了。可偏偏月月红这又俏又媚的花旦角色，谁也取代不了，到了最后，连玉琳琅也败下阵来，只得由她去……

"哎呀，三妹妹，三妹妹终于出关，让我们这些做姐姐的，受宠若惊呐——"

月月红的"呐——"拖得很长，像念白般兜兜转转，讽刺之意颇为明显。玉凌霄本就不喜与人争辩，又想起君子兰嘱托，便也没接月月红的话茬，只是略笑了笑，坐在了一边。

月月红的刺儿落了空，顿时浑身不自在，她向左迈了几步，又径直去往右边的小茶几，从果盘里捻起两个花生，也不吃，就百无聊赖地把皮细细地捏成碎片。

又过了会儿，月月红靠到坐在正中的准新娘秋海棠身上，一会儿捏捏她饱满的肩，一会儿戳戳她丰腴的脸，白嫩如牛奶的手点缀着鲜红的蔻丹，恨不得把秋海棠揉成一团，嘴上却在说着："四妹，你是没嘴的葫芦吗？看到好久没来的三妹妹，也不说两句？哎，那句话怎么说来着，洞中方一日，世上已千年……等会儿啊，她回到她黑漆漆的洞府，又把我们姐妹们忘了……"

秋海棠就在这时开口了："二姐这话说的，好似三姐是个妖精似的。"

玉凌霄心道不好，老四秋海棠一向木讷，想的比人少一步。这话里意思虽是为自己出头，可也把月月红的嘲讽点了个底儿掉。果不其然，月月红乘胜追击，笑道："我可没那么说，是棠儿你自己说三妹妹是妖怪哦。"

说罢，她斜睨了玉凌霄一眼，满眼捉弄之意。秋海棠这才知自己造次，肩膀缩了缩，望着玉凌霄，露出有点害怕的神情。玉凌霄倒没觉得被冒犯，只是有点窘，一时间也不知说些什么好，只能淡淡地笑了笑。

在后面观看金鱼的君子兰听见状况不对，赶紧快步走来："在说什么呢？"

月月红牙尖嘴利地接过话茬："说三妹像是千年的老怪——棠儿，你说的，是吗？"

秋海棠不说话了。她虽木，但到底不傻。她心内清楚，这时只要一开口，肯定又会被月月红抓住话柄，于是索性咬紧牙关，装作不闻。过了会儿，她自左袖中抽出一块褐色小长木片，手指一拨，打了开来。

那是把木折扇，是上好檀香片制成，薄却实，每当扇动，就有一阵淡淡香风拂过。秋海棠打定主意不接话，不管月月红如何聒噪，只低头拿着扇子在手中把玩。她把扇子合上，打开，再合上，时而捋捋鬓发，时而轻敲双膝，一下，又一下，如此回环往复……

月月红在一旁说着，说着，突然停住了。旁观的玉凌霄觉得奇怪，抬头看她，却见月月红的眼神正随着秋海棠时上时下的右手徘徊。在那右手的无名指上，戴着枚钻戒，戒面足有鸽子蛋那么大，成色透亮，闪闪发亮。即将消失的一缕夕照之光正射在上，顿时散出千万点如星如碎的辉光，落在月月红的烟火红裙之上，摇摇晃晃，好似烧着了一般。

玉凌霄注意到，月月红脸上闪过一丝落寞——

她重又开口了："棠儿你——"背后却传来声音打断："可收敛些吧，月月红。"

声音低沉而有磁性，一丝乾州口音挥之不去。玉凌霄转头望去，只见两个男子笑着走进，前头一个身材高大，西装革履。玳瑁金丝眼镜的镜片后，是玩世不恭的眉眼，眉眼之下，却露着一股不怒自威的神情。

玉凌霄赶紧站起，低声脱口道："贺家哥……贺先生。"

那男子将目光移向她，先是一愣，旋即客气笑道："玉姑娘，许久不见了。"

来人便是贺约瑟，昔年有名的纨绔公子，如今乾州的年轻富商。他母亲是虔诚的基督徒，便以汉字给他起了个洋人名。他与玉琳琅、玉凌霄是青梅竹马的交情，当年玉琳琅投奔百花杀，没少受他的支援。那第一出《游园惊梦》，还花的是他的钱——他背着家里拿出的钱。按说他应该算是玉家班的恩人才对，可他没有一刻停止与班中角儿们的纠缠，先追求君子兰，又属意月月红，如今倒是要娶秋海棠，弄得玉家班是非不断。

如今，这是非之人登场，当然引得月月红一个白眼："怎么着？轮得到你管？"

"我当然能管。"贺约瑟边冷笑，边正正经经地应和，"这乾州，除了那几处夜总会是那王老头的地盘，其他地方我还是说得上话——红儿，你听好了，今日是我的局，这儿是明月楼，不是那梦巴黎，那个你乱唱两嗓子也瞎捧着的梦巴黎。"

"梦巴黎？"一旁沉默不语的君子兰突然开腔，"约瑟，你刚说什么，梦巴黎？"

不等回话，她立刻转向月月红，脸色沉了下来："说了多少次，你唱歌无所谓，但要去干净地方，别去那……那乱糟糟的夜总会！"

月月红一副娇悍的神情立刻没了，像小孩偷糖吃被抓住一般，满脸通红，低声道："姐，我、我没……"

她话音还未落下，贺约瑟身边的年轻男子已喊了起来："哪里没有！我昨夜还去听来着！"

月月红急得跺脚："金淇卫，你瞎扯什么！"

金淇卫也反唇相讥："你明明唱了，唱了《夜来香》，唱了《花好月圆》。"他捏着嗓子唱起来："'浮云散，明月照人来'——这么唱的，是不是？这首唱完了，王老板还差人送来好几个大花篮，你那时还要跟他跳……"

月月红急得打断："胡说！我没有！"

两人一言一语，如小孩子般争了起来。

玉凌霄在旁冷眼旁观。那年轻男子名叫金淇卫，便是当年与大哥殉情的金淇华小姐的小弟。他是金家外室所生，又是幼子，没有继承家业的资本，也没有继承的压力。他有南洋人的血统，天生一身蜜色的肌肤与健壮的身姿，一双黑中带蓝的眼中，永远有种孩子般的迷茫又天真的神情。这让他颇受年长女子们的宠爱。这一宠，把他彻底宠坏了。他没有工作，只一味跟着各路女子调情，这更助长了他稚嫩的心性，什么都不放在心上，什么都不在乎。说话、做事只图眼前的一时痛快，令人又恨又爱。就像此时，他只是一味地想在嘴上占上风，完全没有觉察旁人的窘迫，偏偏月月红也是个不服输的，两人争来争去，虽来来去去都是那几句话，可就是停不下来。

一旁的君子兰插不上话，只得向贺约瑟投去求助的目光。贺约瑟却浑不在意，如同看着小猫小狗玩耍般，微笑着看他们吵闹。

这斗嘴眼看没个完。此时，外间又走进一个人，他先将混乱的大厅看了一圈，最后把目光停在贺约瑟身上，旁若无人地问道："都准备好了，贺老板，上座？"

贺约瑟并没有马上回答，他盯着月月红因为生气而抖动的一身红裙，又看看坐在一旁不知所措的秋海棠，咂咂嘴，玩味和得意的神情溢于言表。

那后来人立刻觉察了他心中所想，赔笑道："先上桌嘛。边喝酒，边赏美人，岂不更好？"

贺约瑟想了想，这才点头道："好"，那人没有二话，抬起头，深吸口气，对着大厅大喊一声。

"客官，请——上——座！"

这一声中气十足，愣是把月月红和金淇卫的争吵打断。一时间，众人的目光都聚焦在来人身上。这人也穿着西服，打着领带，但因为又瘦又小，背还有些佝偻，不仅没有一点洋派头，反而像个滑稽戏演员。

月月红柳眉倒竖，正欲发作。那人却微微一笑，双手往后一背，仿佛凭空从无一物的空气之中，拿出了一个大托盘。他将托盘在手里上下翻动，对着月月红笑得谄媚："怎么？贵人多忘事，连你的老相识都不认得了？"

玉凌霄皱了皱眉。

"你——"月月红的怒气立马没了，高声喊道，"你！你是——"

"槐根！"

玉凌霄的眉头皱得更深了。被叫作槐根的男人却没发现，只是对着月月红笑道："今非昔比了。来，叫我李大掌柜的。"他一边逗着月月红，一边空出一手，敞开西服，探手入怀，从西服内里口袋掏出什么东西。

就像刚才凭空拿出的托盘一般，他从里面掏出的是一杯酒。酒不是装在明月楼惯有的青花瓷碗里，而是装在透亮的玻璃高脚杯里。第一杯酒是石榴红颜色，上面有一层白色粉末；第二杯颜色橙黄，杯边插着花；第三杯则是蓝色，上层海蓝，下层深蓝，酒味儿比前两杯更加浓厚。

玉凌霄知道，这是西洋传来的鸡尾酒。

槐根边掏着酒，边夸张地自言自语："这是'红粉佳人'，喏，好，这是'阳光少女'，是橘子汁儿，不带酒精的，还有这杯蓝的，小心点哈，别洒了哈，'蓝色妖姬'……"众人的目光都被他牢牢吸引住，就连最木讷的秋海棠也不例外。

玉凌霄看着，看着，渐渐地忆起前情来。这"李大掌柜"原名李槐，小名槐根，原来是乾州乡下的箍桶匠，家里兄弟太多，没资本另起炉灶，便丢了本行，跑到明月楼当了跑堂小伙计。他当跑堂时很是勤快，每日上上下下忙个不停，端茶倒水没有一刻闲的。可即便如此，老板也嫌他没眼色，没少打骂他。那时玉家班是明月楼的常客，时常帮他说话。槐根也和玉家班交好，"玉老板""大姐"地叫个不停。可惜好景不长，那一夜，正是勤勉的槐根撞破了金淇华和玉琳琅的殉情之事，虽说救下了两人，却被老板嫌弃不吉利，让他立刻卷铺盖走人。玉家班那时正忙着玉琳琅的出殡，直到半年后才知晓这事。那时槐根早已没了音讯，只有跑船的说，他好像流落到了大上海，在大世界娱乐城拜师，做了个变戏法的，听说过得还不错。

路途遥远，也不知真假。谁也没想到，三年后的槐根竟是衣锦还乡。他在上海做魔术师积攒下一大笔钱，回到乾州就盘下了经营不善的明月楼，装饰一新，翻身做了个掌柜的。

"玉姑娘，发什么愣呢？尝一杯，尝一杯吧。"

槐根的声音在耳边响起，玉凌霄一个激灵，从旧日回忆中醒过神来。她看见月月红已经拿起了一杯蓝色的鸡尾酒，微微犹豫了一下，她将手伸向了橙色的橘子汁。饮下一口，酸涩的味道在喉中氤氲开来，玉凌霄被呛到，咳了两声，眼中呛出泪来。她强装镇定，抬头道："大姐，四妹妹，你们也喝。"

秋海棠看了贺约瑟一眼，又露出瑟缩的神情，摇了摇头。君子兰也有些犹豫，似乎不想在餐前就这样喝酒。迟疑片刻，她还是翘起手指，姿态优雅地拿了那杯红酒，将淡粉的唇凑近杯沿——

这时，冷不防地，金淇卫喊了声："兰儿姐。"

君子兰立刻放下了杯子："怎么？"

金淇卫像条小狗，摇头摆尾地晃了过来，撒娇道："兰儿姐这个酒好看，我也想尝一口。"

君子兰像是松了口气，脸上却是不动声色："想喝，给你便是了。贺老板和李大掌柜做的东，还缺一杯酒吗？"边这么说着，边把手中的"红粉佳人"递给了金淇卫。

金淇卫接过，摇了摇，连带红色酒水上面那层白色粉末一阵摇晃，人高马大的他微微一笑，炫耀般地高举那娇小的女士酒杯，仰起脖子，一饮而尽——

然而，下一刻，他把酒全部喷了出来。

他喷酒的声音很大，也很粗鲁，把周围的人都吓了一跳。君子兰赶紧上前，想要拍他的背，金淇卫摆摆手拒绝了，口中抱怨道："苦得要命！哪里好喝！什么红粉佳人？我看是苦瓜脸寡妇！"

旁边的秋海棠一听，顿时煞白了脸。虽说不正式，但毕竟是订婚宴，这话听着实在是不吉利。可金淇卫哪里管得了那么多，转身把手一折，剩下的大半杯酒全都倒进了金鱼缸。他口中不停地抱怨"难喝、难喝"，槐根的脸色也变得有些不大好看,但做掌柜的不便发作,只能忍着,脸上强挂着一丝干笑。一时间,大厅里无人说话了,尴尬的气氛像酒的后劲儿,涌了上来,只有月月红在旁,倚着椅背,笑得不怀好意。

还是君子兰先解了围,她看向贺约瑟,柔声道:"不如上楼入座吧?耽搁得久了,菜都凉了。"

贺约瑟对她笑笑:"就这么办吧。"

君子兰便笑道:"那大家就上去吧,边吃边聊。"她话音落下,秋海棠已站起,合起扇子,踏着大步先上楼去了。君子兰又招呼几声,不时以眼神询问贺约瑟,那模样活脱脱的就像君子兰才是今晚的女主人。这殷勤里到底是不是有一丝未了的余情?谁也说不清。

玉凌霄跟在众人身后,缓步上楼。此刻的她,心头另有一些情绪萦绕。她想着方才喝酒的场面,总觉得有那么些怪,可怪在何处,却也说不出来。她边这样想着,边沿着明月楼的楼梯拾级而上,上到过半,终究还是放心不下,她便转过身,折回了一楼大堂。

玉家班的人常说,玉凌霄玉姑娘的眼睛有"毒",有些事情,她一看就知道不对。这一回,她那双"毒"眼又应验了。她返回大厅时,正见槐根站在玻璃鱼缸前,肩膀微微颤抖,单看背影就觉得情况不对。

玉凌霄正要上前询问,槐根听见了脚步声,先回过了头,见是她,不由得喊了声:"玉姑娘。"他声音发颤,而玉凌霄也很快看清——

鱼缸里,片刻前还是活泼游动的金鱼,如今全都浮在水面,双眼突出,肚皮翻白。鱼缸里的清水,还有一丝淡淡未褪去的红色。

毫无疑问,刚才那杯"红粉佳人"里,有人放进了毒药!

玉凌霄没有说话,她走到桌前,看着众人喝剩下的杯子。杯子一共有五个,槐根一向是有心的,这一回也不例外。虽说拿出来的都是西洋高脚酒杯,但其中两个深些大些,而另三个浅些小些,很明显地男女有别。贺约瑟和金淇卫都是饱经酒场的人,当然不会贸然去喝女士的高脚杯。那么剩下的三杯,"红粉佳人""阳光少女"和"蓝色妖姬",就是玉班四美来分了。

乾州规矩,说好亲却未过门的女子,不能在未婚夫面前饮酒。秋海棠老实得很,就算贺约瑟叫她喝,她大约也不会喝。而玉凌霄向来不胜酒力,以前都是兄长玉琳琅帮她挡酒,如果让她挑,肯定会挑那杯橘子汁,至于月月红——

"她有风眩,就是洋大夫说的那个,血压高。"

槐根好像知道玉凌霄的心思,走过来,在她耳边低声说道:"这病,不能吃太咸。那'红粉佳人'里为了调味儿，要在酒上面放上好多的盐。红儿混歌场酒场的人，怎么会不知道？她当然不会喝的。"

听他一说，玉凌霄恍然大悟，难怪二姐抢先一步，选了那杯"蓝色妖姬"。但这么一来，那一杯被下了毒的"红粉佳人"，必然会落到大姐君子兰手里。

若不是金淇卫一时兴起，横插一杠，如今大姐大约……

大约已和缸中金鱼一样了。

想到此处，玉凌霄不由得打了个寒战。

而想到更深处，寒意更是随着玉凌霄的脊背一点一点地向上爬。她转头看一眼槐根，槐根也在低声喃喃："红儿好强，那毛病估计知道的人不多。况且这酒是为了魔术准备的，你们来之前就放在楼里。我早有嘱咐，今夜是贺老板的局，由我招待，烧菜的和跑腿的都不许进来。这楼里，只有咱们几个……只有咱们几个！"说着说着，他突然激动起来，伸手抓住了玉凌霄的手腕，"人都说玉姑娘知书达理，水晶玻璃心肝，这明月楼已出过一次事，可不能再……"话未说完，玉凌霄浑身一动，猛地把手抽了回来。

槐根知道提起玉琳琅旧事，冒犯了她，手悬在空中，人有些尴尬，可还在不依不饶地哀求道："玉家班的恩恩怨怨，姑娘是知道的。我一双眼睛，总有顾不到的地方。我也不让玉姑娘做什么，就请你帮我看着点，有什么不对，告诉我就是了，好吗？姑娘，求你了，求你了，就帮我这一回吧，权当是——权当是为了大姐。"

为了大姐。

四个字铿锵有力，玉凌霄的手垂了下去。

三

片刻后，玉凌霄上到了三楼，高处不胜寒，风都有些凉了。

明月楼的雅座设在楼上，装饰得极其雅致。它曾经是乾州一等一的本帮菜馆，醉蟹、清蒸黄鱼、百叶包，还有草头圈子、糟鹅掌并鸡火干丝一类，只有在这里才能吃到大上海的原汁原味。但今非昔比，世道混乱，有好几拨厨师逃难回了乾州，也开了餐馆，做上了本帮风味。明月楼没了垄断的优势，自然也没落了。平日里，偌大的厅堂，往往只有几个念味的老客坐着，零零落落，平添了几分凄清的味道。

槐根，或者说李大掌柜，当然是觉察到了这一点，于是在翻新明月楼时颇下了一番功夫。先是在厅堂里立了一圈屏风。那屏风四扇一组，都是红木做底，杭绸做面。第一扇是水墨兰花，上书四个大字"赏花归去"；第二扇是骏马奔腾，蹄下是大朵牡丹，旁题竖字"马如飞"；第三扇是抱着酒坛醉卧的水墨士人，头上垂下几丝凌霄花，题字"酒力微醒"；最后则是山水落日，近处一丛海棠，下写"时已暮"。

玉凌霄读过书，知道这屏风连在一起，便是苏东坡苏学士的回文诗——

赏花归去马如飞
去马如飞酒力微
酒力微醒时已暮
醒时已暮赏花归

头尾相连，回环往复，又暗藏了四美称号，令人拍案叫绝。而屏风又把原先宽阔的厅堂隔成了个"回"字，地方没变，但看起来紧凑许多，就算只摆三四张桌子，也不会显得空旷，反而显得大气。

今日是特为招待玉家班一行，所以堂中只摆了一张黑色实木大圆桌，铺了猩红洒金绒布。槐根还别出心裁，在圆桌对面搭了个微型戏台，上有布景，也有大幕。一切是如此精致又华贵，玉凌霄看着，也在心中惊叹，都说槐根去大上海见了大世面，如今看来也是如此……思绪一转，她突然想起刚才看见的，梅林之中，月月红迈着她那特有的风情步子，扭着腰肢，走近槐根，娇笑着扑进他的怀里……

"三姐。"一个怯生生的声音打断了她的思绪，玉凌霄抬头，看见了秋海棠。她站在玉凌霄不远处，脸憋得通红，手里依旧不停地摆弄着扇子，憋了许久，才勉强说出一句"三姐吃饭吧。"

玉凌霄顿时明白过来，她是想学君子兰那样，殷勤地招待客人。可她那木讷又羞怯的模样，就像个没见过世面的小女学生！

想到此处，就连淡漠的玉凌霄都多了几分同情，她正想安慰几句，抬头却见秋海棠领口扣了枚小小的胸针，是一个珐琅白带浅蓝的鸽子。玉凌霄不由得皱眉，这鸽子还是大哥在世时给她买的，那时秋海棠还是个小小姑娘，戴着刚好。可如今，这胸针不仅和她的身份不搭，还凭空戳破了那身上好料子的孔雀绿旗袍！玉凌霄的眉头皱得更深了，这事若是被贺家女眷看见了，大约要在背后嘀咕她恃宠而骄暴殄天物。戏子入贵门，本身就惹人眼红，四妹也不小心些，反倒给人落下话柄……

她心中做念，但今日大喜，也不好说人。秋海棠大约注意到她目光中的严厉，好不容易鼓起的勇气都泄了，也不敢说话，只是拉着她，匆匆在桌旁坐下。

槐根走了上来，开始忙前忙后，亲自布菜。按说这应该是跑堂干的活计，但一来他心里有事，二来他也存了巴结贺约瑟和金淇卫的心，一切都亲自动手，把众人伺候得服服帖帖。

玉凌霄入了座，便冷眼打量起座上的人，谁——是谁想要对大姐不利？

她的眼光首先落到对面月月红身上，月月红为人跋扈，但终究还是怕大姐，听刚才的话，她似乎打定主意要巴结王老板，走夜总会唱歌，做红顶歌星一路，大姐是她这条路途上唯一的障碍，或许关节就在此处？然后是金淇卫，刚才那一杯酒，看来他又像对大姐使出他撒娇卖乖那一套，可大姐似乎不太领情，莫非是因爱生恨？还有秋海棠，这孩子看着老实，心事一点不少，说不定看大姐太过娴熟，因此产生了要命的嫉妒。最后还有贺约瑟，他虽说离了大姐，但两人的交往从没断过，难说是不是有什么旧时把柄，被君子兰握住……

玉凌霄看着，想着，在场人之间仿佛抽出了根根丝线，连在一起，错综复杂。君子兰见她发呆，不由得侧身轻轻碰了碰她的胳膊："三妹妹。"她脖子上那串浑圆的珍珠项链触到玉凌霄的手肘，一阵冰凉。玉凌霄浑身一动，这才如梦方醒。

此时菜已布好，仍旧是明月楼的几道招牌菜，造型精巧，如同绣花，一丝一毫都看得清清楚楚。热气涌上来，玉凌霄绷紧了背，她盯着君子兰手中的筷子，看她要伸向哪个菜。然而，君子兰却不急着动手，她只是坐着，手拿青花瓷茶杯，轻轻地抿着清茶。而在桌的另一边，贺约瑟早夹了一条清蒸鱼，放在自己面前的盘中，也不吃，只是细细地翻检，一根一根地剔掉鱼骨，连小刺都不放过。在他左侧，月月红一手擎着酒杯，眼睛直勾勾地盯着他手的动作。

好一会儿，贺约瑟终于把鱼刺剔完，拨出一大块雪白鱼肉，月月红却突然伸手，抓住了贺约瑟的一边衣袖，喝道："别吃！"

事出突然，贺约瑟也是一愣，问道："怎么？"

月月红望他一眼，如水的媚眼中竟有几分深情，只听她轻声说道："那是黄鱼——你不是嫌腥，从不吃的吗？"

她这么一说，贺约瑟也顿了顿。不过片刻后，暧昧的笑容爬上他的嘴角："谁说我要吃？"然后他夹起那块鱼肉，筷子一偏："来，棠儿，张嘴。"

话音落下，右手边的秋海棠像得令一般，乖巧地偏过脸来，"啊呜"一声，猫儿似的把筷子上的鱼肉吃了，对着贺约瑟粲然一笑。这般明显的挑衅，让月月红的脸色难看起来。贺约瑟却转过身，将手中的筷子塞到她手里，笑道："我是不吃鱼，难为你记得——要不，你夹些别的，喂我吃吧。"

"美得你。"月月红将手一甩，把筷子甩到一旁，一手又顺势拿起酒杯，对着贺约瑟微举了一举，也不等对方举杯，她兀自灌下了一大口。这口下去，淡淡的红晕浮上她的脸庞，她虚虚地对着贺约瑟眨了眨眼，风情万种的模样，让人也不知她是生气还是娇嗔。

贺约瑟哈哈一笑，对她举起杯子。二人对着喝了起来，这一切都在秋海棠的眼皮底下。她微微皱眉，似乎想说些什么，可张了嘴却什么都没说出来。大约是怕月月红再阴阳怪气，她也只能低了头不看，只一心拣面前的一盘豆腐百叶包吃。

君子兰就在此时放下茶杯，用略高的声音问道："三妹妹是许久不见，近来过得可好？"

玉凌霄也听出了她的救场之意，便老实答道："还好吧，靠替人抄抄写写，还能勉强过活。"

君子兰笑道："唱戏的功夫没落下吧？以前，巡警高队长就喜欢你那一折'游园惊梦'，'原来姹紫嫣红开遍——'，说就算是你大哥玉琳琅也比不上。"

正在喝酒的月月红一声冷笑："高队长那个警痞，大老粗，懂个屁的戏！"

君子兰只是叹道："唉，日子过得真快。姐妹们初次登场，转眼过去十来年了……"

此言一出，满场寂静，就连月月红也不吭气了。

偏偏金淇卫呆头呆脑地接道："哎哎，十年前那场戏，你们不是唱过，就是见过的，就我没见过也没听过——兰儿姐，一会儿你唱一折，给我开开眼好不好？"

君子兰皱了皱眉，低声道："老了，当年的盛景，也回不来了。"然后她不等金淇卫接话，又转了话题："淇卫，你姐姐可好？"

金淇卫一愣："姐姐？金淇华？哎，还不是那样儿，一个阔太，大门不出，二门不迈，成日里写文章，不过是和人打口水仗。"

这点玉凌霄倒是有所听闻，金淇华在乾州报刊上以笔名刊载评论，言辞和观点都犀利，常引得其他文人撰长文回复，一来二去，倒是有股舌战群雄的热闹。

那边月月红又是一声冷笑："所以说啊，当年她是猪油蒙了心，才会喜欢上大哥那个土包子。"

槐根正在为众人倒酒,听到她这么说,不由得嘟囔道:"怎么能这么说玉老板?"

月月红反唇相讥:"怎么不土?唱来唱去就那么几出,《游园惊梦》《天女散花》《贵妃醉酒》《西施浣纱》,最后终于想搞个新戏,结果要搞什么——还是《游园惊梦》!那时都流行看电影听摩登戏,谁还看这古人老戏!还不如像以前那样,演纣王妲己呢。"她一气说完,转向秋海棠:"棠儿,你说,他是不是土包子?"

秋海棠一口百叶包还在嘴里,筷子上还夹着半个。玉凌霄听出月月红话中有指桑骂槐之意,不由得暗暗替秋海棠着急。谁知秋海棠愣了半晌,把嘴里的菜咽了,才慢悠悠地憋出一句:"当年,他们还是互相喜欢的吧。"

文不对题,月月红又自讨了个没趣,她环视一周,转向了立在一旁的掌柜:"哎,槐根,你是去过大上海的人。你说,是上海的戏好,还是我们玉家班的戏好?"

槐根想都没想,脱口而出:"当然是大上海……"

他话还没说完,贺约瑟缓缓地出了声:"玉家班的好。"

贵客既那么说,槐根自然是顺着他,连声笑道:"是是是,大上海的戏好,玉老板人好——贺老板,你说是不是?"

贺约瑟不接话,只是抽出一根雪茄点燃,烟气和热气交织,挡住他的脸,他用玩味的语调说道:"玉琳琅人好——说的对,他是个妙人儿。我从来没见过这样的痴,戏痴,人活在戏里,都疯魔了。"他的眼神意味深长地环绕一周,最后落在了君子兰身上,他不易觉察地叹了一声:"他是戏疯子,只顾着自己演,别人不好跟。只有兰儿。兰儿,这与玉琳琅对唱,是谁都比不上你的……"

"哪里,哪里。"君子兰立刻自谦道,"我这唱生戏的,只是个陪衬,意境不比三妹,论功夫不比棠儿。"

玉凌霄敏感地觉察到,她没提月月红。不过看君子兰神色,她倒不是有意忽略,而是如同家长不愿夸自己孩子那样,不多提自家人罢了。她这话引得贺约瑟的眼神转向了秋海棠,秋海棠还在吃着百叶包子。因为怕烫,她小口小口地啄着,倒有种娇憨的可爱。贺约瑟笑了,这一回他笑得倜傥暧昧:"也是,棠儿她,她的功夫好。"

这话有点调戏的意味了,玉凌霄听不惯,又一次皱起了眉头。

槐根却一步向前,走到贺约瑟与秋海棠之间,一边为两人添酒,一边吹捧道:"不是我说,贺老板,少奶奶也是难得的人才,当年可是花旦、青衣、刀马旦,样样皆能——"

月月红低声道:"也样样不精。"

槐根只装作没听见:"……还有啊,以前玉家班的膳食也是由她准备。"

月月红低低声道:"也就当个煮饭婆。"

槐根不搭腔,一气说下去:"这就是那什么,上得厅堂,下得厨房,有里子,也有面子。贺老板你呢,也是一表人才,乾州才俊,你们两人,般配!般配得很哪!"他这一番吹捧有些生硬,但贺约瑟却是听得满面春风,很是受用。

秋海棠看到有人站在她这边,也眉头舒展。对面的金淇卫见状,立刻也凑上了热闹,举杯高声道:"原来嫂子是这等厉害人物,真是真人不露相。贺老板,本来就让我羡慕不已,如今又有了贤内助,更是羡煞小弟了!来,敬大哥大嫂一杯!"

夸奖都是对着贺约瑟而去,但一来二去,秋海棠反而变成了宴席的中心。男人们都围着她,一句接一句地说着赞美的话。秋海棠静静听着,面上有了笑意,腰杆也挺直了,倒真有点贺家少奶奶的味道了。而另一边,月月红被冷落了。她坐在一旁,不停地喝酒,脸色越发难看。

玉凌霄心道不好,正欲跟君子兰提醒,偏在这时,贺约瑟没心没肺地说了一句:"别说了,棠儿她,确实跟有些女人不一样……"

"你说跟谁不一样?!"

只听"砰"的一声,一双纤细的手重重拍了桌子。月月红站了起来,怒目而立,对着贺约瑟说:"都是下九流的戏子,她哪一点比我们好了?"

槐根见状不对,赶紧上前拉她:"红儿你别,这个场合……"

也不知是破罐子破摔,还是酒劲儿上来了,月月红咄咄逼人:"是啊,这场合……这场合贺大老板就要结婚了,我一个被抛弃的,这样子,不体面。"槐根还想说话,却被月月红横蛮地挥手止住:"姓贺的,趁姐妹们都在这里,你给我听好——我月月红从来没图过你什么,没图过你的钱,没图过你的家世,前些年我待你可是一片真心。这点,你应该知道吧?"

贺约瑟脱口而出,应道:"我知道。"

月月红猛地坐下,冷笑道:"就凭这一点,我要你一句实话,不过分吧?"

贺约瑟毫不在意,做个"请"的手势:"你讲。"

月月红深吸一口气,大声说道:"贺约瑟,如果你还是个男人,就在这里给我说句实话,老老实实彻彻底底地说清楚,我月月红,到底哪一点比不上她——"

月月红伸手一指，当然指向的是旁边的方向。

"比不上她，秋海棠！"

君子兰最担心的事情还是发生了，玉凌霄在旁，暗自心惊。她一双眼睛偷偷瞥着，月月红满脸怒容，槐根在她背后欲哭无泪。金淇卫有点不知所措，却掩不住眼中的兴奋。而旋涡的中心，贺约瑟还在悠闲地抽着雪茄，秋海棠笑容僵住，呆若木鸡，只是望着手中的茶杯，茶杯里有一汪浓浓的清茶，映着她不安的面容。

气氛仿佛突然凝滞了，没有人动，也没有人说话。雪茄上的一星火暗了又亮，亮了又暗。贺约瑟悠闲地吸完了雪茄，低头看着红色桌布上一摊轻飘飘的灰烬，摇了摇头："说不出。"

众人皆是一愣。秋海棠的脸色变了一变。

贺约瑟也不抬头，只是把桌上的灰掸了掸，说道："棠儿比你好的地方，我说不出，但是——"他拖长了语调，也不说话，又过了许久，才带着笑意问道："要我明白说吗？"月月红觉察到什么，正想说个"不"字，可贺约瑟已经说话了："但有时候，男人就是喜欢她，胜过喜欢你——我也不例外。"

这时月月红的脸色已经变得苍白，衬着红裙，更是白得可怕。

君子兰赶紧站了起来，珍珠在她藕荷色的旗袍上映出一圈柔光。她走到月月红身后，伸手按住她的肩膀，口里低声喊道："妹子、妹子！"

月月红就在她的呼唤声中回过头来，像是委屈的孩子般，喊了声："姐。"说着便低下头去。君子兰以为她要哭，赶紧拍拍她的背，月月红夸张地呜咽一声，声音又高起来："姐——姐你知道的，当年为了他，我拒绝了多少人，拒绝了多少从良的机会啊！好吧，我本就是戏子，无情无义的戏子，这不算什么……"

她边哭喊，眼角一缕余光却不住地看贺约瑟。此时，贺约瑟面上那一层戏弄的表情如潮水般渐渐退去，下面的威严和怒气正像礁石那样露出来。这哭声已经没有用了。月月红立刻察觉，把头低了，拭去眼泪。

身旁的贺约瑟刚冷下脸说了声："你哭什么。"月月红就恰到好处突然抬头，转了娇嗔："更早的时候啊，为了你，我跟大哥吵了多少架，大哥恨我，到最后都没原谅我，这都是为了你，为了这狠心短命的——你啊！"

百炼钢化绕指柔，她刚刚哭得梨花带雨，又突然使出这一身柔媚，没几个男人能挡得住。转瞬间，她的目光已化为千万根手指，在贺约瑟身上拂了一回。

贺约瑟的怒气顷刻间消散，戏弄和玩笑的潮水又涌上来，盖住了他冰冷的底色。他笑着，喃喃地低声说道："我赔礼道歉还不行吗？"

　　月月红见自己得逞，索性伸出一根手指，在他太阳穴那里戳了一下。她没很用力，贺约瑟倒很享受，也很配合，他夸张地往旁边一倒，正好重重地撞了一下秋海棠的手肘。后者撇了撇嘴，放下筷子，似乎要发作，但一抬头便遇上月月红挑衅的目光，又犹豫了。

　　无声的争斗持续了片刻，还是秋海棠先败下阵来，她悻悻地低了头去，一言不发。但谁都可以看见，一直面无表情的她，脸上流露出淡淡的嫌恶。

　　这该怎么办才好？玉凌霄只觉得难堪。环顾四周，其他人也不知月月红与贺约瑟两人是在争吵还是在调情，一时也无话。唯有金淇卫，跟赶集看热闹似的，一双眼睛瞥瞥这边，又看看那里。

　　沉静更长了月月红的气势，方才那份冲动的不甘，突然化成满腔如枪似剑的柔情。她一手拿着酒杯，一手用两根手指颇有节奏地敲着贺约瑟的手臂，口里笑道："大哥不喜欢我，你也不喜欢，男人都不喜欢我……"

　　君子兰大约见有些过了，赶紧拉她。月月红却甩开她的手，抬抬下巴，让她回座位去。君子兰留也不是，走也不是，只得退了一步站在一旁。那边月月红越发千娇百媚："不喜欢我，没关系，我也有——"

　　贺约瑟不接她话，任她摇晃。倒是槐根焦急地问道："有什么？"

　　月月红却不答，只是看着酒杯，笑得慵懒而恍惚："你们男人呢，都一样，跟大哥一样，不喜欢我，却偏偏离不开我……"

　　贺约瑟打断她："你先把刚才的话说完，你也有什么？"

　　"有喜欢他更甚于喜欢你的男人，贺约瑟，你就等着瞧吧。"

　　月月红说着，又是伸手，夸张地在贺约瑟鼻尖一点。贺约瑟，这今夜订婚的男子丝毫没有拒绝的意思，而是拿起酒杯，又将自己的酒杯塞进了月月红手里。月月红一愣，笑得妩媚，接过酒杯，仰起白鹅般的长脖颈，一口把他喝剩下的残酒饮了。

　　起初看月月红哭诉不忘察言观色，玉凌霄还有几分同情，可如今这样，好好的宴席，几乎要变成争风吃醋的欢场了。再看秋海棠，一张脸沉得几乎都带上了紫色，玉凌霄越发觉得难堪，却又不好打断。君子兰也明白过来，赶紧抬头示意槐根。槐根会意，拿过酒瓶，帮众人倒起酒，口中连声说道："都过去了，都过去了。大家不要再提那伤心事。"

　　他脚底抹油，走得飞快，吆喝个不停："来来来，喝酒，喝酒，我给你们倒上，大姐也坐吧，这是我托人从国外带回来的葡萄酒，难得难得，多喝两杯……"

尴尬的场面被他的殷勤打断，君子兰又问了些有的没的，大家的注意力被移开了，这才勉强稳住席面。每个人面前的杯子喝空了，然后又一次蓄满。月月红重新拿起了酒杯，玉凌霄和君子兰都紧张地盯着。不过或许是劲儿过了，这一回她没再挑逗贺约瑟，只是轻轻举了举杯，说了句"大家喝"，就不再说话。在场的人见她安静下来，都松了口气。

然而就在这时，一直不声不响的秋海棠举起酒杯，轻轻地吭了一句："二姐。"

月月红还在兴头上，不把她放在眼里："啥事儿？"

秋海棠冷冷地道："二姐，你刚才问，你哪里比不上我。"

君子兰意识到不妙："四妹妹你……"

"有件事，你还是比不过我的。"秋海棠木着脸，"我能给他生孩子——你，不能了。"

"哗啦"一声，刚刚缓和的气氛被绞了个粉碎。自己的私密之事被当众戳破，月月红气得发抖，手一倾，那满满的葡萄酒就泼了出去。秋海棠本能地一缩，但终究慢了，红酒泼了她一身一脸，红彤彤的水滴，从她的下巴、发梢簌簌滑落。那领子上的小鸽子也染上了红。

所有人的笑容都凝固在脸上，玉凌霄站在一旁，握着杯子，动弹不得，现在这场面，就算神仙下凡都救不回来。就连月月红泼出酒后也吓了一跳，她一对凤眼四下张望，像是要拖个人出来为她说句话，但君子兰也好，贺约瑟也好，谁都不出声，就连槐根也退到了后面去。

月月红看着，她绝望了，把手中的空酒杯往桌上一掼，扭身就走。

她走出好远槐根才醒转，跟了上去，喊道："红儿你别走，这到底是贺老板的局……"

月月红头也不回，怒喝道："谁说我要走？"

"那你……"

"老娘要去上茅厕！"

"茅厕，啊、啊，盥洗室在那边……"

"我才没怕！回来接着喝！在哪儿？快说！"

"那边那个小口……"

槐根拉住她，手忙脚乱地指着，又低声给她嘱咐了句什么。月月红冷哼一声，迈着风情万种的步伐，消失在屏风的尽头。

玉凌霄这时才发觉，围成一圈的屏风有两个开口，一个大些，就是大家刚才从楼梯上来的地方。而在它的斜右方，则有一个小口，应该就是槐根说的盥洗室。这么走神了一会儿，她转过头来，饭桌之上，已是一片狼藉。

君子兰扶着额头，低声叹息；金淇卫置身事外，还拿着筷子拣桌上剩的好菜吃；槐根拿了软布，急急忙忙地去帮秋海棠擦旗袍上的酒；秋海棠还是木木的，任槐根折腾，动也不动，仿佛刚才惊天动地的话语，不是从她嘴里说出的。

最让人惊讶的，是贺约瑟。他平静地坐着，眼神飘向远方，既没有看月月红离去的方向，也没看他身边的娇妻秋海棠。这态度让玉凌霄有点心寒，她放下酒杯，思索如何应对这冰冷的尴尬。可还没过多久，贺约瑟突然开口了："槐根，开吧。"

槐根正帮秋海棠掸旗袍，听他一说，不由得愣了，抬头问道："现在？"

贺约瑟点了点头。

槐根仍旧是难以置信的表情："你说现在，贺老板……现在？"

贺约瑟有点不耐烦："对，就现在。"

槐根脸上流露出一丝不满的神情，可他到底不敢忤逆贵客，于是放下抹布，一路小跑地往那戏台边去了。

戏台左边，是一朵盛开的金色喇叭花——一台最新的唱片留声机。

四

槐根弯下腰，插上电，又寻出一张黑漆漆的大圆片，放在留声机底座的小方盒上，移了唱针。不一会儿，戏班熟悉的笛声悠悠响起，接下来是二胡，再然后，吹拉弹唱，一并儿齐了。

配乐声严丝合缝，就连乾州数一数二的琴师和鼓师都奏不出这么好的乐，听起来是那么美妙。玉凌霄听着，心中不禁有些痴了，她虽不喜欢唱戏，此刻却有一丝戏瘾，馋虫似的，让她想走到那戏台上，吊起眉眼，吊起嗓子，唱一首婉蜒曲折的"良辰美景奈何天"……

她像在做一个梦。槐根得意的笑声从梦里传来："这可是京城有名的班子录的，厉害吧！"大哥玉琳琅的念白传来，不，不是大哥，声音虽像，但细微处的韵味却是大大的不同。那是贺约瑟，他不知何时走上了台，摆了个有些生涩却潇洒的姿势，一个勉强柔媚的身段。他唱起来了，刻意去模仿玉琳琅，但却没有大哥那种精雕细琢几尽完美的韧劲儿，形像，神却不像……

一阵激烈的掌声传来，接着是一声"好！"。玉凌霄浑身一震，直吓得跌出了梦境。

以前听戏可有规矩，叫"好"声必须踩在唱词的空白点子上，这样才能既不碍着台上人唱戏，又能显得台下人是老戏迷，听得进，品得到。现在这一声，根本没在点子上，纯粹是乱咋呼，不用想，便是草包金淇卫了。想到此处，就连平日里温厚的玉凌霄都忍不住横了他一眼，可金淇卫完全不在乎似的，仍旧一个劲儿地叫着："好！贺老板！唱得好！"

台上的贺约瑟也是浑不在意，他跟着留声机中流淌的乐曲，唱一段，停一停，唱一段，再停一停，小半折的旦角唱完了，他微微一侧头，笑道："兰儿，你来。"

君子兰一愣，本能地推辞了几句，但贺约瑟一再坚持，君子兰也只得清清嗓子，上台与他对戏。刚才几出，贺约瑟虽没有玉琳琅唱得好，但也可说是可圈可点。君子兰一开口，就把他比下去了。本应由他主导的唱腔被带乱了阵脚，不是跟不上调，就是踩不上节奏。偏偏金淇卫在下面又是拍掌，又是乱喊，一台戏整个不成样。

玉凌霄不忍卒听，但又不好离席，只得皱起眉头，别过脸去装作夹菜。但筷子还未拿起，她听见自己身边传来了微弱的呜咽之声。

玉凌霄不由得一愣："四妹妹？"

秋海棠收了扇子，放在桌上，两行清泪正从脸上滑下。

这是今夜玉凌霄第一次见她有了激烈的表情，不由得也有些急了："四妹妹你……"

"三姐，别出声，别出声。"秋海棠连连摆手，一面指了指远处的戏台，一面拿起桌边的擦手巾狠擦眼泪，好在她今夜没化浓妆，要不早已是一片狼藉。

玉凌霄见台上贺约瑟唱得正欢，连看都没看这边一眼，心中不由得也有些恼怒。但想到种种情状，她也不得不硬着头皮劝道："二姐就是那样子，牙尖嘴利，爱抢风头，别跟她一般见识。她也是逞一时口快，不是真心让你难堪。"这话说完，她自己都觉得有些勉强。但她到底不是八面玲珑的君子兰，一时也说不出什么话来，只能傻傻地盯着秋海棠。

秋海棠落了一阵泪，勉强挤出个笑，看似平静了，张开口却仍旧满是哀怨："三姐，你不知道，不知道啊……我只能给他生孩子……只是因为能给他生孩子啊……"

玉凌霄又是一愣，更是说不出话来。她之前隐约有所觉察，这时才终于确认，贺约瑟选择秋海棠不是什么爱与敬，大约只想找个管不住他的熟人坐在太太的位子上，自己仍旧可以花天酒地。可怜的秋海棠，不幸成了这个悲惨的傀儡……

此时，台上已演到了男女诉衷情，君子兰的腔调带着撩拨，贺约瑟满是娇羞，一片才子佳人花好月圆的旖旎风光。槐根打着拍子，金淇卫叫好不休，和秋海棠近乎无声的寂寞哭诉，仿佛一边是天一边是地，一边是粉衣红妆的俏花旦，一边是咿咿呀呀的苦青衣。

玉凌霄只觉得心中酸涩，踟蹰许久，她才轻轻地叹了一句："若大哥还在……若大哥还在，我们就不会是今天这样子了。"

秋海棠的睫毛动了动。刚刚擦干的眼眶，又涌出了清泉般的泪水。玉凌霄有点后悔了，她不该提这茬。可她又禁不住想起了她大哥——她那与她爹一样，一根筋的大哥；只沉迷琴棋书画，家里家外的事都让女人操劳的大哥；也是家道中落时，宁愿投身臭名昭著的百花杀，也绝不将妹子卖给行将就木的老头子做妾的大哥。

她又想到大哥离开前那几天了。那是春来之时，玉家班的小院外，光景明媚，群鸟啼鸣。孩子们在玩耍，鞭炮不停点，小鼓不停敲，还有卖货郎卖的一种塑料洋喇叭，吹起来咿咿呜呜的，闹得不亦乐乎。院外卖艺的瞎子夫妇仿佛也被他们感染，一改往日幽怨，在玉家班院墙下，师傅拉二胡，师娘吹笛，都是动人的小曲儿。一切都是快乐的，一切都是美好的。唯有玉琳琅，气息奄奄地躺在床上，痴痴地想着淇华女士。昔日风情万种的名伶，如同一具枯骨，就连最动人的一双眼睛，都失去了生的气息……

想到此处，玉凌霄神色黯淡下来。她与玉琳琅不算顶顶亲近，但到底一母所生，提起来心中总比别人多一丝痛。想得深了，一时也顾不上垂泪的秋海棠。

那边的吹打声突然停了，大约是一张唱片放到了底，该换了。贺约瑟似乎想留君子兰再唱一曲，但君子兰坚定地摇手拒绝。贺约瑟也不强求，只是对槐根使个眼色。槐根立刻会意，挑出另一张唱片，重新放入留声机中。

乐曲又响了起来，贺约瑟继续过戏瘾，君子兰翩翩下台，一见秋海棠的泪眼与玉凌霄的神色，她心中也明白了七八分。沉吟片刻，她提了个无关紧要的话题："怎么不见红儿？去了那么久？"

玉凌霄眼神一动。距离月月红进入盥洗室，已经过去了三四折戏——差不多二十分钟。就算是她在里面重新描眉画目，也有点久了。她对秋海棠使了个眼色，秋海棠愣了半晌，才想起自己女主人的身份，于是站起来道："我去看

119

看吧。"

君子兰扫了一眼，摇摇头："还是我去吧。"

秋海棠脸上如释重负，可嘴里却客气道："怎么劳烦大姐……"

君子兰接道："没事，我去吧。"她压低了声音，"她刚才其实喝了不少，我怕酒劲儿上来，吐一地。"

玉凌霄本想跟去帮忙，听到君子兰这话，想起二姐是心气儿最高的，绝不想外人看见她的丑态，于是拉着秋海棠坐下："让大姐去吧，我们再坐会儿。"

秋海棠赶紧点头："也好。大姐，如果有事儿，你就大声叫，这里听得见的。"

君子兰应诺，转身往那缺口走了。玉凌霄与秋海棠坐下，两人俱是相对无言。

戏台上，贺约瑟一曲《贵妃醉酒》唱到了高潮，正袅袅娜娜地一个转身，对上秋海棠、玉凌霄这边，他微微竖眉，抛了个不算成功的媚眼。这媚眼就像之前吃鱼时一般，秋海棠"噌"的一下站了起来，使劲地鼓了几下掌，口中娇嗔道："老公！唱得好！"娇妻的捧场让贺约瑟很是受用，笑意浮上他的嘴角。

就在他眼神飘忽，准备对金淇卫故技重施时，突然间——

"咿呀咿呀吱——吱——"

优美的乐曲突然掺进了金属摩擦的声音，让人牙根发酸。很快，那曲声变成了荒腔走板，像是琴师、鼓师们故意使坏。玉凌霄首先发现，可贺约瑟还没反应过来，他一边做出戏中的娇羞状，一边跟着走调的曲儿唱，连带唱的都走调了。贵妃娘娘一下子变成了牙尖嘴利的小丫鬟，这已足够令人发笑，偏偏贺约瑟还唱得一本正经，更是让人捧腹。

玉凌霄费了好大劲儿，才把胸中一丝笑意强压下去。她是如此，金淇卫却不。这口无遮拦的男孩子一愣，旋即"啊哈哈哈"地笑出了声来："贺老板，你唱的……唱的是个什么玩意啊？"

他这么一笑，秋海棠也笑出声来，"咯咯咯"地笑，都有点月月红的味道了。男的和女的笑声一搭一档，直灌进贺约瑟耳朵里。直到这时，他才发现乐曲不对，自己出了洋相。站在戏台上，他进也不是，退也不是，只得将手一甩，恼怒地喝道："槐根……槐根！"

"在修了在修了，贺老板，等会儿等会儿——"

戏台边的留声机后，露出槐根满头大汗的脸。他是那么急，以至于满头都是细细的汗芽。可无论他怎么拍打，那台金色喇叭花般的留声机都没法恢复原声。古怪的声响断断续续，音量还越来越大，听来像是奇怪的嘲笑。

金淇卫首先站起来，走向槐根："是不是唱针坏了？"

秋海棠小心地张望一眼，然后拉起玉凌霄走过去。看着槐根与金淇卫怎么也弄不好，她偏头，小心翼翼地向戏台上问："要不，别唱了？"

台上的贺约瑟脸色铁青，也不答话，只是冷冷地盯着手忙脚乱的槐根。

槐根又摆弄了一阵，仍旧不见起色。他擦一把汗，对着台上的贺约瑟谄笑说道："看来啊，不是这机器的问题，是楼下电房的问题。"

贺约瑟眼睛一瞪："那还不快去！"

槐根双手交握，连连笑道："是、是。"然后他顾不上仪态，一路小跑，跑到屏风的大口，沿着楼梯冲了下去。

待他的背影消失，贺约瑟冷冷地说道："关了吧。"

金淇卫笑着答应，然而不学无术的他哪里知道从何处关。震天响的怪声又响了一阵，还是玉凌霄发现了电线头，将它拔了，留声机才终于安静下来。

一瞬间，无声的沉默如同潮水般灌满厅堂，刚才听了喧闹的耳朵一时还没法习惯。众人你看看我，我看看你，也不知说什么好。但就在这一片寂静中，玉凌霄听见了一个遥远的声音——

"红儿，红儿，你开开门！是我呀，你开开门！"

秋海棠显然也听见了，她木然的眼神里露出焦急："是大姐！"

金淇卫立刻接道："哎，出什么事了？去看看？"

玉凌霄心中涌起一丝不祥的预感。然而不等她细想，贺约瑟已将外套一甩，大步地走了过去。玉凌霄跟着他，金淇卫紧随其后。

没见秋海棠跟来，玉凌霄回头，只见她坐在桌前，眼巴巴地往这边望，却不见有所动作。玉凌霄知她对月月红还有芥蒂，也不强求，便跟着两个男人，越过屏风小口，走到盥洗室。

只见盥洗室大门紧闭，君子兰一脸不安地站在门边。看到众人，她急道："我敲了半天，连点动静都没有——不知怎么了。"

金淇卫立刻撸起袖子，露出他壮实的臂膀："兰儿姐让一让，我来。"然后他深吸一口气，微微压低身子，猛地一冲，开始撞门。

那门倒不是厚木门，只是薄薄一层木板，不过两三下，就"轰"的一声，被撞开了。门板向里倒去，激起一阵灰尘。

金淇卫笑得露出雪白的牙齿："怎样，兰儿姐？"

然而君子兰哪里有顾他的工夫，她快步向里冲去，喊道："红儿！你没事吧，红儿？"

玉凌霄也跟着君子兰走进去。只见小小的盥洗间里，空空荡荡。角落里放着两个木桶，一个木桶里盛满了水，水上漂着一个木勺。另一个木桶则装着些碎木破纸一类，大约是垃圾桶，装得满满。木桶边挂着一道藏青色的布帘，又薄又长——玉凌霄看了一眼君子兰，君子兰犹豫一下，还是点点头。于是玉凌霄将帘子揭开一角，向里张望。里面放着个马桶，盖子都没打开。旁边一把高椅子，放着手纸、肥皂、梳妆镜、针线包一类的小物，但里面没有人。

盥洗室里，没有一点儿月月红的踪影。玉凌霄索性拉开帘子，走了进去。她细细地环视一周，没有人。确实没有人。

君子兰也发觉不对，她轻声喊道："红儿，出来吧，都过去了，别和大家捉迷藏。"她说着，玉凌霄就把布帘子卷了起来。这唯一能藏人的地方也一览无余，可盥洗室中，依旧不见人影。

玉凌霄脸色有些苍白："二姐哪儿去了？"

君子兰也很是不安，口中喃喃道："这里就一扇门，也没人见她出来，怎的忽地就不见了？"她这样说着，抬眼看到盥洗室角落里的玻璃窗，像是抱着最后的希望一般，走到窗前，用力推，窗纹丝不动，她又转而向里拉，窗依旧没被打开。

刹那间，玉凌霄也好，君子兰也好，脸色都由苍白变成了煞白。

金淇卫就在这时走到君子兰身边，口中说着"我看看，我看看"，然后煞有其事地将脸凑近窗前，看了好一会儿，突然"哇"地叫了一声，周围的人都结结实实地吓了一跳。

不等玉凌霄和君子兰从惊吓中回过神来，金淇卫已伸手一指："你们看。"他刚才那么一吓，谁还敢看？见他们都踟蹰不前，金淇卫得意地耸耸肩，探出一根手指，在两扇窗的合页处一弹，只听见"咔嚓"一声，有什么东西被弹了起来，再一细看，是一根银色的金属小棍，也是窗的插销。

金淇卫说："看，这个窗的插销，拉上去，就能开窗，落下去，窗就锁死了。"说完，他伸手一推，将窗推开，然后双手一按，按着窗框，伸脚一挑，整个人翻到了外面去。

他从外间将窗阖上，低声道："看好啊——"然后他握紧拳头，伸手敲击窗玻璃。他力气不小，如果当真用上全力，这玻璃会在片刻间碎成粉末。金淇卫刻意收住了，只用了很轻的力道敲，一下，两下，这窗颇为老旧，金淇卫每敲一下，窗框就跟着轻轻颤动一下。就这么敲了五六次，只听"咔哒"一声，那金属小棍的插销被震落了，正好卡住，稳稳地锁住了窗。

"这插销松得很。"金淇卫在窗外瓮声瓮气地说道，"红儿姐一定也是这样，翻出来，在外面敲敲，就锁住了窗。然后呢，里面就变成了'密室'——是前些日子报纸上刊的外国小说这么写的，兰儿姐，你看了吗？"

君子兰没有答话，贺约瑟冷不防地开了口。

"这窗，就算关上，还有缝儿。如果她事先在插销上绑根线，用力往下拉，也能从外面把窗关了。再把线咬断，就了无痕迹。"

年轻的富商顿了顿，又意味深长地加了句。

"以前也是。她生了气，便想发设法地假失踪，让我急着去找她——她就喜欢这样。"

五

玉凌霄松了口气。

君子兰却还不放心，隔窗问道："淇卫，外面是什么地方？能看见红儿吗？"

"我看看……外面是一圈儿阳台，黑得很，看不见人。嘿，这儿还有个绳梯，能下到下面院子里去呢，不过兰儿姐，外头就更黑了，我就，就不去了啊……"

他大声地回答。窗里面贺约瑟转向君子兰："她最喜欢看我们急，肯定是躲在哪里偷笑呢。"君子兰的眉头并没有纾解，不过她还是点了点头。

贺约瑟伸手拍了拍她的肩膀："回去吧。她那个孩子性子，我们越在这里，她越是不会出来。"

君子兰略微迟疑，还是低声道："也是。三妹妹，回去吧。"

玉凌霄一愣："但是……"她话还没说完，窗外的金淇卫已经呜哇哇地喊了起来："喂，兰儿姐！玉儿姐！先放我进去呀！"

君子兰赶紧提起插销，打开窗，将金淇卫放了进来。金淇卫又撒了几句娇，君子兰也没太理会。

这谈话间，贺约瑟已迈步走了，君子兰拉过玉凌霄，紧跟而上。金淇卫也立刻黏了过来。几人就这样走着，走到了屏风之前。

贺约瑟停下脚步，侧身准备让女士先行，然而就在这时，突然之间——

饭厅上方的玉兰白炽灯，没来由地闪了几下。

下一瞬，玉凌霄只觉得两眼一花，就什么也看不见了。

灯灭了。周围陷入了黑暗。伸手不见五指的黑暗。玉凌霄心中一凛，耳边立刻灌满了惊呼。"别扯我衣服！""槐根！槐根！怎么回事？""棠儿？棠儿在吗？快去拉灯！"这些声音混在一起，令玉凌霄心中冰凉。她想起那杯带毒的酒，想起突然消失的月月红，不安和恐惧如同潮水般升起，此刻她什么也喊不出，她全身心想的只有一个人一件事，她脱口而出。

"大姐——"

仿佛是呼应她的心事一般，声音落下，灯又亮了。

雪亮的光射进眼睛，满满都是发亮的重影。玉凌霄顾不得刺眼，赶紧看向自己身边。此刻，她一只手扯着贺约瑟的西服袖子，一手揽在君子兰的腰间。君子兰脸色惨白，双手紧紧地绞着玉凌霄的手臂。而金淇卫……

说来好笑，这个高大的男子，被突如其来的黑暗吓得跪倒在地，死死地环抱住玉凌霄的双腿，浑身抖个不停。灯光乍起，他可笑的模样一览无余。玉凌霄一时间也不知该惊还是该怒，只能讪讪地笑了笑。她的淡漠让金淇卫很是尴尬。

这年轻人眨了眨眼睛，故作镇定地站起身来，有些僵硬地拍了拍长袍，装作无事发生，眼角却不住地瞥其他人。

君子兰是何等八面玲珑的人，见此情状，立刻轻拍胸膛，故作娇嗔地说道："吓死我了，吓死我了，好在是虚惊一场，三妹妹，你没事吧？"

玉凌霄答话："我没事。"

金淇卫赶紧接过话头："呼，没事就好，没事就好。"

贺约瑟轻笑了一声，局促就这么解了。只是几人还不知发生了什么事，一时也不敢迈步。玉凌霄心下思索，刚才灯灭之时，四个人撞在了一块，彼此都有身体上的接触，时间又短，应该没有人暗中做手脚。她侧头看了看君子兰。君子兰满脸笑意，虽有些勉强，但到底没有大事。

想到此间，玉凌霄提起的心放了下来，她又一次长舒口气。身后的金淇卫不知她心中曲折，只是望望还有些暗的灯，说道："看来不会再灭了，回饭桌接着聊吧？"

屏风边的贺约瑟点了点头，侧了身子，仍旧请君子兰和玉凌霄先走。君子兰也不迟疑，迈开步子，向饭厅方向走去。玉凌霄紧随其后，二人的高跟鞋踢踢踏踏，踩出有些凌乱的节奏。

大约走了十四五步，君子兰突然停下了，玉凌霄没有防备，正正地撞到她的后背，突出的脊梁骨撞得她生疼，她不由得一滞："大姐……"

只见君子兰背上一抖，口中喊着"四妹妹……棠儿、棠儿！"就先迈步跑了开去。她一跑开，玉凌霄就看清了。饭厅正中，发暗的玉兰花灯下，秋海棠面朝下，整个人扑倒在桌上。她那一身华贵的孔雀绿旗袍，刚才被月月红泼上了红酒，已经有几处被染成了墨绿色。现如今，她大半个身子都是这样深邃的墨绿，甚至连衣摆都是……等等，衣摆？玉凌霄意识到什么，她抱住发冷的身子，往下看去。只见旗袍下方的孔雀羽刺绣尽被染红，衣摆尽头，秋海棠坐的椅子之下，一小摊黏稠的红色液体正慢慢地扩散开来——

"还有气儿！"

一个声音打破了玉凌霄的思绪，她抬起头，看见君子兰已在秋海棠身边，正伸手探她的鼻息。见玉凌霄看过来，君子兰立刻道："老四被捅了，三妹、淇卫，你俩快去找槐根，让他来搭把手。"她的镇静让玉凌霄回过神来，也顾不得许多，转过身就穿出饭厅下到二楼。

二楼没灯，空空荡荡，也是漆黑一片，玉凌霄喊了几声槐根，没有回答，又喊了几声，这才听见里面传来微弱的回应声。她正欲往里走，背后突然有人拉住了她："等一等"。

玉凌霄回头，看是看不清，但听那微微颤抖的声音，应该是跟来的金淇卫。只听"呲"的一声，一束外罩金黄色的蓝色火焰亮了起来，照亮了玉凌霄，也照亮了金淇卫的半张脸。他晃了晃手中的打火机："玉儿姐，你走前面吧，我给你照亮。"

玉凌霄点头说好，两人一前一后，顺着声音，摸进了二层深处的一个小间。还没进门，里面已经传来了半带哭腔的声音："哎呀，可把你们盼来了！"

玉凌霄与金淇卫赶紧把火光转向声音的方向，只见槐根半蹲在地，满头汗珠。再一看，他的身上缠了几条粗电线，红红蓝蓝，绕在一起，像小虫被困在蜘蛛网里。

金淇卫举起打火机，槐根又是欣喜又是愧疚："金老板，我本来想摸黑弄线，谁知道摔了一跤……"

他并不知道楼上发生了什么，还想插科打诨。玉凌霄赶紧截断："我来帮你解。金先生，你点着火。"

金淇卫点点头，松开旋钮，然后又一次点亮了打火机。这一回的火光更明更亮，玉凌霄半跪下身，蹲在槐根身边，手忙脚乱地帮他解开电线。槐根很是抱歉，连说自己太急了，绊了一下，打了个滚，把各色电线都缠上了身，成了个乱糟糟的大线团。玉凌霄这里扯一下，那里绕一圈，忙了好久，才勉强将电线解开，让槐根钻了出来。

这时槐根已觉察不对，刚从束缚中解脱，就低声问道："玉姑娘，出事了？"

此时玉凌霄也是浑身湿透，筋疲力尽，只能伸手指指楼上。槐根会意，立刻架起她，和金淇卫一起往三楼雅座奔去。

三人刚刚走进饭厅，就有两个穿着白大褂的洋医生带着几个护士，跟着贺约瑟大步走了进来。还没说话，其中一个年轻的女孩儿已经尖叫起来："血啊！"

这声尖叫已让人觉得凶多吉少。两个医生对看一眼，脸上闪过无奈的神情。但贺约瑟在场，他们也不得不硬着头皮上前治疗。玉凌霄看得出，秋海棠失血过多，如今就算止血，怕也是回天乏术。想到此处，她又一次慌了，近乎本能地，她转向了君子兰。没有大哥的日子里，相助她的永远是这位仿佛遇到任何事都不会惊慌的大姐。然而就在她投去求助眼神之时，她看见君子兰双手抱在胸前，脸色惨白。

玉凌霄脱口而出的话骤然变了："大姐，你怎么了？"

"……盥洗间。"君子兰挤出三个字，"刚才，我守着棠儿，盥洗间里，有声音……"

这话刚刚说出，贺约瑟就像被烫的老猫一样，猛地跳了起来。他伸手推开正在秋海棠身边忙碌的医生护士，向那屏风小口边跑去。玉凌霄觉察不妙，也赶紧跟了上去。屏风后，盥洗间的门仍是紧闭的，贺约瑟冲到门前，伸手一推，那门就被打开了。

玉凌霄正好在此时赶到，这一回，出现在她面前的是一幕极其可怕的景象。

月月红躺在盥洗室的地板上，身边满是吐出的秽物，一袭红裙仍是红得触目惊心。她一手扼住脖颈，一手垂在身侧。在她的指尖，是一个破碎的小玻璃杯，杯中隐隐有白色粉末闪烁。

一股呕吐的感觉从玉凌霄胃里腾起，她强忍着，嘶声喊道："二姐……二姐？"

没有回话。月月红脸上曾经滑润的肌肤已变成可怕的灰白色，表情扭曲而痛苦。

彻骨的寒意瞬间湮没了玉凌霄，她觉得有什么失控了。但她还是连声呼唤："二姐？二姐！月月红！你起来，起来啊！"

"玉姑娘，不要喊，也不要看了。"

她身边的贺约瑟长长地叹了一声，终于还是像一个长兄那样，伸手捂住了她的眼睛。

他声音沉痛："已经……死了。"

"死了？怎么会？怎么会？"

贺约瑟没有答话。他抓住玉凌霄的手臂，半是拉半是拖，硬是把她从屏风边带走了。

半小时后，玉凌霄坐在饭厅一角，捧着一杯半温的茶，傻傻地发愣。在月月红的尸体发现不久后，医生们便宣布秋海棠已经离世。贺约瑟气急败坏地赶走了小护士们，因为她们眼角眉梢都是窥探的味道。

金淇卫强迫医生去看月月红，两个医生老大不情愿，但碍不过金家少爷面子，只得去看了，很快又出来说是死于鸦片提取物，就是那细白的粉末。这东西梦巴黎的歌女们时常带在身上混水烟抽，抽可以，但要是和了水吞下去，就比砒霜还毒，马上毙命。

贺约瑟听完，脸上现出烦躁的表情，挥了挥手，医生像是得了赦令，立刻拎起医箱走了。槐根在一旁苦着脸，电话听筒拿起又放下，等两个医生一走，他像是下了十分的决心，抬手拨动了号盘。

君子兰赶紧按住他，将他拉到一边，低声提醒，说报警这事还得由贺约瑟定，毕竟贺家是望族，愿不愿意爆出没过门的少奶奶暴死的事情还另说。槐根这才反应过来，丢了听筒，立在一旁。

一群人垂头丧气地坐着，谁也不说话，像是守灵。难以想象，一炷香的时间前，这里还是衣香鬓影，戏乐飘飘，是阔少爷和红名伶间的聚会。

大约是电力不稳，玉兰灯又闪了一下。金淇卫就在这时站起来，踱了几步，站到其他几人对面。沉吟半晌，他抬起头，惶然问道："到底发生了什么？"

没人回答他。

金淇卫愣愣地抓了抓后脑勺，然后伸手到腰间，掀起长袍下摆，从内袋里掏出只金色的怀表，"咔嚓"一声打开，看了一眼："快十点。"

他抬起头："我们从头开始捋一捋吧，就从……从到这雅座开始。"

"那时是七点。"贺约瑟抬头说了句。

"你确定？"金淇卫反问。

不等贺约瑟回话，槐根已接过话头，絮絮叨叨："是七点。我六点就布好菜，然后下去招待你们。玉姑娘最后到，钟响了一声，是六点半，再寒暄一阵，上楼时钟又响了——可不就是七点了吗？"

君子兰看他们一眼："我跟棠儿、红儿先上的楼，还有淇卫和约瑟。"

"李掌柜后来很久才上来。"金淇卫投来意味深长的一眼，"还有玉凌霄。"

玉凌霄抬抬眼："我上来了，我们就开始吃饭。"

"你们没上来前，我先去盥洗室补了补妆。"君子兰补充，"那时，里面没有一点不对，也没有什么异样……"

她说话间，金淇卫已经向前两步，走到那张乌黑的大圆桌旁。"我坐这儿，兰儿姐坐这儿，贺大哥这里，嫂子这里……"他绕桌走了一圈，把众人的位置一一点了，皱起好看的眉头，露出天真的迷惑："开始吃饭后的半个小时里，没人离开过饭桌。"

贺约瑟又冷不丁地加了句："然后红儿'噌'地闹了起来。"

金淇卫摸了摸脸颊："贺大哥你也跳得太快了。应该是，我们聊着天，先是提到我淇华姐，又提到玉老板，又开始说棠儿姐，结果不知道哪里触了霉头，红儿姐突然对着贺大哥发起脾气来——啊！"他仿佛这时才反应过来，一张俊脸变得泡过水般地发白，支吾道："这么说是红儿姐……"

原来他是当真没想到，玉凌霄不由得一愣。然而贺约瑟却挥了挥手："继续。说下去。"

金淇卫有点手足无措："就，红儿姐和贺大哥闹，又哭了一阵。好不容易静下来，结果就被海棠姐顶了……顶了那句重话，她一气之下走了，说要去茅厕，从那屏风小口走进盥洗室去了。之后呢，贺大哥说要唱戏，槐根不见了身影……"

槐根立刻跳了起来："看你这话说的！我人就在点唱机旁，寸步不离。你们看不到我，贺老板可是看得一清二楚，我根本没走开。"

他把求助的目光转向贺约瑟，后者点了点头："确实如此。"

"下面的我来说吧。"玉凌霄扳起手指，"贺……贺老板先唱了两折戏，又邀大姐上去一同唱。听戏时，四妹妹哭了，我一直在她身边，同她说话。"她转了转眼睛，"金先生那边，虽然没人看着他，但他一直在拍掌喝彩，并没有一时一刻离开过。"

她停了停，君子兰便接道："我同贺老板唱了两折，今日嗓子不行，便说不唱了。下台同三妹四妹说了几句，见红儿还不回来，就去盥洗室找。"她顿了顿，"谁知刚走到屏风那儿，电房就出了问题，那留声机吱吱呀呀地响，我还是边笑边敲的门。"

玉凌霄问道："大姐，你敲了多久的门？"

"多久？我算算……挺久的，大约有个五分钟的样子。"君子兰神色有些恍惚，"结果乐曲声都停了，还没见人答应。我急了，就喊了起来。"

"兰儿姐喊了起来，我去了，贺大哥去了，玉儿姐也去了。我们四个人并排站在那里。"金淇卫的眼神突然变得锐利，他一个个看过去，"海棠姐没来。你，也没来。"

他的眼神最终停在了槐根身上。槐根立刻喊起来："冤枉啊！大姐叫起来的时候，我已经到楼下电房里去了！怎么可能来？"

"谁知道呢。"金淇卫颈间的喉结上下滑动，"若你没进电房，就在楼梯口等着。算着我们都去盥洗室了，你立刻冲上来，关掉灯，刺死海棠姐，再奔下去……"

"金老板！"槐根厉声呵斥，将他打断，"金老板你这是什么意思？"他哆嗦着嘴唇，"从刚才开始，你就使劲地怀疑我。我招待不周，但并没招你惹你。你，凭什么污蔑我？"

"凭什么……"金淇卫的嘴角带上了冷笑，"就凭你是，月月红的姘头啊。"

这一句话如晴天霹雳，正正地打在了众人头上。贺约瑟睁大了眼睛，君子兰本就惨白的脸色又添了一层铁青。玉凌霄倒是有所准备，毕竟她曾在院中梅丛里看见一男一女两个身影亲密地相拥——那不是别人，正是槐根和月月红，现在不过是证实这事罢了。另外两个人显然没料到这一出，许久，才异口同声地问道："槐根，有这事吗？"

槐根原本因恼怒而扭曲的脸，在这一刻近乎本能地露出谄媚的笑，他笑着，笑着，下面开始一层层地露出其他的情绪，冷笑、窃笑，到了最后，变成了一种复杂又略带悲凉的笑。他蹲下身子，慢慢地滑下去，头埋在膝盖上，长长地叹了一声，低声说道："没想到，就连大姐你，都觉得我和红儿不配。"

六

槐根和月月红的故事早在百花杀的时候就开始了。那时槐根还是小跑堂，月月红还是小戏角儿，两个人两小无猜，玩得久了，不知不觉地便互相喜欢上了。在明月楼的后厨，在玉家班的墙外，槐根和月月红倚靠着，做着各种白日梦。在那时，槐根就与月月红约好，等他学成一身本事，便帮月月红赎身，然后包下明月楼，他做掌柜，月月红做老板娘，两人一搭一档，再不过这跑堂唱戏、苦兮兮的日子。

这一切，本可顺顺当当地进行，可偏偏玉琳琅加入了百花杀，百花杀变成了玉家班。当年可怜巴巴的小红儿也一跃变成了玉家四美，成了当红的名角月月红。而槐根却甫遭大变，被赶出了明月楼，流落大上海。可即便如此，他的心意却是没变的。在上海，他仍旧一心一意地做事，一心一意地攒钱，也算是机缘巧合，他进了大世界娱乐城，成了压轴的魔术师。

他本可留在上海的，但他心中惦记的是乾州的小红儿，于是在赚了一大笔钱后，他不顾东家和朋友的反对，执意回了乾州，盘下了明月楼。他终于可以去找小红儿了，可小红儿连月月红都不是了，她成了当红歌星。她俏丽的脸，带电的眼，属于灯红酒绿，属于所有的男人——槐根不过是其中之一。

君子兰听完都有些语塞："槐根你……你也包了她？"

"歌女找人包，是为了有靠山。我刚回乾州，没有根基，她哪能同意呢？所以，"槐根苦笑，"所以我让她包了我——大姐，你明白吧？"

乾州就是这样，男子可以包养当红的女戏子，女子也可以反过来包养愿意吃软饭的男子。这事儿当然为所有人所不齿，就连君子兰都不由得面露尴尬，"这……"

"这样我才能名正言顺地待在她身边。"槐根说得理所当然，"大姐，红儿同我说过，你们不知道，她到处挂单唱歌，陪各处老板跳舞，表面光鲜，夜里却失落得很，怕老，又怕穷，又想着贺……没人真心待她，啊，不回玉家小院时，她就躲在酒楼歌厅，不是喝酒就是抽鸦片，把自己裹在窗帘里，一坐就是一整宿。那样子，真让人心疼……"

他说得一往情深，君子兰不由得眼眶湿润。她嘴唇哆嗦，低声道："这孩子，怎么不找我商量……"但大约是知道自己太过严厉，这话终究还是没有说出来。

贺约瑟不知何时点起一根烟，狠狠地抽了几口，烟雾猛烈地涌出来，遮盖了他吃到苍蝇般的恶心表情。好在他还有几分涵养，没有立刻打断槐根的话，只是压低声音抱怨了几句："养着小白脸，还说对我念念不忘？这叫虚伪，还是神经？"

众人各怀各的心思，一时间面面相觑，相顾无言。

玉凌霄置身事外，已是思索许久。见这边稍微平静，她开口轻声喊道："金先生。"

金淇卫一愣："什么事？"

玉凌霄想了想，比画道："我刚才略算一下，从二楼楼梯口到里面那间电房，我们走了五分钟。就算是用跑，最少也要两分钟。"

金淇卫眼神中露出一丝闪躲，然而嘴上还在硬："是，那又怎样？"

玉凌霄继续说道："你刚才就在旁边看着，应该是最清楚，槐根是被电线'捆'在了电房里。那些线路特别乱，我解了足有十来分钟，才解了开来。如果是故意将自己捆进去，需要的时间是只多不少的。"她停了停，"我们听到大姐在喊，进了盥洗室，出来，遇见停电，再到发现四妹妹遇害，大约只有四五分钟，满打满算六分钟。就算如你推断，槐根躲在楼梯口，上楼，杀害四妹，又跑回电房，但那样一来，时间大概只剩下三分多。这么短的时间，他绝没有办法把自己捆成我们看到的那样严实复杂。"

这一番话有理有据，掷地有声。槐根面露喜色，却不敢有所动作。金淇卫也不反驳，只是将头一仰，许久，才叹息道："这么说，只剩下一种可能了。"

"唯一的可能。"玉凌霄接道，"就是二姐被四妹气疯了……"

她说出了心中的判断。那便是月月红诸事不顺，被秋海棠那句话一激，便动了心思。她假意去盥洗室，实际是从窗口溜了出去，设法在外面将窗锁上。然后她从阳台的绳梯爬下去，借着黑漆漆的夜色，溜到大院，返回大厅，又从楼梯走上来。她算准了众人会去找她，看到她"凭空消失"的异状，也会在盥洗室中停留。她便一直躲在屏风后面，等众人出来，就立刻按下开关，熄灭了灯，乘着大家乱哄哄的时候，她冲进去摸黑给了秋海棠一刀。之后她趁乱全身而退，开了灯，按原路返回盥洗室中，再躲在屏风的小口处，向饭厅窥看……

"我明白，我明白了。"金淇卫抢过话，"红儿姐这个性子，估计也是想给海棠姐一点颜色而已。没想到做得狠了，竟失手把海棠姐杀了。贺老板叫医生来时，她立刻明白了个大概。想到自己杀了比自己亲生还亲的姐妹，她也受不了，返回身，去盥洗室吞鸦片自杀了。"

玉凌霄望着他，心中不知是愤恨还是感激。恨的是这么重的事他说起来轻描淡写，感激的是，好在金淇卫天真，不用她说出那么残酷的事实。她抬起头，望着周围，槐根低垂着眼，君子兰满脸含泪，只有贺约瑟，还在一根一根地抽着他的雪茄。

大约过了两分钟的样子，贺约瑟突然问道："那刀子是哪儿来的？"

玉凌霄被问住了。倒是槐根接了话："厨房在大院不远，今夜也没让厨师看着，那里都是刀子。还有，桌上那盘肘子，旁边也有分肉用的小刀。"他说得如此坦白，玉凌霄都有些为他紧张。

然而，贺约瑟也没有追究的意思，而是又转向玉凌霄："还有一点，她是怎么算到，棠儿会留下来，而不是跟着我们去盥洗室？"

"这……"玉凌霄又是一时语塞，她还真没有办法解释这层。

不过贺约瑟也没有追寻到底的意思，他灭了手中还没燃尽的烟，起身抖下厚厚一层烟灰。"也只有这一种可能了。"他望向槐根，"报警吧——反正人也死了，凶手也没了。"

槐根望了贺约瑟好久，才艰难地点点头："好。"

电话拨通了。警察局答复说立刻调派巡警，半小时后就到。不过不需警察到来，事情似乎已经可以盖棺定论——月月红因妒误杀秋海棠，后又畏罪自杀。

事出突然，玉凌霄过了好一会儿才回过神来。她看看放下电话的槐根，又看看委顿在角落的其他人，心中一片混乱。然而，就在这千头万绪中，有一件事倒是清晰起来。玉凌霄想着，不由得站起身，缓步往饭桌走去。

大饭桌上，血已凝固了，混着被打翻的红酒，透出交错的诡异紫红。有几个菜还没动，正散发着最后一丝热气，筷子、酒杯四下散落着，并没有看见槐根所说的分肉刀。不过玉凌霄要找的也不是它，她绕着桌子走了一圈，低头掀起桌布，不顾地板冰凉，半跪在地，在桌下的地面摸索。刚才的混乱中有许多东西被碰倒，掉落在地。玉凌霄一一把它们捡起，看过，却依旧没有发现自己寻找的东西。

君子兰首先觉察到她的不对劲，喊道："三妹妹，找什么呢？"

玉凌霄站起来，捋一捋凌乱的头发："扇子。"

"扇子？"君子兰一愣，有些抱怨地嗔道，"都什么时候了……"

"我在找四妹那把檀香扇，可我没找到。"玉凌霄的手指在桌面空处划着，"我记得，吃饭的时候，四妹妹就把它放在手边，放在饭桌这里。这东西，怎么着也不会不见的呀？"

"是月月红顺走了吧。"贺约瑟打断她的话。

玉凌霄看向他，他沉吟片刻，说道："那扇子是木片做的，合起来，比一张纸厚不了多少，正好可以插进那窗缝里……"他顿了顿，"但再薄，毕竟也是木头。红儿用它，在那金属棍子插销上敲几下，棍儿就会落下去，这样不用敲窗，也能关了窗。"这倒也合情理，玉凌霄点了点头。贺约瑟又看了她一眼，有点多余地嘀咕，"关了窗，大概随手丢在院子里了……"

玉凌霄想了想，一时也没想出别的可能，就姑且先接受贺约瑟的推测。她又看了一会儿，见饭桌处已经全部细细看过了，踟蹰片刻，还是迈起步子，往屏风小口走去。

没走出几步,背后就传来君子兰颤抖的声音"三妹……",玉凌霄知她担心,赶紧摆手:"我不进去,只在外面看看,看看屏风。"君子兰又说了些什么,似乎是阻拦的话,但玉凌霄没听,她还是一步步地离了饭厅,走到屏风口处。

屏风口后,隔着三四步远,便是盥洗室的黑木门。月月红还躺在里面,站在门外都能隐隐闻到那可怖的血腥味。玉凌霄愣了愣,就算是她,此刻也不敢再进去了。不过,沉吟片刻,她还是向前走了一步,走到了屏风与木门之间的过道中。过道无灯,只能借远处玉兰灯的光。玉凌霄向远处看去,过道越往前越是漆黑,倒真有点像月月红说的妖怪洞府了。想到这句话,她不由得心中一紧,赶紧稳住心神,沿着过道向前走去。

盥洗室旁还有几间小间,都是一色的黑木门。玉凌霄走过大约三四扇屏风,走到第一间,握住门把手,犹豫一下,最终还是推开。门刚开了一条缝,就有一阵灰尘扑面而来,然后就有什么东西在后面阻挡,再也推不开。

玉凌霄把眼睛对准那条小缝,向里看去。房间里的地上堆满碎木,还有布团毛巾、旧桌木椅一类,都满是灰,看来许久无人打理。几条规整的长木堵在门边,就是它们卡住了门。

玉凌霄壮起胆子,细细地又看了一遍,没发现什么可疑之处。这个房间,应该只是堆放杂物用的。这样想着,她便关上了门,继续向前走去。

过道前方,尚有两三间小间,都跟这间一样,尘灰遍布,堆满杂物,玉凌霄一一看了,但没发现什么,便重新走回屏风开口处,退了回来。

屏风仍然静静地立着,开口两处,一边是水墨兰花,另一边则是海棠山水,一头一尾,连绵不绝。玉凌霄伸手,轻轻地推了推,屏风纹丝不动,她又用力推了推,屏风还是不动——毕竟是红木的底座呢。

想到此处,玉凌霄低下头,想仔细看一下屏风下方。谁知,刚低下头,她就看见屏风底座旁的地上,有一道不那么明显的白痕!

再一看,那竟是细细的白色粉末,排成一线。

这是什么?玉凌霄心中一动。木屑,还是鸦片粉?

不,都不是,这好像是……

她赶紧蹲下来,想要细看。偏偏就在这时,远处传来一声惊雷般的喊声。

"好啊,就算是我害死了玉琳琅,那又怎样?!"

玉凌霄猛地站了起来。她抬起头,死死地盯着饭厅的方向。距离太远,她只看见贺约瑟的嘴一开一合,看不清他的表情,也听不清他在说什么。

心跳之声如雷贯耳,玉凌霄急了,她一跃而起,再也顾不上地上的白色粉末,而是大步流星地冲回饭厅,冲到了贺约瑟面前。她对着还在抽雪茄的年轻富商,大声呵斥:"你刚才说什么?!"

一时间无人回答。槐根心不在焉。金淇卫哆嗦嘴唇。君子兰惊道:"三妹你怎么了?"而贺约瑟一言不发。

玉凌霄火从心起,她向前一步,逼问过去:"把你刚才的话重复一遍。"

可贺约瑟却是一脸迷茫,面对她的质问,只是愣了愣:"刚才的话?玉姑娘,刚才我说了很多……"

不等他说完,玉凌霄已经再次逼问:"你说,是你害死了玉琳琅。"

贺约瑟恍然大悟:"哦,原来是这句。"

玉凌霄冷冷地道:"对,就是这句。贺先生,你有必要给我好好地解释一下。"

贺约瑟露出一丝苦笑,转向君子兰。

君子兰看着玉凌霄,许久,许久,才轻轻地叹了一声:"唉,迟早的事……"

这哑谜让玉凌霄很是不满,她正欲发作,却听君子兰轻声道:"姑娘觉得,三年前……就是你大哥殉情那一年,玉家班的收成,是个怎样的情况?"

这可把玉凌霄问住了。她本是淡漠的性子,不大理事,戏班的收入支出什么的,更是没有算过,如今被问起,也只能摇了摇头。

君子兰低头苦笑:"三妹怕是想不到,那时的收成,其实跟现在差不多。"

玉凌霄睁大了眼睛,现在的玉家班是惨淡经营,一年唱不上几出。可三年前大哥在时,多的时候一日三出,怎会没钱?

君子兰仿佛知道她的心思,笑得越发无奈:"现在是无戏可唱,当年却是架子大。你大哥那样的戏痴,哪一次不用最好的布景,最好的穿戴?一个凤冠,都要买京城真点翠的。他也不想想,乾州这地方,有几个跟京城那样真懂戏的?真翠鸟毛儿和染的有什么区别?"

此刻的君子兰,不是名角,也不是大姐,倒像一个操持家事的主妇,在抱怨今日的豆腐价太高。玉凌霄怔怔地看着,一时也不知说什么才好。

君子兰像是陷入回忆一般,继续絮絮地说道:"头几年还好,入的和出的差不多。到民国九年后,有了电影和夜总会,看戏的人渐渐少了,班里进项也越来越少。到了十一年,就是妥妥的红字儿了。你大哥那人,只管人,只管戏,从不管钱,我急得没办法——于是,我就去找了约瑟……"

君子兰说,她去找贺约瑟,本想请他再给戏班投资点钱。但那时贺约瑟继了家业,已经不是能随便花钱的小少爷了。他没法投钱,但还是给君子兰维持戏班出了两个主意，一是让玉琳琅少唱几出，俭省些，二则是让身段、脸蛋儿好，也有些名声的月月红兼职去贺家旗下的歌厅表演，用唱歌的钱补贴戏班子。君子兰虽有些不愿意，可眼看戏班就要倒闭，也顾不得许多，就同意贺约瑟做说客，让月月红走上歌星一路。

"那时红儿还没跟我。"贺约瑟说，"但她那小孩子心性，爱热闹，好虚荣，一听要去做歌星，高兴得不得了。在她心中，歌星就是穿金戴银，万人瞩目，比苦苦唱戏好多了。所以，她想也不想就答应了。"他顿了顿，"这事本想瞒着你大哥，可他还是知道了。"

"是那一日吗？"槐根突然插话道，"那一日，玉老板在明月楼拍了桌子。"

"……是那一日，他是冲着我来的。"

贺约瑟的头垂了下来，但他还是把事情的前因后果说了。月月红要去做歌星的事，不知怎么传到玉琳琅耳中，加上前日君子兰劝他少演戏，这更是戳中了玉琳琅的痛处。这些事纠缠到一起，在戏痴玉琳琅心中，却变成了另外一个问题。他在明月楼找到了自己的发小，直截了当地问道："你不投钱，是不是因为我的戏不好？"

贺约瑟还没说话，他已经将手重重地拍在桌子上："我们来打个赌吧。"

七

玉琳琅提出的赌约十分简单，那便是在两个月后唱一出戏。

"若有一场能满座，你就得给玉家班投钱，还有，不许带走红儿。我的班子，我的戏，是一个人都不能少的。"

那时的贺约瑟立刻反问："若做不到呢？"

"……我随你们处置。"

贺约瑟答应了下来。作为从小一起长大的朋友，他太了解玉琳琅的性子。光靠劝说，他是不会罢休的，唯有如此，他才会听话少唱戏。更何况，他对乾州的形势太了解了，剧场满座，几乎是不可能的。除非唱到梅老板那样好、那样高，玉琳琅还差点儿。

就这样，他们私下订了这个赌约。玉琳琅回去后，便召集班子，准备重唱玉家班的第一场戏《游园惊梦》。贺约瑟则暂时按下月月红做歌星的事情，静待赌局结果。

玉凌霄听得有些发愣，她原以为自己会听见什么惊天动地的阴谋，可这一切不过是家常话。但这事情这话语，像是她大哥会干出来的，不像会有假。迟疑片刻，她望向贺约瑟，问道："那这跟你说的'害死'，有什么关联？"

"我当时也是年轻气盛，才应了他这个赌。"贺约瑟颓然道，"要我留心，硬是不同意，或是多劝他几句，都不会有后面那一出事……"

"后面那一出？"玉凌霄呆呆地问道，"是说，殉情的事吗？"

"不是殉情。"

她话音还未落，金淇卫已大声地接了一句。初时玉凌霄还没明白，问了句"什么？"金淇卫像是忍耐许久，终于可以说话般，用更大的声音一字一句地说道："不、是、殉、情。"

玉凌霄也急了，她问道："他们不是都一起吃药了？就在这里，就在这明月楼……"

金淇卫打断她："真不是。淇华姐亲口跟我说过，她和玉老板没有男女之情。那时我才十二岁，总不至于骗个小孩子吧？"

玉凌霄更急了："不是？那是什么呀？"

金淇卫回答："练戏——那一次在这里，他们是在练戏。"

事情变得越来越荒谬了。玉凌霄想，不在班子后台练戏，跑到这明月楼来，一男一女，练什么戏？

就在她疑惑的时候，槐根开口了："这么说，玉老板不止一次说过，淇华女士不仅听戏，还懂戏，戏哪里对，哪里不对，她都能说出个子丑寅卯来。"他想了想，"以前那段日子，在明月楼他们说的都是戏、戏、戏，不要说甜蜜蜜的话，就是日常的寒暄，都不多说一句。"

玉凌霄急道："既然如此，那他们为什么不说呢？"

槐根笑了笑："说？玉姑娘，乾州这地方，说与不说，有什么区别？"

玉凌霄一愣，旋即明白过来。乾州这地方，到底不是大上海，这样的关系说出来，恐怕也没有人信。

贺约瑟就在这时插话道："玉琳琅跟我打了赌，转身便去找淇华女士，请她指点自己的新戏。淇华女士也是个热心人，就算快要出嫁了，也一次又一次地应约，看他唱戏，指出他的不足。按说，他的戏已经很好了，但终归还是，缺了点东西。"

玉凌霄的眼神又变得迷惑了。金淇卫接道："淇华姐是那么评论的——她写在笔记里，我都能背下来——'玉琳琅，没有对谁爱得刻骨铭心，也没有真正地恨过谁，自然也演不出杜丽娘为一眼春色就决绝而死的挣扎和痛苦，也演不出梦魂相牵死而复生的甜蜜与喜悦，这点，他还不如君子兰'。"他顿了顿，"淇华姐把这话跟玉老板说了，玉老板深以为然，可又不知从何破解。眼看赌约期限将近，他便哀求我姐，帮他想个办法补足。"

"是什么办法？"玉凌霄问道。

不过，不需回答，答案已经呼之欲出。

金淇卫吸了口气，郑重地说道："那便是，假殉情。"

他想了想，继续说道："淇华姐念过大学，听过西洋理论，有一种'体验派'。说的是戏要演得好，非经历过类似的情状不可。否则都是假情假意，难以达到观众内心深处。那时玉老板最缺的，便是那种对'爱'与'死'的切肤体会。我姐说，那个时候，引着他如何去轰轰烈烈地爱一场，已经来不及了，只能陪他经历一场'殉情'的戏外戏，让他慢慢品味其中的细微之处，再化用在戏中。"

玉凌霄眨了眨眼睛，如果说她刚才还有些怀疑，现在那些想法已经消失无踪。以金淇卫叫好都能叫错的审美，他绝对编不出这样一番切中要害的话语。金淇卫不知她心中所想，仍在补充细节。他说玉琳琅与金淇华各自去买了些不足以致死的安眠药，搭配上能让人暂时闭气的草药，约好时间，来到明月楼雅座，双双服下。按照两人的策划，只需两三个钟头后，他们就会从假死状态中悠悠醒来，无人会发觉。但这完美无缺的计划却碰上了一个意外的因素，那就是勤恳又热心的跑堂，槐根。

"这……"槐根在旁一脸愧疚，"都是那时明月楼的掌柜——"

他又絮叨起来："他们刚被送到医院，玉老板就醒过来了。他拉着我，把事情跟我说了。我呢，赶紧去跟掌柜说，请他解释几句。可那时的掌柜，一看到金家的来人气势汹汹，就连屁都不敢放一个。要是知道玉老板后面会因这事闹大而含恨自尽，我那时就算拼上性命，也要跟金家人说个清楚！玉老板，多好的一个人啊……"

君子兰叹了口气，悠悠地开了口："不是的，槐根，不是这样。"

槐根立刻停住了声音："大姐。"

君子兰双手交握，柔声道："不关你的事，也不关淇华小姐的事，玉琳琅他……也不是因为事情闹大了，而是……而是他自己放弃了。"玉凌霄一听，正开口要问，君子兰摆摆手止住了她，只是低语道："你大哥是自己放弃的性命，他撑不住了。"

玉凌霄急道:"大姐……"君子兰又摆摆手:"他们出事的第二天一早,我就到医院去了。那时大哥跟淇华小姐都在病房里,两人都气若游丝,可还在不停地嘀咕。他们说的话,我全听见了。"

在君子兰的描述中,金淇华那时还半躺在病床上,玉琳琅强撑着坐在她的旁边,低声道:"淇华,我有点感触了。等我复原了,回去唱给你听,你再品品。"

金淇华却是苦笑:"这一次可闹大了,一回家去,肯定要收了我的信件,封了我的电话。"

玉琳琅却不在意,仍旧说道:"你就去你家靠江那间房住着,我在江对面唱,你听得见的。而且,合着水声,更好听。"

金淇华笑得更加苦涩:"这不难。但,就算听得到,怎么跟你回复?"

玉琳琅又想了想,突然道:"你不是要出嫁了吗?"

金淇华点点头。

玉琳琅重又说道:"就从唱的那天算起……你若觉得我唱得能成,便拖上五天再出嫁。五天,五天你总能拖吧?若觉得我唱的不行,你马上嫁。你们金家阵势那么大,我总能知道,这样一来,我也能知道你最后的评价到底如何。"他露出小孩子一样的神气,问道:"成吗?淇华,求你了。"

金淇华听了,神色有些复杂,可看着玉琳琅的神情,她还是那样苦笑着,郑重答应了。

"——五天。"玉凌霄睁大了眼睛,"五天?"

她扳着手指数起来,"一、二、三、四……五!"旋即她喊起来,"天啊!"

君子兰像是料到她会震撼一般,也不说话,只是微微点了点头。

玉凌霄嘴唇哆嗦:"我记得,我记得的。大哥从医院回来那一日,便站在江边,挂着拐,唱了大半晚的戏。我还去给他送外套来着。可他还是受了寒,回来就发了烧,只能在玉家院子里躺着。"她顿了顿,"最初一两天还好,神采奕奕的。第三天他就有些神情不对了。是第四天……第四天的夜里,他偷偷地把屋子里毒老鼠用的砒霜吞了……"说到这里,玉凌霄不由得鼻子一酸,可她还是强忍着说下去,"但他是拖到第二日清晨才走的,也是那天清晨,淇华女士出嫁了,鼓声喇叭声震天响……那才是第五天!是第五天啊!也就是说……"

君子兰神色凄然地点了点头。

玉凌霄望着她,声音如同寒雀:"大姐。"

"是。"君子兰强压着语调,"淇华女士认可了大哥的戏,是他,先过不了自己这一关,含恨自尽——"

　　玉凌霄双腿一软,跪倒在地。那一刻她心情复杂得很。她恨她大哥,满腹心事,怎么都不跟她提上一句。可她也很清楚,就算那时知道,她也帮不上什么忙。她大哥玉琳琅就是这样,太过追求完美了,总觉得非要得到最好的、毫无瑕疵的东西。可世间哪有完美?父亲曾经摇头晃脑地说过的,大都好物不坚固,彩云易散琉璃脆,这孩子,要为这事吃苦头的……

　　她两眼发直,神色吓人。贺约瑟有些不安,站起来问道:"怎么警察还没来?"

　　槐根连声答道:"快了快了。"

　　君子兰上前扶她起来,低声道:"三妹可不能想不开,要不就浪费淇华小姐多年的心思了……"

　　玉凌霄愣住,转过泪眼,无声地问道:"什么心思?"

　　金淇卫在旁笑了,他难得笑得惨淡:"淇华姐说,就让外人以为是殉情吧。有这个桃色新闻在,人们还会对玉家班有点好奇,还会来看戏。这样,子兰也能把戏班多撑一阵子。没有玉琳琅,再也不能没有君子兰了。"

　　君子兰也露出惨笑:"淇华小姐还说过,玉琳琅不在,玉家班迟早会散。可就连那么聪明的她也想不到,我们会在这时散,而且是这样散……"

　　话音落下,她看着玉凌霄,终于忍不住,滑下了两行清泪。这一流泪就没有停的,两人倚靠着,呜呜地哭了起来。两人哭的声音都不大,还是如涓涓细流般那样温和,可其中压抑许久的情绪,却像决堤的水,喷薄而出。在她们的哭声之中,远远地响起了警笛——

　　待到警察到来时,玉凌霄才想起刚才的事,想起屏风底座下那些白色的粉末。她赶紧止住泪,要往那边去看。可再回头,粉末早已被夜风吹走,了无痕迹。玉凌霄心中涌起不好的预感,可还未等她细想,巡警已走过来,让她尽快离场。她不甘心地说起了粉末之事,那巡警听了,说会细细调查,可看他不以为然的神情,想来也不过是例行公事罢了。玉凌霄还在说些什么,楼梯口君子兰已在催促,巡警也抓住她的胳膊,将她向外推,用依旧礼貌却严肃的语气告诉她,外面已经租下了黄包车,请她快走,不要干扰办案。

　　玉凌霄也不是愿意闹腾的,如此一来,只得依他所说,缓步下楼,坐上那辆等候已久的黄包车。那拉黄包车的后生见是个美人,嘴里便不停地问这问那,可玉凌霄心中想着方才的事,哪里有心情搭理他。那后生讨了个没趣,便弓起背,准备要拉车走。可还没迈步,突然听见玉凌霄一声惊呼:"等等!"

美人终于说话，后生兴奋不已，谁知玉凌霄伸手一指，喝道："快，快去追前面那辆汽车！"换了别人，或许会骂她傻。但那个血气方刚的后生听了，鼓足了一口气，拉着她，直直地往贺约瑟已经开动的汽车冲着追去……

——到了这里，年老的尼姑停止了诉说。

玉凌霄，如今的玉师太望着我，眼神满是意味深长。

我从笔记本中抬起头来，与她对视。坦率来说，她的叙述令我失望。除去一些对话的细节，与我四处打听到的传说没什么两样。不过，这也不怨她，要怨的或许是我，还有天下所有喜欢看传奇、听故事的人。于是我抽了抽鼻子，想对她说几句宽慰的话，然而她却冷不丁地问道："先生觉得，这玉家小院后门外面，如今是个什么样的地方？"

"后门？外面？"她问得突然，我一时不知从何答起。

玉家小院原是仓库，是用两人高的水泥墙围起的，围得严严实实。没有向外的窗户，无从观看，也无从猜测。但既被这么问，我也只能拼命猜想。我闭上眼睛，仔细听，仔细闻。只听见墙外水声哗哗，不时夹杂着呜呜的喇叭、清脆的铃音，有车轮在地滚动、碰撞之声，还有人在低声斥骂。一股焦香味道冲入鼻腔，似乎有人在烤什么东西，大概夹肉烧饼一类，不需叫卖，只凭香味就能吸引南来北往的路人。

我想了想，睁开眼睛，对玉凌霄说道："师太，我不太清楚——但斗胆猜一猜，外面应该是一条车水马龙的街道？"

这答案似乎让玉凌霄很满意，她轻轻地笑起来，然后低声说道："你自己去看看吧。"

我并不清楚这举动有什么意义，也想不通和我追查的旧案有什么关系。但一位长辈这么要求了，我也没有不去做的道理。于是我放下笔记，绕了很久才找到了后门。推开后门，我看见了玉家院后院的景象——

那里并不是街道，而是个空落落的废物场。几个黑乎乎的小孩在那里，玩着从废物堆里拾捡出的玩意儿。他们玩得十分认真，手里模仿握着车把或是方向盘的动作，偶尔吹动破了大半的牛角，发出汽车喇叭的声音，摇动被丢弃的铃铛，就是自行车铃声。偶尔"汽车"和"自行车"撞在一起，他们便学着大人模样，互相叫骂起来。

我大为感慨，原来刚才听见的"车水马龙"，不过是孩子们的游戏。那所谓的"夹肉烧饼"，应该也当不得真。于是我顺着风，又走了几步，很快发现废物场一角正在焚烧垃圾,其中大部分已经烧成了黑灰色,但不难看出,其中有不知何处丢弃的动物尸体。我这才明白,因为院墙遮住了我的眼睛,我实实在在地会错了意。

好吧,我犯了一个大大的错误。可玉凌霄为什么非要让我来看这个呢?

带着满腹的疑问,我又走回了玉家小院。见到玉凌霄,我和她说了所见所闻。玉凌霄静静地听着,脸上是一种了然的满意神情。大约是看见我很焦躁,她开口说道:"先生一定很疑惑,我为什么让你这么做。"我点头称是。玉凌霄又说道:"说来,你可能不信,你刚才所看到的,其实就是你要找的。"

这话我当然听不懂,只能迷茫问道:"师太,你可是在……打禅机?"

"当然不是。"玉凌霄摇头,郑重的神色爬上她的脸庞,"先生,接下来我要说的,就是我严守了大半生的秘密。"

她加重了语气:"玉家班真正的秘密。"

八

在明月楼事件半个月后,玉凌霄重新回到了玉家班小院。

她刻意从后门进了院。那里与三年前没有多大区别。江水滔滔,许多孩子在江边开心地玩耍。卖艺的瞎子师傅和师娘已经老了,吹拉不动了,索性在院门边卖起了报纸。听见有人经过,他用不那么熟练的声音喊起来:"哎——走过路过不要错过啊,明月楼红颜相妒毒杀案,今日报纸头条,值得一看咯——"

玉凌霄微微皱眉。虽说贺约瑟动用贺家势力,要求警察们不要外传。但就像当年的金玉殉情案一样,月月红妒杀秋海棠的事情还是飞快地传播开来,在各类小报上登了一茬又一茬。明月楼连出两桩案子,变得门可罗雀。槐根只得将它挂上低价出售的牌子,却迟迟找不到买家。君子兰解散了玉家班,用自己的细软支付了剩下人的散伙费。数年惨淡经营,她的积蓄也不多,再这么一折腾,更是所剩无几。奋斗半生,落得如此境地,想来她心中也是颓唐的。所以之后的十来天,她都躲在自己的屋子里,闭门不出,也不见客。只有同样一贫如洗的槐根上门,来陪她说话解闷时,她才会出来接待。

玉凌霄到了的时候,君子兰站在屋里,拿着一把折扇,正在练戏。槐根坐在一旁伴着奏——说是伴奏,却并没有乐器,只能用嘴"浪儿里格朗"地哼着。没有对演,没有曲调,君子兰却毫不在意,她对着虚空,唱得起劲儿,仿佛当年身在舞台，对面就是玉琳琅一般。玉凌霄在外暗自思虑，她已经许久没见过大姐如此舒心的模样了。

她在门外站了一会儿。还是槐根先看见了她，便停了哼，说道："大姐，玉姑娘来了。"

君子兰停下，有些诧异，旋即又堆上了好客的笑容，说道："三妹妹，你怎么来了？是来商量这院子归属的事？不是说好是下礼拜吗……"

她笑脸相迎，玉凌霄却冷眼望着她。待到君子兰走近，她突然问道："大姐的珍珠项链呢？就是那日明月楼戴着的那串？"

君子兰一阵莫名："你专门跑来，就为问这个？"

玉凌霄仍旧冷道："怎么，姐姐是不肯拿出来？"

君子兰摊开双手，急道："不是不是，你看，前些日子刚散了大伙，那些首饰、钗戴都典当换了钱……"

玉凌霄打断她："那当票在哪儿？我还有些积蓄，替姐姐赎回来吧。"

君子兰的脸色越发苍白，她道："妹妹别这样，我已决定归隐，不要这些东西了。"

玉凌霄截断她："不赎也罢，姐姐让我看一眼当票吧。那么好的南珠，绝不会一笔不记的。"她一反常态，纠缠不休。

君子兰有些不满，脸上笑容有些减退，可嘴上仍是客气："三妹，你也真是。你是当过玉家小姐的人，怎么盯着一串珍珠项链不放？可是近日手头紧了？"玉凌霄摇了摇头，仍要说话，君子兰伸手一拉，将她拉进屋子："进来说话吧。"

玉凌霄也不抵抗，随着她进了屋中。君子兰让她坐下，又让槐根沏了茶。

两人沉默了好一会儿，君子兰才开口问道："三妹，还要说珍珠项链的话题吗？"

玉凌霄沉声接道："大姐拿出来，我看一眼，便不说了。"

君子兰沉默了，不接话，也不动作。

玉凌霄微微侧了侧身："若大姐确实不想说，我也可以说点别的，比如说——"她停了停，"比如说，大姐是如何杀害二姐，还有四妹妹的。"

这话说得惊心动魄，君子兰不由得一惊，她抬头望着玉凌霄："你在开什么玩笑？"

玉凌霄不答，只是望着她。姐妹两人都是静静地坐着，可无声的过招，早已开始。

气氛僵持片刻，君子兰先笑起来："三妹，你可是做了噩梦，疑神疑鬼？"见玉凌霄不说话，她又说道，"别人能怀疑我，你是绝对不能的。你看——四妹妹被杀的时候，我一直在你身边。就连熄灯的时候，我也吓得抱住了你的手，到灯亮都没松开过。"

"要是我说，那个时候，四妹妹还没死呢？"

君子兰的脸色微微一变："你——说什么？"

玉凌霄咬了咬嘴唇："大姐，想想当时的情形。那时候我们刚看见二姐'凭空消失'，又遭遇了'突然停电'，谁的心都是七上八下的。灯亮的时候，大家突然看见四妹趴在桌上，身上地下一摊红色，那个时候谁都会本能觉得，四妹妹身上是血，她出事了。"

她顿了顿："可如果不是呢？如果有人早在宴席前就和四妹说好，让她在停电时装死，打翻红酒，扑倒在桌，给未婚夫贺约瑟一些惊吓，讨一些宠爱。四妹是最没主见的，肯定会照办。这人第一个跑到四妹身边，大喊'被刺了''还有气'，让其他人无法近身，无法检验到底是酒还是血——这事儿就有趣了。"

君子兰微微挑眉："可那些医生、护士都验过呀，确实是血。"

玉凌霄道："大姐，那时你支使我和金淇卫去找槐根，又让贺约瑟去叫医生。这一段时间里，饭厅里只有你和四妹两个人。若你趁此机会，拿出早备好的刀子，给四妹一刀。那最后的结果，可是和四妹在停电前就被刺伤，没有区别。"

君子兰没有说话，只是扶住胸口，轻咳了几声。然后她抬起头，笑望玉凌霄："三妹，你这样说，让我如何证明清白？那时只有我和四妹，现在她……她已走了，我没有人证，也没有物证，这真是跳进乾江也洗不清了。"

玉凌霄觉察到她话中深意，冷笑道："大姐说的是，你没有证据，我也没有。"

见她二人针锋相对，槐根不由得在旁边插嘴道："玉姑娘，我知道你心中难受，可话也不能乱说……"

"正是。"玉凌霄话锋一转，"话，不能乱说。但是大姐，那天夜里，你好像说了句不该说的话？"

君子兰又咳了一声："不该说？哪句？"

"那天夜里，刚发现红儿姐尸身的时候。金淇卫要大家说说，发生了什么。就在那时候，大姐说了一句话。"玉凌霄模仿她的语调，"大姐说了句，'刚走到屏风那儿，电房就出了问题，那留声机吱吱呀呀地响，我还是边笑边敲的门'，有这事吧？"

君子兰一愣："好似是有说过，怎么啦？哪来的不该说？"

"大姐，那天晚上，我也在屏风小口那边站了一会儿。那时，你、槐根，还有贺约瑟、金淇卫在戏台角落说话，那时你们说的话，我全听不清。直到后面，贺约瑟喊了一声，我才听见，才回神跑过去。"玉凌霄说道，"你去找红儿姐时，站的也是那个地方，你是怎么知道，留声机发出怪响，是'电房'出了问题？"

她顿了顿，看着君子兰微变的脸色，乘胜追击："那句话，是槐根在留声机边对着我们说的，他声音不大，那时还有留声机在吵吵。按说大姐应该完全听不见，可你怎么会说出那么准确的一句，还恰好就是'电房'？"

"这……"一旁的槐根却说话了，"玉姑娘，明月楼是老楼，电房是新做的，所以经常出问题。大姐也算明月楼常客，知道这事，也不奇怪啊。"

玉凌霄横了他一眼。槐根与她眼神相触，突然像生气一样站起来说："那玉姑娘刚才说，大姐杀了红儿又是怎么回事？是，有段时间，只有大姐和四妹在一起。可红儿出事前后，大姐几乎都跟我们在一起，没有离开过。"

"有的。有一段时间。"玉凌霄说道，"就是留声机出故障的时间。槐根，那段时间，我们都围在你的身边。直到听见喊叫声，没有人看到大姐的一举一动。"

"天哪！玉姑娘，那段时间才多久？最多不到五分钟！"槐根激动地挥舞双手，"四妹妹是被刺杀，这还可以解释。红儿可是服毒，五分钟怎么够活生生地给人灌下毒药？她不挣扎？而且，后来你们进去，她不是不在盥洗室里了吗？"

"槐根。"玉凌霄眼神轻动，"盥洗室旁，还有一个杂物间，对不对？"

"不止一间，还有很多，我都没来得及清理。"槐根一脸无辜，"唉……"

玉凌霄打断他："你们有纸笔吗？"

槐根疑惑地看了一眼君子兰，君子兰点头道："给她吧。"槐根转过身，去旁边抽屉内拿了一张纸与一支钢笔。玉凌霄接过，将纸铺在了桌子上，画起来。

她边画边说："是，屏风小口后，有很多房间。我们姑且把距离屏风口最近的，称为一号房。次近的，称为二号房。那天我走了走，这一、二号房，相距大概就是四面屏风。"

顿了顿，她又说道："接下来，是我的推测。"

"这两个房间，在一开始并非是一个盥洗室、一个杂物间，而是——而是两个一模一样的房间，大小一样，陈设也一致，里面都很空旷，只放有水桶、垃圾桶、马桶和高凳。都是一样的黑木门，都只有一扇窗。"她伸手划了划，"屏

观察站

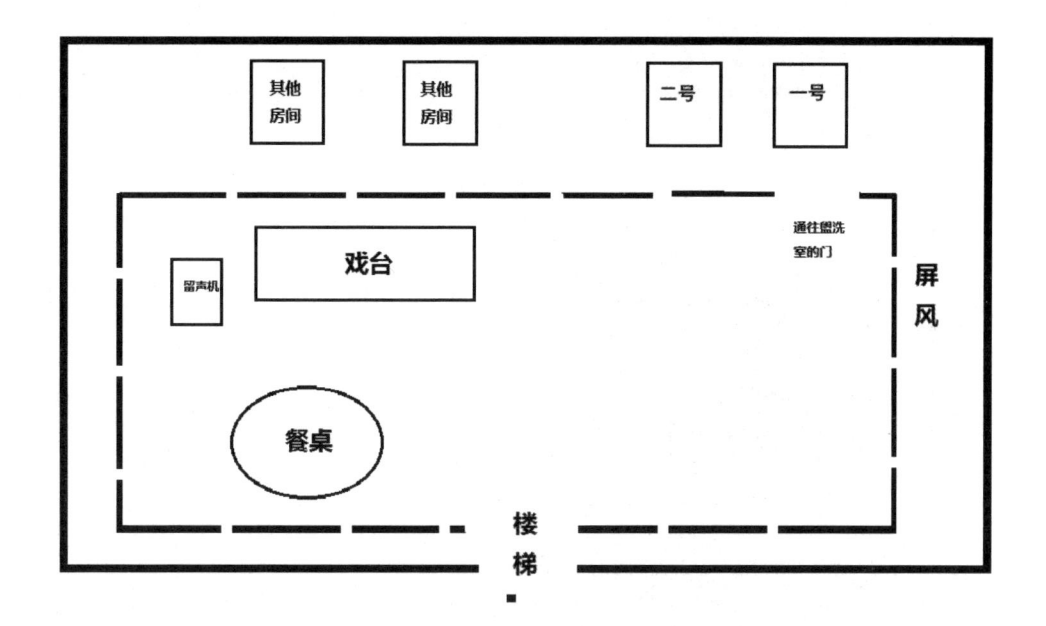

```
┌─────────────────────────────────────────────┐
│   ┌────┐  ┌────┐        ┌────┐  ┌────┐      │
│   │其他│  │其他│        │二号│  │一号│      │
│   │房间│  │房间│        │    │  │    │      │
│   └────┘  └────┘        └────┘  └────┘      │
│   ┌ ─ ─ ─ ─ ─ ─ ─ ─ ─ ─ ─ ─ ─ ─ ─ ─┐       │
│   │  ┌──┐ ┌──────────┐      通往盥 │  屏    │
│   │  │留│ │   戏台   │      洗室的门│  风    │
│   │  │声│ │          │              │       │
│   │  │机│ └──────────┘              │       │
│   │  └──┘                           │       │
│   │         ╱──────╲                │       │
│   │        │  餐桌 │                │       │
│   │         ╲──────╱                │       │
│   └ ─ ─ ─ ─ ─ ─ ─ ─┬ ─ ─ ─ ─ ─ ─ ─ ─┘       │
│                    楼                        │
│                    梯                        │
└─────────────────────────────────────────────┘
```

风之后的廊道非常昏暗，一般人去盥洗室，肯定想也不想，直接推门，也不会追究自己到底进了哪间房——就这样，二姐大吵一架后，就顺势进了一号房，并且一直待在一号房里。"

"一直？"槐根瞪眼道，"她不是半途跳窗逃跑了吗？"

"不，二姐直到死，从未离开。"玉凌霄说道，"至于我们进去的时候为什么没看见人，因为——因为有人趁留声机坏掉、声音嘈杂之时，将屏风挪了个位置，就像这样……"

玉凌霄把纸往上移，再次画了一张图。

"屏风四个一组，图画相同。移了一扇，开口两边仍然是'赏花归去'和'时已暮'，除非特别留心，根本没有人会发现。但这开口变了，人进去的房间，也跟着变了。我们一行人为找二姐，急急忙忙进去，进的是二号房，就算翻个底朝天，也没法找到二姐——因为她所在的地方，是隔壁的一号房啊！"

槐根的脸色有点不对了，他偷偷地瞥了君子兰一眼，而君子兰仍旧神情自若。

玉凌霄继续说道："至于后来为什么二姐又出现了，那便是故技重施。在看到四妹惨状后，我和金淇卫去找你，而贺先生去喊医生，饭厅中只剩下大姐和四妹两人。那段时间很长，长到足够大姐做很多事情——包括刺伤四妹、处理二号房，还有，把屏风移回原处。"

145

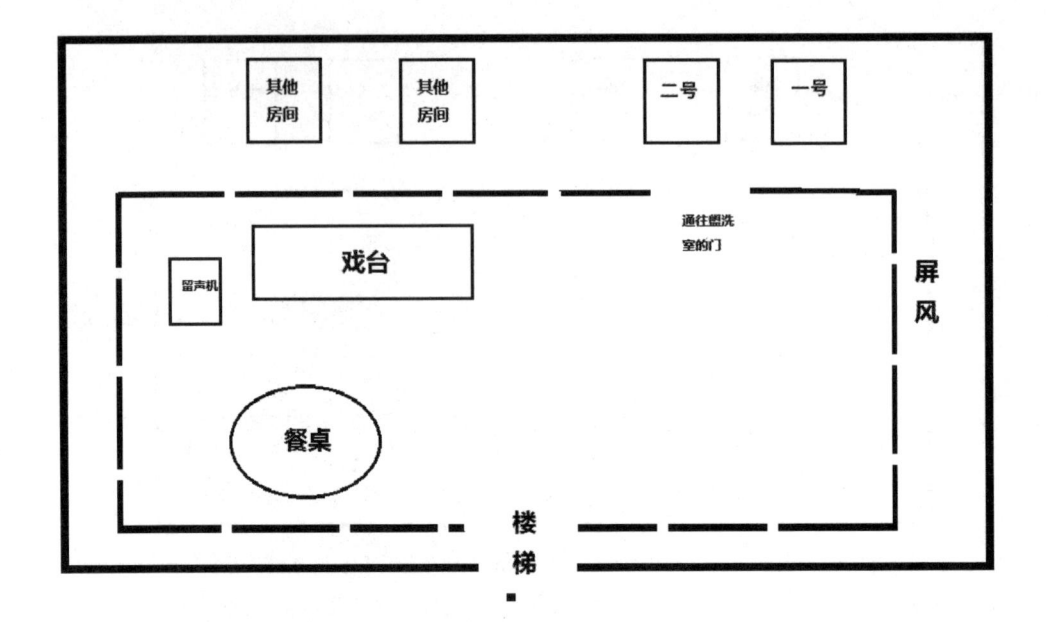

```
┌─────────────────────────────────────────────────┐
│   ┌────┐  ┌────┐        ┌────┐  ┌────┐         │
│   │其他│  │其他│        │二号│  │一号│         │
│   │房间│  │房间│        │    │  │    │         │
│   └────┘  └────┘        └────┘  └────┘         │
│                                                 │
│       ┌──────────┐      通往盥洗                │
│   ┌──┐│          │      室的门            屏    │
│   │留││   戏台   │                        风    │
│   │声││          │                              │
│   │机│└──────────┘                              │
│   └──┘                                          │
│                                                 │
│         ╭──────╮                                │
│        │ 餐桌 │                                 │
│         ╰──────╯                                │
│                          楼                     │
│                          梯                     │
└─────────────────────────────────────────────────┘
```

她咽了口唾沫："屏风移回原处，待到我们找来医生，齐聚饭厅之时，大姐故意说盥洗室里有声音，诱惑我们前去。我与贺先生去了，此时我们进入的，是二姐一开始进入的一号房，自然看见了她的尸体。"

槐根喊起来："玉姑娘你……你说什么?！什么两个一样的房间，你明明自己也看过的，不是吗？那盥洗室旁边就是个杂物间，满地垃圾，都是灰尘。"他站起来，瞪着玉凌霄，"你说大姐'处理'了二号房，就算时间足够，她去哪儿搬来那么多东西？"

"关键在那木桶，槐根。"

玉凌霄说道，她比画了一下："盥洗室中，除去装水的木桶，还有一个装满杂物的木桶。初时我以为是垃圾桶，还不在意。后来想想，那晚只有我们一桌客人，你又是待客贴心勤勉的，怎么会放任那个桶里满是垃圾？后来我想明白了——"她的声音低了下来，"槐根，别人不知道，我可是清楚得很，你在明月楼当伙计前，可是个箍桶匠。"

"……"槐根眼中闪过片刻慌乱，"是，那又如何？"

"木桶是一片一片长条木板框成的，在上面，有个固定用的木钉。只要箍桶匠做些手脚，那便可以做成个简单的机关。只需拔掉某个木钉，整个桶就会散开，里面装满的灰尘杂物，立刻就会全部散到地上，只需用脚踢一踢，或用哪块木板拨动几下，就能遍布整个房间。再将马桶高凳推倒，用脏布草扣住。最后把木桶的长条木板放在门后，抵住门，原本空旷的盥洗室立马会变成开不了门的杂物间——这，用不了多少时间。"

玉凌霄顿了顿："如此一来，无论是谁，都会觉得二号房一直是个堆满废物的杂物间。不管是我去看，还是警察去调查，谁会想得到，它曾与一号房一样，是个干干净净空空荡荡的盥洗室呢？"她眼神轻动，"这个机关你会做的，对吗，槐根？"

槐根觉察到她话语中的深意，急道："玉姑娘，你……"

君子兰打断他的话，说道："三妹，你绕了个大圈，却始终没说问题的关键。"她直视玉凌霄，低声道："你回答我，五分钟，留声机坏掉的短短五分钟，怎么在移动屏风的同时，还能给一个人硬灌下毒药？"

玉凌霄深吸一口气："大姐。"

君子兰本能地应了一声："嗯？"

"大姐，之所以现在才来找你，是因为我一直没有想通这层关节。二姐那烈性，吃软不吃硬，不会任人摆布的，若被灌毒、下毒，绝不会悄无声息。"她顿了顿，"但退后一步看，我发现整件事太过于巧了，至少有两件巧合之事。"

她扳起手指："一个，你站起来去找月月红，正好留声机坏了，荒腔走板，让我们的目光聚焦在戏台，给了你移屏风的时间。"她又按下另一根手指，"另一个，我们探查二号房时，饭厅正好停电，给人一种是月月红所为的错觉。"

君子兰望着她，也不言语。

玉凌霄只是摇头："要说这是老天相助，那么，老天对你也太过偏爱了。"

君子兰听罢，笑道："你说什么？我听不懂。"

玉凌霄沉声道："是说，你还有，一个同伙。他听你指挥，操控留声机，操控电房，乃至为你，操控了整个局面！他是谁，如今应该很清楚了吧？"玉凌霄的眼睛越过君子兰，"槐根。"

槐根浑身又哆嗦了一下。事情越来越清晰，每个细节都如在眼前。

"槐根就是你的同伙。推出这层，事情反而简单了。槐根，你跟二姐是情人关系。就跟大姐操纵四妹一样，你操纵她，也不是难事。我猜，你大约是偷偷告诉二姐，盥洗室的小杯里，是专为她一人准备的，含有珍贵香料的漱口水。或者告诉她，喝下那水是你接下来要变戏法的一部分。她很信任你，就照着做，把盥洗室中的一杯水喝了下去。谁知道，那水里浸了剧毒的鸦片提取药，一饮之下，还来不及呼救，就……就命丧黄泉。"

她说完这一长串话，胸口微微起伏。

君子兰看着她，半晌，突然轻轻击掌，脸上却满是笑意："说得好，三妹，说得好哇。"然而她立刻话锋一转："但是，还有一点，我想你这番话也没法解释。"她眼波流转："你，摸过那屏风吗？"

　　"摸过。那可是实木，重得很。"玉凌霄说道，"我也试着推过，推不动。"

　　"你推不动，我就推得动了吗？三妹，你还学过点刀马旦功夫，我却没学过。我虽然常扮小生，但毕竟是个女子，用尽全身力气，最多能将屏风稍稍抬起那么一点。若要搬走或是推动，还是做不到的。你说我两次移动屏风，说得如此轻巧，我可不服啊。"

　　"大姐。"玉凌霄笑道，"你忘了我来这儿，最初的目的了吗？"

　　君子兰脸色猛地一变："珍珠？"

　　"对，珍珠。"玉凌霄站起身，自腰间掏出个小荷包，又指了指刚才槐根取出水笔的小屉柜，问道，"你这个，也是全实木做的吧？应该也不轻。"

　　说罢，她走过去，伸手握住一边柜角，微微咬牙，全身用力，这才将柜子抬高了一点点。

　　槐根一愣，脱口而出："玉姑娘放下，太重了！"

　　玉凌霄也不接话，空出一手，将荷包一倒。包里掉出两样东西，都是孩子的玩具：一样是张硬纸片，折成波浪形的纸扇子；另一样则是串成串的小玻璃球。

　　玉凌霄用脚抵住柜子，半弯下腰，将玻璃球往柜与地的空隙间放下，又在它们上面扣上硬纸扇，然后放开手。手一松，柜脚就被玻璃球卡住，整个微微翘起。

　　"便是如此了。"她轻声说着，绕到柜子对侧，抓住另一边柜角，将它往上抬。那边卡了玻璃球，她没用多大力就把柜子抬起。然后她把手向前轻轻一送，柜子立刻动了。

　　这不是什么复杂原理。不过是玻璃珠光滑滚圆，把它当成车轮，笨重的木柜立刻变成个带轮小车，移动轻而易举。

　　"柜子有四个脚，推不远。"玉凌霄轻叹一声，"但屏风只有两个支柱，又可以拉伸开合。这样一放，哪怕女子，也能把笨重的红木很快地移动。而且大姐，那一晚，这两样东西，你并不需要提前准备。硬纸扇，就是四妹妹不离手的檀香扇。而玻璃珠——"

　　玉凌霄指了指胸前，"就是那晚你戴的珍珠。"

　　话音落下，便是"啪"一声重响。那是玻璃珠滑开，柜子落地之声。声音仿佛惊堂木响，一语惊醒梦中人。

君子兰没有说话。槐根也没有。他们的脸上，是略带呆愣，却又有无奈的神情。

　　玉凌霄顿了顿，终究还是上前一步，带着最后一丝希望说道："大姐如果还是觉得我在胡乱疑心，就请拿出你那串珍珠来吧。"

　　君子兰却没接话，一丝苦笑爬上她的嘴角。

　　玉凌霄还不愿放弃："那么大的南珠，无论是当是丢，总会有痕迹留下，我们找着它，去验一验有没有磨损过。如果没有，立马便能证明你的清白。"

　　君子兰看着她，缓缓地摇了摇头，一下，两下。

　　玉凌霄全部明白过来，心内一阵冰凉。"那么说，一开始那下毒的'红粉佳人'……"

　　"嗯。"君子兰低声应着，"是我和槐根联手，故布疑阵，解脱嫌疑。"

　　玉凌霄张开嘴，想说什么，最终还是没有出声。这件事从面上看来，是"嫉妒的月月红，从盥洗室翻窗而出，于黑暗中误杀秋海棠，返回洗手间后服毒自尽"，可实际上，却是"君子兰布局假象，刺杀秋海棠，同时和槐根一起毒杀月月红，嫁祸于她"。

　　想到此处，玉凌霄不由得心生感慨，第一种可能是如此的无懈可击，几乎所有人都相信了它。如果不是她绞尽脑汁冥思苦想，如果不是贺约瑟暗中力助她查找蛛丝马迹，真相恐怕会就此湮没，再也无法知晓。

　　"三妹。"君子兰突然轻声唤道，"今日你来这儿，绝不是来劝我伏法的吧？"

　　不愧是她，一眼望中了自己心中的要害，玉凌霄叹了口气："大姐。"

　　如果说月月红当真下手杀了秋海棠，还可以解释为她对贺约瑟的爱恨交织与秋海棠的那句狠话，可君子兰为什么要害人呢……她不是没有得到过贺约瑟的爱与尊敬，并不是没有痴心的追随者，其他的姐妹都依赖着她、相信着她……

　　玉凌霄顿了顿，问出了心里话。

　　"到底是什么事，能让你杀了……杀了两个姐妹？"

九

　　君子兰退后一步，突然将手一甩。虚幻的水袖划过玉凌霄的眼前，仿佛层层云雾。君子兰的声音响起来了，不是她平时的声音，而是她的戏声，男角儿的声音，带着些许刚硬，可丝丝缕缕都是扯不断的深情。

她道："三妹妹，还记得我与你说过的吗？玉琳琅与金淇华的五日之约——"

玉凌霄点了点头。

君子兰接着道："这事儿，在那夜之前，除去贺约瑟，我从未对他人说过。你没有，红儿没有，棠儿也没有。"她顿了顿，"我告诉你，玉琳琅是他自己熬不住，选择了自尽，其实——其实并不是这样的。"

玉凌霄屏住了呼吸。

君子兰望着她，低声道："三妹妹，闭上眼睛。"

玉凌霄却警惕了。她肩膀一沉，沉声道："大姐，你要干什么？"

君子兰淡淡一笑："好吧，这样的情境，也不好让你这么做……三妹，你很久没来这儿了，你仔细听一下，然后告诉我，外面是个什么模样？"

这话让玉凌霄满腹狐疑，可既然君子兰这么说，她也竖起耳朵细听了一下。小院的外面有些混乱，卖报的声音、孩子们的笑声、偶尔有板车声、叫卖声，当一声尖锐的喇叭声响起时，前面的声音如同水面被弄出涟漪，倏忽间又恢复如常。

玉凌霄皱了皱眉："外面莫不是改成了街道吧？有车声。"

君子兰不语，"啪"地拍了下手。一瞬间，板车轱辘、沿街叫卖乃至汽车声全部停了，外间安静极了，只听得见很远很远，零星的孩子欢闹声。玉凌霄一愣，君子兰伸手一指："你刚才听见的，都是槐根在外面弄出的声音。"

玉凌霄抬眼一看，房子里果然不见槐根的踪影。她有些发愣，又有些不解。都这个时候了，他们竟有心情玩口技？

君子兰却说道："三妹，那时也是一样。玉琳琅去的时候，也是一样。"

什么？玉凌霄又一次睁大了眼睛。君子兰的提示声如同魔咒般在耳边响起。三妹，三妹。你记得那时的情景吗？这看不见外面的院子里，你大哥玉琳琅卧病在床，他迷迷糊糊的。屋外响起了声音，传进了他耳中。孩子们在吹着西洋玩具喇叭。可在玉琳琅心里，那是金淇华出嫁的唢呐。瞎子师傅和师娘吹着欢快的乐曲。在玉琳琅耳朵里，那是金淇华乘上汽车的伴奏。还有鞭炮声，噼里啪啦的鞭炮。孩子们的笑，孩子们甜如喜糖的笑声。渗进来，从窗缝里渗进来，渗进玉琳琅的记忆，渗进玉琳琅的梦——金淇华出嫁了。他以为金淇华出嫁了。这才第三天啊……第三天！他用尽全力的心不仅没有得到她的肯定，反而受到了她的奚落。一文不值！他几乎想象得到她严厉的眉角，冷笑的神情。玉琳琅，一文不值啊！他的戏败了。他的赌输了。他作为角儿的价值，连同耗尽所有力量追求的一切，如同镜子、白玉、美梦，统统都碎了——碎了的，还有他的心。

他从一片黑暗中挣扎起来，在窗外的喧闹中，摸到了藏在屋中的鼠药。

玉凌霄浑身颤抖。怎么可能？大哥的死，竟是一场打开后门就能阻止的悲剧。大哥怎么就不说呢？好吧，好吧，他那样高傲的人，不会在妹子面前承认失败，不会在任何人面前承认自己的失败。可是她呢？她怎么就没发觉？她要是多费点心多问一句，或许一切就不会……

君子兰像是知道她内心所想："你当然不会知晓，因为是有人安排了这一切。"

玉凌霄哆嗦着嘴唇，好半天才挤出两个字："是谁？"

君子兰悠悠地叹了一声，别过脸去，低声道："你还记得，那时是谁照顾他的？"

"那时照顾他的，是棠儿……"

"没错，是老四，是秋海棠。"君子兰一字一句，"棠儿她——"

棠儿她给院外的孩子们买了鞭炮和小喇叭，"去吹、去玩，姐姐请客。"孩子们兴高采烈地去了。她一扭身到了瞎子师傅的门前。她喊："师傅，师傅，这是两块银圆。玉老板病了，心情不好，明儿请你俩吹几首好听的曲儿，要在江边吹。"瞎子师傅迎出来，一脸笑容，"哎呀，玉老板怎的那么客气。好，好，好，明儿我们一定吹得热热闹闹，开开心心……"

君子兰顿了顿，又低声道："棠儿她——"

棠儿她若无其事地走进了玉家班的院子，如往常般盛好了饭，温好了药，放在食盒，往玉琳琅的屋里走去。

玉琳琅的屋没有窗户，有些昏暗。秋海棠一走进去，就听见了窗外传来她早安排好的鞭炮声与笑语。秋海棠忍住嘴角的一抹笑，说："大哥，吃饭了。"然后她放下了八宝桃花食盒，食盒下面露出一角红纸。

床上的玉琳琅被她唤醒，睁开眼睛，一抹红直直地捅到他的瞳孔里去。恐惧瞬间湮没了他。他颤抖着声音，问："棠儿棠儿，这……这是什么？"

秋海棠飞快地将红纸一抽，"没什么，大哥，没什么。"

君子兰的眼里含满了眼泪，她哽咽道："棠儿她——"

棠儿她双手拧着衣角，站在玉琳琅的床边。

玉琳琅一直用眼神望着她，他在犹豫。他犹豫了很久，终于还是问出口，"棠儿棠儿，外面现在怎么样？"

秋海棠微微低头，"什么都没有，大哥安心养病。"

玉琳琅又试探，"可我看到了那红的……可是哪家的请柬？"

秋海棠立刻摆手，"不是不是，不知怎么拿岔了，那是……那是二姐姐的鞋面。"她每句话都是否认，可每一个表情、每一个动作都是欲言又止。

她说："大哥你别想这些，贺老板说要来看你，我都把他劝走了。"她在演戏。可她演得比在戏台上还卖力。她演得自己都信了。她演得玉琳琅也信了。他们都觉得，在江边唱戏的第三日，金淇华冷脸冷心地出嫁了，连留恋都不带一丝。

说到此处，君子兰不语了。

玉凌霄一时也不知该如何应对，她只是睁大了眼睛，许久，许久，才终于问道："棠儿，何必，这么做？"

"为什么？因为，她爱着玉琳琅，她非常、非常地倾慕他。"

可怜的棠儿，她并不知道大哥玉琳琅与金淇华真正的关系。在她那并不机灵的脑海里，一男一女独处，就只能是夫妻或情侣，没有其他的可能。多少次，她很想舍命一搏，去和大哥倾诉她的心意，可她深知自己比不上金淇华。又有多少次，她很想干脆一退了之，可那爱意越是压抑越是浓厚，到了最后，竟是像火一样在她心中熊熊燃烧，以至于看戏的人们都觉察到了，他们在议论，今儿秋海棠的戏，像是湿柴里闷了火，都是烟。进退两难啊，进退两难。在其他人看不到的地方，秋海棠不住地嗟叹，说不出伤心，也流不出眼泪。

谁知，天可怜见的，命运竟然给了她一次足以翻盘的机会。

玉琳琅和金淇华"殉情"了。金淇华要嫁人了。秋海棠清楚，大哥是高洁的人，绝不会和有夫之妇纠缠的，只要金小姐嫁了，哪怕只是知道金小姐嫁了，他们就会断！他们一断……大哥就不必如此痛苦了。而且，而且……自己满腔的相思或许就有了机会，即使这机会短暂如朝露，消失于须臾，秋海棠想，她或许也会心满意足。

就这样，木讷的秋海棠开始布局。她利用玉家班小院的封闭、孩子们的好玩和瞎子夫妇的不知情，利用自己的照料和玉琳琅的自尊，搭了个巨大的舞台，设了个繁复的局。她所想的并不复杂，不过是想切断大哥与情人的联系。她并不知道什么五日之约，也不知道玉琳琅心中严苛的追求。她不知道，正是这一点儿细微的少女心思，愣是把玉琳琅置于了死地！

玉凌霄的脸变成了透明的纸。颤抖从她的咽喉蔓延，一直扩散到全身，扩散到屋中，扩散到屋外沙沙作响的黑绿桐树。她知道自己不该问，可她现在只能问出这个问题。她咬紧牙关，一个字一个字地往外吐——

"那，月月红，呢？"

"是红儿给秋海棠出的主意。"

说这话的是槐根。就像他不知何时出去的一般，现在他又仿佛突然般地出现在了屋中。他的神色十分萎靡，他背靠着墙，曾经笔挺的脊背如今深深地弯了下去。那个勤恳愉快的跑堂小伙儿不在了，如今在这里的只是个躯壳。他走近一步，靠近玉凌霄："秋海棠哪里想得到那样的法子——都是月月红出的主意。"

他顿了顿："那时，她早不想唱戏了，满心想去做歌星。她对我说过，到时候她会有金项链、祖母绿，整个人亮闪闪的。所有人，所有人都会看着她，都会捧着她——"

他低下头，吸了吸鼻子："偏偏玉老板拦着不让走，红儿都给气疯了。她把贺约瑟灌醉了，想逼他去做说客。贺约瑟不依她，但她却从他嘴里打探出了那个五日之约。其实，红儿也没想着害死玉老板，她也单纯，只是想坏了玉老板那出戏。戏坏了，她就能脱身。她就是这样孩子性子，瞻前不顾后……"

说到此处，槐根的头埋得更低，几乎要嵌进他的胸膛去。他拼命地吸着鼻子，似乎想要忍住什么，可最终还是没有忍住，他的话变成了呜咽："我和红儿，青梅竹马，感情也是很深的，她出身苦，我从不怨她心高。我只想她过得好一点，过得开心一点……"

玉凌霄回过头，她的眼睛注视着几乎要缩进阴影里的男人，眼中满是疑惑。她虽淡漠，但到底是欢场上经过的人，分得清真情假意。槐根是真的爱月月红，甚至比秋海棠那暗暗的苦恋更真更切，无论是眼前还是事发当夜，槐根的剖白都并非虚假。可正是这样，事儿才奇怪，这么一个爱得真切的男人，怎么会帮君子兰清理门户，间接地杀死他的爱人？

"……从前明月楼的其他伙计陷害我偷楼里的钱，老板要打死我。那时，是玉老板证明了我的清白，从老板的藤条下救下了我的小命。后来我被撵走，玉老板还交代大姐要为我找门路，给我老家寄去几块大洋。正是这救命钱，我才能在上海待下来。我虽有父母兄弟，但没有一个人靠得上。玉老板虽然跟我无亲无故，却救了我好几次。没有他，我早就死了！"

槐根说着，说着，说到这里，突然停住了。他像一根绷紧了的竹竿猛地弹了起来。他睁大眼睛，硬邦邦地说道："我是乡下来的，可从小村里人就教导我，情与义，必须义在前，玉老板对我，如同再造父母。对害了他的人，红儿——我，我——"

他想说什么，终究还是没有说下去，只是紧紧地捂着胸口，"哇"的一声嚎了出来。这声音悲惨又绝望，像是冬天被困住的兽，动弹不得，只能等死，又像是阴暗的雾，衬着君子兰不时的咳嗽声，凑成了一幕悲剧的前奏。

玉凌霄呆了，她在这一片乱糟糟的凄凉中缓缓抬头，只见院外一道日光，从门里劈进来，如同光的长剑，正正劈到君子兰脸上。

君子兰捂着嘴，又咳了两声，然后放下手，掌心里一片殷红的血迹。

玉凌霄又一次睁大了眼睛："大姐——"

君子兰只是淡淡地说："痨病，应该熬不过今年了。"不等这突如其来的消息让玉凌霄感到震惊或是伤悲，她便挥挥手，轻描淡写道："来，三妹妹，让我们把剩下的事情说完。将大哥送葬后，我与你一样也蒙在鼓里，不知前因后果。月月红和秋海棠心知自己闯下大祸，也从不言语。直到一年前，金淇卫与月月红斗酒，他知道月月红千杯不醉，于是偷偷在酒里下了药，月月红喝得一塌糊涂，神志不清，我只得将她接回小院。那晚她被梦魇困住，连喊'大哥饶命'，我觉察不对，便留心听她梦话，这才隐约知道了这份隐情。"

她又咳起来："我起初不信，可到底有些疑心。于是我向瞎子师傅、院外孩子们问起了当年的情况，竟然果真如此。"她顿了顿，"那时，我知道，我必须清理门户了。"

接下来的事情无需她细说，以玉凌霄的一双毒眼，早就看得清清楚楚。这事君子兰一人做不来，还需一个帮手。贺约瑟当然不会做这等事，金淇卫又是个靠不住的孩子，思来想去，只有深受玉琳琅救命之恩的槐根了。君子兰托人带话到上海，在槐根回乡之时将事情交代清楚，二人一拍即合，拿出彼此积蓄包下明月楼，设下了一个巨大的局。

布置房间，摆放屏风，和槐根一次又一次地演练。君子兰花了足有大半年的时间策划这场鸿门宴。像只暗中织网的昆虫，她不动声色地将自己的两个妹妹网罗其中。在她起初的计划里，是由她挑起月月红和秋海棠两人的嫉妒，再由自己做东和解，她要让自己和槐根脱罪，不留一点痕迹。但仿佛老天相助一般，老友贺约瑟的一段风流韵事，给了她天时地利的好机会……

君子兰的讲述远比玉凌霄想的要长，她讲两句咳一声，讲一句又咳两声，阳光腾起的尘埃在她身边飘浮，仿佛某种阴魂不散的雾。

玉凌霄恍惚了，她想，自己到这里来到底是为什么呢？她来到这里，来到了大姐面前，她将所有的一切悉数告知，只是为了换大姐一句话、一个原因。

现在她后悔了，深深地后悔了。如果她知道内情如此曲折，她宁愿自己从不知道。她甚至希望当年大哥玉琳琅干脆地将她嫁给那具老枯骨，不要加入百花杀，也不要与姐妹们相识，那样一来，所有的一切都不会发生。

是的，不会发生。就像一场戏，戏里的人死了，戏里的人哇哇大哭，可是一转身，幕落了，大家又都活了过来。姐妹们嘻嘻哈哈地要去明月楼找槐根吃清汤挂面，玉琳琅说要喊上金淇华，贺约瑟和金淇卫也赶来，一桌人说着笑话，月月红身子一闪闪进厨房，伸手给槐根擦去脸上的汗，槐根咧嘴一笑，玉琳琅唱了起来，偶尔是戏，偶尔是歌，无论何时，那无懈可击的水晶声音，都会飘得很远很远，飘过整个乾州，飘过整个人世。

甚至，飘过整个光阴。

玉凌霄已变得木然，她退了两步，腿因为久站变得酸麻。她轻轻地跺了跺脚，然后缓缓地转过身。

君子兰发现了她的动作，不由得伸手道："三妹……"

玉凌霄停住了，她抬头看那门内刺进的一束光。光全打在君子兰的身上，她整个人都被笼罩在身后的阴影之中。

她低了头，轻声道："我不会去报警。"

君子兰淡淡地"哦"了一声，听不出她是失望还是冷漠。

玉凌霄顿了顿："但我会把所知所想都告诉贺先生，下一步如何，由他定。"

君子兰又"嗯"了一声，同样毫无情绪。

玉凌霄迈出一步，这一步重重地踏在地上。地上横着玉家小院的门槛，冷冰冰的黑色。

她深深地吸了口气。"今日出了这门，你不再是我大姐，而我，也不是你三妹了。"

这一回君子兰没有发出一点声音，玉凌霄也没有回头。她看不见君子兰的表情。可她知道，她能知道，一滴清泪正从君子兰眼角滑落，顺着她削尖的下巴滑下去，然后不知飞到何处，缥如虚空，无迹可寻。

瞎子夫妇的叫卖声响了起来——

最后一场戏散了。玉家班就此落幕。

✤

  我的笔尖悬在空中，它早已忘记了记录的使命，只剩下愕然与惊诧。

  玉凌霄长长地叹了口气。她的故事说完了，漫长的讲述本该让这有些苍老的尼姑感到疲惫，然而她的脸上，只有如释重负的神情。

  我们两人沉默了良久。她关心地望着我，又过了一会儿，还是她先发问："先生还有什么要问的吗？"

  "啊、嗯，"我一时也没反应过来，"那么最后，贺约瑟也没有把君子兰……"

  这是明知故问。之前的调查中，几乎所有人都认为是月月红妒杀秋海棠，可见玉凌霄所述的最后一段详情，并未对外人有所泄露。

  玉凌霄也不计较我的疏失，低声回答："是的。"不等我再问，她就自顾自地说起来："贺先生那人，虽说有些好色，可终究还是念情。他其实觉察到什么，但他都没有说。那一夜，我提到秋海棠扇子遗失之时，他拼命解释扇子的去处，其实他是下意识在替君子兰掩饰——他就是这样的人，看情面。就因了这一份情，他把那一夜的事情压了下去。可话说回来，压不压，也是一样，我去见了君子兰后不久，也就三两个月吧，她就病死了。"

  她继续说道："君子兰死了，槐根便回了乡下，抽上了烟土，过得很是潦倒。"她顿了顿，"贺先生远走南洋，久无音讯了。金淇卫如今成了个小老头，天天管着他的儿子们，不许他们看戏玩乐——也不看看他自己当年是什么模样。"

  说这话时，玉凌霄语速微微快了起来，她刻意用了快活的语调，好像在掩饰些什么。我看着她，心中在思索一个问题。她被我看得有些不安，似乎觉得伪装被我看穿。微妙的尴尬中，这身披素缁衣的尼姑站起身来说："君子兰的坟就离此处不远，先生要不要去看看？"

  我自然是同意。玉凌霄便带我离了玉家小院，经过我刚才看过的废物场，沿江而行，不多远便看见一处小土坡。坡上光秃秃的，都是些木牌立的孤坟，唯有一个立了石碑，那便是君子兰的墓。

  玉凌霄引我走近，看那墓碑，碑上没有照片，只用隶书刻了名字——按说此处，应该刻的是墓主人原本的闺名。然而石碑上却只以深邃的纹路，雕着六个大字：

玉家班 君子兰

看到这六个字的瞬间，一种模模糊糊的感觉顷刻间在我心中涌起，我拼命地捕捉着它，甚至用上了全身的力气。脑海中，我拼命奔跑，在抓到这思绪的瞬间，一道闪电将我击穿，我的表情都变得扭曲起来。

玉凌霄觉察到我的不对，扭头问道："你还好吧？"

我当然还好。不如说，是非常好。刚才听讲述时，我就一直有个疑问，君子兰得知月月红与秋海棠误将玉琳琅害死，才决心痛下杀手，清理门户。玉琳琅有救下百花杀之恩，她又是玉家班大姐，这行为虽说可以理解，可未免下手太重。有那么一时半刻，我甚至怀疑，君子兰是否也如秋海棠般，深恋着玉琳琅，但这个说法被玉凌霄坚定地否决了。她说，人之将死，其言也善。就像那天她去玉家小院是做好绝交的准备那样，君子兰想必也做好了剖白一切的准备。如果她心中当真有那么一丝微妙的情愫，她绝不会隐而不言。我也做如是想，可这样一来，盘桓在我内心的谜题，便无法解开了。

但是此刻，在君子兰的坟前，我突然回忆起幼年随祖母看玉家班演戏的场景，那晚演的是《西厢记》，君子兰是张君瑞，而玉琳琅是崔莺莺。当时我还是个孩子，听不懂戏文，也不通人事。可即便是这样一个什么都不懂的观众，也能明白，台上这个男的，满心想着的是要娶那个女的回家做新娘子。这当然是因为玉琳琅扮演的女子明艳动人，更是因为在君子兰眼中，那一丝复杂的"灯"光，拿捏得更是恰到好处。现在想来，那是一束混杂了爱、欲望、占有与放手的眼光，那是真正的恋人的眼光，若在尘世，或许只有爱恋到最深的瞬间才会出现，可君子兰却总能在戏台上复制，每一场都能准确无误地展现。这种情状，绝不是单纯靠技艺和努力可以做出的。

所以我斗胆有个猜测，君子兰也爱着玉琳琅——不过，不是戏班里的那个男子玉林郎，而是舞台上那个动人的角儿。贺约瑟曾说，只有君子兰才能接住玉琳琅的戏。玉琳琅是个无所不用其极的戏痴，君子兰又何尝不是？自古舞台便是这样一个地方，灯光一亮，音乐一起，人就会飘飘忽忽，整个人进到戏里去，不到谢幕难出来，更何况是他们这样疯魔的人？《红楼梦》里曾写过，药官与藕官在戏里常扮夫妻，都是女孩子，竟相恋起来。所以我想，君子兰也是一样。平日里，她是大姐，八面玲珑，独撑戏班，尝尽了许多苦楚，纵使玉林郎也不过只是她需要处理诸多事务中的一项。只有在台上，在演绎爱恨情仇之时，她才能感受到一丝应该享有的爱情和温暖，而给予这些的，便是戏台上那个角儿玉琳琅。她对玉林郎不为所动，可玉林郎去了，台上的玉琳琅也因此消逝，这不仅是杀害了君子兰台上的恋人，还彻底摧毁了她的精神寄托，甚至是后半生的希冀——她，怎能不恨？

听了我这一番滔滔不绝的论辩，玉凌霄静默无声。她立着，立在那光秃秃的土坡上，几乎立成了一尊雕像。我不知她在想什么，也不知她是否同意我的论断，只能小心翼翼地站在她的旁边。

站得久了，我也有些不安，于是只得迈开脚步，绕过呆立的玉凌霄，绕过墓碑，到它之后去张望，就在我走到墓碑后之时，我听见了一声清唱——

"原来姹紫嫣红开遍，似这般都付与断井颓垣——"

"良辰美景奈何天，赏心乐事谁家院。"

那是玉凌霄的声音。久未开嗓，有些沙哑。可其中仍旧有些蜿蜒曲折，余香满口。

我静静地听着，仿佛也成了离魂的杜丽娘，走入一个错综复杂的花园，走入玉家班曾经的盛景。

我走着，看看，迷离着，美丽的花朵入了我的眼、入了我的心，可我心底清楚地知道，在这一曲结束后，梦就会醒。到时候，只有一个土坡，一个墓碑，一个惶然的写者和一个哭泣的老尼。还有——

还有碑背面的阴影。

在那里，一丛几乎不曾凋谢的玉色野花，开得正盛。

廖舒波，曾用笔名立习习、李茜茜，海南省文学院签约作家，《天下3》官方小说作者。在各大平台发表作品200余万字，涵盖科幻、推理、悬疑多种类型，并入选多个类型小说选集，被《北京青年报》《中国家庭报》及新华网等多家媒体报道。文风引人入胜，冷酷之中带有丝丝温情。2011年曾凭借科幻小说《您好，异星人陪聊》获得第23届中国科幻"银河奖"提名奖。推理小说《游园惊梦》于2021年1月荣获第一届中国原创推理星火奖"首奖"及"无限可能奖"。

滚！

滚！侦探

亮 亮

1. 社团要讲法

"你知道比流氓有文化还要可怕的事情是什么吗？"王东振说这句话时，他的手猛地抓住了大B的手腕。

大B是一个体格粗壮身材却不高的光头男子，他有着一对很粗的眉毛，眉头间藏着深深的皱纹，眼睛很小。通常小眼睛的人在注视别人的时候，总会将眼睛眯成一条缝，乍一看来显得很有威慑力。对于流氓来说，这种得天独厚的外形优势无疑会助其职业道路走得更远。当年王东振的老爸王问西就是看好大B这双充满威慑力的小眼睛才特意将他留在身边的。

如今，王问西退居二线，将社团生意交给王东振全权打理，而大B自然而然也追随在了王东振左右。

当王东振问大B话时，大B正眯着他那双充满威慑力的小眼睛，一脸迷茫地回看王东振。

"流氓考大学？"

王东振微笑着摇了摇头，他松开抓着大B手腕的手，一边整理自己的衣领，一边侃侃而谈。

"社团讲法律！"

"啥？"大B有点丈二和尚摸不着头脑，他高举的铁棍本来是要抡下去的，可是因为少东家的这句话却停滞在空中。

王东振站在大B身后，拍拍他的肩膀。

"流氓要有文化，社团要讲法律，只有这样，我爸这份基业才能在我手里做大做强！"

王东振说到这里，顿了一顿，仰头瞄了眼大B手中高举的铁棍。

大B回过神来，赶紧将铁棍丢掉。这时旁边有小弟凑过来，小声问："大B哥，啥意思？还，还砸吗？"

大B回吼道："老大说了，有文化！讲法律！你们他妈的都听不懂？"

话音刚落，一百多个小弟都把手中的铁棍扔到地上，叮咣之声不绝于耳。

王东振随手一挥，大B和众小弟纷纷后退。王东振独步上前，在他面前趴着的是卧龙村远近闻名的孤寡老人陈大爷。

陈大爷因为丑和穷，所以无妻无子，但是他有一群猫猫狗狗为伴。之前，就在大B高举铁棍准备砸向一只拉布拉多犬时，陈大爷像护着亲生儿子一般飞扑过去。

当流氓退去，王东振上前时，那只拉布拉多犬才从陈大爷的怀中缓缓探出头来。它见自己已转危为安，于是假装自己是狼，故意凶狠地嗷了一声，紧跟着"嗖"地一下从陈大爷怀中钻出，一溜烟躲进后面的小屋里去了。

陈大爷想要保护的拉布拉多犬已然安全回屋，可是他依旧保持着之前的姿势，伏卧在地，蜷缩成一团，惶惶然就仿佛一条卧龙盘在卧龙村里。

王东振走到陈大爷面前，驻足。

陈大爷爬起身来，颤声问："你们要干什么？"

王东振笑笑不语，只是指了指陈大爷身后的平房，但他身后的大B连同一百多个小弟却异口同声道：

"拆！"

陈大爷闻言大惊，吓得连连后退，整个人倚靠在门板上，环指着面前的众流氓。

"你，你们想强拆？"

也就在这时，在众流氓的身后，突然传来了一个打着油腻官腔的中年男子的声音。

"这不是尊贵的小王总吗？哎呀呀，怪不得今儿一睁开眼就看到窗外祥云腾空，紫气东来。我还琢磨呢，这可是大富大贵之人驾临敝村的福兆啊！果不其然啊！"

王东振扭头回视，和他一并扭头回视的，还有大B和那一百多个小弟。在众目睽睽之下，只见卧龙村村主任张晶磊跌跌撞撞地跑过来，跟在张主任身后的还有几十号动机不明的村民。

陈大爷见张主任来了，激动地挥舞着手臂，招呼道："大磊子……"

不料陈大爷话音刚起，就被张晶磊打断："现在是办公时间，注意称谓！"

"是，是，张主任，他们要来拆我家！"

"这有什么好值得一惊一乍的。不光是你，就连我家，还有他们，"张晶磊环指着那十几号动机不明的围观村民，接着道，"村里的每一家每一户都要拆！

咱们和小王总的西东集团签了协议，要在这里改建旅游度假村，重新盖民宿！这可是一件大好事啊！"

"这我知道，可是他们还没跟我签拆迁补偿协议呢！"陈大爷说着，突然抓住张晶磊的衣袖，恳求道，"主任，你可要为我做主啊！"

说话间，只见陈大爷粗糙的脸上满是殷切的期望之情。

身为村主任的张晶磊动了恻隐之心，扭头问王东振："小王总，这陈大爷家的协议还没签，上来就拆不合规矩啊……"

王东振打断道："这家不用签，直接拆！"

张晶磊追问道："为什么啊？"

"为什么？呵呵，这是他的房子吗？"

"这，这是村里的闲置房，一直由陈大爷租住。就算户主不是他，那也是村里的屋舍，怎么说也要有拆迁补偿款的。"

王东振哼笑道："直说吧，我拆的这个平屋是违章建筑……"

张晶磊一愣，昂然道："你知道我们村是什么村吗？"

"卧龙村啊！"

"是精神文明十佳村！你又知道我是谁吗？"

"你是村主任呗！"

"准确地说，是最美乡村模范标兵村主任！"

王东振和他的小弟们，你看看我，我看看你。

"所以，在我的治理下怎么可能有违章建筑？"

王东振"呵呵"笑了两声，说道："这个就是当年我爸违章建的！"

王东振说到这里一顿，转身面向众村民，反问道："大家说说，我拆自己家的违章建筑，需要签补偿协议吗？"

那跟着村主任而来的十几号村民，面面相觑，纷纷摇头。

王东振得意，进而又对大B和众小弟道："咱们出来混的要想做大做强，必须要怎么样？"

大B和众小弟一起道："有文化，讲法律！"

陈大爷见状，愣了一愣，再去拽张晶磊的衣角。张晶磊则深深叹了口气，他啃不下这硬骨头，只能转身安抚软柿子："人家小王总的房子，村里让你便宜租了那么多年，你就知足吧！"

陈大爷颤颤巍巍道："这么冷的天，他们把房子给我拆了，让我那一屋子孩子们怎么过冬……"

张晶磊不耐烦道:"都什么时候了,你连自己都顾不上,还想顾那些野猫野狗?"

"它们不是野猫野狗,它们都是我的孩子!不行,我不能就这么丢下它们。"孤寡了一辈子的陈大爷,显然已将那些猫狗视为己出。

王东振却不买账,落井下石地对张晶磊道:"张主任,咱们之前协议里有过约定,卧龙村改建成度假村后,不准有流浪猫狗,否则一律捕杀!"

"啊!什么!"陈大爷闻言,如遭晴天霹雳,他回首看那满屋的猫猫狗狗,咬牙切齿道:"我不允许你们这么做!我,我要等大小姐来!"

王东振怔了一下,忍不住笑道:"什么?你们这小山村还有大小姐?你这个村主任难道说了不算?"

张晶磊低声道:"以前村里的大乡绅,几十年前就搬进省城了,那个大小姐我也没见过。"

"管她是大小姐还是大姐,总不能大得过法律吧?"王东振说罢,转身对大B道:"都愣着干吗?"

王东振用目光瞄了下地上的铁棍,大B等人却迟疑不决。

"老大,不是讲法律吗?"

"砸自己家,违法吗?"

大B等人顿时醒悟,纷纷拾起地上的铁棍。

陈大爷见状,惊恐万分,却固执地张开双臂挡在门前。而门里的猫猫狗狗似乎也意识到危险将至,开始哀号低鸣起来。有狗冒充狼叫,有猫假装虎啸,一时之间,各种奇声怪音此起彼伏。

大B哥恍若未闻,带着众小弟,拎着铁棍一拥而上。

张晶磊因为村主任的身份,夹在中间不知所措。有村民拿出手机晃了晃,他自己怕遭报复不敢报警,却暗示村主任报警。而张晶磊念着"精神文明村"的荣誉,犹豫不决。

就在这时,人群外面突然车笛声长鸣,紧接着就有年长的村民高呼:"大小姐来了!"

随着这一声喊,所有人都驻足回看,原本围得水泄不通的人群不自觉地从中间向两边分开。

一辆迈巴赫缓缓行驶过来,停下,后门开,从车里下来一个穿着职业装的年轻姑娘。

姑娘扎着马尾辫,在众目睽睽之下,姗姗而来。周围村民们对她议论纷纷,她似乎恍然未闻，而前方流氓小哥的虎视眈眈，她也视而不见。眼前的一切，好像都与她无关，她只是在走自己的路。

她就是大小姐。

可是，当大小姐走出七八步的时候，却忽然驻足不前，因为她听到车里的司机在叫她。于是她回首看到司机正从迈巴赫的驾驶室里探出身子，挥舞着手里的手机对她大喊。

"喂！妹子，别忘了给个五星好评！"

2. 大小姐首战告捷

张晓淳在哒哒叫车 App 上点了一个五星好评，当她再抬头时，那辆红黑相间的迈巴赫早已以风驰电掣之势扬长而去。

张晓淳转回身子，陈大爷已老泪纵横地站在她面前。

"大小姐，他们要拆了我的房子！"陈大爷抹着眼泪说道。

张晓淳轻拍陈大爷的后背，安抚道："丑大爷，放心，有我在。"

陈大爷皱皱眉头，哽咽着想纠正自己的姓氏，却被王东振无情地打断。

"我拆的是违章建筑，合情合理，法律都管不着，你是哪根葱？"

"什么样算违章建筑？我国法律好像并没有统一规定吧？"张晓淳微笑着，针锋相对。

"法律是没有规定，但是各地政府却有明确的划分。"王东振也不甘示弱，指着陈大爷所住的平房，溯本求源，"当年乡村改造，这平房原本是施工人员的家属宿舍，按理说乡村改造完毕就该拆除，却遗留至今。依照法律规定，临时建筑建设后超过有效期未拆除成为永久性建筑的建筑物一律为违章建筑。"

"拆，没问题呀，可是，补偿谈好了吗？"张晓淳继续面带微笑。

"拆违章建筑，还要补偿？你在这开什么国际玩笑？"

"先生，请不要拿着无知当玩笑好吧！今年新出台的拆迁补偿标准对违章建筑的拆迁……"

王东振不耐烦地打断："Stop！Ok？我知道你要说什么，拜托，你能有点法律常识吗？所有出台的拆迁补偿标准都是基于我国的《城市房屋拆迁管理条例》。而《城市房屋拆迁管理条例》第二十二条明确规定，拆除违章建筑和超过批准期限的临时建筑不予补偿。"

张晓淳摇摇手指，微笑道："No、No、No，你误会我意思了。我要跟你谈论的法律条款不是《城市房屋拆迁管理条例》，而是《不动产租赁法》！"

"小妞，你跟我闹呢？我在这儿搞拆迁，你和我扯什么《租赁法》？"

张晓淳淡然一笑："据我所知，这间平房虽然违章，但丑大爷……"

陈大爷小声纠正道："是陈，不是丑。"

"这不重要！"张晓淳接着道，"这间平房虽然违章，但陈大爷并不知情，且一直向村里缴纳房租。根据《不动产租赁法》，违章建筑的承租人履行了一般情况下的主要义务，仍然对其承租的房屋系违章建筑不知情，拆迁人如果拆除该违章建筑，应当依法对该房屋承租人补偿安置！"

王东振听完后，先是一愣，随即哈哈大笑："你也说了，大爷一直是往村里缴纳房租，他并没有把房租给我啊！这平房当年是我爸建的，所有权归我们西东集团，我们西东集团没有收到大爷的房租，自然也就不构成承租关系，既然如此，何来的补偿安置？"

此言一出，王东振手下的众小弟都情不自禁地鼓起掌来。王东振亦是满脸春风得意，在掌声中频频挥手致意。

张晓淳狠狠瞪了张晶磊一眼："你们村委会私下留下房租钱了？"

本来看热闹看得津津有味的张晶磊瞬间就傻眼了。

"村里有个空房闲置，我以为是村委会的资产，哪会想到这些？"

陈大爷更是一脸悲戚："他，他，他们这就要把我的房子拆了吗？"

张晓淳沉默不语。

王东振对大B摆了摆手，然后点了一根雪茄，悠闲地靠在一边观赏。

大B带头，余众簇拥相随，将那平房团团围住。

大B高举铁棍，对着残破的窗户，口中喊道："预备，砸……"

结果，大B"砸"字还未出口，一个清脆响亮的声音突然喊"停"。

王东振愣了一愣，看了眼喊"停"的张晓淳，将雪茄掐灭扔在地上，不耐烦道："我拆自己家的违章建筑，你又要捣什么乱！"

张晓淳笑笑道："你拆你们家的违章建筑我不管，但是在拆迁过程中，你如果损坏了丑大爷的个人物品，或者伤害到了丑大爷饲养的猫猫狗狗……"

陈大爷忙补充道："十二只猫，八条狗……"

张晓淳惊愕地回看陈大爷："你养了这么多？"

陈大爷继续往下说："还有一只怀孕了，马上要生了！"

"对，如果在拆迁过程中，你们伤害到这些猫猫狗狗，包括因为惊吓导致的宠物流产,我代表丑大爷不但会向贵公司索要赔偿,还会依据《野生动物保护法》对你和你的公司保留追究法律责任的权利!"

王东振狠狠地瞪了张晓淳一眼,转而对大B道:"都给我住手,把屋子里的东西,不论死的活的,统统先给我搬出来。"

大B等人一愣,忙收起铁棍,准备推门进屋。可就在他们的手正要推开门板时,张晓淳又大声喝止。

"都给我住手!"

大B等人吓了一跳,一时不敢妄动,皆回看张晓淳。

张晓淳笑嘻嘻地走到王东振身前,上下打量了少东家一番,幽幽道:"当年令尊搭建的违章建筑只包括门窗四壁以及屋顶,换句话说,屋子里面的空间还是属于村委会的。而丑大爷每年往村里缴纳房租,也就理所当然是空间的合法承租者。"

张晓淳说到这里,故意顿了一下,又转头看向大B等人。

"虽然说门是你们的,窗是你们的,但是从你们推门进入平房的那一刻起,你们就已经是私闯民宅了,也就是法律上所谓的'非法侵入住宅罪'。根据《刑法》规定,非法侵入他人住宅,强行闯入且无故拒不退出的,处三年以下有期徒刑。"

大B等人闻言先是面面相觑,待回过神儿来,赶紧退出门槛,并反手带上房门。即便如此,他们仍不安心,纷纷远离那平房。

张晓淳并不打算就此放过他们,她指着流氓手中的铁棍道:"《刑法》还规定,如果对方不仅私闯民宅,而且是进行行凶、抢劫以及其他严重危及人身安全的暴力犯罪,当事人对私闯民宅的人实施防卫行为,最终导致对方死亡的,属于正当防卫。看你们一个个的,拿着棍子嚣张跋扈的样儿,就不怕把丑大爷惹急了,放狗咬你们吗?"

大B等人吓得又赶紧扔掉手中的铁棍,一起扭头看向王东振。

王东振涨红了脸,指着张晓淳气呼呼道:"老子要拆个违章建筑,你,你竟然能从'租赁法'扯到'动物保护法',现在还跟我大放厥词谈什么'刑法',我就问你,那老子遵循的'拆迁法'在那些法律面前都不顶用,是不是?"

张晓淳抱着双臂,气定神闲道:"顶不顶用,你试试就知道了呗!再说了,干你们这行的,以身试法不是家常便饭吗?"

"你,你,你少瞧不起人!"

就在王东振气得火冒三丈之际,大B悄悄凑过来小声问道:"老大,现在该怎么办？"

"怎么办？走！"王东振恨恨地把目光投向张晓淳。

王东振刚走了两步，突然驻足，回身，喝问道："你是哪个社团的？"

张晓淳愣了愣，反问："社团？什么社团？"说罢，反应过来，掏出一张名片递了过去。

名片上赫然写着——

山狮律师事务所
首席大律师 张晓淳

3.断头鬼传说

陈大爷颤抖着手捏着张晓淳的名片，激动不已。此时此刻，距离王东振等人离开已经过去一个小时了，随着夜幕降临，村民们三三两两地聚集在村委会的办公室里。

"老陈啊，有大小姐给你撑腰，你再也不用怕那个天杀的小王八蛋了。"说这话的是村头曾有"豆腐西施"美誉的三舅奶。

陈大爷坚定地点点头，转而问张晶磊道："大磊子，我那平房可不可以……"

张晶磊瞪了陈大爷一眼，严肃地说："注意称谓！"

陈大爷疑惑不解："这都晚上了，早过了办公时间。"

"我这不是在加班吗？再说了，像我这样优秀的村主任，早就把自己全身心都奉献给了村建设，哪还有私人时间！"

说罢，张晶磊"哼"了一声，转身拉开雕花楠木的办公桌抽屉，从里面拿出一份拆迁补偿合同递给张晓淳。

"村南的那处大宅子，是你爷爷留下的，现在在你名下，人家西东集团只等你这份合同一签，就开始破土动工了。"

张晓淳接过合同，娴熟地浏览了一遍，凭着敏锐的职业嗅觉，她立刻觉察出了条款里的猫腻。

"拆迁补偿款怎么这么少？"

律师就是律师，一语戳破合同所有陷阱中最本质的问题——钱不够数！

同时，这句话也激起了其余村民的愤慨。

最先发难的还是有过期"豆腐西施"之美誉的三舅奶:"可不咋地,少得简直是坑人,你们知道和我同开豆腐店的邻村姐妹,她们的拆迁补偿款是多少吗?是咱们的三倍!"

紧接着附和的是自称"村西许文强"的黄三叔:"三倍?那是少的,前年凤雏村拆迁改造,每个人可是分到这个数!"说着,黄三叔张开五指,翻了两番。

"村西许文强"这一比画,自比"村北小龙女"的王奶奶也来劲儿了,她张嘴正要煽风点火时,终于被张主任发声喝止了。

"咱们村的补偿款为什么要不上价,你们心里都没点儿数吗?"

张晶磊这一声喝,所有村民瞬间哑口无言。

"咱们村是灵异之地,这几年出了那么多大凶之事,闹得沸沸扬扬。现在这个价格,人家西东集团肯出已经不错了,你们一个个的还想怎么样?"

张晓淳闻听此话,更加好奇,便问道:"出了什么灵异之事?"

张晶磊先是深深地叹了口气,故意把聊天气氛调节到讲鬼故事的频道,然后才侃侃而谈:"咱们村背靠卧龙山,山清水秀没得说。五年前,政府看好了这块人杰地灵的宝地,计划开发成旅游景点。这个消息刚被报道到网上,立刻引起关注,更有驴友慕名前来爬山。"

张晶磊说到这里,顿了一下,接着又道:"可坏就坏在这些驴友身上,他们爬山就爬呗,结果频繁出现意外,甚至还闹出人命。"

张晓淳不以为然道:"这种情况,各地都有发生,也不能就此责怪卧龙村大凶不祥啊!"

"关键是从去年开始,那些遇险得救的驴友离开卧龙村后,竟然对外声称看到山里游荡着断头鬼!"

张晓淳愣了一下,追问道:"什么,断头鬼?"

张晶磊一脸恐惧地点点头,他正要开口解释,突然想到自己村主任的身份,涉及封建迷信的话不能亲自说出口,于是转头对陈大爷道:"大爷,你跟她描述一下吧!"

陈大爷了无心机,替村主任做了宣传封建迷信的口舌:"就是一种恶鬼,常以把活人的脑袋咬下来为乐。"说完,他怕自己描述不到位,还故意张牙舞爪,做出咬断脖子的动作。

那陈大爷本来五官就长得比较抽象,此番再张牙舞爪讲鬼故事,更是给人身临其境的感觉。

就在大家都被吓得胆战心惊之际,张晓淳却不为所动。

"恶鬼断头这些事，是你们亲眼所见？"

大伙你看看我，我看看你，先是摇头，接着又异口同声道："都是那些获救驴友们描述的。"

张晶磊补充道："而且不是一批驴友，前前后后有三批吧，从年前跨到年尾，而且这些描述者彼此之间都不认识！"

张晓淳又问："既然驴友们都众口一词，那么被咬断头颅的人是谁？"

"被咬断头颅的人？"

"是啊，既然有三批驴友在不同的时间看到恶鬼咬断人的头颅，换句话说，去年一年当中，至少应该有三具无头尸体！那么这三具尸体的身份是谁呢？"

此言一出，村民们不由议论纷纷。

"去年虽然有驴友发生意外死亡，但是没有一具尸体是断头的。"

张晓淳又问："有失踪者吗？"

村民们你看看我，我看看你，又一起摇头。

"既然没有人断头，也没有人失踪，这可就蹊跷了！"

"那会不会是有人恶意造谣，故意针对咱们村子？"

"难道是为了压低拆迁补偿款？"

"你说，这一切是不是西东集团搞的鬼？"

眼见真相越聊越清晰，身为村主任的张晶磊终于坐不住了，开始翻转话题。

"喂！喂！你们怎么搞的，明明在说断头鬼的事，怎么又牵扯到西东集团身上了？现在，你们手头这些房子值什么价，你们难道都没数吗？别在这里得了便宜还卖乖！"

就在大家争论不休之际，"村北小龙女"王奶奶的脸色正在变得越来越难看。

只听她惊骇道："难道你们都忘了倒霉三蛋了？"

"倒霉三蛋"这个词一出，村委会里所有人都立刻安静了下来。

"去年确实没有人失踪，但是难道你不记得在前年年底卧龙山上失踪的倒霉三蛋吗？"

闻听此言，大家脸上也开始慢慢浮现出惊骇恐惧的神情。

张晓淳见状，不由低声问陈大爷道："丑大爷，倒霉三蛋是怎么回事？"

陈大爷幽幽道："那指的是一家三口，一对年轻夫妻带着一个调皮捣蛋的男孩来卧龙山游玩。从他们进村的那一刻起，就倒霉事不断……"

王奶奶补充道："先是男孩捅了马蜂窝，被马蜂蜇，接着又是大人逗村里的野狗，被野狗追。当时，和现在一样，也是冬天，还下着大雪，我们村民都劝那一家三口不要爬山。结果他们特别固执，非要拍什么雪山旭日的美景，硬是不顾劝阻，直往山顶而去。"

张晶磊叹了口气，把话头接过来："结果三口之家就再也没了音信。"

张晓淳追问道："那后来呢？连尸体也没找到吗？"

张晶磊苦笑着摇头："你说奇怪不奇怪，卧龙山就这么巴掌大块地方，村民连同消防官兵上山找了三天三夜，每一个角落都扒开看了，愣是毫无踪影！"

王奶奶道："大家仔细想想，那一家三口失踪两三个月之后，驴友们才开始宣扬恶鬼咬断人头颅的传说。"

张晶磊突然意识到什么，反过来问王奶奶道："难道你认为，那恶鬼咬下头颅的三个人，就是之前从卧龙山凭空消失的一家三口？"

此言一出，整个村委会顿时炸开了锅，大家又开始你一言我一语地讨论起来。

"对，你们记没记起来，年初获救的驴友们，他们声称看到恶鬼在黑夜里张牙舞爪地追一个小孩儿，随后将那小孩扑倒在地，直接把头颅咬了下来。"

"然后，年中，又有第二批驴友说看到恶鬼抓着一具无头男尸在大口咀嚼。"

"等到了年末，更有驴友看到恶鬼拎着一颗长头发的女人头颅在山路上游荡！"

"这，这，这不就是前年年底凭空消失的一家三口吗？"

一时之间，人心惶惶，就连身为村主任的张晶磊也不由得担惊受怕起来。

也就在这一刻，突然有人敲响了村委会办公室的大门。那铿锵有力的敲门声，伴随着窗外呼啸的寒风，就仿佛是吃人的恶魔从地狱中蹒跚而来。

村委会里本来哀号一片，瞬间又安静了下来，所有人都胆战心惊地看向门口。

张主任鼓足勇气问道："门外是谁？"

很快，呼啸的寒风中传来了敲门者的回音。

"这里是卧龙村吗？"

敲门者声音顿了一下，又道："有个微信昵称'村西许文强'的大爷叫我来的。"

此言一出，村民们都把目光投向了黄三叔。

黄三叔幡然醒悟，拍着自己的脑袋，连声道："是他，是他，我从城里请来驱恶鬼的高人！"

黄三叔一边说着，一边跑去开门。王奶奶好奇，追问道："你是不是请了除鬼捉妖的大法师？"

黄三叔挠挠脑袋，回答道："我本来是打算请法师除妖的，寻思着把那断头鬼给除了，能让咱们的补偿款再高一些嘛，但我找来找去，价格都不合适。后来我用微信摇一摇，摇到了这个人。他啊，虽然不是法师，不过他说，除鬼捉妖也是他的服务内容，所以就给他共享了咱们村的地址。"

"不是法师，却也能除鬼捉妖，那这个人到底是干什么的呀？"

伴随着这个疑惑，村委会"神圣"的大门终于被黄三叔从里面打开。紧接着，一个身穿风衣的高瘦男子乘着寒风迈进屋来。

他一边往里进，一边故作绅士地摘下头顶的猎鹿帽。

"大家好，我就是罪恶克星，鬼神共惧，侦探排行榜名列第一，才貌双绝兼文武双全且不失德艺双馨的名侦探，田丰大！"说罢，中年男子驻足，对着众村民晃了晃手中的手机，又道，"请问，村西许文强，他在这里吗？"

4. 侦探一生之敌

当名侦探田丰大拿着手机询问"村西许文强"的下落时，张晓淳最先站了出来。她走上前，指了指正在关门的黄三叔。黄三叔此时关上了门，也伸出手来准备和名侦探握手致意。

不论哪个行业，客户永远如同上帝一般高高在上，尤其侦探这种卑微的边缘行业，更是如此。

面对客户伸来的上帝之手，若在平时，田丰大早就满脸堆笑弯腰前趋。可这时，名侦探却不为所动，甚至还视而不见。只见他那双炯炯有神的大眼睛直直地盯着前方，漆黑的眸子里渐渐透出色眯眯的光彩。

名侦探目光所至，橘红色的吊灯下，忽明忽暗的光晕正好映在张晓淳娇艳的脸颊上。

黄三叔虽然年迈，可曾经在这卧龙村也是许文强一般的俊男子，他一见田丰大的眼神，自然看透了他的花花肠子。

黄三叔刻意咳嗽了一声，大步上前，主动去和田丰大握手。

"田大侦探，欢迎，欢迎，鄙人就是村西许文强……"

结果田丰大却恍若未闻，直接走向张晓淳。

"你好！程程！"

张晓淳一愣，反问道："什么程程？"

田丰大弯腰鞠躬，绅士般地说道："姑娘你这么美，应该就是村里的冯程程吧！"

张晓淳"哼"了一声，反问道："你是侦探？"

田丰大傲娇地拽了一下风衣的下摆，微笑道："准确地说，应该是名侦探。"

"你有营业执照吗？"

当动物遇到危险信号时，都会本能地进行防御，名侦探更是如此！上一刻还满眼春色的田丰大，下一刻已然警觉起来。

"啊！啊！啊！你是警察吗？怎么会和他问同一个问题？"

"他？哪个他？"

"市南分局的薛警官！"

"哦，那个叫薛飞的胖子啊！"

"啊！啊！啊！你俩果然很熟，怪不得一见面就问我有没有营业执照。"

"不，我俩不熟，我俩微信还互相拉黑了呢！"

就在这一问一答之间，名侦探连连后退，女律师却步步紧逼。很快，名侦探背靠房门，无路可退，而女律师则目光凌厉，咄咄逼人。

可是当听到张晓淳自称将薛飞的微信拉黑的那一刻，神经紧绷的名侦探终于长吁了口气。

他抚着自己的胸口，连连道："那就好！那就好！咱俩是一伙的！"

张晓淳突然单手撑在田丰大耳边的门板上，然后缓缓凑过脸来，直视着名侦探的眼睛，一字一句缓缓地问他。

"那么，你有营业执照吗？"

"你怎么还问这个问题啊？"

刹那间，名侦探的脸唰地红了起来，这脸红是因为被问到了职业生涯的痛处，自己心里清楚。田丰大下意识地推开张晓淳，闪身躲到一边。

"有，还是没有？"

"在，在，在办！"

"就是没有营业执照呗！"

"已经在走流程了，这两天马上出！"

"在哪里走流程？"

"工，工商局吧！"

"胡说八道！工商局根本不可能给你的侦探社颁发营业执照！"

田丰大大惊失色，指着张晓淳颤声问道。

"你，你是工商局的？"

张晓淳"哼"了一声，继续引经据典。

"《刑事诉讼法》明确规定，只有国家机关特定的工作人员才具有侦查权，其他任何机关、团体、个人都无权行使侦查权。所谓私家侦探这个职业，在我国根本就是不合法的，既然如此，工商局又怎么可能给你颁发营业执照！"

田丰大抓着自己的脑袋，发出悲惨的呼声。

"啊！天呐！你是律师！"

此时此刻，村委会的大爷大妈们已经开始对田丰大指指点点，尤其是雇侦探来驱鬼的黄三叔更是愤愤不平。他大步上前，一把揪起田丰大的衣领，一改之前的慈眉善目，恶狠狠道："你一个没有营业执照的侦探，还敢跑来调查真相，这不是坑人吗？"

"那些法师也一样没有营业执照，不是照样除鬼捉妖吗？"

黄三叔一听，觉得甚是有理，不由松开了双手。

田丰大趁势倒退一步，站住脚步。他迎着满屋村民疑惑的目光，忽然觉得自己如果再不吹点牛皮，恐怕是很难服众了。于是，田丰大整理了一下风衣，清清嗓子，开始侃侃而谈。

"干我们侦探这一行，确实没有营业执照，但是话又说回来，我在乎那一纸营业执照吗？不在乎！因为自从我进入侦探这个行业，发誓与罪恶势不两立的那一刻起，我就知道，要想铲除罪恶，最终依靠的不是那张营业执照，而是这里，"田丰大说着，伸出右手攥成拳头，狠狠地捶打着自己的胸口，慷慨激昂接着道，"靠着内心这股熊熊燃烧、灼灼不灭的正义之火。为了匡扶正义，我抛头颅洒热血；为了打击罪恶，我上刀山下油锅。我奋不顾身涉险遇恶，我所做的这一切，只为了一个美好的愿望，那就是世界和平，天下无贼！"

此言一出，那些大爷大妈无不动容，纷纷鼓掌叫好，那黄三叔更是频频朝田丰大竖大拇指。

田丰大见自己重新取得了客户的信赖，心中略安，却仍不敢掉以轻心。他稍微减缓了一下语速，扭头看向张晓淳，脸上立刻出现痛心疾首的表情。

"侦探、律师、警察，咱们明明都是正义的化身，为什么每次一见面都要窝里斗？为什么我们就不能像影视剧或者推理小说里那样，放下门户之见，一起同仇敌忾、打击犯罪分子呢？"

"得了吧，你们这些打着侦探名号的无耻之徒，在我看来，和可恶的犯罪分子是一丘之貉！"张晓淳突然一锤定音，砸得田丰大一时晕头转向。

"无耻？可恶？一丘之貉？喂！程程，你对侦探这么崇高的职业有着很深的误解啊！"

"呸！"张晓淳哼笑道："大侦探，你每天的工作内容是什么？跟踪监视、非法窃听、盗取个人隐私，这些所作所为，有哪一条不是在践踏法律的底线？"

"哎呀，说践踏有点夸张了，这也就是稍微逾越一下而已嘛！再说我们那么做，都是为了匡扶正义啊！"

"匡扶正义？哼，你们匡扶的是自己的钱包吧？为了获取丰厚的委托金，不惜非法窃取出卖他人的隐私。我想，这才是你们侦探的本质！"

"哎呀呀，别说得那么难听呀，侦探接受客户委托调查真相，再适当收取一丁点儿费用，也是情有可原呀。再说了，我们侦探所调查的，大多数也都是犯罪分子！"

"犯罪分子？谁定义的犯罪分子？凭一己之判断，定世间之黑白，你把庄严的法律置于何处？像你们这些道貌岸然的侦探，就应该被统统赶出地球！"

张晓淳每问一句，就紧逼一步；田丰大回答一句，就倒退一步。待说到"赶出地球"时，可怜的名侦探双腿一软，居然瘫跪在地……

等村委会的会议结束时，田丰大是被黄三叔搀扶着出来的。

"田大侦探，你别在意呀，大小姐以前有个闺密，就是因为侦探的非法调查而……"

本来精神萎靡的田丰大一听八卦，突然清醒了起来，连忙追问道："大小姐的闺密？塑料姐妹花吗？后来怎么了？"

"唉，算了，不说也罢！侦探先生，你还是谈一下后面工作的想法吧！"

5. 警钟罩

"大B、樊强、陶睿，还有你李鑫，来来来，都各自谈一下后面的工作想法。"

被女律师张晓淳阻碍拆迁的王东振心有不甘，在村口的空地上召集心腹们临时开了个工作会议。

大B最没心眼，上来就说："你是老大，你说咋干就咋干呗！"

结果他话还没说完，就挨了王东振一脚踹。

"我要知道咋干，还用问你？李鑫，你胖，你来说！"

"欸？为什么要胖的说？"

"算了，我还是问陶睿吧！"

"呃，老大，我觉得那个律师说得没错，咱们如果真要拆，只能在屋子外面拆，不能进去拆。"

陶睿虽然说了句废话，但王东振却听得频频点头，觉得很有道理。

大B见状，心中不服，跳出来争宠，直接拆陶睿的台："睿子，你是不是傻？现在最大的问题不是从里拆还是从外拆，而是那个老头不肯把家里的东西往外搬。只要咱们一拆，难免会塌墙掉瓦，一旦损坏了他的东西物件，他势必会跟咱们碰瓷讹钱！"

王东振一听，觉得大B说的不错，于是凑过来问大B："那你赶紧说说到底怎么拆才能不损坏老头屋里的东西？"

王东振这一问直接把大B给问蒙了，他做梦也没想到自己挖的坑最后把自己给坑了。

大B琢磨了半天，对王东振说："老大，我不知道。"

"不知道你在这瞎哔哔什么！"王东振踹了大B一脚，又扭头看向李鑫，"李鑫，你胖，你来……咦？李鑫，你去哪儿？"

"老大，你们先聊，我上厕所！"

"好吧，陶睿，要不你来说说！"

"老大，我是这么想的，以前家里刷墙，我爸怕油漆滴落，都会先用个塑料布把家里的家具罩起来。我觉得吧，咱们拆墙和刷墙的性质应该差不多。"

陶睿虽然打了一个很不恰当的比方，但王东振却听得连连称是。

大B眼见如此，更加不服，蹦出来挑刺，直接生怼陶睿："睿子，你是不是彪，刷墙和拆墙能一样吗？刷墙掉的是油漆，拆墙呢？掉的是砖头！你盖个塑料布有个毛用？"

王东振闻言深以为然，于是来到大B面前，问道："那你说盖什么管用？"

大B一愣，想了半天，咬咬牙道："老大，要不你踹我一脚吧！"

王东振叹息着摇了摇头，再把目光投向陶睿。

陶睿做梦也没想到这么快又轮到自己发言了，正在词穷之时，去上厕所的李鑫如见了鬼一般连滚带爬地跑了回来。

"老大！那边有一口很可怕的大钟！"

"大钟有什么可怕的？"

"老大，那钟上刻着'警钟长鸣'四个字，是不是冲着咱们来的啊？"

王东振愣了一愣，陶睿趁机转移话题。

"据说，前几年卧龙山发生了多起驴友遇险求救的事情，村民也是担惊受怕，次数多了，村民扛不住了，就自掏腰包，集资买了口大钟摆在村口，并且在铜钟上刻了八个字'安全牢记，警钟长鸣'！"

李鑫仍不放心，依旧瑟瑟发抖道："可是那口大钟上还贴了很多符咒，风一吹阴森可怕！"说到这里，他看了王东振一眼，忽然道，"会不会是那些村民对咱们社团有误解，所以贴符咒咒咱们啊？"

王东振怔了一怔，陶睿继续将话题扯远。

"你想多了，是这样的，那口大钟虽然摆在村口，但是驴友们毫不在意，依旧冒险爬山，危险频发。后来啊，张主任想出个法子，就是请法师作法，在铜钟上贴上很多符咒。结果没想到，那些驴友对'安全牢记、警钟长鸣'的警示完全无视，可是一见钟上的那些黄符，却都吓得不敢再来。自那以后，来卧龙山爬山的驴友就少了很多。"

王东振点点头："那个张晶磊还挺有心眼儿的。"

陶睿又道："老大，其实啊，这里面另有隐情。"

王东振好奇："什么隐情？"

"老大你看，这条山路延伸至卧龙村村口后分出两条，一条通往卧龙村里，另一条则通往卧龙山上。那口大钟原本是放在村口的，但是张主任执意把大钟移到卧龙山的入山处，结果自那之后，卧龙山就开始出现断头鬼的传闻。村民们认为是村主任移动了座钟的位置，改了风水，才把恶鬼招来了！虽然村主任后来又请法师作法在铜钟上贴符咒，但是断头鬼的谣言却始终没有破除。而那些驴友们之所以不敢登山，真正的原因在于断头鬼的传说。"

此言一出，余人无不惊愕，开始窃窃私语。

王东振止住大家的讨论，言归正传道："好了，还是说说拆老头家时，给他屋里罩个什么东西，能不被他碰瓷讹钱。"

就在大家无言以对的时候，一直不说话的樊强突然站起身来。他在王东振面前打了一套拳，然后用脑袋一个劲儿地撞树。

王东振幡然醒悟，连连道："金钟罩！"说完，他马上明白了樊强的武术指导！

"我们可以把老头家的屋顶扒开,然后用起重机把那口铜钟吊进屋里,将所有的家具、宠物都罩起来啊!"

6. 发票

"所以说出大侦探,你下面的工作想法是先从村主任入手?"黄三叔一脸迷茫地看着田丰大。

"众所周知,是村主任移动了铜钟的位置,卧龙村才开始流传断头鬼传说的,即便后面请了法师作法贴符咒,也没有破除恶鬼,所以我认为真相的源头应该是村主任!"

黄三叔惊异于名侦探敏锐的直觉,于是低声问道:"你怀疑这一切都是村主任搞的鬼?"

田丰大故作高深:"也可能是法师搞的鬼!"

"法师搞的鬼?此话怎讲?"

黄三叔一脸惊愕,瞪大眼睛眼巴巴地盼着名侦探答疑解惑。

田丰大从怀中掏出一贴符咒,在黄三叔面前翻了翻,幽幽地道:"我怀疑那法师的符咒贴反了!"

"啥?"

"他很可能把符咒的正面贴下,而反面贴上,所以非但没有祛除恶鬼,反而使得恶鬼的气焰更加嚣张!"

这番高深的封建迷信理论硬是让黄三叔听得目瞪口呆、大开眼界。

田丰大得意地扬了扬头,说道:"所以,我要去找村主任,看他那里还有没有保留当年聘请法师作法的发票,有了发票做凭证,再拉上律师维权,不怕法师不赔偿损失!"

当田丰大说这句话时,整个人已经迎着寒风,大踏步地去找村主任了。

田丰大一路兴奋,脸上挂着即将胜利的笑容,三步并作两步来到了村主任家门前。

敲门,不应。村主任家的灯虽然亮着,但村主任却并不在家。

亮灯,说明村委会讨论结束后,张晶磊曾回来过。但家里无人,说明他一回家又立刻离开。巴掌大的小山村,身为村主任的他又会去哪儿呢?

田丰大的心里泛起了嘀咕，手不自觉地伸进了风衣口袋。等他的手再伸出时，掌心里已经多了钥匙片和锡纸。

非法潜入，既是犯罪分子为非作歹的基本技能，也是私家侦探获取证据信息的惯用伎俩。即便如此，名侦探在用锡纸开锁法打开村主任家大门的前一刻，他还是下意识地回视了四周。因为他总感觉到在这阴冷的山村里，那个长相迷人的女律师或许就藏在某个不为人知的角落里窥视着自己的一举一动。

田丰大迅速打开房门，赶紧溜进屋中。

田丰大走进屋里，抬眼看去，靠墙的一张办公桌引起了他的注意。办公桌有三个抽屉，但只有左边的抽屉上了锁。于是，名侦探毫不犹豫地用锡纸打开被锁的抽屉。

就在抽屉被拉开的一瞬间，田丰大惊住了。

那抽屉里居然整整齐齐地叠放着七八组大小不一的发票，乍一看来，少说也有几千张。

田丰大看见发票猛然想起自己此番前来的初衷，他长叹了口气，随机拿起一叠，扒拉着看。

打车发票、住宿发票、餐饮发票、购物发票，这一路翻找下来，田丰大虽然没有看到法师施法的发票，但他却注意到一个很关键的细节。

所有发票的开票信息和税务登记都是同一家公司，那就是西东集团。

田丰大连忙又拿起其他几叠发票查看，果然，这几千张发票的抬头都是西东集团。

这是怎么回事？

田丰大愣了愣，忽然想起他曾经结交过一个叫门牙猫咪咪的笔友。那个笔友专门给各大影视公司写剧本。有一次门牙猫咪咪告诉他，像他们这种从事编剧行业的自由职业者每次收到编剧费时，都要给影视公司提供对应金额的发票。

田丰大想到这里，忽然明白了一件事。张晶磊身为村主任，显然不是自由职业者，更不会是编剧，他积累了这么多发票，而发票的开票信息又都是西东集团，那就说明他在从西东集团获取金钱，并且提供给对方等额的发票。

一村之长居然跟项目公司暗中有经济往来，这里面一定有猫腻！

田丰大正寻思时，门外突然传来了脚步声，伴随脚步声一起的，还有两个人的说话声。

"村民的协议都签好了，你们答应的好处什么时候给我？"

听声音是张晶磊在说话，紧接着是另一个人的应答。

"你发票都开好了吗?"

声音虽然陌生,但听来肯定是西东集团的。

两人说话间,已到门口,接着是钥匙开锁声。

田丰大赶紧还原抽屉,趁势钻到床铺底下。

果然,张晶磊一边往里走,一边抱怨:"怎么搞得那么麻烦?"

"没办法,现在是小王总管理公司,凡事都讲究法律法规。"

"真是闲的!对了,今儿村委会开会,村民们已经开始怀疑你们了!"

"怀疑什么?"

"怀疑断头鬼的谣言是你们西东集团为了压低拆迁款,故意搞的鬼。那个黄三叔甚至还雇了个侦探进村调查此事。"

"有个女律师已经很难缠了,现在又冒出个侦探,拆迁在即,可不能再出什么乱子了。"

"你放心,侦探的事包在我身上,他不是想调查断头鬼吗?哼哼,我就给他上演一场恶鬼断头的好戏!"说罢,传来张晶磊阴森的冷笑。

"哗啦"一下,是抽屉被拉开的声音。

"我现在手头就这些发票,你先收着,款赶紧打过来,剩下的我一攒够了立刻给你。"

"好,我回去跟财务说说。"

"对了,听说小王总最近拿下了银都花园的项目,那个项目之前好像也闹过一阵鬼。"

"不关你的事,别乱打听!"

"怎么能说不关我的事呢?我啊,在城里还缺一套别墅!"

"你别得寸进尺!"

"不急,不急,别墅的事以后可以慢慢聊嘛!"

"你这么贪得无厌,小心有命拿钱,没命花!"

"哎哟,吓唬我呢?我胆子可小了,一吓唬就忍不住到网上胡说八道!"

"你,你……"

"好啦,好啦,天黑路不好走,我先送你出村。"

待两人离开,田丰大迅速从床底下钻出来,身为名侦探的他已然知道了事情的真相。他先跑到办公桌前拉抽屉,因为抽屉里的发票是证明村主任和西东集团暗中勾结的最直接证据。可惜的是,刚才还满满一抽屉的发票,此时此刻已经一张不剩了。

证据没了怎么办？

哼哼，对于侦探来说小事一桩！

尤其像田丰大这样的名侦探，惩治犯罪从来不会拘泥于证据，而是更注重推理。

田丰大这样想着，便来到窗台前，打开窗户准备离开。可就在名侦探翻窗落地的下一刻，一个女人站在了他的面前。

田丰大吓了一跳，抬头去看，冷冷的月光正好落在张晓淳冷峻的脸上。

"呀，原来是大律师……"

"哼，让我抓了个正着吧！"张晓淳说着，晃了晃手中的手机，只见手机屏幕上是田丰大溜门撬锁的照片。

"啊！啊！这是误会啊！"

"误不误会，留着跟警察说吧！"

张晓淳手一挥，身后立刻出现两个壮硕的村民，直接将田丰大摁住。

"先把他关进村保卫处，明早交给山下派出所！"

"啊！大律师！我是侦探啊！"

张晓淳微微一笑："抓的就是你这个笨侦探，你俩把他嘴堵上，哼哼，深夜扰民也是违法！"

"你听我说，我调查到一个大秘密，这个秘密关系到……呜，呜……"

就在名侦探被堵住嘴押送进村保卫处时，漆黑的天空已经开始飘下洁白的雪花……

7. 铜钟显灵

迎着鹅毛大雪，陈大爷哭得比窦娥还要悲伤。

一觉睡到快中午的他起床后才发现，自己家屋顶的房瓦已经被人全部扒掉了。雪花从天空中飘扬而下，冻得那些猫猫狗狗瑟瑟发抖。

然而这还不是最可怕的，最可怕的是：王东振正在拨打手机调动起重机进村。

闻讯赶来的张晓淳质问王东振："你用起重机强行拆迁，就不怕伤及人命吗？"

王东振晃晃手中的手机，得意扬扬道："我用起重机是来吊村口那口大钟的，用大钟罩着屋里再拆迁行不行啊？"

此言一出，围观的村民无不愕然。

"那口大钟可是法师做过法的，动不得！"

"屁！"

"钟上贴着符咒，一旦私自挪动，会乱了法阵，招惹恶鬼的！"

"扯！"

"你可不要不信，到时候全村都会倒霉遭殃的！"

"呸！"

虽然王东振只带了两个心腹前来强拆，可是他所展现出的嚣张气焰就仿佛身后藏着千军万马。

村民们能容忍自己的合法权益被侵犯，却不能忍受封建观念遭践踏。那些大爷大妈们原本慈祥和蔼的脸上突然现出视死如归的表情，一个个紧攥拳头，以半圈式的阵形慢慢向王东振、大B和陶睿逼近。

王东振拿着手机环指大爷大妈们："干吗？比人多是吗？我山下还有一百多个小弟……一百多个保安师傅，我只需要一个电话……喂！喂！别，别，别靠前了，告诉你们哦，我懂法，我不会先动手的，有本事你们先动动我试试！"

就在局势即将不可控时，张晓淳突然站到一块大石头上，对众村民高呼道："叔叔阿姨，你们冷静啊！黄三叔，你还愣着干啥？赶紧去把村主任叫来啊！"

村民们一听叫村主任，顿时冷静下来。那黄三叔"嗯"了一声，对大伙道："我这就叫村主任去！"说罢，噔噔地跑开了。

王奶奶对众人道："你们盯住他，我去大钟那边看着！"说罢，也噔噔地跑开了。

王东振见危机暂时解除，长吁了一口气。他偷偷靠近张晓淳，悄悄竖了下大拇指，低声道："还是和懂法的人好沟通，我看咱俩也算是惺惺相惜了……"

张晓淳白了王东振一眼："滚！"说完，女律师抱着胳膊，远离王东振站定。

不一会儿，黄三叔慌慌张张地跑回来。

"不好了，村主任不见了！家里没有，村委会也没有！"

众村民异口同声："再去找啊！"

紧接着，王奶奶也慌慌张张地跑回来。

"不好了，摆在入山口的那口大钟不见了！"

众村民异口同声："大钟五六百斤，怎么可能不见?!"

"真的，不信你们跟我去看看！"

王奶奶说罢，领着众村民往村口而去。张晓淳和王东振等人也紧随其后。

　　路上，王东振又打电话给开起重机的李鑫，问他到哪儿了。李鑫焦急地回复说："老大，大雪封路，起重机开不上去啊！"

　　"我不管！赶紧开过来，再不来，大钟就被那些村民藏起来了！"

　　王东振说完，气呼呼地挂断手机。

　　卧龙村建在卧龙山的山腰上，村口有两条路，左边路直接进村，而右边路则通向卧龙山之巅。村民们来到村口往右边山路望去，只见原本座钟的地方竟然空无一物！

　　众人见状，无不大惊失色。

　　忽然，村民中有人高呼："难道是符咒显灵，预测到今天有恶人来吊大钟，故意把它藏起来了？"

　　"扯淡！藏也是你们藏的！"王东振踩着地上的雪来到座钟原先的位置，举目四望。

　　忽然，他脸上露出惊喜，指着另一侧山坡，叫道："看，这不在那儿吗？"

　　众人闻言，纷纷顺势望去，只见那口几百斤的铜钟就在几十米处的斜坡下。

　　当大伙来到铜钟跟前时，所有人心里都有一个疑惑：是谁把大钟抬到这里来的呢？

　　王东振朝大B使了个眼色，大B会意，上前抱了抱，且不说这五六百斤至少要七八个人合力才能抱起，单单是钟面光滑就无法使力。再者说了，钟面上贴满了符咒，如果抱钟移动，那些符咒必然会有褶皱，可眼下却丝毫不见。

　　王东振见状，心有不甘，又上前推了推，大钟纹丝不动。

　　王东振回看原路，从座钟的入山口到这里，虽然是缓坡，但一路坎坷，单靠推过来也不现实，何况地上也丝毫没有推痕。

　　奇了怪了，这口铜钟到底是怎么移到这里的呢？

　　"走开！别打这口钟的主意！"黄三叔上前猛地推开王东振。

　　结果，黄三叔刚推开王东振，就有村民指着黄三叔的脚边，惊呼不已。

　　"血！血！血！"

　　黄三叔愣住了，顺着村民手指的方向看去，只见一股淡淡的血水随着融化的雪从自己脚边淌过，而这些血水正是从大钟里缓缓流出来的。

　　"大钟流血了！大钟显灵了！"

此言一出，响应者众，村民们纷纷跪下叩拜铜钟。

然而此时，身为律师的张晓淳显示出了唯物主义者的坚定和决绝。

"大钟没有流血！流血的是藏在大钟里的人！"张晓淳一语惊醒梦中人，她跟着道，"快，快撬开大钟！"

大钟重达五六百斤，哪那么好撬？十几个强壮的村民有扒着钟沿的，有往里塞撬棍的，大家喊着口号一起使劲，也只是将那口铜钟抬起十几厘米的空隙，随即又坐落回地上。

但也就是这十几厘米的空隙，大家还是看到了钟里面的情形，每个人都惊骇得说不出话来。

短暂的沉默之后，终于有人憋不住了，开始抓狂惊呼。

"啊！啊！死人了！"

不错，是死人！

死人盘腿坐在大钟里，双手似乎平放在膝盖上，就如同坐定的老僧。

一开始，大家并没有认出死者的身份，因为尸体没有头颅。

但很快，大家又马上认出死者的身份，因为死者的头颅就被死者捧在手中。

而那张被捧在手心里的脸告诉大家，死者不是别人，正是张晶磊。

没错！卧龙村的村主任，被断头鬼咬断头颅后，以信徒坐定的姿势，被置入一口几百斤的铜钟之中。

8. 名侦探的用脑之地

惊恐之间，不知哪个村民突然喊了一嗓子："一定是村主任签了不合理的拆迁协议，引得恶鬼愤怒，所以才被咬断头颅，杀死在大钟里！"

那人话音刚落，就有人随声应和。

"对！对！这么沉的大钟，能将人杀死在里面，还摆出这么诡异的姿势，分明就是恶鬼所为！"

"乡亲们，大家不要以讹传讹啊！"张晓淳振臂高呼，"世上根本就没有鬼神，这是杀人案，必须赶紧报警！"

张晓淳掏出手机，准备拨打110。不待她拨出号码，耳边忽然传来了让人厌烦的声音。

"有我名侦探田丰大在此，何须打电话报警！"

张晓淳顺势望去，只见那个自诩名侦探的人，正被两个壮硕的村民押解着，从村外往村里走来。

"不是让你们把他交给山下派出所处理吗？"

押解的村民无奈地说道："昨晚一宿的大雪，山路结冰，根本走不出去。派出所的警察同志说了，最快也要等明天山路开通了，才能赶来。"

张晓淳不信，亲自拨打110报案，知道确实如此后才勉强作罢。

田丰大见状，更加兴奋不已，他竟自挣脱开村民的押解，饶有兴趣地走向流血的大钟。

他一边走，还一边自吹自擂："但凡我田丰大接手的案子，从来都是24小时内破案。"

有较真的村民好奇追问："如果破不了呢？"

田丰大回首，脸上露出迷之自信的微笑："逾时赔付！"这破案追凶在他嘴里就仿佛是送外卖一样简单。

说话间，田丰大已经来到大钟前，他敲了敲大钟，问众村民："死者在里面？"

"是村主任！被断头鬼咬下了头颅。"

一听是村主任，名侦探打了个响指："完美，一分钟破案！"

众村民闻言面面相觑，黄三叔凑上前拉扯名侦探的衣角："别乱说话，这是恶鬼作祟！"

陈大爷也在旁边附和："是啊，之前就有恶鬼咬断活人头颅的传说，你们都半信半疑，这下总该相信了吧！"

王奶奶突发奇思妙想："咱们是不是应该请法师来作法？"

田丰大赶紧制止道："世上根本就没有恶鬼！之前流传的断头鬼，其实是人假扮的！"

"人假扮？谁假扮的？"

"就是村主任！"

"什么！你说村主任假扮断头鬼，故意破坏自己村子的名声？他这么做，是为什么？"

田丰大哼了一声，当众揭露出昨晚非法获取的真相。

众村民闻言，无不惊愕万分。

"村主任竟然私下和西东集团勾结，通过扮鬼吓人，压低大家的拆迁补偿金，好从中获取好处！"

王东振听到此处,也很惊讶,私下里问大B:"有这种事?"

大B结结巴巴道:"我,我,我不清楚,可能是老王总搞的吧!"

"唉,又是我爸!"王东振正叹息时,田丰大突然抬起右手食指。

对名侦探来说,他一旦伸出右手食指,那自然就是要指认凶手的节奏,即便如田丰大之流亦不能免俗。

果然,就听田丰大大声道:"如果村主任被害,那么凶手只可能是他!"说话间,名侦探的右手食指如同正义之剑一般,锋芒毕露地指向西东集团的少东家王东振。

"哼?我是凶手?动机呢?"

"分赃不均!"

"开什么玩笑,我堂堂一个集团的少东家,和一个山村穷村主任分赃不均?"

"不仅如此,你们西东集团之前拿下银都花园的项目,也是通过闹鬼来恶意压低价格。张主任知道后,以此勒索,结果反被你杀人灭口!"

"银都花园也闹鬼?张晶磊借此勒索?之前还收受我们集团的好处费?这一切都是你的一面之词,小心我告你诽谤!"王东振气急败坏道。

"哼哼,别以为我不知情,你们西东集团虽然答应给张主任丰厚的好处费,但同样需要他提供等额发票,不然你们集团财务没法平账!"

田丰大此言一出,顿时在人群中引起轩然大波。

"啊对!我有一次吃饭,确实看到村主任偷偷到前台开发票,而发票的抬头好像就是西东集团。"

"村主任总是问我要打车票,我问他干啥,他却从来不说,原来是这么回事!"

村民们你一言我一语,渐渐把矛头指向了王东振,此时的王东振俨然已经成了杀害村主任的凶手!

就在村民群情激奋的时候,张晓淳突然开口说话了。

"你说村主任和西东集团勾结,有没有切实证据?"

"我就知道你会跟我谈证据,哼哼哈哈,如果没有切实的证据,我堂堂排名第一的名侦探,怎么可能在大家面前揭露真相!"

说罢,田丰大环视四周,接着往下说。

"张晶磊临死前曾将所攒的发票一并交给了西东集团的碰头人,那发票就是证明勾结的最好证据。如果我没有猜错,那些发票现在应该就在他们三人当中的某个人身上！"

说话间，田丰大大步上前，直接去搜王东振的身。可搜了半天，一张发票也没有。

名侦探并不气馁，转而去搜陶睿的身，依然没有。

名侦探幡然醒悟，指着大B，狞笑道："小样儿，原来藏你这儿了，快拿出来吧！"

大B一脸茫然，田丰大"哼"了一声，上前从衣服翻到裤子，还是一无所获。

田丰大抓着脑袋，左右回顾，口中喃喃道："奇了怪了，那么多发票能藏哪儿呢？"

趁田丰大走神的时候，大B探过头悄悄问陶睿："老王总应该是安排樊强去取的发票吧？"

陶睿做了个噤声的手势："嘘！别被他听到！"

正当这两个马仔暗自嘀咕时，名侦探田丰大突然发出了一声欢快的惊呼。

"原来是给埋在这里了！"

9. 铜钟密室

所有从事律师职业的人，职业原则通常只有一个，那就是通过法律手段将犯罪分子绳之以法。而张晓淳与众不同，她的职业原则有两个，她不仅要将犯罪分子绳之以法，还发誓要把社会上所有的私家侦探赶出地球。

张晓淳之所以对侦探这个行业看不顺眼，完全是因为许多年前，她的闺密曾因为私家侦探的非法调查而被暴露隐私，最后跳楼自杀。虽然自杀的闺密只是张晓淳闺密团中最"塑料"的一个，但那个私家侦探道貌岸然的丑恶嘴脸，却深深地烙印在了张晓淳的脑海里。

也就从那一刻起，张晓淳单方面宣布和所有侦探结下了梁子。

将犯罪消灭殆尽，把侦探赶出地球，也成了淳大律师毕生为之奋斗的事业目标。

然而，张晓淳做梦也没想到的是，她生平最讨厌的两个职业，强拆流氓和私家侦探居然会同时出现在自己面前。如同便利店买二送一的促销活动，搭配着他俩一同降临的还有一起惨绝人寰的凶杀案！

也正是因为凶杀案的发生，让张晓淳心生反感的侦探，突然朝同样被张晓淳讨厌的流氓，发起了猛烈的口头攻击。

"证据肯定被埋在这里了。"田丰大指着大钟后面的一块地，得意扬扬地高声大喊。

哼哼，这个言谈举止无时无刻不透着愚蠢的田丰大，他怎么可能会是名侦探呢？难不成是笨出名的吗？算了，还是不要纠结这个人的生理缺陷了。

张晓淳心里这样嘀咕着，顺着田丰大手指的方向望去。

只见田丰大手指的地方，虽然被雪覆盖，但还是能清楚地看出土色较之周围要更深一些。

"你们看出来了吗？这块土地被人翻新过！"说到这里，田丰大特意抬头看了眼王东振三人，幽幽道，"换句话说，昨天晚上，张晶磊死后，有人把他尸体旁边的土地挖过，后来又重新掩埋。哼哼，既然尸体是藏在钟里的，那么又是什么被凶手埋在了土下呢？会不会是那些能证明死者和西东集团相互勾结的发票呢？"

此言一出，围观的村民皆恍然大悟，连张晓淳也对名侦探刮目相看。

"难道这个田丰大表面上蠢，实则大智若愚？"

此刻，张晓淳心里是这样猜测的。

但半个小时之后，田丰大就用自己的实际行动证明张晓淳想多了。因为那块翻新的土地硬是被田丰大刨出了半人深的土坑，却什么都没有发现。

田丰大从坑里爬出来，拍拍手，惋惜道："看来这块土地翻新确实只是个巧合，至于那些发票证据很可能已经被他们一把火给烧了。"

名侦探给自己找完台阶之后，马上又重整旗鼓。

"不过没关系，就算证据已经被销毁，但身为名侦探的我一样可以从杀人诡计上找出漏洞，进行破案！"

闻听此言，张晓淳恨不得把白眼翻上天际。她很好奇，这个人到底是如何把与生俱来的自信和得天独厚的愚蠢完美地兼容在一起，并且还能如此快乐地生活至今的呢？

这时，田丰大绕着那口大钟走了一圈，时不时拍打钟身。

"在你们普通人眼中，这只是一起大钟藏尸案。但如果用我们侦探专业术语进行解读，凶手其实是运用了犯罪史上难度系数高达五颗星的——密室杀人诡计！"

"什么叫难度系数？"

"难道你们不应该问什么叫密室杀人吗？"

村民们茫然的表情和名侦探的扬扬自得相映成趣，而张晓淳却对此不屑一顾。

"算了，我还是跟你们解释什么是密室杀人吧！所谓密室杀人诡计，指的就是死者被杀死在一个密封的空间里，凶手既进不去又出不来的不可能犯罪！"

"这不就是恶鬼杀人嘛！"有村民不以为然道。

名侦探摆摆手，缓缓道："我田丰大曾经写过一个'密室杀人讲义'，将世上所有的密室杀人诡计总结归纳为一类，那就是障眼法！"

田丰大说着，一边开始绕着钟走，一边扯下贴在钟上的符咒。

"喂！你扯钟上的符咒干什么？"

田丰大微微一笑："我扯下这些符咒，是为了让大家看清凶手密室诡计的真相。"他顿了一下，接着道，"其实真正的密室根本就不存在，大多都是内藏暗门，比如门牙猫咪咪写过一篇推理小说，叫《最后的瞬移魔法》，里面看似密室的石屋却藏着暗门！所以，哼哼，我可以很负责任地告诉你们，钟上贴的这些符咒都是用来迷惑你们的，它们的真正作用就是为了遮盖大钟上的暗门！"

当田丰大扯下钟面上最后一张符咒时，整个人都愣住了，但他仍不死心，又用手围着铜钟敲打了一圈。

"不会吧？真的是完整一体的，没有暗门啊！"

田丰大一边在心里嘀咕，一边在众村民的怒视下，把扯下的符咒又乖乖地贴回钟身。

"好吧！刚才纯粹是一个小失误。"名侦探贴完符咒，对拍双手，脸上又恢复了之前的自信，"不过，凶手你也不要得意，因为这一次我是真的窥探出了你密室诡计的手法！"

张晓淳不耐烦地催问道："赶紧说，凶手是怎么把死者杀死后置于大钟里，然后又抽身离开的？"

田丰大做了个噤声的手势，他闭上眼睛，脸上浮现出惬意的神态。

"不要着急嘛，请大家先闭上眼睛，随我一起享受一下正义即将得到伸张的美妙时刻吧！"

然而大家都睁大眼睛像看傻子一样看着自我陶醉的名侦探。大约过了三四秒，田丰大忽然睁开双眼，他漆黑的眸子里闪烁着锐利的光芒，仿佛真的窥探到了案件的真相。他慷慨激昂道："如我密室讲义所说，世上所有的密室杀人诡计归根结底就是三个字，障眼法！"

田丰大一边说，一边再次走到铜钟面前。

"看似密室，其实另藏暗门；看似重若千斤，其实轻如……"

说话间，田丰大猛地蹲下，抓着钟沿儿往上抬。

"咦？呀？"

田丰大抬不动，忙又站起身来，用身子去推钟身。

"哼！哈！"

可惜的是，铜钟始终纹丝不动。

"欸？真的有五六百斤啊！还没有暗门！妈呀！这是怎么做到密室杀人的啊！"

名侦探的后知后觉，让在场的所有人都大跌眼镜。

张晓淳虽然看侦探不顺眼，但是命案面前，抓住凶手才是当务之急。身为律师的她在没有证据的前提下确实没法行动，眼下能做的似乎只有利用侦探来投石问路了。

眼看名侦探在自身愚蠢的指引下，离真相越来越远，女律师终于坐不住了。

"对了，刚才在丑大爷家门前，是谁提到什么起重机来着？"张晓淳假装思索，幽幽道。

众村民闻言，顿时醒悟过来，一起把目光投向王东振。而名侦探田丰大更是气得哇哇大叫："有起重机这种场外信息为什么要瞒着侦探呀！信息不对称，就是福尔摩斯来了，也破不了案！"

显然，没有人在意名侦探的狂吠，大家背负着村主任遇害和拆迁补偿款遭讹诈的双重仇恨，一起朝王东振围将过去！

"欸？老乡们，大家别误会！现在大雪封路，起重机根本就没开进村！"王东振高呼道。

名侦探踏前一步，落井下石道："你说没开进村就没开进村？拿出证据来！"

王东振当着众人的面，连忙拨打李鑫的手机号。

"不信可以问他，他就是我安排去开起重机的司机。"

王东振为了自证清白，还特意摁了手机免提键。

结果，短暂的接听音后，手机就被挂断了！

王东振一愣，重新拨打，依旧被挂断。

王东振勉强笑了笑，对众村民道："看，大雪封了山路，这小子的起重机开不进村，他怕挨我骂，都不敢接我电话了！"

结果王东振话音刚落，远处突然传来轰隆隆的马达声。伴随着马达声一起传来的，还有李鑫的放声高呼。

"老大，别打电话催啦，我为了把这辆起重机开进卧龙村，硬是绕了两个山头！你就说，我优不优秀？"

10. 擒贼先擒王

当李鑫从起重机里探出头来问自己"优不优秀"时，王东振脸上闪过一丝绝望，他二话不说抬腿就往山下跑。大 B 和陶睿一愣，随即会意，也跟着老大奔跑起来。

村民们见状，虽然不明白王东振为什么要跑，但他们知道必须要去追。于是，在王东振三人抬腿往山下跑的下一刻，众村民们呼啸着穷追不舍。

大 B 边跑边对王东振道："老大，咱们这样跑，很难脱身，不如分头跑，分散他们的注意力！"

不待王东振回答，陶睿抢先应声："好主意！老大，让我和大 B 替你引开追兵！"

说罢，两人不等王东振口头批复，就擅自分左右向两边跑开了。

就在王东振边跑边思索他俩的计划靠不靠谱时，后面村民中有人高呼："擒贼先擒王，抓那个穿西服的！"

王东振气急败坏，准备喊大 B 和陶睿回来护驾，结果他俩早就没了踪影，无奈之下，只得闷着头狂奔。

王东振顺着下坡跑啊跑，竟然跑到一处悬崖边上。少东家赶紧驻足，他深知自己不论看不看悬崖高度都不敢往下跳，于是索性转回身子，准备另择出路。可是，就在王东振转回身子的一刹那，一个村童缓缓朝他走来。村童一边走，还一边亮出手中的弹弓朝王东振瞄准。

"小朋友，你要干什么？别，别闹！"王东振一边后退，一边下意识用手挡脸。

"嗖"的一声，村童用弹弓射出一枚小石子，打在王东振的额头上。

"哎哟！这谁家熊孩子？再这么胡闹，别怪我不客气了……"

观察站

王东振话音未落,村童又从地上捡起一块板砖掷向他。

王东振闪身躲开,他撸起袖子,大步上前,来到村童面前晃了晃自己的拳头。

"死孩子,找事是吧!看到叔叔这砂锅大小的拳头没,小心我打哭你哦!"

村童"哇"的一声被吓哭了,一边哭一边转身往回跑。就在村童跑去的方向,过来一个披着风衣梳着大背头的村大爷。

那村大爷安抚了一下村童,随即气势汹汹地朝王东振大步走来。

王东振识出那村大爷的身份,不是别人,正是有着"村西许文强"美誉的黄三叔。

紧随其后的"村北小龙女"王奶奶穿着一身白绫飘然而至,此外,村里各方"神圣"也都纷至沓来。

王东振见村民们的装束,惊呼道:"你们村有毒啊!"

此刻,黄三叔已然站在了王东振的面前,伸出戴着皮手套的右手。

黄三叔摘下自己的皮手套后,王东振清清楚楚地看到那右手尾指套着指套,款式和《上海滩》里许文强戴的一模一样。

黄三叔笑道:"你当我'村西许文强'的雅号是浪得虚名吗?"

王东振连连后退,一直退到悬崖边上。无路可退的他颤抖着手,指着众村民道:"你们这些大爷大妈,仗着自己老胳膊老腿,只要我稍微碰你们一下,立刻就躺到地上碰瓷讹钱,对不对!"

黄三叔把手指关节捏得咯咯作响:"杀我们村主任,又恶意压低我们的拆迁款,你觉得你能轻易离开卧龙村吗?"

"干什么?要打架是吗?你们这样是违法的!哼,反正我才不会先出手。你如果不怕挨揍,就先动我试试!"王东振叫嚣道。

黄三叔哼笑一声,丝毫不客气,上去就是一拳。

王东振捂着脸颊,身子晃了晃,然后缓缓伸出大拇指,道:"老头儿,挺有劲儿啊!你,你给我等着……"话音刚落,整个人便"扑通"一声栽倒在地,再也没有起来。

众村民将打晕的王东振架回卧龙村,张晓淳得知后,着急道:"大爷大妈,你们这是非法拘禁啊!"

黄三叔不解地指着一旁抱头蹲地的名侦探,道:"你昨晚还叫村民把他关进保安处呢!"

张晓淳跺脚道："他们两个不一样！这个田丰大溜门撬锁我是拍下证据的，随时准备扭送派出所；而这个人呢，你们是完全没有理由将他打晕抓回来的！"

黄三叔嘟着嘴道："咋地？刚抓回来就放人？那可不行，且不说他杀了村主任，单单就造谣说有恶鬼，耍花招压低我们拆迁款的事，就不能放他离开。"

王奶奶连连点头道："是！是！趁他现在落我们手里，必须逼他修改补偿协议，一旦把他放出村，可就再也没有机会了。"

身为律师的张晓淳听闻此言，急得差点昏厥过去。

"不论是杀害村主任还是恶意压低拆迁款，你们说的这些都只是推理、是猜测，根本不能作为呈堂证供。而你们将那个少东家打晕后拘禁在村里，却是实实在在的违法行为！到时候，人家一旦把你们告上法庭，有一个算一个，谁都跑不了。"

村民们你看看我，我看看你，一时都不说话。

黄三叔咬咬牙，道："你，你什么意思，难不成真要我们放了他？"

张晓淳沉吟了片刻，摆摆手道："你们打都打了，抓也抓了，已经构成违法犯罪事实了，即便现在放他走，也一样会被人家告上法庭。"

村民们惊骇不已，尤其是刚才强出头打人的黄三叔更是不知所措。

"难道我们不但要放他走，还要给他赔钱道歉？"

"不用赔钱道歉，也没必要放他走！"张晓淳坚定地说道。

这一下，村民们都被大律师给说糊涂了。

"可是，你刚才不还说打人和拘禁是违法犯罪吗？"

"我可以想办法让你们做的这些事合法化！"

村民们面面相觑，异口同声地问道："明明违法的事情，怎么能变得合法化啊？"

"找出王东振杀害村主任的证据，或者找出西东集团确实在使诈坑骗大家拆迁款的证据。只要有对方的犯罪证据在手，大家的所作所为就会被定性为见义勇为、抓捕凶手、反抗黑恶势力。到时再把那个人连同其犯罪证据一并移交给警察，所有的一切就顺理成章地变得合法合情合理了！"

众村民闻言恍然大悟，连连叫好，更有人不自觉地把寻找证据的期望放在了名侦探田丰大身上。

因为涉嫌非法入侵他人住宅而正在不远处抱头蹲地的田丰大，迎着大伙希冀的目光，缓缓起身。

他一边起身，一边傲娇地说道："放心吧！有我名侦探在此，任何蛛丝马迹都难逃……"

张晓淳不耐烦地呵斥田丰大："你给我蹲好了！"说罢，转头对众村民道，"时间紧迫，寻找证据恐怕是来不及了。为今之计，我只能去套他的话，从他的言谈举止中寻找漏洞和马脚，迫使他低头认罪。"

田丰大不屑一顾地冷笑："开什么玩笑，我名侦探都发现不了的证据，你一个小破律师靠聊天就能把凶手聊认罪？"

张晓淳回以冷笑："你既然知道我是律师，就应该明白我们做律师的最擅长的技能是什么。"

田丰大一脸茫然地问道："是什么？"

"在法庭现场，通过妙语连珠的辩论，让犯罪分子无法自圆其说，最终低头认罪！"

田丰大还不甘心，继续拆台道："哼，就算你有这样的本事，可是这里毕竟不是法庭，那个叫王东振的即便现场被你说服认罪，但事后等警察来了他完全可以不认账，甚至还可以反咬你一口，说是恐吓逼供！"

张晓淳微微一笑，从工作服的上衣口袋里掏出一支钢笔。

"这是最先进的取证设备，兼具摄像和录音功能，并且可以同步上传云端！"张晓淳说到这里，故意顿了一下，"所以，他对我说的每一句话，他看我的每一个神态，都会被当作呈堂证供记录下来！"

"OMG！你们这群当律师的太可怕了！"名侦探抓着自己的脑袋，从内心深处发出惊恐的叹息！

11. 儿时的承诺

此时此刻，王东振被捆着手脚关在陈大爷的小平房里，之所以选择这里，是因为村民们碍于他社团老大的身份，怕事后被报复，都不愿拘禁在自己家中。

起先，陈大爷是强烈反对的，但黄三叔一句话就把陈大爷怼回去了。

"这房子本来就是西东集团违章建的，把西东集团的少东家关在自己集团的违章建筑里，最合适不过了！"

王东振仰头看了看被自己扒掉的屋顶，寒夜星空，狂风呼啸。王东振又偏头看了看满屋的猫猫狗狗，一个个虎视眈眈，仿佛下一刻就要扑向自己。

王东振咽了口唾沫，挪动了下屁股，让自己紧贴着墙壁。

突然，门开了。夹杂着丝丝寒意，张晓淳从黑夜中走进屋里来。

"张大律师，我知道你一定会来！"王东振脸上现出欢喜的表情，又道，"我不但知道你会来，我还知道你肯定会说服那些村民放我走。"

张晓淳愣了一愣，好奇地问道："你怎么知道我会说服那些村民放你走？"

王东振朝张晓淳眨了眨眼睛，自信道："咱俩都是懂法的人，和他们不一样。说什么我是杀害村主任的凶手，根本没有证据，靠的都是猜测。就因为那些无稽之谈，将我一个守法公民打晕，拘禁起来，这种赤裸裸的违法行为，你张大律师肯定会制止他们的。"

"呃！"

"呃？你这呃，是什么意思？你没有制止他们吗？"

"我，我制止了。"

"那些村民不听？不应该啊！只要你把法律条款摆明，再跟他们权衡一下利弊，村民们肯定会乖乖听你大律师的话，立刻放我离开啊！"

张晓淳无言以对，只得重重地叹了口气。

"我明白了，肯定有人从中作梗！"

王东振一语中的，惊得张晓淳心虚不已。

当大律师以为自己阻拦村民放人的小心思就要被王东振识破时，突然看到当事人猛地拍了一下自己的脑袋，恨恨道："哎呀！疏忽了，我怎么忘了这个人！"

说罢，只见王东振豁然抬起头，用真诚的目光直视着张晓淳的眼睛，咬牙切齿道："一定是那个狗屁侦探从中阻拦对不对？他肯定劝村民们说，打都打了，抓也抓了，已经构成了违法犯罪事实，即便是现在放我离开，也一样会被告上法庭！"

听到这里，张晓淳长吁了口气，内心深处对背了黑锅的田丰大深表歉意。

只听王东振接着骂道："那个可恶的侦探，从头到尾一直在跟我作对！先是胡乱推理，在毫无证据的前提下，硬是诬陷我是凶手，现在又蛊惑怂恿村民继续将我拘禁！世上为什么会有侦探这种无耻下流的职业，真应该把他们统统赶出地球！"

张晓淳的眼睛里闪烁出奇异的光彩："你也看侦探不爽？"

"我不相信推理，我只相信法律！"

"你既然相信法律，而你又没有杀人，那么当起重机的事情暴露时，你为什么要跑？"

王东振叹了口气，脸上浮现出深深的悲伤。

"我虽然相信法律，但法律却从来没相信过我啊！"

"那你更应该坦白自己所知道的一切，只有这样，法律才能还你清白！"

取得敌人信任，走入敌人内心，找到敌人最柔弱的部位，然后给予致命一击，这是张晓淳进屋之前就已经盘算好的战略方针。

于是，张晓淳用殷切的目光注视着王东振，而王东振也以真诚的眼神回望。两人彼此打开了心灵的窗户，只是没想到中间还隔着一层纱窗。

"张大律师，我坦白，我真的什么都不知道！"

"张主任遇害的事也许和你无关，但是卧龙村闹鬼被压低补偿款的事，我希望你能交代清楚！"张晓淳避重就轻，诱敌深入。

"闹鬼的事，我也是一无所知。"少东家严防死守，坚壁清野。

"卧龙山度假村改造，银都花园开盘，但凡你们西东集团染指的项目，都会流传出各种闹鬼传言，你身为集团的少东家，敢说自己一无所知？"张晓淳按捺不住，言简意赅直切要点，于狭路中亮剑。

"我对天发誓，闹鬼的事我真不知情！之前我还纳闷呢，怎么每接一个项目都会传出各种流言蜚语，是不是我们集团命不好？"王东振闪烁其词，顾左右而言他，在夹缝中求生存。

"得了吧，别在这儿装了！"张晓淳撕破他的伪装，将一样东西丢到王东振面前。

王东振低头看去，映着橘红的灯光，目光所及之处竟是一副血腥狰狞的恶鬼面具。

"这是在村主任家里找到的，只要把面具拿给那些目睹过恶鬼的驴友看，立刻就能戳穿你们西东集团勾结村主任传播断头鬼传说的真相。"

"张大律师，这个面具只能作为村主任假扮恶鬼的证据，由此说我们和村主任勾结，是不是太过牵强了？"

"牵强？"张晓淳冷笑了两声，接着道，"王东振先生，这副恶鬼面具是由本市一家名为'化安达'的玩具工厂生产的，虽然事情已经过去两三年了，但我相信当年的购买者一定是你们西东集团的某个人。我会顺着面具的生产渠道、供货渠道、销售渠道层层追踪调查，直到查出那个人的身份为止。到那时，你还会认为我说的证据牵强吗？"

"等等，张大律师，你刚才说什么？"

"我说：到那时，你还会认为我说的证据牵强吗？"

"不，不，我指的是这一句的上一句的上一句！"

"你反射弧好长啊！"女律师追溯自己说过的话，盘算了半天，发现王东振问的好像是第一句，无奈道："我相信当年的购买者一定是你们西东集团的某个人？"

"这是后半句，我问前半句。"

"这副恶鬼面具是由本市的一家名为'化安达'的玩具工厂生产的？"

"呃，这个化安达玩具厂就是我们西东集团旗下的！"

"啊！你，你这是认罪了？"胜利来得这么轻而易举，让张晓淳始料不及。

"认什么罪？我说过我什么都不知道。"

对对对，通常在这种情况下，是该推出一个替罪羊了。张晓淳正寻思时，王东振还在继续往下说。

"如果我们西东集团真的和张主任暗中勾结，假扮鬼来造谣生事，那么一定是樊强搞的鬼，因为在这之前，樊强一直是化安达玩具厂的负责人。"

"哦！耶！这个王东振口风终于松了！"张晓淳心中窃喜，但她还不敢掉以轻心。

"王总，你刚才说什么？我没听清，可不可以再重复一遍？"张晓淳一边说着，一边把身子贴近王东振。她还特意挺了挺胸，尽可能让胸口别着的录音笔能够取证清晰。

"我说，如果我们西东集团真的和张主任暗中……"王东振的目光从张晓淳的脸庞慢慢移向脖颈，再移到起伏的胸口，然后他的鼻子就开始哗哗流血。

"往下说啊，怎么不说了？"

"不好意思，我突然有点头晕。"

王东振趁张晓淳不注意，赶紧仰头，让鼻血回流进鼻腔。一阵猛咳之后，王东振终于没有被自己的鼻血呛死，劫后余生的他偷窥了一眼紧靠自己而坐的张晓淳，突然有一种回到小时候的感觉。

"张律师，你，你很像我的小学同桌！"王东振羞涩地低下头。

"你说什么？"张晓淳愣了一下，她虽然不知道对方此话何意，却依然不敢有丝毫懈怠。指不准哪一句会再说出什么关键证据，只能继续贴着王东振而坐，尽可能保证胸前口袋里录音笔的收音效果。

王东振见张晓淳贴近，更加壮胆，开始在回忆的草原上肆意驰骋："张律师，你知道吗？小时候，我和我同桌也是这样偎依着坐在一起……"

"What（什么）？"

"我记得那时候，我俩聊得最多的话题，就是如何偷偷拆掉这间屋子。"

"纳尼（什么）？原来你小时候就有强拆倾向，也难怪今天会变成这样。"

"其实我也不想的，毕竟这是我小时候生活的家，但是八岁那年，我答应过我同桌，我告诉她，有一天我长大成人了，一定会把这房子给拆掉！"

"答应你同桌？把房子拆掉？你大费周章搞这一切只是因为八岁时的一句童言？仅仅是为了实现儿时对你同桌的承诺？呵呵，行，可以，OK，Perfect（好，完美），佩服！"

"也不仅仅是为了实现儿时对我同桌的承诺，还为了卧龙村小学的学生们！"

"什么？"

"当年我爸盖起这间平房时，我的同学们就跟我抱怨，说教室里唯一一点阳光也被挡住了。所以从那天起，我和我同桌便开始偷偷策划着拆房，就为了把阳光还给在302教室上课的学生们！"

"等等，你强拆这间平房，只是为了还给学校一尺阳光？"

"唉，这些年来，外面的世界发生了翻天覆地的变化，可是卧龙村却一点都没变。从我进集团准备接替我老爸的位子开始，我就梦想着要重新打造卧龙村。所有的村房都拆掉重建，盖成别墅做民宿，原来的小学也要扩建。至于这个违章建筑嘛，一定要拆掉，不能再让它遮挡孩子们的阳光了。"

"你，你是好人？"本来曾计划取得嫌疑人信任的女律师在这一瞬间，反倒被对方取得了信任！

"不，我不信，如果你真是好人，又何必与村主任勾结，假扮恶鬼害人，蓄意压低拆迁款呢？"

"张律师，我童年也是在卧龙村生活过的，虽然只有两三年，但却是我儿时最珍贵的回忆。我爱这个村子，我希望它变得更美好，我怎么可能忍心败坏村子的声誉呢？"说到这里，王东振顿了顿，义正词严道，"不过你放心，制造恶鬼害人谣言这件事，我一定会在公司里严查的。"

"哼哼，扮鬼的张晶磊已经遇害，恶鬼谣言现在是死无对证，你在这里跟我说严查，分明就是此地无银三百两。"

"扮演恶鬼的张晶磊虽然遇害了，可是人还在啊！找到他，不就真相大白了吗？"

"人？什么人还在？"

"大家都在谣传恶鬼害人，谣言里有扮演恶鬼的，肯定还有扮演受害人的呀！"

王东振的一句话顿时提醒了张晓淳。

"对啊！我怎么忽略了这一点！那些驴友们号称看到恶鬼将活人头颅咬断，既然张晶磊在扮演恶鬼，那么应该还有个人在配合张晶磊扮演被断头的活人！这个人会是谁呢？他隐藏在暗处始终不显山不露水，难不成和张主任的遇害有关？"

一念至此，不及多想，张晓淳猛地站起身来朝屋外跑去。

王东振愣了愣，被五花大绑的他只能对着倩影呐喊。

"张律师，你去哪儿啊？"

"去找那个假扮人的人！"

"咱俩再聊聊呀，我觉得你应该先听听我心目中的怀疑人选，再采取行动。比如说李鑫，别看他胖，可有表演欲望了，以前经常拉着我拍短视频……"

"不聊，没兴趣！"

说这句话时，张晓淳整个人已经消失在了夜幕里。

12. 女律师的推理

张晓淳依稀记得村民们对恶鬼咬断活人头颅谣言的描述，尤其是那三个受害者，分别是小孩、成年男子和成年长发女子。

为此，张晓淳又去找王奶奶询问。王奶奶笃定地告诉她，被恶鬼咬断头颅的那三个受害人，肯定是之前爬山失踪的一家三口。

这到底是怎么回事呢？是失踪的一家三口在配合村主任导演了恶鬼害人的谣言，还是说有人在扮演那些失踪者和村主任搭戏？

揣着这些疑问，张晓淳用手机上网搜索关于卧龙山失踪事件的资讯。果然，一张关于一家三口的寻人启事出现在女律师的眼前。

点开照片，放大观看。只见寻人启事里，男主人大约三十五六岁，中等身材，身高一米七五左右；女主人则是一头长发，一米六的个头；而那个小孩，看上去也就十岁左右的年纪，身高大约有一米五。

当张晓淳看到照片里的一家三口时，她脑海里突然闪出一个奇怪的疑问。如果是一个人同时扮演男人、女人、小孩三个受害者，那么，他们三人身材各异，扮演者是如何实现的呢？

但是有一点可以肯定，扮演者应该不是王东振身边的马仔。之前在强拆现场，张晓淳曾见过那些社会小哥，一个个高大威猛浑身肌肉。以他们高大的身形，假扮男人还勉强可以，要说假扮小孩和女人则万万行不通。既然以大身材扮小身材行不通，那么凭小身材扮大身材可不可以呢？

想到这里，身为女律师的张晓淳，开始细细回味之前村民们对恶鬼害人谣言的描述。

先是年初，有驴友在黑夜里看到恶鬼张牙舞爪地追一个小孩，随后将那小孩扑倒在地，直接把头颅咬了下来。

假设扮演者身材和小孩差不多，那么他大约在一米五左右。

其次是年中，又有第二批驴友看到恶鬼抓着一具无头男尸在大口咀嚼。

如果假扮者要扮演无头男尸，他会如何扮演呢？最普通的方法就是在扮演者的肩膀上安装一个架子，将衣服撑起来，扮演者藏在衣服里面，头顶安装一个假脑袋。寻人启事上，失踪的男主人身高大约在一米七五左右，按照头颅是身高七分之一的比例计算，扮演者安装的假头颅长度大约是二十五厘米。换句话说，去掉假头颅，扮演者实际身高应该只是一米五。

一米五？又是一米五！难道和张晶磊搭档扮演受害人的那个人身高只有一米五。如果真是这样，正好能解释第三批驴友们的所见所闻。他们只见到恶鬼拎着长发女人的头颅在山路上游荡，因为女主人身高是一米六，对于一米五的扮演者如何也没法假扮，所以干脆只是假头出场。

这样看来，扮演者应该不是王东振身边的小弟。原因很简单，社团组织虽然不是什么正经职业，但是他们的招聘标准还是很严格的，身高至少要一米八以上，具有强健的体魄。单凭这一点，一米五的身高就不可能加入社团。

既然假扮者不是西东集团的人，那会是哪里的人呢？

一瞬间，张晓淳忽然想到了卧龙村的大爷大妈们。要是拿一米五左右的身高卡他们，那村子里符合条件的可大有人在！再者说了，如果是外人频繁进村和张晶磊搭档扮演恶鬼害人，村民们早就有所察觉了。所以，唯有村里人才不会惹人注意！

想到这一点，身为大律师的张晓淳不由得打起了冷战，她做梦也没想到，那个躲在暗处不为人知的扮演者就隐藏在善良的村民中间。更可怕的是，那个人很可能是杀死张晶磊的凶手！

然而现在对张晓淳来说，首要的任务不是查明扮演者的身份，而是破解凶手将张晶磊杀死后置于五六百斤铜钟里面所运用的诡计。

张晓淳只身来到案发现场的那个山坡。巨大的铜钟依然静静地坐在那里，而手捧自己头颅的尸体也还在钟内。所有这一切，一如白天发现尸体时那样。

据村民们说，这口铜钟是坐在入山口处的，那么它是如何被移动到这山坡上的呢？

张晓淳绕铜钟一圈，其间，她用手用力推了推钟身，依旧纹丝不动。

这么沉的铜钟，凭一人之力抬起来，根本不现实。若说是利用起重机吊动，可是山坡周围又没有车辙印迹。难道利用山坡坡度，推铜钟下行？之前那个笨侦探曾经尝试过，并没有推动，况且这一路下来并不见推钟留下的痕迹。

不是抬，不是吊，也不是推，那么凶手是通过什么方式把一口五六百斤的铜钟凭一己之力移动到这里来的呢？

张晓淳满腹狐疑，她沿着山坡往原先座钟的入山口走去。她一边走，一边低头观察脚下，希望发现蛛丝马迹。

然而，当张晓淳走到入山口原先座钟的位置时，她终于发现了一处不起眼的细节。

由于常年安放铜钟，地上已经留下一圈深深的印迹。同样，也因为那一圈土地之前终年被铜钟罩着，所以土色自然比周围的土色要更深一些。

这所有的一切都很合理，但是只有一处细节不合理。

哪一处细节不合理？

土质！

不错，是土质！卧龙山的土质是山地草原性土壤，也就是说土质表面是细腻湿润的细土壤，深层则是颗粒状的土块。

白天发现尸体时，山坡铺着一层雪，很难被注意到。可是现在雪融化后，露出土面，这处细节自然也就暴露无遗了。

张晓淳蹲下身子，抓起一把土壤，捏在手中，是颗粒状的土块。

明明在山地深层的土质却出现在了山地表面，这只能说明一个问题，原本坐钟的这块土地被人翻新过。

张晓淳忽然想起，在案发现场的山坡上，临近铜钟的土地也同样被挖坑掩埋过。

坑！雪！雪！坑！

张晓淳瞬间看穿了凶手将死者置于铜钟里的"不可能犯罪"诡计！

所以，答案一定是这样：

那天夜里下着雪，凶手通过泼水成冰的方式，将铜钟从原先的入山口缓缓地往下推到斜坡下。因为铜钟是在冰上滑动，即便是五六百斤，一个人也可以推行。而之后又断断续续地下雪，新落的雪在原先的冰上附着，冰融化也好，被雪掩埋也罢，反正这一路推钟并没有留下什么明显的痕迹。

钟的移动诡计破解了，那么凶手是如何把死者的尸体置于铜钟内的呢？

坑！挖坑是实施诡计的关键因素。

凶手在移动铜钟的途中，事先挖好了一个半人范围大小的浅坑。凶手把铜钟推到坑的上方，但并不是将坑全部罩在钟内，而是留了一半空间在外面。完成这些准备工作，凶手抱着尸体入坑，从坑里钻进铜钟内部，给尸体摆好造型，再回到坑里，爬出钟外，把铜钟推离浅坑，最后将坑掩埋。如此这般，就可以把死者的尸体完美地置于五六百斤的铜钟之内，造成看似不可能实现的密室犯罪假象！

识破了凶手的诡计，张晓淳长吁了一口气，但很快她又意识到了新的问题。

山坡案发现场的土地翻新，是为了实现将尸体置于铜钟之内的诡计。那么，原先座钟的入山口，那里的土地翻新又是为了什么？

在这一瞬间，张晓淳忽然想起了一件事。她记得村民们曾经提起过，最早铜钟原本是放在村口的，后来是张主任执意要把大钟移到入山口这里。

如今在原本罩钟的土地上，又发现了土地被翻新过的痕迹。

难不成曾经有人在这里挖坑，将某样东西掩埋其中？而这被掩埋的东西，也许才是张晶磊被杀的根源！

想到这里，张晓淳二话不说，忙蹲下身子准备挖出埋在土里的东西。可是当她伸出手指的一刹那，忽然停住了，因为她看到了自己精致的美甲。

13. 凶手就是他！

"大律师，现在是不是意味着咱俩已经和好，是一伙的了？"

"你赶紧挖，哪那么多废话？"张晓淳一边催促着田丰大挖坑，一边用手机照明。

"啊！你怎么对我还是这么凶啊！"田丰大说到这里，擦了擦额头上的汗水，"你这大晚上的把我放出来挖坑，又不告诉我挖坑干什么，你这样让我很不安啊！"

"放心，不活埋你！"

"哎呀，女人的嘴，骗人的鬼，何况你还是律师，根本不能信啊！"名侦探越说越忧心，终于自己把自己给说怕了，最后撂挑子道，"不挖了！不挖了！说什么都不挖了。"

"乖，别耍小性子。"

"除非你告诉我挖什么！"

张晓淳叹了口气："真相！"

"什么？"

"身为侦探，你难道不想知道张晶磊的死因吗？"

"当然想！"田丰大恍然大悟，"所以，真相就埋在这下面？"

然而，可怜的名侦探在女律师的哄骗下又挖了一个小时，却什么也没有挖到。

"女人的嘴，骗人的鬼啊！"田丰大瘫在土坑边上，对着张晓淳幽怨地碎碎念。

张晓淳却毫不在意，直接跳入坑中。

田丰大见张晓淳入坑，惊慌不已，捂着自己的胸口道："坑就这么大，你，你也跳进来干吗？这大半夜的，咱俩共处一坑……"

"起开！"张晓淳把田丰大推到一边，然后在坑里细细地查看。

田丰大见自己被推开，心中的不安暂时消散，但隐隐间又有些小失落。

田丰大叹了口气，对张晓淳使小脾气，道："坑里毛都没有，你在这儿瞎看什么？"

张晓淳却不理他，只顾仔细地扒拉土壤。很快，她手里捏着一样东西，惊喜道："找到了，就是它！"

田丰大好奇，凑过去查看，只见张晓淳手里捏着一个蛹一样的东西。

"蝉蛹啊！这有什么好大惊小怪的？"田丰大随手从旁边的土壤里，也捡出一个，接着道，"这东西蛋白质可高了，在我们老家都是直接炸着吃的。"

说罢，田丰大还把手中的蛹放进嘴里咀嚼。

"别吃！"

"不干不净，吃了没病，你们女人啊，成天就是瞎讲究。"

"你吃的不是蝉蛹，是蝇蛹！"

"啥？"

"就是苍蝇产的卵！"

田丰大一愣，开始作呕起来。

"通常苍蝇闻到尸体的腐臭就会聚拢过来产卵。如今，在土壤深处发现蝇蛹，说明这里曾埋藏过尸体。"

一听这话，田丰大吐得更厉害了，他一边呕吐，一边不忘本职工作。

"那，坑里的尸体呢？"

"应该被杀人者转移了吧！"

"大律师，这到底是怎么一回事？"

"一年多前，凶手曾经将尸体埋在这里，而他埋尸的过程恰巧被张主任看到了。"

"然后呢？"

"张主任灵机一动，将原本打算安置在村口的警钟，改移到这里。埋尸地点罩着铜钟，这是村主任在暗示凶手，他掌握着对方的杀人证据。同时，凶手明知道自己的把柄被村主任掌握，却没法销毁。"

田丰大愕然不已，追问道："张主任这么做，是要勒索凶手吗？"

"不，是想要挟他。"

"要挟？要挟凶手做什么？"田丰大一边问，一边拿出本子和笔做记录。

"村主任想要挟凶手配合他演一场恶鬼害人的假戏！"

"哦哦，收了西东集团的好处，通过制造恶鬼事件来故意压低村民的补偿款，对不对？"田丰大埋头在本子上"沙沙"地记录着。

张晓淳探过头来，问："你在记什么？"

"结案陈词啊！你难道不知道吗？每当案件接近尾声时，侦探在指认凶手之前都要先背一段揭开真相的结案陈词！"

"你听着，在我这里，根本就不会给侦探留下讲话的机会，你也别妄想背什么结案陈词了。还有这里，什么西东集团勾结，你有证据吗？就在这里瞎写，赶紧画掉！"

"哦。"田丰大不情愿地涂改，又问道，"张大律师，我还有个疑问，既然村主任把铜钟罩在凶手的埋尸地点上，那为什么咱们现在挖出来的只有蝇蛹，却不见尸体呢？"

"因为凶手想到了移开铜钟的方法。"

"什么方法？"

"泼水结冰，利用冰滑推移铜钟，然后挖出尸体藏于他处。"

"既然凶手已经把尸体悄悄藏于他处，那他为什么还要配合村主任演出恶鬼害人的假象？"

　　"我想，张晶磊当初对凶手应该是威逼利诱。如果他不照办，杀人的事情难免会被村主任捅出去；他如果照办，反而还会得到利益上的好处！"

　　田丰大若有所思地点头："这么说来，张晶磊真正遇害的原因和西东集团并无关系，而是凶手为了掩盖之前的命案，万不得已之下才杀人灭口！"

　　张晓淳叹了口气，不置可否。

　　随着笔记本上结案陈词的收尾，田丰大忽然意识到一个非常严峻的问题，凶手是谁，他还不知道呢！

　　面对名侦探的最后求教，张晓淳瞪大眼睛望着田丰大。

　　"天呐，案子都分析到这份上了，你还猜不出凶手是谁？"

　　"呃，哦。"

　　"我问你，制造恶鬼谣言，压低拆迁款，对谁的伤害最大？"

　　"有房子的村民啊！"

　　"没有人会做伤害自己利益的事！"

　　"那肯定啊！"

　　"既然如此，凶手在转移尸体的情况下，还肯配合村主任扮鬼，说明什么？"

　　"说明，说明凶手，没有房？"

　　"那么，村子里，谁没有房？"

　　"陈，陈，陈大爷！"

14. 你大爷永远是你大爷！

　　王东振望着张晓淳推门离开的身影，眼神里充满了恋恋不舍，他几次发声意图叫住对方。少东家之所以如此不舍，之所以想唤她回来，不仅仅是因为女律师勾起了他儿时的回忆，更主要是她走的时候没有关门。

　　呼呼的夜风顺着门口灌涌进来，和被掀开的屋顶形成强烈的对流，而西东集团的少东家此时正在寒风中瑟瑟发抖。

　　渐渐地，王东振的意识开始迷离，在一片恍惚中，他似乎看到他的小学同桌正一步步朝自己走来。

　　王东振一个激灵，猛地睁开眼睛，只见身前不远处果真走来一个穿童装扎双马尾的女同学。

"同桌？真的是你吗？"王东振怕自己陷入梦中，下意识用头去撞墙壁。

"啊！疼！是真的！"王东振做梦也没想到，那些逝去的童年回忆终有一日会照进现实中来。

"同桌，这些年来，你一点都没变啊！尤其是，咦，你怎么没长个儿？"王东振惊愕的同时，脸上突然现出了愤懑，于是说道，"是不是因为这个平房遮住了阳光，耽误了你的发育？可恶！八岁那年我就该拆掉它，不然你也就不会不长个儿了！"

"拆！拆！拆！你就知道拆！你拆了房子，让这些猫猫狗狗怎么过冬？"女同学突然开口说话了。

她不但开口，还摘下了戴在头上的假发。

"你，你，你不是我同桌？你是大爷！"

"哼，哼，你同桌已经不是你同桌了，但你大爷永远是你大爷！"

说这句话时，来者已经站在了王东振面前，他不是别人，正是陈大爷。

"大爷，你穿得这么变态干什么？你，你，你手里拿的什么？"王东振看到陈大爷手中的菜刀，突然感到危险将至。

"我要杀了你！杀了你，这间平房就不用被强拆了，房子里的猫猫狗狗也不会冻死野外了。"

"啊！大爷，你杀人的动机好随意啊！这些猫猫狗狗我会安置好的……"王东振话还没说完，寒光劈面而下。他下意识左闪，侥幸避开了陈大爷这一砍。

被五花大绑的王东振连连倒退，一直退到墙角，而陈大爷则步步逼近，手中的菜刀不停挥舞。

"手拿菜刀砍电线，一路火花带闪电。高楼大厦平地起，靠谁不如靠自己。软中华、硬玉溪，头发越短越牛逼。牵着狼，放着羊，唱着山歌耍流氓！"

突然之间，王东振想起了他爸教给他的这首切口诗。他记得小时候，他爸曾对他说过，遇到危险，就念这四句切口诗，如果念对了，敌人会当你是自己人，放你一条生路。王东振那会儿还小，仰着头问老爸，如果念错了怎么办？他爸又拿出一本《江湖社团切口诗大全》递给他，叹息着说，顺着往下念，总有一首能蒙对。

如今，那本《江湖社团切口诗大全》王东振并没有带在身上，而那些切口诗里，他也只记得这一首。当他想起这首诗时，他决定念出来碰碰运气。

但很不幸，陈大爷并没有买他的账。伴着王东振朗朗上口的韵律，陈大爷挥舞着菜刀再次砍来。

然而，虽然陈大爷没有买账，却有人买账。就在陈大爷菜刀劈下的一刹那，一块板砖疾飞而来，直接呼在陈大爷的后脑勺上。

正所谓：武功再高，也怕菜刀；脾气再爆，一砖撂倒。就听陈大爷"啊"的一声，手中菜刀"咣当"落地，而他整个人也失去平衡摇晃欲倒。王东振趁势而起，用自己的身子猛地向陈大爷胸口撞去。陈大爷的身子顿时宛如狂风中的一叶扁舟，顺势飞了出去，硬生生撞在身后的一面墙壁上。

几乎同时，张晓淳和田丰大冲了进来。张晓淳快步上前，扶起王东振，开始解捆绑他的绳子。而田丰大则掏出笔记本，开始对瘫在墙边的陈大爷宣读结案陈词。

"世上根本就没有不可能犯罪，将村主任杀死并置于铜钟里的诡计，我名侦探田丰大早已看穿！而凶手就在我们其中，他就是……"

名侦探慷慨激昂的结案陈词突然被陈大爷打断。

"咳，咳，你以为你已经破案了吗？"趴在地上的陈大爷一边咳嗽，一边缓缓地说道。

田丰大一愣，上前一步，疑惑不解道："不然呢？"

"你太小瞧你大爷了！"陈大爷说这句话时，满是皱纹的脸上现出鬼魅的邪笑。

话音刚落，他身边墙壁的墙皮便开始纷纷脱落。

这平房是违章建筑，当初盖的时候就不达标，如今更是年久失修，那些墙壁早已摇摇欲坠，刚才适逢陈大爷身子那一撞，墙壁终于支撑不住。

"哇！哇！墙要塌了！"田丰大惊愕的同时忙回头呼唤正在给王东振松绑的张晓淳。

没想到田丰大惊愕声刚起，便听"咕咚"一声，一整面墙壁轰然坍塌，直接将趴在地上的陈大爷掩埋！

屋里的猫猫狗狗本来都饿得瘫软在地，谁知墙一倒却"呼啦"一下作鸟兽散。

王东振不计前嫌，对田丰大催促道："快救大爷啊！"

田丰大顿时醒悟，连滚带爬地来到断墙残壁之间，准备挖陈大爷出来。

挖坑本就是名侦探的长项，何况只是区区几块残砖破墙，然而当田丰大伸手去挖陈大爷时，他的手却停在了半空。

他非但不下去挖人，还倒爬着连连后退，大呼小叫道："尸骨！尸骨！你们快看！墙壁里嵌着尸骨！"

张晓淳和王东振顺着田丰大的叫喊声看去，只见那未塌掉的半面墙壁里，赫然露出三具白森森的人骨，两大一小。

"哼哼，想不到吧，你大爷永远是你大爷！"当陈大爷说这句话时，他整个人缓缓从断壁残垣间站起身来。

"前年失踪的一家三口，他们的尸体原来被你砌进墙里了！"张晓淳愕然道。

"什么一家三口？怎么又有场外信息瞒着侦探啊！这到底是怎么回事？"名侦探抓狂，一脸茫然地质问。

陈大爷悲愤道："那个熊孩子用夹藏钢珠的面包喂我的旺财，我找他父母评理，没想到家长更不讲理！"

王东振忍不住问道："所以，你就杀了他们一家三口？"

"你们为什么不在意他们害死了我的旺财！"

"可是，那毕竟……"

"好了，不要再纠结这些没必要的细节了！"田丰大上前一步，清了一下嗓子接着道，"杀死村主任，乃至一家三口的凶手就在我们当中，他就是……"

名侦探满怀激情的二次结案陈词刚开了个头，立刻又被无情地打断。

"你觉得你们有资格审判你大爷吗？"

陈大爷冷笑着，走到桌边的录音机前，摁下了录音机的播放键，于是录音机里传出了熟悉又陌生的音乐。

"这旋律好耳熟啊！"田丰大偏着头回看王东振。

王东振脸上却现出了惊愕的表情，忍不住道："这是魂斗罗的开场音乐！"

几乎在同一时刻，陈大爷从裤子口袋里掏出一条红丝带。他把丝带系在额头上，随后扯下了身上的童装。

在童装被撕裂开的瞬间，一排粗粗的子弹斜挂在陈大爷的胸膛，而猎枪的枪口正对着王东振、张晓淳和田丰大三人。

"我去！还有土枪！"

"怎么办？"张晓淳和田丰大一起看向王东振。

"看我干什么？"

"你不是黑老大吗？"律师和侦探几乎异口同声。

"可是我守法啊！"

"嘭"的一声，伴随着猎枪枪响，律师、侦探、黑老大三个人仓皇地冲出平房。

15. 给你六星好评

"咱们赶紧去村里喊人救命啊！"田丰大慌不择路道。

"不能回村！"王东振和张晓淳同时喝止。

"为什么？"

王东振回答原因的同时，张晓淳也在解释理由。

王东振说道："万一卧龙村的村民和陈大爷沆瀣一气怎么办？"

而张晓淳却道："村子里都是老弱病残，再把陈大爷引进村，只能伤及无辜。"

田丰大一愣，心中豁然明了："明白了，反正不能往村里去，只能往外跑！"

于是，趁着深深的夜色，在呼啸的寒风中，律师、侦探、黑老大三人沿着盘山小路直往村外跑去，而在他们身后，身形枯弱的陈大爷却像是打了鸡血一般，穷追不舍。

上膛、开枪、换弹，枪响声不绝于耳。

田丰大跑得气喘吁吁。

"这里人生地不熟的，咱们这么瞎跑，根本不行，早晚会被打死的。"

王东振边跑边问："那你说怎么办？"

田丰大灵机一动，出谋划策："要不咱们分头逃生……"

"不！"王东振之前吃了大B和陶睿的亏，此番当机立断马上拒绝，接着又托词道："丢下女人自己逃生，不是我王东振的作风！"

张晓淳不知前情，闻言不由多看了王东振一眼。

田丰大又道："总不能这么跑着等死，我看还是报警吧！"

"之前报警电话也打过，你又不是不知道，因为大雪封路，警察最快也要明早清出道路，才能进村！"张晓淳心急如焚。

王东振见状，不由抓住张晓淳的手，安慰道："大家静下心来，各自想想办法。平时遇到急事时，都会怎么做？"

受王东振启发，张晓淳突然掏出手机，点开其中的 App。

田丰大好奇，凑过去问："你在干吗？"

"哒哒叫车啊！有一次下大雨，我被困在路上赶不上开庭，就是哒哒叫车帮我解困的。"

田丰大埋怨道:"大律师,咱们这是大雪封路,不是下大雨,警察都过不来,你哒哒叫车有什么用?"

结果田丰大话音刚落,夜色深处突然传来了汽车马达的轰鸣声。紧接着是刺眼的车灯光,一辆红黑相间的迈巴赫以风驰电掣之势停在张晓淳等人面前。

田丰大当时就蒙了,对迈巴赫司机问道:"人家警车都进不来,你这车是怎么开进来的?"

"唉,说来话长。"迈巴赫司机看了一眼张晓淳,感慨道,"那天放下你后,我一看回城的路途遥远,不想跑空车,就一直在村口等接单,等啊等啊……"

"好了!别说了!回城!"张晓淳话音刚落,整个人已经钻进副驾。而王东振和田丰大则坐进后排。

伴随着发动机的再次轰鸣,迈巴赫以一个漂亮的 180° 漂移掉头,直接往村外开去。王东振扭头回看,只见手持猎枪赶来的陈大爷已经被迈巴赫远远甩开,渐成黑点。

田丰大坐在车后排座位上,兴奋不已:"噢耶!这车至少一百万……"

司机通过后视镜,瞅了田丰大一眼,淡淡道:"三百万顶配!"

"哇哦!三百万的顶配迈巴赫!乘风破浪,冲啊,冲出卧龙村!"

田丰大话音刚落,迈巴赫突然一个急刹车!

众人都是一愣,抬头看去,只见原本畅通无阻的山路被几块巨石赫然阻断!

"这可怎么办?"张晓淳忧心忡忡道。

王东振安慰张晓淳道:"没事,咱们坐的是迈巴赫,那陈大爷一时半会儿追不过来……"

结果这王东振纯属乌鸦嘴,他话音刚落,就看到不远处的斜坡上,一辆起重机吊车开足马力直追了过来。

"这是哪儿来的吊车啊?"随着迈巴赫司机的一声疑问,车里所有人都把目光投向了王东振。

也就在这时,漆黑的夜里又传来"嘭嘭"两声枪响。只见陈大爷一边驾驶着起重机行驶过来,一边不停地朝迈巴赫射击。

田丰大胆战心惊,拍着迈巴赫司机的肩膀,问道:"你这车都三百多万的顶配了,有没有什么厉害的武器啊?"

"你指什么武器?"

"比如像蝙蝠侠座驾那样,能'嗖嗖'地发射导弹!"

"不好意思，先生，我们哒哒叫车还没有开发这样的服务项目！"

田丰大抓狂道："不是啊，我们坐在你车里遇到危险了，你说怎么办？"

"先生，请你先不要着急！"迈巴赫司机转头对张晓淳微笑道，"美女，你好，请你拿出手机，打开 App。"

"干吗呀？"张晓淳虽然好奇，但她还是依言照做。

"麻烦您点一下'一键报警'。"

张晓淳还没说话，坐在后排的田丰大却先急了。

"有这时间，我们早就打 110 了，用得着你们 App 平台转接报警吗？"

迈巴赫司机不搭理田丰大，继续对张晓淳道："请您相信，哒哒叫车对您人身安全保障的承诺。"

张晓淳迟疑地摁下了一键报警。

"然后呢？"见 App 没有任何反应，张晓淳忍不住问道。

"没有然后了，您和您的朋友现在只需要坐在车里等！"

田丰大彻底爆发了，怒斥道："大雪封路，警车进不来，打 110 都不管用，你在这儿跟我整什么'一键报警'？"

田丰大话音未落，就听"嘭"的一声枪响，突如其来的子弹直接把迈巴赫的侧视镜打飞了。

众人回头一看，陈大爷已经从起重机上下来，一边开枪一边朝迈巴赫走来。

王东振咬咬牙，对车里人道："我下去吸引他的注意力，你们趁机逃走！"

"先生，请你相信哒哒叫车有能力保护客户的人身安全……"

"不用，你保护好她的安全就行！"王东振打断了司机的喋喋不休，看了张晓淳一眼，二话不说钻出迈巴赫。

下了车的王东振，迎着陈大爷的枪口而去。陈大爷深知坏人死于话多的结局，也不多言，当即给猎枪重新装弹上膛，然后把枪口对准了王东振的胸膛。

就在陈大爷准备扣动扳机的前一秒，夜空的深处突然传来了螺旋桨翼旋转的声音。紧接着，一束刺眼的白光从天而降，直接罩在了陈大爷的周身。

"手机尾号 2084 的乘客，哒哒公司和警务中心联手保证您的出行安全，让您一路无忧！"

伴随着语音播报，一架警用直升飞机盘空而来。

陈大爷愣了一愣，抬起猎枪准备打飞机。

与此同时，直升机的机舱底部伸出一挺六管的加特林机关枪和两枚红旗3

号飞弹发射器……

16. 狗不会又丢了吧？

伴随着违建平房被推倒，惨遭陈大爷杀害的一家三口的真相终于大白于天下，而之前村主任张晶磊的遇害也被警方做了并案处理。

西东集团全面启动了卧龙村改建度假村项目的开发工作，当然在破土动工之前，听说西东集团的少东家给每家每户的村民都补足了补偿款。

此时此刻，名侦探田丰大正站在村口的山路上，怅然若失。他手里拿着笔记本，上面记录着精彩的结案陈词。

对一个名侦探来说，职业生涯最光辉的瞬间莫过于在众人面前指认出凶手，并通过华丽而又不失生动的结案陈词让罪犯俯首认罪。

然而，他做梦也没有想到，逮捕罪犯的功劳竟然被一个哒哒专车司机给夺去了，这是什么世道！

就在田丰大懊恼不已的时候，张晓淳从他身边经过，并顺手拿过名侦探手里的结案陈词本。

"喂！你拿我的笔记本做什么？"

张晓淳不语，将本子打开，找到卧龙村一案，然后把那一页毫不留情地撕去。

"张大律师，你干吗啊？我还指着它在法庭上陈词呢！"

张晓淳哼笑道："告诉你，在我的故事里，永远没有你们侦探什么事！"说罢，转身离去。

田丰大看着张晓淳远去的身影，叹息道："唉，就是在我自己的故事里，好像也没我侦探什么事啊！"

名侦探深切的烦恼和愁苦只维持了三秒钟，注意力就被一只从身后跑过的狗给转移了。

那是一只拉布拉多犬。

但田丰大看到那只狗时，突然觉得很眼熟，和自己以前寻找过的一只狗长得非常像。

名侦探想起狗的同时，脑海里便浮现出狗主人的样子。

罗小梅，那个脸大的小妹妹，难道她也在附近吗？

一念至此，田丰大不由打了个冷战，他下意识查看四周，生怕被那个自诩为侦探助手的女中学生纠缠上。

名侦探躲在树后，观察拉布拉多犬半天，始终不见罗小梅的身影。身怀着高超推理能力的田丰大立刻意识到了一个真相。

——罗小梅又丢狗了！

田丰大想到这里时，那只拉布拉多犬正朝自己这边跑来。就在它与名侦探擦肩而过的瞬间，田丰大突然伸腿将拉布拉多犬绊倒在地。

"喂！罗小梅！"

"哇！侦探大叔，你居然主动给我打电话，简直太开心了！"

"哈哈哈，小妹妹不要开心得太早啊！我问你，你家的狗是不是又跑丢了？"

"没有啊！"

"没有？不可能，你回家看看，狗还在不在？"

"小欧，在啊，它现在就在我身边呢！要不，我让它跟你在电话里打个招呼？"

"狗在？我看到一只狗，和你之前要我找的那只非常像……"

"大叔，你认错狗了吧？"

"认错？不会吧，那这只是？"

田丰大扭头看了眼被自己绊倒在地的拉布拉多犬，而那只狗也在凶狠地望着自己。

然后，狗，扑向了名侦探。

亮亮，悬疑推理作家、编剧，擅长创作"幽默推理"和"犯罪喜剧"类型的小说和影视剧。幽默推理小说代表作：《季警官的无厘头推理事件簿》系列和《把自己推理成凶手的名侦探》《一招狼人杀救侦探》（均为"笨侦探"系列）。其中，《季警官的无厘头推理事件簿》于2015年11月荣获首届华语网络文学双年奖优秀奖；《一招狼人杀救侦探》于2019年2月荣获牧神计划·新主义悬疑故事大赛三等奖。推理小说《滚！侦探》于2020年8月荣获第二届"华斯比推理小说奖"三等奖。

新大陆

- 无面人奇谈 / 赵骏 文
- 巨人之怒 / 柳荐棉 文
- 星之悲剧 / 凌小灵 文

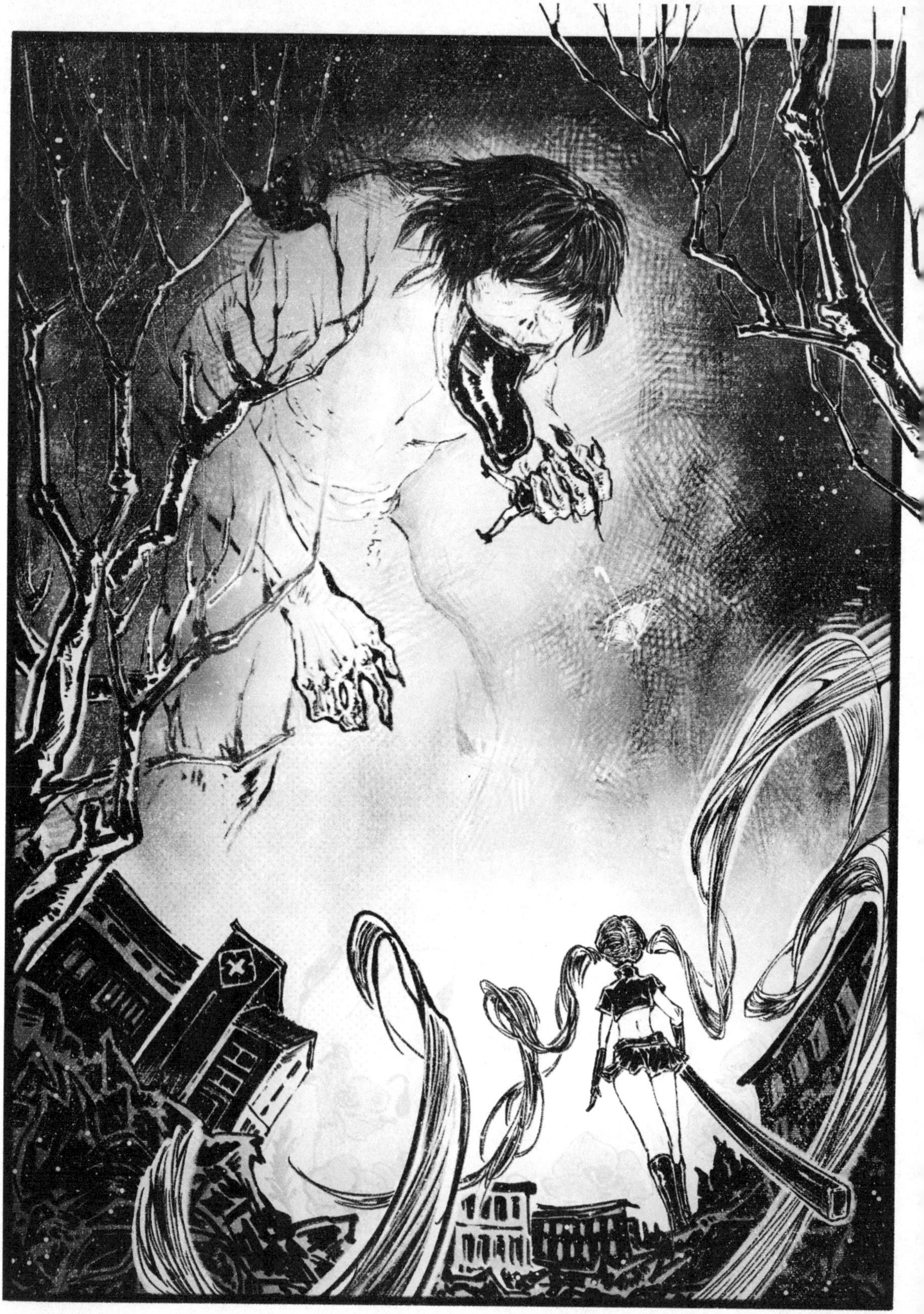

无面人奇谈

赵 骏

1

呼沙——呼沙——

夜空中电闪雷鸣，山野密林之中，狂风裹着松针肆意落打在无面人如柴的躯体上。

呼沙——呼沙——

走出林子，来到山脚，无面人将肩上扛着的躯体重重摔落在泥地上。

这是一个枯槁的女子，全身被黏液裹覆，仿佛刚从巨型野兽的胃袋里被掏出来。

女人骤然抽搐了一下，透过雨帘，依稀还能看见那战栗的手臂，无力地伸向半空……不，她是指着不远处的灯光，呜咽着发出地狱小鬼似的哀号。

无面人垂下了头，空洞洞的面庞什么都没有，让人猜不透它是兴奋还是愤怒。

蜷曲在泥地里的躯体还没有放弃希望，那只手落了又抬，抬了又落，盼望灯光里的人能够来拯救自己。

又或者，她是在告诫毫无防备的同类，危险的怪物已经悄然来临。

倏然，雨定住了，无面人伏下身子，凑近那张因恐惧而扭曲变形的脸。

光影变幻的一瞬，怪物的面容之上突然变出一张血口，嘴角一直撕裂到耳后，腐败的黑唇缝隙里不断冒出恶臭的浓烟。

舌头——舌头——

怪物逼近女人。

喑哑如阴风的声音从那张嘴里发出。

舌头——舌头——

女人感受到冰冷的气息。

紧接着，她就像魇住了，嘴巴不自觉地大张开。实在太恐惧，她试图闭上眼睛，却发现这双眼睛已经不属于自己，眼前的画面，竟然是正在伸出舌头的

215

自己的面容。

难道，自己的眼睛长在了怪物脸上？

可是，为什么要伸出舌头呢？

雨定住之后，风也停了，她能听见声音了。

怪物在呻吟，喉管里不停地发出"舌头"这个词语。

意识短暂消失，蓦然，眼睛回来了，女人拼了命地跳跃起身，使出最后一丝力气推开怪物。

倒回泥地的一瞬，她再也没有了反抗的能力。

一切都结束了吗？就这样死在怪物的血口里了吗？

这时，定住的雨重新落下，止住的风再度呼啸。

怪物的嘴巴被缝上，又变回了无面人的形象。

女人怔住，远处的灯光忽灭忽亮，影影绰绰的人形不断浮现在半空的黑幕上。

要呼喊，要求救，女人再度鼓起勇气，强烈的求生欲促使她战胜恐惧。然而，这张嘴巴里再也发不出声音。

舌头没了！

消失的意识复苏，脑海里倏一下冒出惊悚又恶心的画面……那是怪物在亲吻自己的画面。

舌头——舌头——

原来，亲吻的目的就是要夺取舌头。

女人哀怨地望过去，仿佛在恳求对方将舌头还回来，当然，她也明白这是绝不可能发生的事，此刻她只求怪物能够饶过自己一命。

用一条舌头换一条命，还不划算吗？

无面人悄然转过身，似乎听见了女人内心的呐喊，面向灯光，如行尸般走了过去。

得救了！女人也晕了过去。

在前方，低矮的篱笆墙后就是医院住院部的大楼，灯光里住着的人类有好多舌头，无面人加快了速度。

呼沙——呼沙——

越过一个深坑，头顶飞过一只独眼老鸹，仿佛在指引前进的方向。

无面人抬头，用空白的面容"注视"老鸹的身形。老鸹感受到，落在楼房的一处窗檐上，有意躲避似的，无声无息地将独眼瞥向更远处的小楼。

小楼前闪着炫目的霓虹光，那是二十四小时便利店招牌发出的，伴随一声铃铛响，玻璃门被人从里面推开。

年轻漂亮的白衣护士小姐撑起雨伞，顶着寒风急速跑向住院楼。

由于伞檐压得过低，护士小姐并没有发现，在自己行进的路线上，一只似人又非人的怪物正堵在前面。

扑通——

他们撞在了一起。

无面人伏下身，压在了护士小姐身上。

长长的尖叫划破夜空，又被一声惊雷淹没。

护士小姐哪能知道，对方正是垂涎她那张樱桃小嘴里的小舌。

咧嘴，亲吻，然后起身。无面人丢下晕厥的护士，转向老鸹所在的窗户。

独眼老鸹张开翅膀，却没有飞翔，它的脖子就像被拧断一样，再也无法扭动，它怔怔地伫立在风雨中，唯有那一只眼睛始终不停地注视着炫彩的霓虹。

不是这条舌头……

无面人再度迈开脚步，进入住院楼。

滴答——滴答——

雨水顺着死灰色的风衣砸向地砖。

住院楼的大厅里只有昏暗的夜灯在照明，四周寂静无声，没有多少人类的气息。

这只是一家小医院，坐落在偏僻的郊区山脚，方才亮闪闪的灯光是假象，到了里面才发现，灯寂了，人去了，根本没有那么多美味的舌头。

无面人看上去有些恼火，抖着阵阵阴风，飞奔过长长的走廊。

在一扇对开门处，一间病房的小窗上闪出一缕不易察觉的光。舌头的美味气息飘了出来，变得强烈。

无面人咧开了嘴，用湿嗒嗒的手推开了房门。

进入病房，走过三米窄道，豁然，三张病床合并在中央，中间隆起一座鼓鼓的被子小山。阳台外吹进来丝丝寒风，撩动床前的麻布帘子。一道闪电落下，三秒后响雷顺着风传进屋内。

病床上响起少女被闷住声音的尖叫。

风衣上的雨水还在滴落，无面人拨开了帘子，它等不及了。

最想要的舌头就在这里吗？

有四个人，也就是说有四条美味的舌头。

无面人伸出手,即将掀开被子的一瞬,它忽然定住。

脸上又长出了眼睛,它不知道这一双是属于谁的。是刚刚那个护士小姐的吗?或许吧。透过被风吹开的帘子缝隙,这双眼睛令其看见阳台外的雨幕。

一个躯体从天而降,死人般的面容一闪而过,重重砸在地上。

遥远的记忆苏醒,那一天,与初恋相拥,与初恋舌吻……再然后,舌头被负心人咬断。接着,负心人从高楼上跌落坠亡。关于舌头的味道原来是被初恋夺去的爱的味道。无面人颤抖起来,成为怪物之后,怨念无处宣泄,前世今生的记忆全被封存,这副腐烂的躯体里只有一个执念,那便是舌头。一直寻找的自始至终都只是那个负心人啊!

可是,对于初恋,它还是放不下,即便变成如今的模样,也要寻找那个嘴里有两条舌头的人。找到她,就能找到初恋,找到她,就能再度拥有她。

不知道从何时起,执念变成了这副躯体的进食本能,寻找初恋也就变成了品尝舌头的美味。

眼睛消失,方才一闪而过的画面又变成虚无的空白。

无面人掀开了被子……

传说,当你面对突然咧嘴的无面人时,只有温情地张开嘴巴,伸出舌头,献出去给它,方能唤醒对方的执念。也只有这一个做法,有千万分之一的可能,不仅可以保命,还可以保下自己的舌头。

2

克里斯汀,也就是小珊儿,自从上了大学,她的个性越来越傲娇任性了。就像个长不大的三岁小萝莉,有时嘟嘴卖萌,有时腹黑毒舌,幼稚的行为与深沉的思想,在她那副洋娃娃似的躯体里无缝切换,让人捉摸不透。她究竟是演出来的,还是本性就是如此呢?谁也不知道。

前几天,国内某个野鸡剧组的导演意外发现她,邀请她去扮演小丑女哈莉·奎茵。明知是个没有授权的三无影视剧,但一听有不菲的报酬,她二话不说,直接答应了对方。

闺密曹玲玲听到这个消息后,直接杀到她家里,恼火地教训起这个不知天高地厚的少女。

"你脑子有坑吗?看不出来这就是诈骗犯设的局吗?"

面对曹玲玲恨铁不成钢似的火红热辣脸，克里斯汀噘起嘴，将头撇到一边，只用鼻子出气，傲娇道："玲玲，你嫉妒我。"

"哼，我会嫉妒你？"

曹玲玲被气得一口气差点没喘上来，整个人急得直跳脚。

"好心当成驴肝肺，你要是被骗之后回来哭鼻子，我可不管你。"

在这个世界上，除了那个远在天边的老母亲，真正关爱珊儿的恐怕就只剩曹玲玲了。克里斯汀的父亲是个中国士兵，死于一场维和行动。她的母亲是战地记者，常年潜伏在混乱之中的中东与拉美国家，与毒贩和恐怖分子斗争。母亲很少回家与女儿团聚，在曹玲玲眼中，珊儿就是一个大龄城市留守"儿童"。

克里斯汀不去理会闺密，钻进洗手间，嘴里叼着松紧圈，面对水雾朦胧的镜子，将金色的长发绾起，学着小丑女的打扮，扎成两束马尾。然而试了好几次，油腻的头发总是松松垮垮的，一甩头，一下子就松脱了。

站在一旁似老母亲看女儿模样的曹玲玲憋不住了，迈步来到她身后，揪起了她的头发。

"让我来吧……"

很快，两束马尾束紧，似Q弹的布丁，一跳一跳，好不可爱。

"哎哟，痛痛痛……玲玲，你又欺负我！"

克里斯汀这才反应过来，转过头，冲闺密噘嘴扮鬼脸。

曹玲玲狠狠地在她脸颊上捏了一下。

这头金发让克里斯汀更有星味了，果真混血儿都是老天爷赏赐人间的礼物，别说扮演哈莉·奎茵，即便让她去跟安妮·海瑟薇同走红毯，恐怕也不逊色。

金色的头发，独特的名字，在这个国家，她可没少赚取旁人的注意力。她是个土生土长的中国人，很多次，曹玲玲提议她将名字改成中国名。她却说：瞧啊，那些叫扎扎依依的四字女孩在演艺圈都很吃得开，原因就是她们的名字与众不同。言下之意，她要保持个性。实际上，只有曹玲玲清楚，这丫头就是懒。

"可爱吧？"

"你真臭美。"

"玲玲，晚上我请你吃烧烤，庆祝未来大明星的诞生。"

曹玲玲面露讶异，不敢相信自己的耳朵。平日里抠抠搜搜的，今天居然主动说要请客，她真怀疑这丫头的脑子被外星人拿去做过实验，还回来的时候忘记还原成出厂模式了。

克里斯汀看出了闺密的鄙夷，眯着眼沉声问道："我有你想得那么不堪吗？"

曹玲玲没有回答。认识克里斯汀这丫头的人都知道她有三大特点——好吃、懒做、想发财。尤其是近日，想从这只"貔貅"口袋里掏出点好处，简直比登天还难。忽然，她有种特别不好的预感，这哪是被邀请吃烧烤啊，摆明了就是把自己当成移动提款机了。

"我可不帮你垫付……"

克里斯汀两手叉腰，果断从兜里掏出两张崭新的百元大钞，这才打消了曹玲玲的疑心。

傍晚，两人捯饬完毕，结伴出行。

"喜羊羊，美羊羊，烤全羊……去吃烧烤……去吃烧烤……"烧烤摊前，克里斯汀兴奋地叫道，就好像味蕾八辈子没沾过有油烟味的羊肉，俨然饿死鬼投胎的模样。

曹玲玲无奈地摇了摇头，那表情似乎在说：小珊儿就是一个幼稚鬼。

不过，这个幼稚鬼今天确实特别可爱。

美美地饱餐一顿，曹玲玲决定晚上不回家睡，跟随克里斯汀，再做最后努力，劝诫她不要误入歹人设下的陷阱。

半夜，两人睡在一张床上，克里斯汀气呼呼地说道："我已经穷得叮当响了，难得有人送钱上门，我才不管是不是诈骗犯呢。"

曹玲玲忍不住又去揪她的脸。

"那些都是套路，专门骗你这种涉世未深的小丫头，说是给你报酬，给你当演员出名的机会，实则在此之前让你缴纳各种保险费和违约金，一旦将你榨干，他们就卷铺盖跑路了。"

克里斯汀也揪起曹玲玲的脸。

"你觉得我会笨到跳进这种幼稚陷阱里吗？况且，诈骗犯遇见我，最后哭鼻子的应该是他们，谁能有本事从本小姐姐空空如也的钱包里榨出一点好处，我都要拜他为师了。"

听了这话，曹玲玲忍俊不禁，松开手，转而去揪她的小辫子。

"这倒是实话，你这个月仅剩的二百块钱现金今晚还贡献给了烧烤摊的老板。"

"所以……"克里斯汀突然邪魅一笑，"剩下的日子，我的伙食就归你负责了。"

看着闺密一副没羞没臊的模样，曹玲玲如梦初醒，直呼上当。这个月还剩好几天，今日又被"慷慨"地请了一顿美餐，更要命的是，在烧烤摊点了不少贵得要死的牛舌，全被自己一个人吃了，又如何亏待得了小珊儿呢？粗略地算一笔账，到月底额外的伙食支出远远超出了二百块钱。"你这死丫头，原来是安的这种坏心思。"她恨恨地气道。

好一个好吃懒做想发财的女孩。见"奸计"得逞，克里斯汀佯装困乏，把头半蒙在被窝里，不再继续这个话题。

曹玲玲是拿这个闺密没有任何办法了，在朋友圈中，她常常被人调侃，说她是在学校里养了一个小女儿。都说女儿是妈妈的贴心小棉袄，真不知道，竟也有天天坑老妈的女儿。看着一脸萌相的克里斯汀，母性的本能忽然泛滥，曹玲玲立马打了一个哆嗦，拍了拍自己的脸颊，将这种丢脸的想法抛诸脑后。她似乎忘记了一件特别重要的事，过往借宿闺密家，半夜总有意想不到的事发生，不知道今夜又会出什么幺蛾子。不过，她已经管不了那么多了，倦意一袭来，眼皮子亲密地阖在了一起。

这注定是个不得安生的夜。

黑暗中，哀号骤起。曹玲玲吓了一跳，连忙坐起身，打开床头灯。

声音来自枕边，是克里斯汀发出的。

揉去眼眶中的混沌，定睛一看，闺密扭曲的脸上热泪滚滚而下，好不可怜。

"怎么了，小珊儿？"

那一抹丢人的母性再次涌现。

克里斯汀捂着肚子，开始了打滚。"玲玲，肚肚疼！"她用无力的声音寻求着曹玲玲的帮助。

曹玲玲叹出长长一口气，果然，每次在这丫头家留宿都没好事发生。

被救护车接到郊区山脚下的市人医二院已经是凌晨三点的事。

急诊室值班的医生是个四十岁左右、长相粗犷的中年男性，拥有平常人羡慕不来的茂密头发。他胸口别着的牌子告诉曹玲玲，他叫作何瑞德。曹玲玲焦急地请求道："何医生，你快看看她，她快疼死了。"

坐在医生面前的克里斯汀不再哀号，改为了低沉的呻吟，大概是疼得没力气了。如此乖巧的样子着实不多见。

何瑞德医生让克里斯汀先去做B超，拿到图像报告后，他并没有在胃肠部发现异样。详细地询问过后，知道两位少女早前吃过路边摊的烧烤，他大致有了判断。他不问患者，反问陪同的曹玲玲："你有疼痛或腹泻的感觉吗？"

曹玲玲摇头否认，表示自己一切正常。

很快，何瑞德得出结论，对两个少女说道："不是食物中毒，应该是急性肠胃炎。具体的病症需要做过CT扫描才能确定，我先开一些消炎和止疼的药给你们，打完针后明早再去门诊部做详细检查，是否需要住院观察，视CT报告而定。"

曹玲玲生怕闺密得了不治之症，听闻只是普通的闹肚子，多少放宽了心。她连忙冲何医生道谢，同时搀扶克里斯汀起身。

这时候，克里斯汀还不忘调皮，问医生道："能不能不打针，只吃药？"

特效止疼药都是通过针管直接由肌肉注射进体内的，克里斯汀这样问，无非是怕屁股挨上一针，痛上加痛。

曹玲玲与何瑞德面面相觑，皆是一副哭笑不得的表情。

出了急诊室的门，曹玲玲忍不住吐槽："你这幼稚的丫头真丢人。"

打了针，吃了药，第二天，做完所有检查，克里斯汀依然没有感觉病情好转，肚子反而越来越疼了。门诊医生见了报告，急忙安排住院部的护士，给她开了一张床。

"问题很严重啊，你这肠子有一米长的炎症反应，这些天就留院观察吧。"

克里斯汀疼得龇牙咧嘴，活像个被逗急了的猴，切齿道："那该死的喜羊羊，昨晚吃的一定是披着羊皮的灰太狼……"

这一夜的折腾令曹玲玲精疲力竭，服侍闺密睡下，交了各种费用后，她忽然发现，这个月自己也成穷光蛋了。无奈，她决定回家一趟，向父母讨要一些应急钱。

3

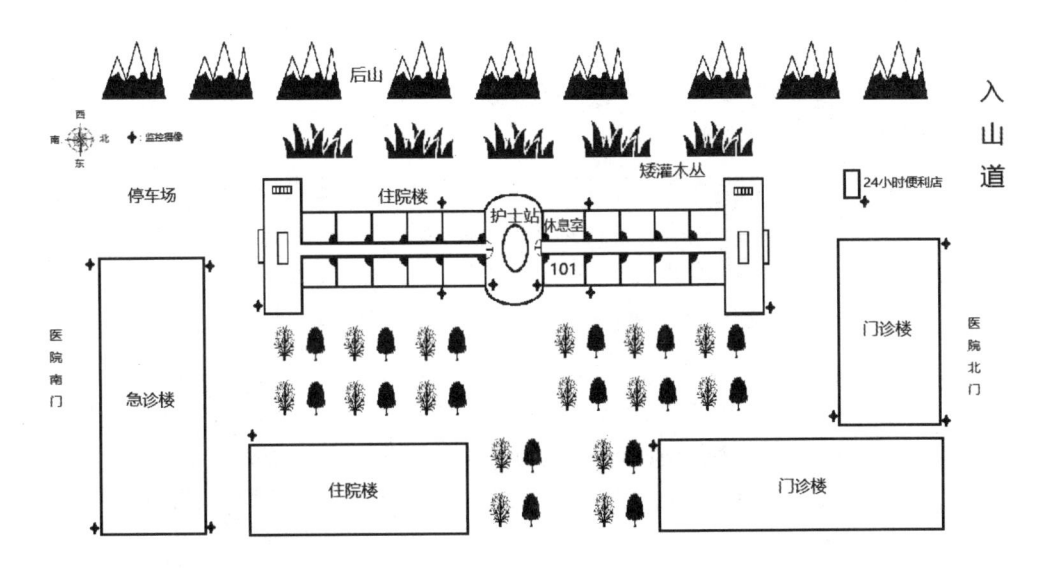

医院平面示意图

住院部的大楼位于山林下的低洼地，西背山，东朝阳，与山脚隔着百米的矮灌木绿植，常年受自然山风吹拂，两侧门窗一开，穿堂风带来的凉爽比空调还要舒适。正值初夏，市里阴雨连绵，空气湿润而不黏稠，更是一年之中最惬意的时分。

克里斯汀所在的101病房位于一楼过道中间段东侧，对面是值班护士的休息室，隔壁是医师的办公室，再往南走，穿过一道对开的玻璃门，便能看见忙碌的护士站了。这间病房可谓是"风水宝地"，被医护包围得严严实实，通常，能住进这里的，不说是个不治之症，那也是重点关照对象。

午后，被倦意强迫入梦的克里斯汀又被腹痛强制唤醒。睁开眼，她看清了敞亮室内的病友。左右各一边，分别住着两位少女。看面貌和气质，应该都不是大学生，至少都比克里斯汀年纪大。

"嗨，新来的，你醒啦？"

右边，靠卫生间一侧的病床上，女孩用轻快的语气向她打招呼。

"我叫叶友友，叫我小叶就好了，很高兴101又迎来一位妙龄少女。"

这时，另一边靠阳台床上的女孩发出扑哧一笑。

克里斯汀转过头，再去看她。

"我是甄柔，胃病进来的，你是怎么进来的？"

克里斯汀还没来得及打招呼，叶友友抢话道：

"小柔是个药罐子，住进来都一个多月了。"

甄柔唏嘘道："我要是药罐子，你都成老病灶了。"

两个女孩隔空吐槽，病房内一时间好不热闹。

"哇喔，你有一头金发啊，好漂亮的洋娃娃，你是模特吗？"叶友友下了床，从床头柜里掏出一台小型电风扇，同时凑近克里斯汀，惊叹新来病友的美貌。

克里斯汀柔声柔气地回答道："我就是一个普普通通的大学生，吃坏肚子进来的。"

叶友友听见，一瞬间似乎很失望，嘀咕道："什么呀，这不住几天就走了嘛……"她打开小电风扇的开关，却没有风，低头一看，这才发现是自己拿错了，将换气扇当成了电风扇。

克里斯汀微微蹙眉，但她并没有感觉自己被冒犯。

这时，甄柔解惑道："进这间病房的都是红颜薄命的主儿，她那是嫉妒你呢。"

三言两语，屋内的气氛又发生了微妙的变化。逐渐地，克里斯汀与两人熟络起来，颇有些要发展成好闺密的架势。

一阵风从阳台外猛然灌入，伴随房门铰链刺啦声响，一位年轻的白衣护士推着小车走了进来。

克里斯汀见着她，立马摆出一副惊恐脸。这位正是夜里用针筒戳她屁股的护士。见了她，刺痛感又莫名地传遍了全身。

护士叫李玥，是进来例行查房的。

"珊儿，你醒了？"她晏晏笑道，"肚子还疼吗？"

克里斯汀半开玩笑："感觉屁股更疼了。"

室内爆发出一阵哄笑，众人不约而同道："真可爱。"

这画面要是被曹玲玲见到，指不定腹诽她们没见识到真正的恐怖，克里斯汀这丫头皮起来，用句俏皮话说，那就不是人造革，是真的皮了。

"别急，今后你会求着护士姐姐我给你屁股来上一针的。"李玥用袖摆半遮面，一副腼腆的小媳妇模样。

这时，克里斯汀不争气的肚子咕咕叫了起来，显然是饿了。

"姐姐们，便利店在哪儿？我想吃东西。"

李玥伸出手熟练地抚摸她的肚子，说道："医生关照过，这些天忌口，不能吃辛辣油腻的食品，杜绝粗纤维进入肠道，所以，你只能吃流食。"

一听这话，那可比绞痛还难受，不让吃美食可真是要了亲命了，克里斯汀露出哀怨的眼神，似乎是在恳求护士姐姐网开一面。

李玥摇头："你那闺密特意关照过，说你这小丫头一定会想方设法偷吃好吃的，叫我盯着你点。这几天你就老实躺着吧。"

说着，她已经从小推车里拿出了半碗芸豆粉粥，原来一早就准备好了。

克里斯汀接过小碗，心里又骂了一遍喜羊羊，决心道：等病好了，一定要吃光羊村里所有的羊。——那模样已经不是猴了，真成了灰太狼。

傍晚，曹玲玲从克里斯汀家打包了一箱换洗衣物和日常用品，来到101病房。

克里斯汀翻找着箱子，没有找到一包解馋的零食，颇有些意兴阑珊。不过，曹玲玲把游戏机和漫画书带来了，算是不幸中的大幸。漫画是国内新出的本格推理漫画，叫什么《吃谜少女》……克里斯汀连忙晃动脑袋，试图将"吃"这个字从脑海里踢出去。

等曹玲玲走后，她千方百计才打听到医院二十四小时便利店在住院楼的西北角——穿过一条绿化带，见到霓虹灯就能见到诸多美味零食了。

晚间，特效止疼药的药效过去，翻江倒海似的疼痛让她的肚子成了人间炼狱，她发出一浪更高过一浪的哭喊。

这时，李玥这位白衣天使降临。不过，在克里斯汀眼中她更像个拿着大针筒的魔鬼。

"乖，把屁屁露出来，姐姐给你打针。"

"打完针有奖励吗？例如一包薯片之类的……"

李玥锁眉道："想都别想，医院里到处都是监控，都连着护士站的电脑呢，你这小丫头若是去偷偷买零食，别怪姐姐们将它们全部没收。"

克里斯汀赌气似的撇过脸去，嘴里还在嘀咕："吃了痛，不吃也痛，正反都是痛，还不如善待一下自己的味蕾……"

李玥重重地将针管戳进克里斯汀的屁股。

这几日，滚滚阴云越过山脉，悬在了郊区的天空之上。骤雨就好似警报器，准时准点提醒克里斯汀肚子里的疼痛小恶魔们起来工作，一旦听见落雨声，必不可少会有少女带着哭腔的哀号。

幼稚、可爱又任性的小珊儿就这样忍受着疼痛与嘴巴里的苦涩，盼望着早日拨云见日，享受珍馐。

漫画熬了一夜就看完了。

第二夜，她开始玩消消乐游戏。一开始只当是消遣，毕竟游戏制造商的"小天才"设计师们造了个体力值这玩意儿，通关不消耗体力，通不了关就得花钱充值，正常人玩不过几关就得认输投降。然而，克里斯汀不是普通女孩，她满是逻辑与算计的小脑袋瓜里尽是些奇招怪招，这游戏被她玩得体力值越来越多。更要命的是，这游戏还特别容易上头，一夜之间，她的战绩由小白蹭蹭蹭涨到了达人。

外头是电闪雷鸣，101一张小病床上是彻夜无眠。

连续几日，她的作息完全颠倒了过来。

曹玲玲叮嘱她，让她注意身体。不过她却说，疼痛让人无法入眠，不熬到精疲力竭根本闭不上眼。病情虽然反复，却也不像第一天那样频繁发作，之前每两个小时一次阵痛，这一天已经降到六七个小时一次了。

眼看着康复之日即将到来。

午后两点，曹玲玲带着粥冒着雨来到了医院，小珊儿正在熟睡，曹玲玲安静地坐在旁边注视闺密时而鼓起、时而又瘪下的脸颊，一脸痴痴的表情。

身后，叶友友的声音倏然传来。

"你对自己的闺密真好。"

曹玲玲回首望去，这位克里斯汀的病友憔悴了不少，头发因为化疗不断掉落，宽大的额头干瘪又黯淡，令人动容。

"没人照顾她，就只有我关心她。"

"这些天你忙前忙后，躺在床上的她恐怕都没你遭的罪多。这小丫头幼稚又任性，旁人都管不住，似乎只有你能治得住她，你一定很累吧？"

曹玲玲苦涩一笑，没有答话。

叶友友颤颤巍巍地摇头道："换了是我，一定会崩溃的。"

这时，曹玲玲抬起头，认真地打量叶友友，她非常郑重其事地说道："小珊儿不是你想的那种人。她虽然调皮，却也有旁人无法散发的光芒。对于陌生人，她一直都是腼腆的，只有面对至亲至爱之人，她才会展露任性傲娇的一面，这或许是孤独与缺爱造成的。我没有觉得她的顽皮是一件麻烦事，说出来有些羞耻，每当她想要欺负我的时候，我都有一种迫不及待的冲动，虽然嘴上说着讨厌，但内心一直觉得她是无比可爱的。她因肠炎住院，痛得哇哇叫，嚷着要吃美食，我又何尝不是同样的心情，我是真心盼着她能好起来。"

叶友友没想到曹玲玲会这样说，愣了一秒，很快，她欣慰地笑出了声。

"上高中那会儿，我得病了，不得不住院动手术，而我又羞于跟家里人启齿，瞒了所有人，只有小珊儿陪伴在我身边。小珊儿很贪财，是因为她真的非常穷，对别人很吝啬，但对我却毫无保留。她用自己一个月的伙食费帮我垫付了住院动手术的费用，却一直瞒着我，不让我知道。后来，我去她家楼下的便利店，收银员告诉我，那一个月她每天只买一包最便宜的袋装泡面，一连吃了二十几天。这一切，全赖我的任性……与她平日里的小打小闹比起来，我没有任何资格去责备她、教训她。这样说来，你能理解这些天我是以怎样的心情来照料她的吧？"

曹玲玲没有说得了什么病，叶友友也不明白她任性的点在哪儿。

这时候，克里斯汀睁开惺忪睡眼，发出咯咯咯的坏笑。

"你醒啦。"

"得了什么病还不好意思说，下次你要是再割痔……"

话到一半，曹玲玲活似个母夜叉，双手叉腰恶狠狠地瞪着她。

"不是说好永远不提的吗？"

克里斯汀嘟起嘴，也学着闺密的样子，瞪圆了双眼。

紧接着，两个可爱的女生互相捏起了对方的脸。

叶友友看着她们的青春朝气，默默地流下了泪。

这时，曹玲玲忽然掀开了克里斯汀的被窝，顿时震惊得说不出话来。

许久，她结结巴巴地问道："这……这些……都是什么？"

床上、被窝里，到处都是垃圾。有一只臭袜子、一个被舔得干干净净的果冻壳、一截香蕉皮，更离谱的是，还有一只啃了一半的酱鸡腿被精心地裹在包装袋里。

曹玲玲再翻开她的枕头，果不其然，各种各样的小零食露了出来。

"玲玲，你放手，那些都是我的夜宵……"

"你这死丫头，什么时候才能长大？"

"我的病已经好了，吃这些一点问题都没有。"

"为什么连垃圾也要藏在被窝里？"

"丢进垃圾桶就会被护士姐姐发现，她们会没收的。"

曹玲玲再度叉腰，气呼呼地教训道："你等着，我这就叫护士把你之后所有的止疼药片全部换成止疼针，给你屁股扎出花儿来……"

"玲玲！"克里斯汀生气道，"你真是干啥啥不行，坑闺密第一名。"

一阵折腾后，克里斯汀偷藏的所有零食全部被扒拉出来，交由李玥保管。

时间一分一秒流逝，窗外的雨也越下越大。

曹玲玲站在阳台上，注视着外面的状况。看样子，今天是无法回去了。

甄柔支起身子，单手扶在窗台上，对阳台上的曹玲玲提议道："今夜不如就睡在病房里吧。"

另一头，叶友友也怂恿她留下。

也只有这个办法了。

曹玲玲微微点头，望向屋内的三个少女，仿佛一下子回到了高中校园，那时候一个宿舍就是四个女生。

克里斯汀已经不生她的气了，甚至主动让出半边床，邀请她来睡。

"等我病好了，记得请我吃大餐。"

曹玲玲没有答复，只是咧了一下嘴。

夜越熬越深。

无人入眠。

窗外，雨水击打着玻璃，树木簌簌作响，轰隆的雷鸣令人惊心。

黑暗中，不知是谁说了一声。

"我们来讲鬼故事吧。"

诡异又恐怖的气氛在这一刻被推上高潮。

第一秒，无人应答。

第二秒，三张病床同时发出抖动。

"好啊。"

第三秒，少女们纷纷坐起了身子。

曹玲玲最怕鬼怪之说，扭扭捏捏的，但有闺密陪在身边，她就没有任何顾忌了。在克里斯汀家留宿的时候，两人也会拥抱着看泰国恐怖片。人类的心理真是奇妙，明明怕得要死，却又矫情得非去探索不可。

为了让气氛更加逼真，叶友友提议将三张病床组合到一起，躲在被窝里讲鬼故事。

说行动就行动。

少女们越来越兴奋。

很快,四人被裹得严严实实,围坐成一圈。叶友友拿出换气扇,启动电源,被窝里不断涌入新鲜的空气,这样一来,即便久坐,也不用担心缺氧了。

甄柔将自己的手机放在正中央,按一下主机键,屏幕闪出荧光,四位少女的脸被照亮,由于光影效果特别逼真,彼此看对方都好像在看邪恶的巫婆。

荧光三十秒后消失,被窝里又会变得漆黑一片。除了换气扇桨叶的转动声,少女们的耳边就只剩落雨与雷电的合奏。

甄柔说道:"谁要是害怕,就按一下主机键,照亮三十秒后,我们继续讲故事……"

克里斯汀推波助澜:"只要胆子大,贞子也能放产假……快开始吧……"

曹玲玲习惯了抱着闺密看恐怖片,下意识向克里斯汀挪动了一下,伸手去搂她的时候,意外碰到了她的胸部。

克里斯汀尖叫了一声。

叶友友急忙按下主机键。

大家纷纷看向她。

这时,曹玲玲的手还停留在闺密的胸上。

克里斯汀娇羞打趣道:"女菩萨,使不得呀!"

曹玲玲眯起眼睛,嗔道:"你这丫头,都从哪儿学来的这些俏皮话?"

松开手,少女们的鬼故事大会正式开始。

叶友友首先发言:

"有一则都市传说,正是关于这家医院的,那是一个无面人……"

4

颤抖,不安,恐惧……笼罩在被窝里的气氛越来越诡异。

换气扇依然在旋转,雷鸣与雨水没有停止。

"故事讲完了?"

曹玲玲急忙按下手机主机键,让荧光照亮面前。

叶友友一脸肃穆,眼神迷离,仿佛中了某种邪蛊;甄柔则是蜷曲着身体,将头埋进膝盖,给人的感觉是疲惫而不是恐惧;克里斯汀一脸呆萌,甚至流下了口水,看不出是假镇定还是真恐惧;只有瑟瑟颤抖的曹玲玲,毫不掩饰自己的胆小。

其实，无面人的故事并不恐怖，恐怖的是接下来所有人要面对的事情。

"我……好像真的听到滴水声了……"

克里斯汀非常懂叶友友，她也清楚，在座的四个女生，真正会被吓到的是曹玲玲，因此，游戏的性质发生了改变，将这出戏演真实成了最终的目的。

"小珊儿，你别吓人。"曹玲玲突然抓住她，这动作就好像在说，如果自己被无面人逮住，一定也会拉她下水。

克里斯汀神神秘秘道："不骗你，我真的听见滴水声了，就在身边……在我们四个人的背后……被子外面有一个怪物。"

叶友友添油加醋道："那位被袭击的护士是真实存在的，正是李玥的前同事。据医院说，护士被救之后得了失语症，后来精神崩溃，从医院辞职回家了。我看，这一定是医院为了隐瞒她舌头被无面人夺去的谎言。"

"别说了……"

曹玲玲几乎要哭出来。她的脊背发凉，浑身战栗不止，极其后悔答应参加鬼故事大会。

"喂，玲玲，你坐的位置后背正对房门，怪物一进来，最先抓住的人应该是你。"

克里斯汀试图推开她的手，却发现闺密攥得死死的，根本挣脱不开。她在内心坏笑，这种千载难逢的机会，不得好好欺负她一下。

曹玲玲真是太可怜了。

"谁掀开被子看一眼啊。"

一直沉默不语的甄柔突然发话。

这时候，手机的屏幕灯消失，被窝里陷入黑暗。

克里斯汀悄悄抬手，绕到曹玲玲的右肩上，倏地拍了一下。谁知道，曹玲玲反应过猛，一下子就扑进了她的怀里，嘴里还不停嚷着"不要"。

甄柔又急忙将灯光打开。"谁看一眼啊？"她再度问道。

没有人回答。

须臾，叶友友大笑了起来，克里斯汀也跟着笑了起来。

曹玲玲与甄柔这才反应过来，原来是两人联手耍的花招。

"你们故意吓人？"

"喂，我们这是在讲鬼故事，本来就是要吓人的嘛！"

道理是这么个道理，大家都是成年人，又生活在现代社会，封建迷信那一套骗小孩都不好使了，更何况还是大学生呢。不过，氛围这个东西真的是特别奇妙，雷电，暴雨，黑夜……种种元素组合到一起，即便是再坚定的唯物主义者，恐怕也会提心吊胆。这没什么好丢脸的，人类大脑受到刺激，表现出恐惧心理，是再正常不过的现象。

"嘻嘻嘻，玲玲你这个小傻妞，真以为有怪物会突然拍你的肩膀啊？"克里斯汀捂着嘴嗤笑。她得逞了，别提多开心。

"珊儿，你真幼稚！"曹玲玲气愤道。

然而，令所有人都意想不到的事情，终究还是发生了。

"怪物"真的在被窝外。

曹玲玲感受到后背传来一阵击打，力道不重，却异常真实。

101病房里骤然响起尖叫。

谁都不敢钻出被窝。

倏地一下，被子被粗暴地拉拽开，四个少女面前出现了"魔鬼"。

"你们在干吗呢？"

灯已经亮起，出现在四人面前的正是值班的护士李玥。

有句话说错了，对于克里斯汀来说，李玥是一个拿着针筒的魔鬼，但对其他人来说，她是天使。

"大半夜不睡觉，还想不想养病了？"李玥特别关爱克里斯汀，打趣道，"信不信我现在就戳你屁股？"

这时，阳台的门发出吱呀一声怪响，门开了一条缝，风透过缝吹了进来。

李玥走进阳台，将窗户关严实，回头招呼屋内的病人睡觉。

鬼故事大会结束，四个女生将床分开，特别乖巧地听从了指挥。

李玥看着大家，一脸慈祥。

甄柔第一个躺回到床上，她问李玥道："护士姐，这些天一直都是你值班，你不累吗？"

经她这么一说，克里斯汀也回忆起，自从住进病房，日班夜班都是李玥在忙碌，来打针的就只有她一个人，因此才会那么害怕见到她。

李玥呼出一口气，身体松弛下来。

"明天就可以休息了。"

一听这话，克里斯汀立马两眼放光。

李玥看出了她的心理，也学起了调皮，对她说道："换个老阿姨来扎你，更疼呦！"

克里斯汀气鼓鼓地扭过头，钻进被窝，不再看她。

101病房又回归了往日的平静。

清晨，雨停了，艳阳挂上了蓝天，清脆的雀鸣此起彼伏，大地一片生机勃勃的样子。

曹玲玲离开了医院；叶友友被推出去做检查；医师何瑞德看了克里斯汀最新的报告，告诉她再过两天就能出院了。

喜讯来得如此突然，回到病房的克里斯汀手舞足蹈，已经在内心盘算吃些什么了。

甄柔侧卧在床上，祝贺她即将康复。

克里斯汀瞧见她的眼神，有些混沌，意识到对方内心盘旋着阴霾，便收敛起了笑靥。未待她发问，甄柔突然开口说道：

"昨晚是你提议讲鬼故事的吗？"

克里斯汀有些莫名其妙，但还是摇头表示了否定。

甄柔摆出一副深沉的面孔，微微颔首，似乎确定了某件事情。接着，她继续问道：

"这些天，你一直熬夜看漫画、玩游戏机吗？"

"是啊，怎么了吗？"

"没有一天断过？"

克里斯汀更加疑惑，不明白这位病友为何如此发问。

"是的，夜里肚子疼得很，睡不着。"

"昨晚最后一个去阳台的人是你吗？"

甄柔的提问越来越虚无缥缈，直叫人摸不着头脑。

"夜间雨大，门窗应该都是关严实的。"

她更像是在自言自语。

克里斯汀注视着她，看着她起身，下床，去到阳台，然后在窗户前发呆。

窗外，一排排梧桐随风发出窸窣声响。

"小柔姐，发生什么事了吗？"

甄柔回首笑道："没事，是我多心了。"她张开双臂，拥抱可爱的克里斯汀。

"再次祝贺你即将康复。"

"小柔姐，也希望你能尽快战胜病魔，出了医院我们再一起去吃好吃的。"

"你这馋嘴的小丫头，好，姐姐答应你，请你去吃豪华大餐。"

"一言为定。"

克里斯汀笑嘻嘻地伸出小拇指，两人拉起钩。

没有人能够预想到，这一次拉钩竟成了101病房最后一个温馨画面。

无面人寻舌的故事真的只是谣传的鬼故事吗？

那个怪物是否真的进入过101病房？

是否，真的有人从高楼坠落而下？

出院的前一天，曹玲玲早早来到医院，看见闺密熟熟地睡着，知道她已经不再受腹绞痛困扰了。叶友友安然地躺在床上，但阳台一侧的床上却不见了甄柔的身影。床上冰冷冷的，似乎人一夜没有回来了。

甄柔去了哪里？没有人知道。

曹玲玲走进阳台，准备拉开窗户，放新鲜空气进来。一只猫从梧桐树上猛然跃下，跳在了窗台上，把她吓了一跳。

那是一只黑猫，有着暗黄的眼眸，在古代传说或恐怖故事里，这种猫都是不祥的化身。

黑猫与曹玲玲对视，传达出死亡的气息。

真不吉利！

黑猫抬起右爪，伸出舌头舔舐。蓦然一瞥，曹玲玲惊悚地看见鲜红的血液沾满了猫的爪子。随后，黑猫跳下窗台，窗台上多出两排血脚印。

跟随猫的身影望去，四米之外，梧桐树下，甄柔正静悄悄地躺在血泊之中。

死寂！

医院的天空又蒙上了阴云。

5

郊区的市人医二院不在刑警一队廖山队长的管辖范围内，但一桩命案发生在克里斯汀身边，他这个老熟人自然是要过来走一遭的。

101病房内，廖山坐在了克里斯汀面前，详细询问了案情经过。

所谓经过，其实就是复述了一遍早上曹玲玲发现尸体的过程。

整栋医院没有人知道甄柔是如何陈尸在住院楼外的。调取监控，廖山发现，凌晨一点甄柔独自一人出了病房，然后上了天台。甄柔的死因是坠亡。不巧，楼外的监控无法捕捉到事件发生的瞬间，甄柔陈尸的地点处在监控死角。

这是自杀吗？

每年，大大小小的医院住院部都会发生那么一两起跳楼自杀事件，死者大多身患重病，将不久于人世。然而，甄柔的主治医师告诉廖山，甄柔的病情并非严重到让人想以死了结余生的地步。蹊跷的点就在这里，没有发现谋杀的痕迹，却也找不到自杀的理由。

"说说你的看法吧？"

廖山非常信任克里斯汀的小脑袋瓜，过往，两人可有不少惊心动魄的刑侦破案搭档经历。最近一次是在动车上，他们成功阻止了一场袭击事件。

克里斯汀没有正面回答，极力避开死亡的话题，可想而知，她的内心是多么悲恸。

"大叔，就你一个人来了？"

言下之意，是询问他的徒弟古阡陌。

廖山答道："最近市内毒贩猖獗，阡陌被借调去缉毒科当了工兵，前天还协助缉毒警抓获了一直潜逃在外的大毒枭。"

"看来那小子混得不错。"

"你又是怎么回事？"

"吃坏肚子了。"她委屈巴拉地说道。

"死者跟你是一个病房的病友？"

"是的，昨天还好好的，今天就突然离开了，真让人伤心。"

这句话是真心的，克里斯汀默默垂下头，心中的情感瞬间泛滥，眼泪扑簌簌掉了下来。

廖山不知道该怎么安慰，只得默默地等候。曹玲玲在一旁已经泣不成声。对于案件，两个女孩甚至不如他调查取证得知的多，同时被情感所困，什么忙也帮不上。最后，廖山只得失望地走出病房。

是自杀，还是谋杀？

案件僵住了。

第二天，克里斯汀出院了，但心情始终好不起来，心心念念的美食吃进嘴里也不香了。她回忆与甄柔拉钩的场景，明明说好一起去吃大餐的，如今天人永隔，再无可能兑现诺言。

倒是一向多愁善感的曹玲玲首先从悲恸中走出来，替闺密鼓劲打气。

这天，幽幽的蝉鸣从远处飘来，一个许久未见的老熟人来到了克里斯汀家门前。老熟人的身旁还站着曹玲玲。

"阡陌哥哥，待会儿你可要好好安慰小珊儿啊。"

古阡陌晒黑了不少，但也干练了不少，不再有去年侦破恐怖怪鸟连续杀人事件时的青涩与生疏。他冲曹玲玲认真地点了一下头。

两人来到克里斯汀面前，古阡陌热情地打了招呼。

"是你啊，好久不见……"克里斯汀有气无力地回礼。

"丫头，看我帮你解决了什么大麻烦……"古阡陌得意扬扬地炫耀道，"之前不是有个导演约你演戏嘛，我拜托外地的同事查了一下，发现他们真的是个野鸡剧组，专门靠诈骗为生。你是不是要好好感谢我呀？"

克里斯汀没有回应。

曹玲玲瞪了古阡陌一眼，她都不知道这家伙在说什么胡话，哪有安慰人用这种态度的，果不其然，这家伙一样不靠谱。

古阡陌无奈摇头，索性摊开架势，开门见山问道："你到底怎样才能打起精神？"

他们一直以为克里斯汀是因为同室病友意外惨死而精神不振，却不知，克里斯汀内心有更深邃的想法。

自杀，这个结论带来的悲恸中会有遗憾与唏嘘，如果不是自杀，那一定会掺杂愤怒与仇恨。克里斯汀目前就是这种状态，这些天，她不断思考、演绎、推理，确信甄柔死亡背后还隐藏着一个巨大的秘密。她明白沉浸在哀怨中没有任何意义，她需要的只是一根导火线，用来引燃愤怒与仇恨的火药桶。

一定要捉住真凶。

这些天她表现出来的低沉情绪，全部来自无法破解这个谜。

突破口会在哪里呢？

古阡陌见克里斯汀无动于衷，也无可奈何，只得冲曹玲玲耸肩，表示自己无能为力。

"算了，我还得去缉毒队报到，去给缉毒警们打下手……哪天她振作起来了，我再来看你们，到时候我们再一起去吃好吃的。"

听见有好吃的，克里斯汀轻展蛾眉，眼眸中一道亮光转瞬即逝。

"好吃的……对了，李玥还扣留着我好多零食呢，我得去把它们全要回来。"

曹玲玲真搞不懂闺密，这时候居然还惦记着那些零食，然而她并没有意识到，克里斯汀如此说，目的只是回医院，好发现更多线索。

"医院，市人医二院？"古阡陌忽然问道，"确定要去？"

克里斯汀与曹玲玲面面相觑，不明白他是什么意思。

"我们最新盯上的毒贩团伙就活跃在那片区域，前些日子，一个跑货马仔就是在二院外的商品房里被逮住的。想去那里的话，我倒是可以顺路载你们过去。"

克里斯汀猛然一惊，似有一道闪光划过脑海，她揪住古阡陌的领口，怔怔地问道："那个马仔是什么时候被逮住的？"

见多了这种场面，古阡陌已经不再大惊小怪了。他说了一个日子，克里斯汀立刻回忆起来，正是她住院后的第二天，那天夜里她玩了一个通宵的消消乐游戏。

这时候，那天清晨甄柔怪异的言行浮现在克里斯汀的脑海里，一根看不见的线将整个事件串联起来，她终于找到合理的意义去解释那些疑问了。

鬼故事，不眠之夜，门窗，毒贩，奇妙的态度……

这个推理太异想天开了！

"咋啦，小珊儿？"

"古阡陌，你们是如何捉住那个马仔的？"

从克里斯汀的语气能够听出，她似乎明白了些什么。这不是在开玩笑，这个疑问背后揭露出来的信息是至关重要的。

古阡陌认真回答道："这伙人藏得特别深，前些日子，我们抓住一个大毒枭，从这个毒枭口中得知郊区一带是他们走私运输毒品的通道。然而，无论我们怎么追踪，根本找不出毒贩上线的行动轨迹。我们翻遍了城市交通网络和闭路电视系统，别说捕风捉影，就连根毛都找不到。如今的社会，想要逃过天眼，在城市里不留痕迹地行动，几乎是不可能完成的事情。缉毒队就纳闷了，这帮人就好像会隐身术一样。"

"可你们还是逮住了一个。"

"确实。不过那也是这个跑货马仔疏忽，因为有前科，又暴露在了监控下，我们根据大数据分析，锁定了他的行动轨迹。"

"警惕了这么久，这个马仔为何会愚蠢到自暴行踪呢？"

古阡陌摇头："这就不知道了，缉毒警的审讯工作我是没有资格参加的。"

克里斯汀眯起眼睛看他，仿佛在问他都干了些什么工作。

古阡陌羞愧地挠了挠头，那表情就算是回答了，意思是什么重要任务都不参加，就是个跑腿打杂的。

曹玲玲拉起闺密的手，问道："珊儿，你都发现什么了，跟我们说说吧。"

克里斯汀故作深沉："一切都是未知，不过有一点可以确定，医院是必须得再去一次的……"

6

时间对上了，地点也靠近了，逻辑链条能够闭合了。甄柔死亡背后，一个惊天秘密初现雏形。

真相就藏在鬼故事里。

古阡陌驱车，载着两个少女来到郊区。

有所改变的是，克里斯汀的情绪不再阴沉，似乎又找回了曾经那个无法无天傲娇少女的感觉。

车停在一个十字路口，古阡陌指着不远处的一栋大楼，告诉克里斯汀，缉毒警们就是在那里逮住的跑货马仔。也正是在这个十字路口，监控记录下了他的身影。

克里斯汀观望四周，满意地点了点头。

"现在送我们去医院吧。"

古阡陌没有启动车子，而是十分郑重地警告她："丫头，这里可是有毒贩出没，你可一定注意安全。"

克里斯汀摊开手："八字还没一撇呢。这个推理太过异想天开，最终十分有可能成为一个笑话。尽管如此，该做的事还是得去做，该确认的线索必须一一挖掘出来。"

古阡陌不再犹豫，发动汽车，拐了个弯，直冲医院而去。

由于还得回队里报到，古阡陌临走前再三叮嘱，让她们不要放松警惕，一旦遇到危险就打电话给刑警队，廖山和其他同事们会第一时间赶过来。

克里斯汀露出不可思议的表情，这才发现原来自己的魅力如此大，整个刑警队都宠着自己。也难怪，帮刑警队解决了好几个大案子，自己又长得那么漂亮可爱，不宠着自己又去宠谁呢？她差点嘚瑟得飞起来。

在一旁注视着克里斯汀的曹玲玲露出了欣慰的笑，曾经的小珊儿完完全全复活了。

"走吧，玲玲，我们先去便利店……"

好嘛，还是逃不过零食的诱惑，曹玲玲乐呵呵地跟在她的屁股后面。

货架上，薯片、可乐、巧克力、辣条……所有克里斯汀喜欢的，应有尽有。

"玲玲，四个选项，请做题，挑选美味的零食投喂你面前的小可爱。"

"意思就是说我付账呗！"曹玲玲投去鄙夷的目光。

薯片太过油腻，病愈之后不适合过量摄入油脂；巧克力太贵，拮据的口袋负担不起；辣条又不健康，再吃出个胃病来可就麻烦了。想来想去，只有可乐是正确的选择。

"三块钱，只准喝一瓶可乐。"

克里斯汀气呼呼地叉起腰。

"喂，这是一道多选题呀。"

"全都要？"

果不其然，这正是克里斯汀这丫头的秉性。

"我真是败给你了。"

两个少女来到空旷的小广场，放眼望去，右前方住院部大楼的招牌格外醒目。曹玲玲甚至生出了一丝怀念的感情。

"这里大约就是鬼故事里护士被无面人袭击的地方吧？"克里斯汀一边嚼着巧克力，一边问道。

曹玲玲观察四周，点头同意。

正前方，住院楼斑驳的墙体上，一架监控摄像头直直对准这里。

"走吧，去梧桐林看看……"

来到东边，长长的绿化带阻隔了她们前进的道路。两人远远望去，看见了101病房的阳台窗户，同时还有甄柔陈尸的那棵树。

曹玲玲情不自禁，眼眶又湿润了。转首再看克里斯汀，却发现这丫头正仰头观察整栋大楼的东墙。

"果然，跟我想的一样……"

克里斯汀没有解释新的发现，曹玲玲被她拉着又来到了西边。

住院楼的西侧是一片低矮的灌木，鬼故事中，无面人正是从不远处的山脚下来到医院的。

同样的动作，克里斯汀仰望大楼的西墙，说了同样的话。

碎片一块一块拼接起来。那个可能会成为笑话的推理越来越有现实的模样。

克里斯汀弓着腰，钻进了矮灌木丛，学着黑猫走路的姿势，爬到山脚下。

当然，这里没有无面人和被夺去舌头的可怜女人。

山林里的寒风肆意倒灌，阴影中，不可描述的邪恶悄悄露出了狐狸尾巴。

又一块碎片被拾起。

回到住院部大楼前，天已经漆黑。

还有最后一块碎片需要确认。

克里斯汀拉着曹玲玲的手进入大厅。

"无面人是从这个门进入住院楼的吗？"

克里斯汀并不是在提问，她的注意力在墙上的值班表上。

今天李玥不当班，何瑞德医生倒是在办公室。

走过那条长长的走廊，两个少女来到了101病房的门前。

"不进去打个招呼吗？叶友友应该还躺在床上。"曹玲玲提议道。

克里斯汀摇了摇头，微微一笑道："不了，我们很快又会见面的。走吧，玲玲，我们回家。"

"这就完了？"

"是啊，所有碎片都收集好了，我已经知道真相了。"

虽然早有心理准备，但当闺密说出这句话时，曹玲玲还是惊讶地张大了嘴巴。

"快告诉我，甄柔究竟是怎么死的。"

克里斯汀没有回答。走廊昏暗的灯光照在她动人的面庞上，她撩拨了一下额前的发梢，轻轻叹出一口气。

真相知道了，然而，没有任何证据。

时间会给出准确的答案。

从医院回来后，克里斯汀已经一个星期没有再提甄柔被害的事了。曹玲玲头一次怀疑闺密，这丫头究竟有没有挖掘出真相。每每提及此事，克里斯汀总有各种各样的借口避开回答。

受挫的不仅是这里，刑警队也是一片唉声叹气。

由于实在找不到犯罪的一丝证据，队里一致认为，这就是一起自杀案件。虽说不情愿，廖山还是在结案报告书上签了字。这几日，古阡陌又被调去给缉毒队打起了下手。据说，市内的毒品交易死灰复燃，再度猖獗起来，市面上毫无征兆地出现了大批高纯度海洛因，没有人知道这些毒品是从哪个渠道被运进城的。甚至，关于毒贩是隐形人的都市传说甚嚣尘上，搞得市民们人心惶惶。

天气越来越热，蝉儿越鸣越响，这天气也是阴晴不定，乌云压城，雷电轰鸣，整座城市都笼罩在一片愁云惨雾之中。

这天傍晚，刑警队接到一个电话，电话那头只说了一句话：
"该收网了。"

在克里斯汀家里，她瘫坐在沙发上，肚子咕咕叫个不停，然而一翻钱包，里面除了几个钢镚儿，什么都没剩下。之前信誓旦旦说要吃光羊村里的羊，到头来连条羊腿都没享受到。她总算是体会到灰太狼的苦了，穷困潦倒的辛酸泪一把一把往肚子里咽。这时，她拨通了闺密曹玲玲的电话。

"喂，玲玲，我肚肚饿。"

"你这丫头月头大手大脚花钱，月尾含泪哭穷骗我零花钱，你可真是我的好闺密啊！"

"我就问你来不来吧，我想吃烤羊肉串……"

"这年头，越穷的倒是越嚣张啊。"

"就这一顿，求求你了，求求你了……"

见强硬攻势不奏效，她又变换了撒娇模式。

总有一招是奏效的。

三十分钟后，曹玲玲赶到了她家。

实际上，每次被"诓骗"过来的曹玲玲内心同样期盼着出去潇洒一顿，甚至，更多时候她自己也抵挡不住美食的诱惑。每当这个时候，克里斯汀总会打来电话，就好似她肚子里的蛔虫，十分及时。

"喜羊羊，美羊羊……我要吃光小绵羊……"

可爱又幼稚的少女出门享受美食去了。

晚间八点，走出烧烤店，克里斯汀将手搭在曹玲玲的肩膀上，眉头紧皱急急说道：

"坏了。"

曹玲玲惊悚地看着她。

"不会吧？"

"就是。"

"我的老天爷，你这丫头的肚子跟羊肉犯冲是吧？"

"玲玲，快送我去医院……"

能有什么办法呢？谁叫这是小珊儿呢！

此时恰似彼时，同样的急诊室，同样的医师。

何瑞德医生满脸尴尬，甚至都不知道该问她什么问题，最后只憋出一句："什么感觉？"

克里斯汀龇牙咧嘴，叫唤道："就好像有一百只曹玲玲在我肚子里'咣咣咣'跳个不停。"

曹玲玲一脸生无可恋的表情，她是真拿这丫头没有任何办法。

"还是跟上次一样吧，给你开点消炎药和止疼针。"

"我不打针。"克里斯汀鼓起脸颊，坚定拒绝道。

"由不得你。"

"我就不，我就不……我不打针。"

"那肚子疼怎么办？"

"我不疼。"

"现在疼怎么办？"

"疼了也不疼……"

何瑞德医生和曹玲玲纷纷摇头叹息。

开了一些止疼药片，克里斯汀晚上就直接住在医院里了。还是上次那间病房，有两张床铺空着，这些天只有叶友友一个人还留在里面。

见到克里斯汀回来，叶友友吓了一跳，同样感觉到不可思议的还有护士李玥。

曹玲玲将她安顿下来，准备回家。然而，外头暴雨如注，又一次，她被困在了郊区的医院。

"反正有床位，今晚就陪我睡吧。"克里斯汀捂着肚子，一脸衰相。接着，她又转头问叶友友："没有打扰你吧？"

叶友友痴痴地摇了摇头。

"又是一个不眠之夜啊，幸好出门前把游戏机带在了身上……"说着，她又将游戏机掏了出来。

叶友友急忙问道："你要玩一个通宵？"

克里斯汀点头表示正有此意。

坐在远端床铺上的曹玲玲本打算制止闺密，忽然，一种醍醐灌顶般的冲击当头劈下，她一下子意识到了什么。即便再愚笨迟钝，也不可能完全没有察觉，于是她选择了缄默不言。

雷雨以磅礴之势倾泻而下，电光忽闪忽闪，令人好不压抑。

黑暗之中,一个声音突然响起。

"我想念小柔姐了,我们来讲鬼故事吧。"

同样的雨夜,同样的病房,同样的提议,只是,唯独少了一个女孩。

叶友友坐起身,怔怔地望向隔壁的床铺。

"还是把床拼在一起,我们三个躲在被窝里讲鬼故事。"

"好……好呀……"

叶友友用颤抖的声音答道。

另一边,曹玲玲咽下一口口水,坐起身,回答道:"反正也睡不着,就一起讲鬼故事吧。"她听懂了闺密的意思。

说起来,这丫头很长时间没喊肚子疼了。

很快,床铺合并,被子盖头,换气扇全功率运转,新一轮鬼故事大会正式开始。

7

这次,克里斯汀坐在了背靠大门的位置,曹玲玲在右侧,背靠阳台。叶友友在左边,她将手机反扣在脚下,提议用克里斯汀的手机来提供荧光。

克里斯汀没有拒绝,按下主机键,荧光亮了三十秒的时间。

"从哪儿开始呢……最近我新看了一部恐怖片,不如就给你们讲讲这个故事吧……"

克里斯汀是发起者,自然,第一个故事由她来讲述。

她绘声绘色地描述着恐怖片里的情节,巨细靡遗,无比震撼,甚至胆大的叶友友都微微颤抖起来。

不少次,曹玲玲害怕得扑到闺密怀里,三个少女在被窝里搅在一起,好不热闹。

屋外的雨势弱了不少,雷电也有好一会儿没炸裂了。

时间就在这般诡异的氛围中走过了五十分钟。

克里斯汀渐入佳境,状态火热,恐怖故事也即将迎来高潮。然而,就在揭开故事谜底的时刻,她却戛然而止,不再讲述。

"怎么了,珊儿,为什么不讲了?"曹玲玲胆战心惊地问道。

克里斯汀按下主机键,荧光亮起。

"因为没有必要再说下去了……故事结束了……"

"可是……"叶友友欲言又止,语气似乎并不像意犹未尽。

"没有听够吗?"克里斯汀反问她。

叶友友没有回答。

"不如,我再给你们讲一个真实的事件吧。"

"真实的事件?"这次,曹玲玲和叶友友异口同声疑惑道。

"是啊,就是甄柔姐的死亡真相……"

这一秒,光亮消失,被窝里的时空瞬间凝固,真正的恐怖降临。

甄柔的死亡真相!

一定要在这样的情境和氛围下揭露。

由鬼故事起,由鬼故事终。

荧光再次亮起,这次是叶友友按下的。

"你在说什么呀,警方不是结案了吗,是自杀的。"

"哦?你确定是自杀吗?"克里斯汀目不转睛地看着叶友友。

"喂,别用看一个杀人犯的眼神看我,即便不是自杀,我也不可能是凶手。"

"确实,你有完美的不在场证明,医院监控摄像只拍到甄柔一个人去天台,并没有拍到你走出101病房。"

"就是嘛,我是无辜的。"叶友友长舒一口气。

克里斯汀再次开口:

"在我们讲完鬼故事后的那个清晨,甄柔姐曾问了我几个非常诡异的问题,我一直搞不懂她是什么意思,不妨说出来,看看小叶姐能不能帮我解惑。"

灯光消失,灯光再亮。

叶友友脸上没有丝毫波澜,既不答应也不拒绝。

"甄柔姐提问前一晚是不是我提议讲述鬼故事的,我的回答是'否';然后,她又问我住院的这几天是否一直熬夜看漫画和玩游戏,我的回答是'确实';最后,她再问,晚上最后去阳台的人是不是我,我没有回答,她却说夜间雨大,门窗应该都是紧闭着的。这三个问题,不知小叶姐如何作答?"

叶友友不吭声。

曹玲玲却问道:"这有什么意义吗?知道这三个问题的答案又能怎样?"

克里斯汀轻笑一声,说道:"当然有意义,甄柔姐死亡的真相就藏在这三个问题的答案里。"

这一语好似旱地惊雷,震得被窝里的少女们心慌慌。

终于，叶友友开口了。

"提议讲鬼故事的人是我。"

"果然如此，我想甄柔姐也是这样认为的。其实逻辑非常简单，她问这个问题自然表示她不是提议之人；从我这里得到答案后，她便将我排除了；玲玲特别胆小，在我们的怂恿下才勉强答应参与进来，怎么想都不可能是玲玲主动提出来的。因此，剩下唯一的可能就是小叶姐你了。"

"就算是我，又能说明什么？"

"没错，说明不了任何事情，但这个提议背后的真实意义却是整个案件最核心的逻辑原点。此处，我先按下不表，再来讲第二个问题。

"小柔姐为何如此关心我的作息时间？我夜里看漫画、玩游戏都非常克制，并不会给室友造成困扰，也绝不会打扰到大家休息。我的行为无聊又无害，怎么联想都与小柔姐的死扯不上任何关系。可是，恰恰是我这个无聊又无害的行为，让小柔姐联想到小叶姐提议讲鬼故事的真正用意——这个案件最核心的逻辑原点——阳台窗户。

"这也引出了第三个问题的最终答案。究竟是谁最后进入阳台，又是谁负责将门窗紧闭，最后又是谁疏忽大意，留下空隙，让寒风吹进了屋里……"

气氛越来越紧张，曹玲玲忍不住攥紧了闺密的手。

谜底揭晓。

"101病房里的四个人都不是，答案是——怪物无面人。"

叶友友发出一阵嗤笑，仿佛在嘲讽克里斯汀脑子有问题。

"那是胡诌的鬼故事，你不会真的以为这个世界上有无脸怪物的存在吧？"

黑暗中，克里斯汀也发出一阵诡笑。

"你确定真的不存在吗？"

"你到底想说什么？"

"前些日子，缉毒警就抓住一个，货真价实的怪物无面人。"

"你是什么意思，毒贩是无面人？"

"就是这样。"

曹玲玲理顺了闺密的逻辑，复述道："被警方抓住的毒贩偷偷跑进医院，然后打开了我们病房阳台的窗户。可是，警方在你住院的第二天就抓住了那个毒贩，我们是后来才讲鬼故事的，时间上存在矛盾啊。"

"玲玲，谁告诉你无面人就只有一个？"

曹玲玲在黑暗中摇头，不明白闺密真正想表达的意思。

克里斯汀接着说道:"小叶姐,现在来聊聊你讲的那个鬼故事。你又如何胡诌出这样一则都市传说?这真的是一直流传于医院的怪谈吗?实际上,直到我住进这间病房,这则怪谈都是不存在的,说明白点,这个故事就是你当天为了我特意编出来的。我说的没错吧?你是真的黔驴技穷了吗?还是说创作的灵感仅限于此?"

"故事从山林始,终于101病房,与现实形成一个对接状态。不得不说,恐怖氛围营造得还蛮优秀的,唯一的缺点就是破绽太多,又或者说,你隐藏在鬼故事里的现实线索太明显。

"我们不妨假设一下,怪物无面人的真实身份是毒贩,它所追求的舌头是运输的毒品。那么,从山林下来,越过矮灌木,来到住院楼前,一路必然要隐蔽行踪,不让路人或摄像头捕捉到。你在故事里也暗示了,独眼老鸹实际上就是摄像头,无面人一直在观察老鸹的动作,而老鸹始终没有捕捉到无面人的身影,这不正表明毒贩行事小心的个性吗?"

曹玲玲有点不理解,问道:"无面人明明袭击了从便利店出来的护士,而且还从住院楼大厅来到了101病房。这不矛盾吗?"

克里斯汀忍不住吐槽道:"玲玲,笨哪。如果一切都按现实来描写,听众岂不是一下子就能联想到贩毒通道和监控摄像了吗?"

其实,刚问完,曹玲玲立马就明白了这个道理。被闺密调侃笨,却又无法反击,她的脸颊一下子涨得通红。幸好,黑暗中没人看见。

"前些日子,我和玲玲回到医院实地侦查了一番,我发现住院楼东西外墙上的监控摄像头角度都很随意,通过估算,我模拟了一条完全不会被医院监控系统捕捉到的路。这条路从山林的一处起,通过矮灌木丛,来到住院楼的西墙,由某个房间的窗户进入大楼,直接穿过外面的走廊,从101病房经过,再由阳台窗户穿过到达东墙,径直走过梧桐林,来到医院东边的围栏。这样一来,毒品由山野运输到城市,就会做到神不知鬼不觉了。"

叶友友说这是天方夜谭。

"且不论这条通道是否真的存在,一般毒贩至于如此大费周章,冒着被医院病人及医生撞破的风险,以如此烦琐的方式运输毒品吗?"

克里斯汀在黑暗中摇头:

"或许真的有必要呦。现在全市禁毒力度加大,天眼系统密布大街小巷,警方通过下线可以非常容易地锁定运输上线,只要排查所有道路监控系统,追根溯源,找到更上线的制毒工厂都不在话下。事实表明,很多地下工厂的暴露,除了线人举报这个原因，更多的是缉毒警通过运输线路挖掘追踪得到的。

"医院这一条隐蔽线路，最早恐怕是黑心医生为了方便偷运走私药物开辟制造的，后来阴差阳错被毒贩们知道。于是，毒贩们便在山林里建造制毒作坊，用最原始的人力徒步运输，一点一点渗透进市区里。"

曹玲玲补充道："所以警方始终都无法打掉这个贩毒集团，即便他们抓住了下游的毒贩，也不可能从这些人嘴里撬出具体的运毒线路。这一条完美避开所有天眼的线路就是他们的隐身符啊。"

"正解，玲玲。"

"可是，这又与甄柔姐死亡有何联系呢？"

克里斯汀按下手机主机键，被子里再度闪出亮光，一瞬间，叶友友被光刺痛了眼睛，下意识用手遮挡。

"还不明白吗？毒贩只能靠脚力运输，这条线路上最大的障碍就是住院楼，要想将毒品神不知鬼不觉地运进市区，就一定要通过这间101病房。这位老病灶叶友友女士就是无面人，她的工作只有一个，负责接应大楼东西两面墙外的同伙。"

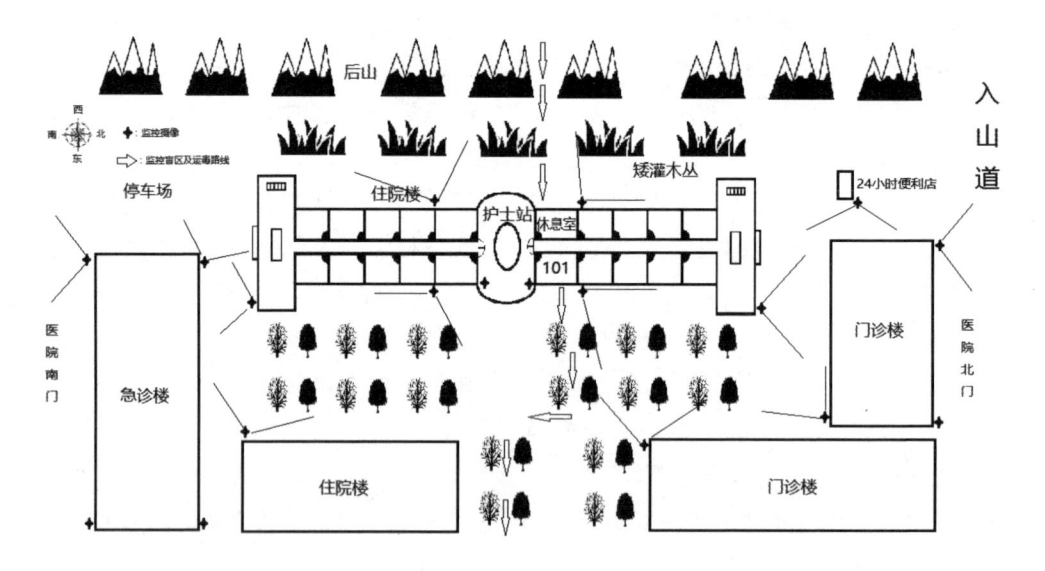

叶友友放下手臂，脸上浮现出狰狞的诡笑。她很狡猾，并没有承认一切。

"你们运输毒品的时机把握得非常细致，绝对不在白天进行，只等到夜深人静，尤其是暴雨如注的夜晚，你们可以肆无忌惮地将毒品交给下线贩卖，因为警方永远也不可能发现你们秘密运输毒品的线路以及制毒工坊。如此一来，你们几乎不可能暴露。"

叶友友还在狞笑。

小小的被窝，与毒贩共处一处，曹玲玲怕极了，攥着闺密的手一直不愿松开。

"只可惜，这一切都是我的猜想，虽然有现实逻辑支撑，但我没有任何证据。小叶姐，你不用害怕，就算我将这些情报告诉警方，警方也会认为是无稽之谈。你们的动作小心隐蔽，想要将你们绳之以法，还真有不小的难度。"

叶友友微微抽搐了一下，她欲言又止。

"就当是个鬼故事吧。只是可怜了甄柔姐，稀里糊涂丢掉了小命。"克里斯汀照亮被窝，再问道，"还算精彩的故事吧？"

三个人的眼神彻底变了。

叶友友拿起自己的手机，并没有进行任何操作。

"精彩。"

"何不讲讲你们是如何杀死甄柔姐的？"

"你这算是在套我的话吗？"

"就算是吧，怎么，你不敢说？"

叶友友有些忌惮，但看着静悄悄的手机，她的内心又十分安定。正如克里斯汀所言，这个推理听上去就是个笑话，不过她很确信，直到目前为止他们都是安全的。贩毒、杀人、欺骗、伪装……虽然暴露了，但只要将眼前这两个人杀死，依然能够守住秘密。

"以一个朋友的身份，我想知道甄柔姐究竟是不是小叶姐杀死的。"

这时候，叶友友的手机屏幕闪出了亮光，一条短信发送到了她的信箱里。上面写着：

没有危险，告诉她无妨，我就在外面拿刀伺候着。

"你比甄柔还要聪明啊，那个女人到死也没有明白，我们搞这些小动作究竟是为了什么。"遽然，她狡黠笑道，"甄柔只凭借着一些猜想就敢来勒索我们，集团里的亡命徒们如何能容得下她呢，把她从天台推下去，完全是她咎由自取。"

就像在炫耀什么了不得的战功，叶友友将谋杀甄柔的经过眉飞色舞地讲述了一遍。

"不过，我实在搞不懂，我们只露出了一个小小的破绽，你是如何将所有的事情串联起来的？"

克里斯汀不慌不忙，反问她："你说的小小破绽就是未关严实的窗户吗？"

"难不成还有其他的破绽？"

"那个意外被抓获的马仔也算一个。我的一个刑警朋友提及了这件事，这才是最早令我将所有事件串联起来的契机。"

克里斯汀已经将手机握在了手里，完全不让荧光熄灭。

"小心谨慎的毒贩为何会铤而走险？即便冒着暴露身份的危险也要通过监控摄像？促使他这样做的动机又是什么呢？我忽然想通了甄柔姐提出的那三个问题，瞬间就明白了，一切原因都在我身上。住进这间101病房之后，夜里我都在看漫画和打游戏，无形之中，我将你们贩毒的通道从咽喉处掐断了。即便外面电闪雷鸣，运毒线路畅通无阻，只要毒品无法从这栋大楼转运，再优越的条件都是空谈。你们本可以绕开住院楼，直接让东西外墙等候的毒贩接头。可是，这样一来医院的监控系统里必然会留下这两个夜行人的身影。这是你们无法容忍的隐患，医院这条线是万万不能暴露的，因此你们情愿不运输，也要保护好这条线路。可是，市场的暴利又令你们无法等候，山林作坊制造出的毒品需要销售，因此你们启动了备用线路。这条线路之所以是备用线路，是因为它不可能像医院这条线一样毫无破绽可寻。在备用线路上，运毒马仔们必然要暴露在一两个监控摄像头下，因此缉毒警们才能找到突破口，抓获其中一名嫌疑人。在这栋医院潜伏的毒贩，包括你在内，至少有四个吧？你负责101病房的中转；另外有人负责在西侧房间接应从山林运下来的货物；然后是梧桐林的接引人，这个人多半是其他大楼的住院病人；再然后，就是随时待机处理应急状况的打手，也就是你刚刚所说邀请甄柔姐去天台谈判并将其杀死的人。你们将这所医院分析得明明白白，哪里是监控死角，哪里会有路人经过，哪里又是藏身的绝妙地点，都在你们的掌握之中。"

"没错，医院就是我们的生命线，制毒作坊就在后山上。你住进来之后，只要你乖乖睡觉，我们大可不必劳师动众，启用备用线路。可是你这丫头偏偏每一个夜晚都要通宵玩游戏。我根本找不到机会与同伴接头。"

叶友友低头看了一眼手机。

克里斯汀接着她的话说道："因此，实在没有办法的情况下，你提议大家讲鬼故事。真正的目的是将我们所有人蒙进被子里，好让候在这栋大楼的另一位同伙趁机通过这条线路运输毒品。"

"正是如此。唯一的破绽是，我的同伙关窗的时候留了一条小缝，让风吹了进来，这才令甄柔窥见了端倪。"

如此可怕，又是如此大胆的计划，曹玲玲听后，倒吸一口凉气。

现在，最大的疑惑变成了谁是这栋楼里的另一位无面人。

"小丫头，你那么聪明，一定已经猜到这个人物的真实面目了吧？"

克里斯汀涩涩地笑道："西墙外的监控盲区只有一处地方，找到这个窗口，自然就能知道谁是另一位无面人。说起来，和东墙一模一样，这个窗口与101病房正对，就是护士的休息室。"

曹玲玲惊讶地捂住嘴巴。

如此说来，另一个无面人竟然是……

"李玥护士。"

当晚，站在曹玲玲身后，拍打她后背的，实际上就是名副其实的怪物无面人。

"李玥护士会一直值夜班，目的就是为了更频繁地运输毒品。她的那一身白色制服就是最好的掩护，即便在深夜出入休息室和病房，都不会引起旁人的怀疑。这也是你们这个计划一直以来不曾暴露的最大保障。"

叶友友发出一声急促的奸笑。

"既然知道了真相，就别怪我们心狠手辣，像对待甄柔一样对待你们两个了。"

她举起手机，将收到的信息展示给两人看。

曹玲玲吓得缩进了克里斯汀的怀里。

今天克里斯汀再一次住院的时候，叶友友就有警觉了，她提前拨通了李玥的电话，这里所有的对话都已经传到了李玥的耳朵里。

"此时此刻，李玥正拿着刀站在我们身旁，想不想掀开被子看一看故事真正恐怖的结局呢？"

克里斯汀打了一个大大的哈欠，完全没有感受到死亡威胁带来的紧张与压迫。

"这是要灭口的节奏啊。"

"要怪就怪你自作聪明，学什么不好，学甄柔找我们对峙，你就是想从我们这里讨到好处吧？"

克里斯汀噘起嘴，面对曹玲玲："你总说我贪财，这下贪出事来了，我们要死翘翘了。"

然而，曹玲玲完全没从闺密的脸上看到任何惊恐，她眼前只有一副特别欠揍的戏谑表情。

"行了，珊儿，我知道你早有准备，这是陷阱对吧？这时候就别调皮了。"

叶友友的脸瞬间耷拉下来，很快，她又恢复镇定。

"知道了真相又如何，你根本没有证据。即便警察找上了门，他们也拿我们没有任何办法。我跟李玥一直保持着通话状态，如果这是你设下的陷阱，李玥早就给我发出暗示了。她既然什么话都没说，这表明你是在虚张声势。李玥知道如何对付你这样的自负丫头，我敢笃定，在这床被子外面，她正拿着刀抵着你的后背。"

"哦？你就这么确信？人类，还真是不见棺材不掉泪啊。"

"这话应该是我说才对。"

克里斯汀又打了一个哈欠。

"确实，我手上没有任何证据，即便警方找到了山林里的作坊，也无法将你们跟毒贩联系起来。说到底，你们只负责运输，只有被逮着现行，方能给你们定罪。此刻你之所以会肆无忌惮地道出底牌，就是吃准了这一点。"

"你这丫头倒是看得通透啊。"

"可是，你有没有想过，今晚我为何要提议躲进被窝里讲鬼故事？"

好似一语惊醒梦中人，叶友友终于意识到，一直被忽略的逻辑，最终可能变成她自己的恐怖故事结局。

克里斯汀冲曹玲玲甜蜜一笑。

"我的肚子忽然就不疼了，嘻嘻嘻，你说神奇不神奇呀！"

叶友友松开了手中的手机，惶恐地说道："你最终的目的竟然是……"

"你真蠢啊，既然看破了你们的把戏，通知缉毒警，随时随地都可以将你们抓捕归案。可是，如果这样做了，甄柔姐的死就永远得不到答案了。抓住你们容易，可让你们供出谋杀甄柔姐的罪行，这就比登天还要难了。我不仅要给你们定下贩毒罪，我还要让你们承担杀人的罪行。我看过值班表，特意挑选李玥当班，同时又是雷雨天气的日子回到这个101病房。如此优越的外部环境，你们必然要运输毒品。我突然出现，就是为了让你慌张，说要通宵玩游戏，逼你犹豫是否取消运毒计划，然后再提议蒙头讲鬼故事，给你们创造运毒的条件，这一切都是我事先安排好的剧本。我必须确保你们在运毒的过程中被缉毒警抓现行，同时从你嘴里套出谋杀甄柔的口供。这两件事无法分开进行，因为我根本拿不出你们谋杀甄柔的确凿证据，唯一能给你们定下谋杀罪的方法只有让你亲口说出来，用你设计的套路来套路你。之所以没有一上来就与你对峙，而是用五十分钟的时间来讲述一个冗长的故事，就是要给被窝外的李玥提供足够多的时间来运毒。我早就预料到你会与李玥通气，如果一上来就对峙，你们发觉不妙，今夜可能就不会选择运毒了，埋伏好的缉毒警也就无法抓捕你们了。我要让你们放松警惕，觉得我是真真实实地在玩讲鬼故事游戏，等五十分钟过后，缉毒警收网，我接收到情报，利用这个封闭的小被窝，再诱使你说出真相。被窝之外与被窝之内本来不可能同时进行的两项缉凶行动，因为这一层棉布就变成可能了。叶友友，打开被子吧，看一看外面究竟是我的恐怖故事结局，还是你的恐怖故事结局。"

一着不慎，满盘皆输。

面对全副武装的缉毒警和刑警，叶友友彻底放弃了反抗。

当三个少女蒙头讲鬼故事的时候，正如克里斯汀所说，李玥完成了运毒工作，同时被埋伏好的警察抓了个现行。这一切都在无声中进行。之后，廖山控制住李玥，用她的手机向叶友友发送短信，套取口供。

克里斯汀将被窝里的录音交到廖山手中，虽然知道仅靠叶友友的自白很难在法庭上给这帮恶魔定下谋杀罪。但是，能做的她已经尽全力去做了。甄柔虽有邪念，却罪不至死。她是一个苦命人，或许，她已经被金钱和病魔压迫得喘不过气来，一念入魔，走上了敲诈勒索的不归路。

暴雨停了。

走出医院已经是凌晨两点。

路边的夜市还亮着耀眼的霓虹灯。

克里斯汀突然捂着肚子，停住了脚步。

曹玲玲瞧见，急忙问她发生了什么事。

是肚子疼了吗？

还是……

"咕咕咕……"

原来是饿了。

"我还想吃羊肉串。"

看着一脸天真无邪的小珊儿，这次曹玲玲没有心软。

"不行，回家睡觉。"

"玲玲，求求你了，求求你了。"

"撒娇也不管用。"

"就这一次，最后一次。"

"说不行就不行。在我气消之前，我再也不会买任何美食给你吃了。"

"哎呀，是我不好，我应该提早将计划告诉你的，但你也不能怪我，为了骗过叶友友，你的无知表演是必要的。"

"一百只曹玲玲在肚子里跳舞也是必要的？"

两个少女吵吵闹闹，初夏的星空下，好不温馨。

赵骏，扬州市作协会员，江苏省作协会员。金融系毕业，卡伦·霍妮心理学理论研究者，曾就职于国有金融企业。目前为职业悬疑推理作家、剧本作者，已出版长篇悬疑小说《揪出背后的人》。

巨人之怒

柳荐棉

1

乔飞航站在尸体旁,双手背后,一筹莫展。

被刺死的数学老师仲不执,仰面躺在冰冷的地板上。

他已经询问过发现尸体的学生了,没有得到任何有价值的线索,现在他似乎已经没什么可以做的了。

突然,他的目光落到了尸体旁的血泊上。血里面好像有东西,是一个扁平的蓝色长方形,像是一张卡片。

乔飞航小心翼翼地走过去,蹲下身凑近看,那果然是一张卡片,上面印着"N大学"的字样。他戴上手套,捡起卡片,翻过来,上面是一个人的名字、照片和学号。

这是一张N大的校园卡。

还没来得及细想,门口突然传来一阵骚动。

"你回来了啊。"一个女生的声音从乔飞航背后稍远的地方响起。

"是的,我刚刚上厕所去了,发生什么事了?"

听到这番对话,乔飞航迅速站起身。转过身后,看到了一个刚刚走进来的男生。似乎感受到乔飞航犀利的目光,那个男生也自然地把视线落在了乔飞航身上,两人对视着,屋子里一下子安静了下来。

男生看起来瘦瘦矮矮,像是高中生,可是那张戴着眼镜的脸总觉得有些面熟。

难道是……不会这么巧吧?

乔飞航低下头,看了一眼自己手中刚刚捡起的卡片,上面的照片和眼前的人一模一样,而照片旁边写着"姓名:周晨"。

原来如此,一切都清楚了。乔飞航抬起头,微微挺起胸膛,伸出右手指向那个男生,用洪亮而沉稳的声音说道:

"周晨,你就是凶手吧?"

周晨口唇微微张开，接着，脸上的茫然瞬间消散。他迅速转过身，飞快向门外跑去，整个过程快得让乔飞航来不及反应。

"喂，站住！"乔飞航紧随其后跑出了教室，走廊里围观的学生们自然地分成两半，乔飞航能清楚看到周晨的背影离自己只有几米的距离。

胜负已分。

乔飞航的心里有一丝得意，刚刚那一瞬间指出凶手的呼喊给他带来了前所未有的激情，此刻胸口还回荡着那份英雄般的豪迈气概，久久不能平复。而周晨的逃跑就是对乔飞航最好的肯定，比起任何言语都更能证明他的正确。所以此刻虽然他在奔跑，心情却是大战之后清理战场般的闲适。他已经对接下来发生的事情十分清楚，接着就是如英雄般抓住凶手、扭送警局，接受属于他的荣耀。

乔飞航一边跑一边这样想着。两人的距离越来越近，还有两三步远时，周晨的背影消失在走廊尽头的楼梯口处。接着，一声沉重的闷响从楼梯的方向传来，奔跑的脚步声也消失了。

乔飞航的耳朵当然听到了这声巨响，然而他的心还沉醉于构思嘉奖仪式时的发言稿，因而并未太在意。终于他也跑到楼梯口，视野变得宽敞而明亮，楼梯间的窗户将午后的阳光嵌进他脸上的每一粒汗珠里。他停下脚步，从楼梯上往下望去，只见周晨趴在地上，四肢张开，拥抱着被阳光照得发亮的地砖。这时，身后的脚步声越来越近，学生们也追随而来。乔飞航听到身后一声尖叫，人群里传来了嘈杂的议论和轻微的啜泣声。

"喂，你没事吧！"乔飞航一边喊着一边走下楼梯。周晨没有丝毫反应，乔飞航俯下身去，伸出手指试探他的鼻息。还好，有轻微的气流，但是他脑袋上有一大片倒下去的头发，形成了一个圆圈，而正中是一处很显眼的凹陷。

乔飞航转身喊道："他还有呼吸，快叫救护车！"

人群的骚动并未停止，众人怀疑和恐惧的目光被乔飞航敏锐地觉察到了，他突然意识到今天注定是漫长的一天。

2

事情的开始要从两小时前说起。下午三点十一分，乔飞航接到下级民警的消息，N大发生了杀人案，一名数学老师被刺，当场死亡。

N大是本地一所不太起眼的普通高校，属于当地学生的保底学校，在乔飞航上高中时，老师经常用"不好好学习就去上N大"的话来吓唬学生们。但因为校史比较长，也出过几个本地名人，所以N大始终是本地人不会遗忘的话题，每次出了事都会登上本地新闻头条。

近几年由于网络的迅速发展，校园里发生的各种问题都会被学生们迅速上传到网上而引发讨论，严重时还会造成巨大的舆论事故。最近一年大学生就业问题和学业压力问题愈加严峻，校园自杀案件频发，上级领导每次开会都会强调对这类事件的关切。而这次是比自杀案还要恶劣不少的谋杀案，乔飞航自然清楚它的严重性，所以立刻上报了局长。局长果然非常重视，指挥他便装上阵、带队迅速出发。可是小队里唯一一名下属刚好请了病假，时间紧迫，从别的组借人还要签好几份文件，已经来不及了，于是乔飞航只好孤身一人赶到了N大校园。

校门口停着一辆熟悉的面包车，乔飞航认出那是自己法医同事们的车，他们每次都先来一步。乔飞航刚走下车，一名老师模样的年轻女性就向他走来。虽然她的神情很严肃，直视着乔飞航的眼神却很从容。

"您就是乔警官吧？"她的语气也非常沉稳。

"是我。"

"您好，我姓林，叫林青，是N大学秘书处的老师，我来带您去现场。"

乔飞航受宠若惊，这是第一次有人这样隆重地接待他，看来大学的管理果然严格。

林青带乔飞航走进N大校园，映入眼帘的是一条宽敞笔直的大路，道路两旁是高大的榆树，茂盛的绿色为混凝土森林带来了一丝生命之意。而树木下方是整齐的自行车棚和高度一致的矮灌木丛，二者互不干扰，颜色和高低都可谓搭配得当。和乔飞航的印象不同，这所成绩普通的学校，内部修建得倒是颇为用心。不仅绿化做得很好，每座楼也各具特色。漫步在树荫下，感受着拂面清风，欣赏着路两旁的建筑艺术，乔飞航的心情也变得安闲自在。

"这里真适合养老。"乔飞航不禁脱口而出。

"我们学校的校园环境是招牌，只是教学成果和它不太匹配……"

林青直白的话语中不带丝毫谦虚，仿佛只是陈述事实，这让乔飞航不知道该如何回应。面对这种坦诚，如果自己再随意说两句不着边际的夸赞，似乎只是对这所学校的侮辱。

"但是生活环境也是很重要的方面，学知识只是校园生活的一部分，本质上还是过一种生活。"这番话确实是乔飞航的肺腑之言，在他上高中时，也曾经在课堂上当面跟老师说过一样的话，只不过由于当时的场合是他被抓到上课时看武侠小说，所以没有什么说服力。

"乔警官说得好，可惜领导不这么想。校长每周都要开大会批评一番我们这些老师，说我们不够努力、学生不够勤奋之类的话。但是我们学校成绩不好已经是出了名的了，因此拿到的教学经费少得可怜，也吸引不到优质的教师和生源，就这样陷入了恶性循环。这些又不是我们能解决的问题。"

"如果少开点这种会，说不定老师就有时间提升教学能力了。"

这句话乔飞航只是在心里想想，并没有说出口。虽然他很同情林青，但是他其实并不了解大学的运作方式，妄加评论总有种对子骂父的感觉。他向来不喜欢刻薄地评论别人，这会让他心底感到一种奇异的愧疚。或许因为他小时候经常被羞辱，让他过早尝到了被人肆意评论的无力感。乔飞航从小发育得比同龄人晚，做事情很笨拙，经常迟到、忘带东西，在被老师逼问时还会因为慌乱而出很多汗，头发立刻像洗过一样。这样的他自然成为小孩子们嘲笑的对象，他被人叫了很多年"笨蛋"，每当听到这个称谓时心都会瞬间下沉，仿佛整个人都沉入海底，别人的声音像看不见的水沉重地压迫他的耳膜，令他头晕目眩。从那时起他就发誓做一个温柔的人，绝不说会让人难过的话。但是长大以后，他对于其他人分寸感十足的态度和自己完全受人尊敬的境况也感到有些微妙的不适，甚至经常想跳出来大喊"明明错的是我，你应该更加生气、更加鄙夷我啊！"但是他终究没有这样做。只有当偶尔听到几句逆耳的声音时，他才会产生一种熟悉的怀念感，伴着因紧张而渗出的汗珠一起轻抚过他每一个毛孔。

想到这儿，一张熟悉的脸突然浮现在脑海。这张脸给他的感觉和他人的嘲笑、羞辱一样，是一种用痛苦和兴奋调和出的怪味，就像加了橙子和柠檬汁的白兰地酒，是在盛夏烈日的眩晕中品尝到的柠檬之酸。

"乔警官？"

林青的声音把乔飞航从回忆中拉了出来。又想起梁雪了，和她并肩作战的日子还清晰无比，就像发生在昨天。每当想起她，乔飞航的心里就会产生一种刺痛。

乔飞航察觉到林青带着关切的表情偷偷注视着自己，为了掩饰尴尬，连忙指着道路左手边的深灰色小楼。

"这座楼是做什么的？"

这座小楼确实很别致，乔飞航的视线刚落在上面，注意力就被完全吸引了过去，把刚刚的烦恼都抛在脑后了。这座楼粗看起来毫不起眼，但是墙壁在深灰色的基础上却带有一些零散红色的砖墙作为装饰，这种组合就是很典型的大师之作。在亲眼看到之前，普通人完全想不出来会有这种组合的可能性，但是看到的一瞬间就意识到"就该如此"，仿佛早已在梦中见过千百遍。所谓艺术，就是从千万种可能性中巧妙挑选出最佳的可能，在这一点上，艺术家和最优秀的侦探一样，都是抛弃幻象、为世界带来真理的人，他们在这一刻宛如神明。

"这是食堂，我们学校食堂菜品种类很丰富，一会儿您看完现场可以带您来吃晚饭。"

"谢谢！"乔飞航兴奋地搓搓手，又看到右手边有一座楼。这座楼相对小一些，但是二楼的墙壁是完全透明的玻璃，乔飞航可以清楚看到里面一个人都没有，安静的午后阳光洒在宽敞的大厅。

"这座楼的设计也很有特色啊。"乔飞航赞叹不已。

"这里是学生服务中心，所有校园内相关的事务都在这里处理。大到开具学位证明、打印考试证书，小到换宿舍、挂失校园卡，都在这座楼里处理。设计成这样的玻璃墙，也是为了表明一种公开透明的办事态度。不过因为办理业务的学生比较少，这里只有上午上班，您可以看到，现在里面是关了的。"

乔飞航点点头，这里确实比自己毕业的学校看起来更加好看，想想自己上大学时小得可怜的学校和无人修剪的行道树，他几乎要落下心酸的泪水。

"那个……乔警官，我们先去现场吧，观光可以随后，等公务处理结束后我带您逛个够。"

林青的语气虽然客气，却还是透露出一丝不满，乔飞航意识到自己的失态，连忙说道："你说的对，我们快去现场吧，还要走多久啊？这里看着还挺大的。"

"我们要去另一半校区。现在这里是南区，有食堂、宿舍、生活服务中心等等，是生活区。而各个学院的院楼、教学楼、图书馆都在北区。被害人是一名数学老师，他在自己的办公室里被杀害了，所以我们现在要去数学院楼。"

林青一边走一边解释，似乎已经接受了自己导游的身份。

"原来是这样。楼里应该有监控吧，你们查过了吗？"

"查过了，院楼只有大门口有监控，所以……我们只确认了没有外部人员进入楼内。"

林青的语气很委婉，言语中难掩无奈。没有外人进入，意味着凶手只能是学生或者老师，无论哪一个结果都会对学校的声誉造成影响。想到这里，乔飞航恍然大悟。

"原来是这样，所以局长才让我穿便装过来，你还特意到门口接我。"

"现在您全都知道了。学校也很为难，希望您理解，我们调查的时候尽量把知情人数量维持在最小的范围内吧。"

"可以。既然大门口有监控，那嫌疑人的范围很好确定。当时在楼里的人现在在哪里？"

"这个您放心，我们已经查过了。现在正是期末考试期间，今天数学系没有课，当时大楼里除了死去的仲不执老师，只有八名学生。这些学生现在都在教室里。"

乔飞航轻轻点头。看起来事情比他想象中的要简单不少，接下来只要一一询问这些学生，就可以找到嫌疑人了吧。虽然他自知不擅长逻辑推理，但是从嫌疑人嘴里套话他还是很有自信的。

横穿过一条狭窄的马路，二人来到了北区。进入北区，校园的气氛一下子就不一样了，刚才那种轻松自由的氛围消失了，路两旁的树木也变少了，只能看到零散的几棵。各具特色的建筑风格也被整齐划一的白色小楼取代。

似乎是看出乔飞航的心思，林青在一旁解释道：

"当时设计师只设计了一个区，这里是后建的，所以就请前任校长亲自设计了这一片白楼，也是我们学校的特色建筑群。"

"原来如此，"乔飞航轻轻点头，"也挺别致的，干净整洁。"

乔飞航发现路边有一座楼比其他楼高不少，颜色也更白一些。他指着那座楼问道："这座楼为什么和其他的楼不太一样？"

"这里是图书馆，因为前两年翻新过，所以格外白，同学们都叫这里'小白楼'。"

"好吧，也是挺有意思的名字。"

两人终于到了数学院楼前，林青跟保安打了声招呼。保安听说乔飞航是刑警，连忙立正，然后敬了个标准的军礼。乔飞航匆忙回礼，然而保安却不肯放下手，于是乔飞航只能在他的注视下跟随林青上了楼。

上到三楼，乔飞航听到一阵嘈杂的声音，他走到声音的发源地，站在门口可以看到两位法医科的同事正蹲在地上拍照。

"你终于到了，我们还没动过现场，等我们拍完照你就可以来看了。"

"死亡时间是几点？"

"根据尸体状况初步判断是下午一点到两点，想要更精确的时间还得等尸检，既然是在中午之后死去的，应该刚吃完午饭不久，查一下胃内容物应该可可以把时间范围缩小在半小时之内。"

老法医果然经验十足，乔飞航心悦诚服地说了声"谢谢"，低头看了眼表，信息台是三点十分接到的报案，发现尸体是三点左右，也就是说，发现时仲不执已经死亡超过一小时了。

越过半蹲的法医后背，乔飞航看到仲不执仰面朝上，胸口插着一把刀，尸体周围都是深红色的血迹。

"凶器是什么？"

"是他自己的水果刀，他运气真差，买了一把这么坚硬的水果刀，如果是超市卖的普通的水果刀，恐怕也刺不穿人的胸肌。哦，对了，发现尸体的学生告诉我，他们的考试卷子不见了。"

"卷子？"

"是的，说是前天刚考过试，今天死者来批卷子，这事情大家都知道，所以发现尸体之后他们就想偷瞄一眼成绩，但是发现桌子上并没有卷子。"

"你们仔细找过了吗？"

"找了，目前还没发现。"

"那……可能要搜身了。"如果法医都没找到的话，很可能是被哪个学生偷走了。

法医会意地点点头："等之后总局的支援到了再说吧，这些学生有男有女，现在还不好随便搜。而且我们只搜查了这个房间，垃圾桶什么的都还没有找。"

乔飞航点点头。现场不少地方都撒着灰色的粉末，显然已经进行了指纹采集。

"找到什么有价值的线索了吗？"

比较老的那位法医摇摇头。

"脚印完全没有，只在窗户上找到了几枚比较旧的指纹，一会儿要和仲不执自己的指纹做一下比对。书桌、书柜和尸体附近的地面全都仔细擦拭过了，一枚指纹都没找到。现在的小娃娃都是看刑侦剧长大的，知道擦拭指纹和鞋印，还知道收集自己的毛发。我看啊，这些刑侦片都应该快点禁掉。"

"别这么说，好歹让人知道了法医工作是很有意思的。"

老法医"哼"了一声，说道："哪里有意思，只不过是个给死人化妆的。现在来学法医的年轻人也越来越稀奇古怪了，上次来实习的一个男生，非要用'本公主'来称呼自己。都怪那些刑侦剧，让他们觉得法医都是奇怪的人，所以才吸引了这么多怪人来。"

老法医的牢骚说起来就没完没了，乔飞航连忙打断他：

"你们先继续忙吧，我去问问那些学生，等一会儿再来。"

"好，辛苦。"老法医微微举手示意，接着又转身拿起相机，继续俯身拍照。

3

跟学生一个接一个聊天让乔飞航昏昏欲睡，但是他还是凭借高超的职业素养强撑着和每个人都聊了一遍。

最先发现尸体的是一名叫焦琳的女生，她战战兢兢地说自己刚来到院楼。

"他之前说过今天会在院楼把卷子批完，所以我就想来看看自己的成绩。"

乔飞航之前已经跟林青确认过了，焦琳进入楼里十分钟后就发出了惨叫，其他学生也立刻赶了过来，而当时仲不执至少已经死亡一个小时了，所以焦琳的杀人嫌疑很快就被排除了。

虽然如此，乔飞航还是本着"第一发现者最可疑"的原则，多问了几句。

"发现尸体的时候，门是开着的吗？"

焦琳几乎立刻回答道："是虚掩着的，我当时没有觉得有什么问题，因为开门和锁门都需要钥匙，比较麻烦，所以他平时也不会锁门。"

乔飞航点点头，办公室确实是个有些难以界定的环境，虽说是私人的领地，却又是个办公场所，既然老师的工作包括对学生的私下教育，那么不锁门或许才是正常的做法。

"你刚刚说你知道他今天在这里批卷子，这件事你是怎么知道的？"

"这是他考完试收卷子的时候讲过的，在办公室批卷子是他的习惯，因为他觉得把卷子带回家很不正式。"

"那么是你发现卷子不见了的吗？"

"是的，这件事我刚才告诉了法医。"

"所以你发现尸体之后搜查了现场？"乔飞航故意激怒她，想看看她的反应。果然，焦琳涨红了脸，仿佛受到了很严重的侮辱。

"我没有动过现场的任何东西！我发现尸体之后立刻喊了一声，然后站在原地不敢动，其他人很快就陆续赶过来。有人说不如趁机看看卷子，但是被另一个人制止了。我只是站在门口看了看老师的书桌，他的桌子可以说是一览无余。我看到了笔和本子，唯独没看到卷子，桌子中间还有一大片空位，所以我第一反应就是卷子被偷了。"

乔飞航点点头。焦琳确实是个比较聪明的女生，她这番分析很合理。

"你确定没有人走进房间吧？"

"我确定，这么多人看着呢，不可能有人乘机偷卷子。"

"我不太了解你们学校的情况，偷了卷子有什么好处吗？成绩会作废吗？"

焦琳点点头："老师批好卷子后会把成绩上传到网上，我们各自在教学系统里查看自己的成绩，到这一步时成绩就没办法修改了。但是现在仲老师还在批改中，应该还没来得及上传系统，所以如果卷子找不到的话，可能会重新考试吧……"

"也就是说，趁成绩没有录入的时候偷卷子是最后的机会了。"

焦琳面露难色，想了想说道："理论上是这样，但是我觉得为了考试成绩杀害老师这种事太恐怖了，我的同学们肯定不是这种人。而且我们的卷子是每人两张 A3 纸，一个班级四十人，叠在一起是厚厚一沓，如果偷走了也很容易被人发现。"

乔飞航微微点头，他想象厚厚一叠纸，要想不被任何人发现地带走确实不容易，况且发生了谋杀案后警察肯定会封锁现场然后搜身，凶手很容易就暴露了。为什么要冒着这么大的风险带走一大堆卷子呢？

"我知道了。卷子的问题我们稍后会查清楚的。"

"你们现在还没找到卷子吗？"

似乎听出乔飞航对卷子特别关注，焦琳迅速抓住机会提问。

乔飞航谨慎地回答："无可奉告。现在是我在询问你，你来说说今天都做了什么吧。"

焦琳一脸失望地叹了口气，不情不愿地说道：

"我就是去图书馆自习了。"

乔飞航对她的态度很不满，继续追问道："再详细一点可以吗，比如，你是几点去的图书馆？"

"那我干脆从早上起床刷牙说起好了。"焦琳赌气似的说道，似乎还是对刚才乔飞航没有向她透露卷子的线索耿耿于怀。乔飞航也不是不能理解她，如果卷子找不到她们可能要重新考试，对她们来说，卷子就是很大的事了。但是警方在调查中绝不能向任何人透露案件进展，况且又是这么重要的线索，于是他索性不生气，任凭焦琳对他耍性子。

"这样也好，那就从头开始讲吧。"

焦琳的拳头全部打在了棉花上，只能无奈地耸耸肩，用毫无起伏的语气说道：

"我早上七点起床，刷牙洗脸，然后和男友一起去食堂。他请我吃了早饭，然后他顺便买了一个面包作为午饭。吃完早饭以后，他要去教室学习，而我要去图书馆，我们在食堂分开了。我在图书馆学习了很久，中午饭没吃，到了下午，学累了之后就在校园里散步。路过院楼的时候，我想着顺路上来看看仲老师卷子批完了没有。他之前说过，昨天有事情没办法来批卷子，今天会一口气批完，我想我来打个招呼，运气好的话说不定他还会关照我，多给几分……"

乔飞航点点头，他其实只是按部就班地询问，心里已经把焦琳排除在外了。他见过太多穷凶极恶的暴徒，也见过隐藏得很深的阴暗坏人，但是他清楚知道眼前这个普通的学生完全不在这两类中。

事实上，其他学生给他的感觉也差不多。几乎每个学生都是同一套说辞，总结下来就是，他们前天刚刚考完一门"数学分析"，今天在这里复习几天后的"线性代数"。仲不执就是"数学分析"这门课的老师，他平时是个很认真的老师，对考试十分严格，这八名学生都觉得自己要挂科了。但是令乔飞航奇怪的是，这些学生似乎对自己要挂科这件事并没有那么在意。"只能下学期再学一次了。"他们坦然的语气让乔飞航想起自己大学期间面对考试时的紧张，他不禁感叹时代变化真是太快了。不过，这些人都知道仲不执今天会在这里批卷子，所以每个人都可能为了蓄意偷走试卷才来这里假装学习。

今天数学院楼没有课，每个教室都可以自习，所以学生们坐得非常分散，几乎都不在一个教室，相互之间也没办法做什么证明。

其中，仲老师办公室所在的三楼有三名同学，这三个人在同一间教室。但是那间教室是个阶梯教室，大到可以容纳一百多个学生，三个人分散着坐，谁也不会一直盯着其他人看，所以也不记得是否有人出去过、什么时候出去的。从位置的角度分析，这三个人的嫌疑比其他人要大一点，乔飞航特意留意了一下他们。

其中一个是叫孙弘博的男生，他看起来家境不错，戴着的手表是乔飞航很眼熟的名牌。他的衣着很新潮，还戴着一副边框很花哨的眼镜，看起来很酷的样子，见到乔飞航一开口就是"警官真不是我干的"，让乔飞航有些啼笑皆非。乔飞航问了问，他只说了自己从早上就在教室自习，中间出去过几次都没见到什么异样。无论乔飞航问什么，他都会用一种充满疑惑的眼神望着乔飞航，一般要反问一下，确认问题后才会说"不知道"，所以当他最后轻松地告诉乔飞航自己数学分析这门课肯定会不及格并准备明年再考的时候，乔飞航毫不意外。倒是这样一位洒脱的学生会在这里学习这件事让乔飞航很意外，而孙弘博的回答也很合理："我来这里打游戏啊，这里网速快，冷气也比较足。"

第二个学生是一名戴眼镜的女生，名叫李小倩。乔飞航见到她的时候她正在打喷嚏，她每说一句话都要打两个喷嚏，到后来乔飞航索性等她打完喷嚏再问下一个问题。她的情况和孙弘博不太一样，她平时学习不错，这次是因为考前太过紧张，通宵复习时为了保持清醒洗了两次冷水澡，不小心得了感冒，所以才没考好。当她说自己多半挂科了的时候，便惭愧地低下了头，乔飞航不禁有些心疼。她上午还去上了选修课，然后中午就直接来这里学习了，中午饭都没吃。她十分担心下一门课还会不及格，所以一分钟都不想浪费，甚至在和乔飞航聊天的时候也一直在偷偷看表。乔飞航很想劝她好好休息，但是看到她停在眼角的泪水，终究还是把劝慰的话咽了回去。

最后一个人叫周晨，他去了厕所，所以乔飞航没能见到。询问完所有学生之后，乔飞航随口和其他人问了几句周晨的情况，结果听到了意外的事情。

"他是个好学生，非常聪明。"

这句话让乔飞航有点惊讶，他听到太多人说自己要挂科，几乎快认定这个班级无药可救了，没想到这个班里还是有好学生的。

孙弘博仿佛看穿了乔飞航的心思，得意地解释道："其实我们学校几乎约定俗成，好学生都去图书馆学习，我们这些差生才来院楼。"

"为什么会有这种约定？"乔飞航很疑惑，但是孙弘博却露出了和他差不多疑惑的表情，沉默了半天，最后才说出那个乔飞航早已预料到的答案："不知道。"

李小倩在一旁打圆场："可能是他比较谦虚吧。"

"谦虚吗？我觉得他还挺高调的，他毫不掩饰自己的聪明，有时候这很伤人。"旁边一个短发女生说道，很快就得到了其他人的附和。

"他确实是聪明，但是也有点太书呆子气了。他喜欢上课的时候给老师补充没讲的知识点，但是我们连老师讲的都听不明白，就更不用说他提到的那些了。"有人趁机表达不满。

"尤其是到了课间，我们都想休息一下，玩会儿手机，而他不是去讲台问老师问题，就是给他女朋友大声讲题，让我很有紧张感。"

乔飞航不知道该怎么接话，只希望这番话没有被周晨的女友听到。

这时，旁边一个一直没有说话的女生突然说道："他确实情商和智商不匹配，但是本质上是个热心人，不光是给我讲题，生活上也很照顾我，我这个人比较邋遢，所以……"说着说着，她低下了头，一副委屈的样子，其他人也不再说话，看得出来虽然他们对周晨颇有微词，但是这个女生人缘不错，所以看在她的面子上可能就不好再说什么了。

乔飞航想起她就是第一个发现现场的名叫焦琳的女生，想来她就是周晨的女朋友吧。她现在满脸害羞和委屈，和刚才跟乔飞航针锋相对时的严肃样子截然不同。

乔飞航还没说话，焦琳身后的女生突然拍了拍她的肩膀。

"我饿了，一会儿一起吃饭吗？"

"好啊，但是我可能要让你请我了……"焦琳露出了抱歉的表情。

"这有什么，下次你再请我就完事儿了。"那个女生大大咧咧的语气和说话时不经意跑出来的儿化音让乔飞航想起来，她就是刚刚说自己"铁定挂科"的人之一，此刻却好像完全没有被仲老师的死或者挂科影响心情。

年轻人真是朝气勃勃，无论什么时候都能充满希望。

乔飞航在心里这样感叹，不禁对死去的仲老师多了一分同情。

乔飞航回到仲不执的办公室，门口已经拉起了警戒线，两位法医正站在门口，低头看着手中的相机，似乎在检查刚刚拍过的照片。

"你来得正好，我们刚刚拍完，现在你可以看现场了。"

乔飞航拉开警戒线走进房间，这个房间大概有十平方米，进门左侧是一个很高的大书柜，柜子里面几乎都是数学专业教材，其中还有一些乔飞航看不懂的英文书，偶尔还夹杂着几本《如何成为人人都爱的老师》《傻瓜也能看懂的微积分》和《三十天学会数学：从入门到精通》这些教育类书籍。书柜最上层放着一大排档案盒，但是有点太高了，乔飞航虽然有一米八五，却还要用力仰头才能看清。盒子的侧边写着年份和标题，似乎是仲老师参加教学会议的记录和教学大纲，连十年前的都在——那个写着"2010"的档案盒上的名签都已经有些泛黄了。

靠近墙边的角落放着一个深红色的长方体盒子，外表光滑精美，一尘不染，看起来是个礼品盒。乔飞航走过去仔细看，盒子很大，而且看起来很新，上面写着一种名酒的牌子。乔飞航戴上手套用手拿起盒子，有些沉，而且盒子上面的封条还没有打开，想到这种牌子酒的价格，乔飞航连忙放回原处。

书柜的对面是一个深棕色木质长桌，桌子后面有一张黑色椅子。仲老师的尸体就躺在房间正中——在桌子和书柜中间的空地上。

乔飞航的视线回到了尸体身上,终于注意到了血泊里的蓝色卡片,接着就发生了那戏剧性的一幕。

4

现在,乔飞航正站在楼下,看着失去意识的周晨被急救人员用担架抬上救护车。随后,救护车响起熟悉的铃声,从他身边呼啸而过。

太阳已经有一半消失在了远处的高楼背后,白色的楼体镀了一层金边,然而乔飞航此刻却没有时间欣赏美景。当务之急,他需要找到更多周晨是凶手的证据。校园卡作为物证还远远不够,但是法医又没有在现场发现有价值的痕迹……还有什么能够证明他是凶手呢?

对了,卷子!

乔飞航想到,只要找到卷子就可以让他无从抵赖了。刚刚来了几名民警,他们搜查了学生的随身物品,但并没有发现卷子,所以卷子很可能是被周晨藏了起来。乔飞航叮嘱警员们扩大搜查范围,然后让那些被搜过身的学生先离开了。

整栋楼都被封锁了,乔飞航站在楼下,有些无所适从。

接下来还能干什么呢?在周晨醒来之前没办法询问他本人的证词,而物证方面现在也没有进展。乔飞航感到有些焦躁,凶手已经很明显了,他却没有办法证明。这种感觉就像是站在一扇没有把手的拉门前,明明门没锁却拉不开,让人感到很无奈。

"我能问个问题吗?"

乔飞航转过头,看到了一脸严肃的林青。她刚刚一直跟在乔飞航背后,但是因为一直没有说话,他几乎忘记了她的存在。

"请问吧。"

"你觉得凶手就是把校园卡掉在现场的周晨,对吧?"

"八九不离十。"

"我觉得这有点奇怪。刚才你和法医的对话我都听到了,如果周晨是凶手,他认真清扫了现场,怎么会忘记带走自己的校园卡呢?"

这句话如同一记雷击,让乔飞航感到了深深的震撼。

"或许……是没有看到吧。"他自己也没有什么信心。

"可是整个房间就这么小,清扫的时候一定会看到,而且卡片掉在地上会有声音……"

林青小心翼翼的态度似乎是在保护乔飞航的自尊心,这让他更受打击。

"确实如此。"

林青似乎察觉到了气氛的尴尬,连忙解释道:"我就是随口一说,说不定就是真的忘了呢,我们先去吃晚饭吧,食堂快要关门了。"

乔飞航依然感到有些困惑,但是眼下他显然无法给出其他答案。

两人来到食堂,人并不多,很多窗口的菜品也所剩无几了。林青带乔飞航来到了麻辣烫窗口,然后拿出一张蓝色的卡挥了挥,说道:"你随便选,我卡里的补贴金多到用不完。"

在等待麻辣烫的时候,乔飞航问:"你了解仲老师吗?"

林青点点头。"我跟他认识大约有十年了吧,从我开始工作时他就是数学分析课的老师。"

"他是个怎么样的老师呢?"

林青轻轻叹了口气。

"他是个好老师,可惜……他平时生活很简朴,做人也很公正,几乎只喜欢研究与数学相关的东西。他的课一直都是全校挂科率数一数二的课,但是因为他讲得很认真,所以一直以来风评都不错。但到了近几年,越来越多的学生投诉这门课太难了,我只好问他们难到什么程度,他们回复我'如果不每节课都去仔细听,期末就会挂科',我当时就很生气,每节课都去难道不是学生的职责吗?如果不想学习,还来学校干什么呢。"

乔飞航点点头,这话确实是那些学生能说出来的,如果说他认为"学习只是学生生活的一部分"在十几年前显得太超前,那么在现在可能就显得太落后了,对于现在的学生来说,学习才是一件奇怪的事情。

"对不起,我提起他就是有点惋惜。这么好的老师,却让学生给……而且他生前在学院里也不受待见,因为他不愿意给领导送礼,一直都没评上副教授。可是他自己好像不太在乎,只是默默地备课、上课,年复一年地做着这件越来越没有人在乎的事。近两年他偶尔也会跟我发两句牢骚,这让我很惊讶,以前可从来没有过。"

"他说了些什么?"

"他说有些学生的行为完全没办法理解。他说得很委婉，没有指名道姓。但是我大概明白了，有些学生完全不去上课，布置的小作业也不写，甚至还会给老师发信息让他直接发一份答案来抄。"

"怎么会有这种事……"

"还有，据说有学生因为觉得自己肯定会不及格，还提出要委身于他，送礼的就更不用说了。"

乔飞航突然想起办公室里的名酒，好像仲老师并没有拒绝那份礼物。

"仲老师很喜欢喝酒吗？"

"你怎么知道？他唯一的嗜好就是喝酒，这个倒是全校都知道，之前出过一个很尴尬的事情，他在酒后直接闯进院长办公室破口大骂，好多学生都听到了。"

"啊，这事情确实有点……"

"不过他资历老，级别又低，院长拿他毫无办法，所以也没有什么处罚。不过最重要的可能是他骂的话确实太直中要害了，他说院长就是在用自己的权力把整个学院一点点变成一个垃圾堆，以此来完成自己成为垃圾站站长的梦想。"

乔飞航忍不住笑出了声，如此大胆的话居然出自风评这么好的老师之口，实在让人难以想象。

林青似乎是在为自己讲起逝者的闲言碎语感到懊悔，连忙解释道：

"他喝了酒确实有点控制不住自己，所以平时都会在家自己喝，那次可能是刚好赶上优秀教师评选，他在第一轮就被刷掉了，气不过才去找院长的。他不喝酒的时候是个很沉稳的人，话很少，所以这件事才广为流传。"

乔飞航点点头，自己从不喝酒，就是怕做出什么奇怪的事情。突然，他听到身后有人叫他，原来是麻辣烫做好了。

碗里的麻辣烫看起来颜色很鲜丽，可是乔飞航根本没有胃口，他脑子里全是案子，丝毫没有吃饭的心情。

"啊！"正在吃饭的林青突然叫了一声，沉浸在自己世界里的乔飞航着实被吓了一跳。

"怎么了？"

"我突然想起来周晨是谁了，刚才就觉得很眼熟……他是校学生会今年才入会的新成员。学生会偶尔需要我来签一些文件，这种活都是新成员来做，所以我见过他几次。"

"那你对他的印象如何？"

林青从手包里拿出一张面纸，将自己嘴角的红色痕迹轻轻抹掉。

"我觉得他是个很有特点的人，应该说很努力而且很认真呢，总之给人的印象很深刻。"

林青的话让乔飞航有些迷惑，他问道："他是个什么样的人呢？"

"嗯……可能就是跟其他人不太一样吧。其他人进学生会大多是为了给履历添一笔，或者是评奖学金的时候多一页 ppt，而他却好像真的想做出点什么。虽然他才上大一，但是他非常喜欢在大会上举手发言，大胆说出自己的提案。在我看来这是很有勇气的表现，但是学生会里有比较严的等级制度，所以比起他这样喜欢表达自己的人，还是那些默默干活的人会更受欢迎吧。"

"原来如此。"乔飞航终于明白了，虽然林青说得很委婉，但言下之意是周晨在学生会比较爱表现自己，并不受欢迎。

"那么他有没有和什么人有过直接冲突呢，或者说他脾气如何？"

"这我倒是没听说。"林青迅速回答，语气比之前更冰冷，像是在掩饰什么。

"对我没什么不能说的吧，再说这些事我直接问学生也能知道不少，而且他们还可能添油加醋，更加影响学校的名声。"

林青短暂地沉默了一下，然后像是做好了心理准备一般说道：

"这件事其实也没什么大不了的，只是我自己的揣测……有一次他拿着文件来找我签字，我注意到他的嘴唇边有一大片乌青，就问他是怎么回事，他告诉我是摔跤摔的。但是那个位置怎么可能摔成那样呢，怎么看都像是被人打的……"

"也就是说，有人欺负他？"

乔飞航紧皱眉头，虽然知道 N 大的专业水平不高，但是关于校风的风评倒是没什么问题，没想到还有这种事发生。

"可能只是普通的打架吧，但是他又不像是会打架的学生。反正我也不确定，只是我的个人感觉而已。这种事情除非本人跟老师说，不然老师也没有证据，什么都做不了。"

乔飞航露出了惭愧的表情，连忙说道："没关系，我之后会找他的同学再旁敲侧击地问问。"

"你想要了解他的话，最好的办法就是去找他的室友聊聊。"

林青的一句话点醒了乔飞航，他想起自己上大学的时候每天都是跟室友在一起吃饭、上课、打游戏，说不定他的室友会有一些意想不到的线索。

吃完饭后,林青带着乔飞航来到了宿舍区,在很多排相似的建筑中七拐八拐,终于在一座楼前停下了脚步。

周晨的室友有三人,其中两个人都去图书馆自习了,只有一个戴眼镜的黑瘦男生坐在椅子上看书。

林青先和他寒暄了几句,他似乎也是学生会的,之前和林青见过面。乔飞航从他们的对话里得知,黑瘦男生名叫陈崇,和周晨一样是今年刚入学的数学院大一学生。

乔飞航说明来意后,黑瘦男生起初还有点局促,但是听说是来了解周晨的情况之后,他立刻露出了心领神会的表情,看来数学老师被杀的消息早已不胫而走,现在不知道已经有多少人知道了。

"你怎么没去图书馆?"

陈崇笑了笑说道:"我不像他们,我不喜欢人多的地方。"

"这样啊。我今天还听说好学生去图书馆,坏学生去院楼呢,不知道在寝室学习的算哪一种。"乔飞航想和陈崇套近乎,结果陈崇完全不买账,撇撇嘴说道:

"其实大家都差不多,这学校你又不是不知道,好也好不到哪儿去……"

"但是周晨算是好学生吧?"

"那当然,没有人比他更爱学习了。"

陈崇的话很干脆。果然,这一点倒是和其他人的说法一样。

"那他平时和你们相处得好吗?"

陈崇又皱起了眉,似乎有什么难言之隐。

"你别紧张,就是随便聊聊天。"

"他跟我不是一路人,平时没什么交集,所以这一学期也没说过几句话。"

"那他跟其他两个人关系怎么样,有没有闹过什么矛盾?"

陈崇看了一眼林青,似乎在确认什么,林青迅速说道:

"没事,有什么就说什么。"

"他跟我们寝室的刘书博关系很不好。"

"因为什么呢?"

"刘书博是个大大咧咧的人,平时比较爱丢三落四,也经常抄作业和翘课,不爱学习。但是周晨很认真,一定要数落他几句,而且一般说得都有点难听,或者说是带点嘲笑的。"

"所以那次刘书博打了他的嘴一拳?"

乔飞航放出鱼饵，陈崇果然咬钩了，他一脸不满地说道："你这不是已经知道了吗，还问我干吗？"

"我是猜的，跟你确认一下比较保险。"

"那件事真的不能怪刘书博。我记得他准备翘掉一门很无聊的课，周晨就在上课之前笑着说：'我真羡慕你，无忧无虑的，直接准备下学期再学一遍就行了。'刘书博刚好打输了一局游戏，嘴里正在骂人，听了这话火一下子就上来了，什么也没说，对着周晨的嘴就来了一拳。不过周晨之后也没说什么，就说'这事没完'，然后就迅速走了。后来也没发生什么事，我一直怕他报复刘书博，因为刘书博的爸爸在本地是比较厉害的，我怕周晨以卵击石，所以私下里劝过他。他听了以后就说'你误会我了，我才不跟这种野蛮人计较'，后来两人也确实没说过话，平时见到就把对方当空气一样。"

"原来是这样，我还真没想到他是这样的人，大家对他的印象大多是比较认真的好学生。"

陈崇摇摇头，说道："他认真可不仅限于学习上，生活上也是，看到我的衣服放在那儿没洗都要说我两句。而且他又很喜欢较真，一定要跟你讲道理说服你，所以我都尽量不跟他说话，他指出的问题我就立刻改，真的怕了他了。"

乔飞航突然想起一个重要的问题。

"那他自己的生活习惯是不是特别好？"

"那是自然，每天七点起十二点睡，谁都不能在他睡觉的时候打扰他。"

"那他有弄丢过校园卡吗？"

"校园卡？我印象里没有。他平时把卡放在书包前面的口袋里，每次用完立刻放回去，认真得很。"

果然！乔飞航在心里欢呼了一声，现场的卡果然是周晨自己掉的。

"还有什么问题吗？"

"最后一个问题，周晨和仲老师的关系怎么样？"

陈崇沉思片刻说道："老实说算是很不错了，周晨每次下课都找老师问问题，偶尔还在上课的时候回答问题。这样的好学生哪个老师不喜欢呢？虽然他在寝室里经常说仲老师太落伍了，不知道近两年数学的新进展，但是他说的那些名词都太新潮，我完全听不懂。"

"原来是这样……"目前为止还是找不到周晨杀害仲老师的动机，只能等他醒来以后直接问他了。

谢过了陈崇之后，乔飞航和林青走出宿舍。外面天色已黑，宿舍楼区也亮起了路灯，两人在路灯下走着。乔飞航有点失望，没想到周晨和室友的关系也不好，这样一来，可能知道他犯罪动机的人恐怕只剩他的女朋友了。

林青带乔飞航来到女生宿舍区，因为乔飞航不方便进女生宿舍，于是林青带焦琳走出宿舍，三人就随便在宿舍楼下找了一把长椅，乔飞航在长椅前站着。

"怎么会这样……"焦琳坐下后，立刻开始啜泣，乔飞航不知该如何是好。看到她红肿的双眼和鼻子，似乎已经哭了很久。

"别太难过，他还在抢救，还有希望。"

林青在一旁安慰道。

"可是我真的不相信他会杀人！"

说这话时，她的双眼盯着乔飞航，充满了怒火。

"我们也还在调查中，还不好确定。"

"你当时明明就是指着他说他是凶手！"

焦琳带着颤抖的诘问让乔飞航哑口无言，他当时确实做得有些鲁莽，但是焦琳现在的表现也和下午见到时判若两人。下午的她看起来熟知人情世故，对事情的看法也很清晰，而现在却像是被人偷走了心爱玩具的小女孩。

林青在一旁安慰了一会儿，焦琳终于安静了下来，乔飞航见缝插针，问出了最关键的问题：

"所以周晨和仲老师平时没有什么矛盾吗？"

"当然没有！仲老师最喜欢周晨了，他是我们班级最认真的学生，好几次老师都在课上表扬他才学广博，说他知道很多老师都不知道的事情。"

"原来如此。"乔飞航点点头，虽然焦琳的描述完全是正面的，但是言语之间却有一种十分夸张的感觉，像是在尽力保持着一种姿态，让人有些不舒服，他不知道该怎么形容这种感觉。

"而且他平时对我也特别好。我比较笨，经常做错事，他都会认真告诉我哪里错了，跟我讲道理，然后再让我改正，从来不和我发脾气。我虽然很不喜欢数学，但是他每天都督促我学习。每次我偷偷跑出去和别人逛街、看电影什么的，他就会好几天不理我，让我自己去醒悟。我玩的时候虽然很开心，但是事后确实很懊悔。正如他所说，如果现在不管住自己，以后就会在残酷的社会竞争中失败，沦为社会的渣滓。我觉得他说的很对，所以我真的很努力，这次我肯定会考出很高的分数回报他的！他说如果考好就给我一个奖励，还不知道是什么……"

焦琳说到最后一句话的时候，眼中满含憧憬，双手紧紧抓住了衣服的边角，声音微微颤抖。乔飞航无法理解这种强烈的情感，只能转移话题：

"你不喜欢数学系，为什么要学数学呢？"

"我只是刚到分数线，被调剂了专业。"

"那你知道平时有哪些人讨厌仲老师吗？"

这个问题让焦琳犹豫了一下，但是她很快说道："我不知道，他是个好老师，可能那些学习不好的人想报复他吧，毕竟他把题出得那么难，简直就是难为人，我觉得很多题可能只有周晨才能在那么短的时间里做出来。"

焦琳的脸上洋溢着自豪的笑容，乔飞航挠挠头，一旁的林青说道：

"你先回去休息吧，有什么事明天再说。"

焦琳离开之前还不忘瞪乔飞航一眼，那个眼神让他毛骨悚然。

送走焦琳后，林青说要和领导汇报情况，也转身离开了。这倒是提醒了乔飞航，他开始盘算怎么和局长解释这件事。周晨多半就是凶手，但最大的问题是他现在昏迷不醒，如果一直这么睡下去，案子就永远破不了。嫌疑人不仅逃跑，还撞到头失去了意识，局长肯定不会轻易放过他。

他正在胡思乱想的时候，电话响了，上面赫然显示着"局长"两个字。

"局长……"乔飞航接起电话，他有一肚子话想说，然而对面显然没打算听。

"乔飞航，你被停职了，回局里办一下手续。"

"局长！"突如其来的打击让乔飞航的声音里带了一丝哭腔，而电话里却传来了冰冷的忙音。

乔飞航感觉到了深深的绝望，望着天空中明亮的月亮，他的第一反应是终于能回家睡个好觉了。

5

"梁——雪——"乔飞航一边用力拍门，一边用整个走廊都能听到的声音大声呼唤。

他知道梁雪此时肯定在家中，他也清楚她并不想见自己。梁雪是他的前女友，也是一名立功很多的刑警。一年前两人在抓捕逃犯的过程中犯错，放走了重要的嫌犯，梁雪便从此引咎辞职、闭门不出。上个月，乔飞航在调查一起谋杀案时偶然进了梁雪的新家，与她重逢。梁雪轻松帮他破解了谜案，却误以为他已经有了新的女友，与他划清界限。两人不仅没有重归于好，反而增加了新的隔阂。发生这些事后，乔飞航原本以为两人再也不会见面了。但是此刻，他再次站在梁雪家门口，因为他清楚一件事：梁雪是世上唯一能救他的人。

终于，门轻轻打开了一条缝。

"你再这样我就报警了。"门缝里传来了冰冷的声音，接着，没等乔飞航开口，门便被重重地关上了。

乔飞航跪倒在地，感觉眼泪在眼睛里打转。"求你帮帮我吧，我有个谜无论如何都解不开，你帮我解开，我做什么都可以。这关系到我的职业生涯！"

门迅速地被再次打开一条缝，一颗小巧的脑袋冒了出来。

"刚刚那句话，你再说一遍。"

乔飞航的心中一下子燃起了希望，他把头抬起凑到门缝边上，然后说道："这关系到我的职业生涯。"

"不，不是这句。"梁雪果断地说道。

"你帮我解决案子，我做什么都可以！"乔飞航说"可以"二字时已经有了哭腔。

"也不是这句。"梁雪的语气愈加冰冷了。

门缝的间距渐渐缩小，眼看着门又要关上，乔飞航急中生智，突然喊道："我有个无论如何都解不开的谜！请你帮帮我！"

梁雪停下了关门的动作。

"给你一句话的机会讲给我听。"

"遵命！"乔飞航忍不住脱口而出，略做思索后说道："凶手对现场进行了精心清理，擦掉了脚印和指纹、带走了毛发，但是却把印着自己名字和照片的校园卡忘在了显眼的地方，这究竟是为什么？"

乔飞航从没有一口气说完这么长的一句话，差点背过气去。这时，房门大开，屋内温暖的阳光照到了乔飞航的脸上，而他的头顶却笼罩着一层暗云。他抬起头，只见眼前是梁雪温柔的笑脸，正俯身看着他。

"请进吧，听起来是个很有意思的事情呢。"

乔飞航如蒙大赦，连忙站起身冲进客厅，生怕下一秒钟梁雪就变了主意。梁雪也没有生气，脸上依然带着微笑，似乎刚刚乔飞航的那番话让她心情很好。果然，用谜题来吸引梁雪是正确的方法，虽然梁雪并不在意自己这件事让他的心痛了一下，但是此时显然有更重要的事情。

"那么，先给我讲讲你是怎么被停职的吧。"

乔飞航正喝着梁雪给他沏的热茶，听到这句话，口中的茶差点喷出来。

"你怎么知道我被停职了！"

梁雪皱着眉，似乎他刚刚说了一句废话。

"很简单，现在是上班时间，你却以私人的身份跑来向我求救，你刚才说这关系到你的职业生涯，那你显然是犯下大错被停职了。最重要的是，你现在精力这么充沛，应该是睡了个久违的大懒觉吧。"

梁雪的脸上又恢复了微笑的表情，只是在乔飞航看来，这笑容有些邪恶。

乔飞航羞愧地低下头。

"一周？"

"十天。"说完之后，乔飞航连忙补充道，"虽然我被停职了，但是我的下属还在，他会告诉我所有的搜查进展。"

"你人缘真不错。"

梁雪无情的冷嘲热讽让乔飞航彻底泄了气。既然已经完全被梁雪看穿了，那就没什么好隐瞒的了。他一五一十地讲了一遍自己的遭遇，从发现尸体到迅速破案，其中讲到自己迅速根据掉在现场的卡片找出凶手时，他不无得意地看了一眼梁雪，而她的脸上却依然是一贯的笑容，并没有表现出对他的赞许。

最后讲到自己和局长的对话，乔飞航感到有些委屈，他提高了音量："明明凶手就是那个叫周晨的学生！说不定他就是没注意到自己的卡丢在了那里。"

说完这句话，他自己也有点心虚，偷偷看了一眼梁雪，她没有接话，于是乔飞航只能主动问道："你能告诉我为什么他会把卡丢在那里吗？解决了这个问题，一切就都迎刃而解了。"

梁雪摇摇头没有回答，反问道：

"那张卡掉在血泊里，所以如果是他不小心丢在那里的，应该是行凶的时候掉出来的，对吧？"

"是的。"

"但是他的室友也说了，他平时喜欢把卡片保存在书包前面的口袋里，所以随身带着的概率很小。"

"是的……"

"好，那我们姑且认为他当时带着卡去行凶，然后卡掉了出来。但是最后，他擦去了现场所有的指纹，对吧？"

"是的。"

"尸体过了一小时才被发现，那层楼也没有几个人，换言之，行凶和处理现场的时间很充裕，对吧？"

"是的。"乔飞航的声音越来越小了。

"事已至此，你依然认为他的卡是忘了带走吗？"

乔飞航低下头，他回想自己从发现卡到确认周晨是凶手的全过程，如果说在最初看到卡片时他只是怀疑，那么让他更加确信的应该是周晨的反应。

"可是我指出他是凶手的时候，他害怕得转身就跑，这还不足以证明他是凶手吗？"

梁雪的笑容消失了，语气也变得严厉：

"赶到现场的他还没有搞清楚发生了什么，就突然被警察叫到名字，然后说他是凶手，在这种情况下大部分人的第一反应肯定是反驳。但是当时他看到现场还有其他同学，而且警察还知道了自己的名字，他觉得是同学故意陷害自己，多说无益，转身逃跑也无可厚非吧。比起这件事，你的行动才有更大的问题。作为一个警察，在犯罪现场是不能用'凶手'来称呼任何人的，局长生气的原因也是这一点。所以无论怎么样，你现在被停职反省都理所应当。"

"可是……"乔飞航的语气里满是委屈。

"说到底，你就是觉得自己很聪明，能迅速破案，所以得意忘形了。但是你自己都没有注意到你这个所谓的推理有多大的漏洞。不仅仅是卡的问题，学生们的考试卷也丢了，你也说了周晨是个好学生，如果他是凶手，为什么要带走卷子呢？"

乔飞航哑口无言。他不是没想过这个问题，但是正如梁雪所说，他当时沉浸在兴奋状态里，完全忘记了其他事。想到这儿，他突然感到全身发冷。他本以为自己只是犯了小错，根本没想过周晨不是凶手的可能性。在闹出这么大的事情之后，如果证明周晨是被冤枉的，"警察在杀人现场栽赃普通大学生，导致其因意外死亡"这个新闻头条，恐怕足够让他被群众的唾沫淹死了。

"我……我该怎么办。求求你，帮我吧！"

梁雪没有回答，抿了一口杯里的茶，然后将身子靠向沙发背，像是在思考什么。

乔飞航一脸期待地看着梁雪，而她过了半天仍然没有说话。他急不可耐地凑上前，坐在梁雪旁边，然后问道：

"你还能想到其他人行凶的可能性吗？如果没有的话，不就证明凶手真的是周晨？"

梁雪轻轻前倾身体，把杯子放在茶几上。

"哦？没想到你居然还会用排除法了，有长进。"

"我好歹也是个警察！"

梁雪没有理睬他，自顾自说了下去：

"既然你进步这么大，那我就帮你一把吧。但是你要知道，推理的真相未必会是你自己期待的结果，即使是这样，你也能接受吗？"

梁雪的眼睛闪闪发亮。乔飞航沉默了一下，他知道存在着周晨不是凶手的可能性，但是如果推理的结果如此，他也只能接受了。想到这儿，他站起身义正词严地说道：

"事已至此，无论结果如何我都得承担了，眼下最要紧的问题是找出真相。"

梁雪眯着双眼说道：

"这就对了，虽然我对你还很失望，但是眼下找出真相是最重要的。那么……我就给你一个提示吧。"梁雪终于愿意帮忙了，然而乔飞航却高兴不起来，他的心里十分畏惧这个还没有找到的真相，但是此时也只能硬着头皮接受了。

"我刚刚已经说了，现场的卡是第一个重要线索，它的存在有两种可能性，一个是凶手无意中掉在那里的，而另一个可能性，卡是凶手故意放在那里的。"

乔飞航默默点头，一直以来他都在围绕着第一种可能性去推理，但是从现场看，凶手是个认真的人，他擦拭了痕迹却把卡忘在了现场，这一点确实很不合理。而且周晨的习惯是把卡放在书包里面，行凶时却带在身上，这一点也很奇怪。就这样，他的推理进入了死胡同。

那么从另一条路开始推理，凶手故意把卡放在现场，当然是为了嫁祸给周晨。所以他应该是一个能够拿到周晨校园卡的人。但是，如果只是偷校园卡的话，似乎谁都有可能。

等一下，真的有人会为了嫁祸给周晨而故意偷走校园卡吗？杀死仲不执的凶器是他自己的水果刀，法医说了，用水果刀杀人很不靠谱，一般的水果刀都比较薄，可能没有捅穿肌肉就先断掉了。仲老师的水果刀比较硬，这只是凶手运气好罢了。换言之，这不是预谋杀人，不然凶手一定会带更顺手的凶器过去。

这是激情杀人，凶手和老师起了争执，随手拿起桌上的水果刀杀害了老师。所以，凶手一定不是为了嫁祸才故意偷走校园卡的，而是偶然捡到了卡。

那么他在哪里捡到了卡呢？

乔飞航努力回想着关于卡的证词，试图梳理时间线。按照他女朋友焦琳的说法，两人早上在食堂吃早饭，那个时候是周晨请她吃饭，应该是刷了卡的。

之后，周晨就去教室自习，中午饭也是在教室里吃了面包，也就是说从早饭之后都有可能丢卡，卡丢在了食堂、教室，或者从食堂到教室的路上。

等等，周晨的室友说过，他平时把卡放在书包前面的小袋子里，保存得很认真。所以他的卡不可能丢在食堂或者路上，只能是在教室打开书包的时候掉的，一定是掉在教室里。所以捡到卡的人是和他在同一个教室的同学……也就是李小倩和孙弘博！

一下子就将凶手锁定在了两个人里面，乔飞航有点兴奋。他抬起头，梁雪正在气定神闲地喝着茶，似乎在等待他开口。梁雪显然已经知道了真相，这让乔飞航越发有信心。

"请你再给我一个提示吧。"

"另一个重要线索当然就是卷子。你刚才说，在你被停职之前卷子还没有找到对吧，现在呢？"

"被停职"这几个字让乔飞航心里难受了一下，但是他故作平静地看了一眼手机，然后说道：

"现在也还没找到。不过昨天主要是在搜查尸体周边，地毯式搜索今天早上才开始，凶手应该没有机会离开大楼，估计找到卷子只是时间问题。"

梁雪点点头。

"那么凶手为什么要偷走卷子呢？这是第二个问题，当然也是最重要的问题。"

乔飞航脑海中浮现出两人的相貌，李小倩是个认真的女生，考试那天因为身体原因发挥失常；而孙弘博是个大大咧咧的男生，似乎对学习和考试不怎么在乎。两个人都自称很有可能不及格，如果他们中的某个人是凶手的话，确实可能会为了让成绩作废、重新获得考试机会而偷走卷子。

"还有别的提示吗？"

"这么快就想完了吗，你真是越来越厉害了，看来没有我你果然有更多锻炼的机会。"

梁雪的夸奖让乔飞航不由得得意了起来，但是紧接着他又想起以前和梁雪一起查案的日子，那些日子显然幸福得多，只是已经一去不复返了。想到这儿，他又变得有些伤感。

"最后一个重要的线索就在你的眼皮底下，但你却没有发现。"

"我没有发现的线索？"乔飞航很惊讶。

"是啊，不是现场有什么，而是没有了什么。"

乔飞航愣住了，当初进现场时，他在被动地接受一切看到的东西，但是仔细想想，现场确实有东西显得很突兀。

"是酒！"乔飞航惊呼道，"那么名贵的酒，怎么可能就那样放在地上。那应该是别人送给他的礼物吧，但是那么大的盒子怎么可能直接这样送呢，也太不方便携带了。送礼的时候一定有一个袋子，所以缺少的东西就是装酒盒的袋子。"

梁雪露出了赞许的笑容。

"恭喜你，你找到了最后一个线索，现在我要去午睡了，剩下的部分你自己推理一下就可以了。"

梁雪站起身，走进了卧室。随着关门声响起，客厅突然变得无比安静。

我一定可以的！乔飞航一边为自己打气，一边顺着酒袋子继续想了下去。

装酒盒的袋子被凶手带走了。可是他要袋子干什么……袋子肯定是用来装东西的，那么是什么呢？

卷子！既然是偷偷给老师送礼，那么袋子应该是那种黑色大塑料袋，越不显眼越好，所以刚好用来带走卷子。

这一点和用水果刀杀人一样，凶手就地取材，说明偷走卷子也是临时起意，所以没有带包来。

但是这并不合理。凶手失手杀了老师之后，想到的应该是如何尽快脱罪，为什么还想偷卷子呢？凶手用刚刚拾到的校园卡嫁祸给周晨、擦掉现场的痕迹，已经可以排除自己的嫌疑，应该尽快溜走才是，如果再偷卷子，就很可能被警察抓到把柄，太不划算了。

只有原本就打算来偷卷子的人，才有这样强烈的偷卷子的愿望，这个心情在谋杀后可能依然存在。

凶手在失手杀了老师后，想继续完成偷卷子的目的，所以偷了卷子。更可能的是，在他跟老师争斗时卷子散落在地，沾过他指纹的卷子四散各处，他来不及一张一张擦干净，于是只好带走。不管哪一种，他一定是个一开始就想偷卷子的人。

我们现在知道凶手是有预谋来偷卷子的，这就和他现场取材产生了矛盾。他为什么不带包而是选择用现场的袋子呢？

因为他知道这里有装酒的袋子可以用。

所以，凶手就是给老师送酒的人。

那么酒是谁送的？焦琳说过，仲老师平时不会经常来办公室，只有上课或者批卷子的日子才偶尔来一次，所以送来的礼物他应该不会在这里存放太久，也就是说这个酒就是近几天送来的。

这几天他只有今天来了办公室，所以这个酒就是今天送的。现在只剩下两个嫌疑人，李小倩选修课下课后直接来了教室自习，如果是她送的酒，她需要从课上带来，那么大的袋子肯定会被很多同学看到，这显然是不可能的。

所以……凶手就是孙弘博。

他先是上午给老师送了酒，但是下午却突然觉得老师可能会出尔反尔，他送礼的事情也没有别人知道，如果老师就这么给他不及格，他也只能吃哑巴亏。所以他决定一不做二不休，趁着老师上厕所的工夫偷偷把卷子全都拿走，反正楼里这么多人，老师肯定想不到是谁干的。当然他肯定留了个心眼，先看了一眼卷子，如果老师给了他及格他可能就不偷了。在从教室去办公室的路上，他路过了周晨的座位，刚好捡到了他的校园卡，而周晨这时候可能在上厕所，不在座位上，所以没办法还给他。于是，他就带着周晨的卡去了老师的办公室。但是他偷卷子的时候被回来的老师刚好撞见，于是惊慌之下捅了老师一刀。冷静下来以后他发现老师已经没有了呼吸，于是将指纹擦干净、留下校园卡嫁祸给周晨，但是他依然对自己考试不及格的事情耿耿于怀，索性将卷子用袋子带走，随手扔进了垃圾桶里。

"原来这就是真相……"乔飞航不禁喃喃自语。如此一来，的确能解释所有奇怪的事情，接下来只要在垃圾桶里找到卷子，上面多半还有孙弘博的指纹，如此一来整个案件就水落石出了。那么到时候，他的警察生涯可能就结束了。

一切都结束了，乔飞航瘫倒在沙发上。他等着自己的下属发来找到卷子的消息，那就是对他最后的审判。但是在心底，他却希望这个消息来得慢一点，他总觉得有一种说不出的希望存在，似乎一切都存在着转机。

乔飞航闭起眼睛，他思考着自己的警察生涯，似乎一切都是那么遥远。从最初作为一个愣头青跟随老警察巡视社区秩序，到后来第一次接触谋杀案，看到了可怜的受害者家属们，那一刻他似乎觉醒了。他通过认识什么是"人"，认识到了什么是一个真正的警察。他有过畏惧，也有过喜悦，而这一切都有梁雪陪伴身旁。梁雪走后，警队的生活虽然一如往常，但是他却总觉得少了些什么。大概是那种找到真相后，一瞬间的极度兴奋吧。他突然意识到这种感觉已经很久没有过了，曾经的每一天他都沐浴其中，渐渐也视之如常，而现在这种快乐只存在于这个房间里了。或许就是因为这样，他才会在杀人现场做出那番啼笑皆非的"推理"。他的内心深处或许只是想唤起那份纯粹的喜悦，所以才会东施效颦地模仿梁雪、扮演侦探,而他并没有梁雪的智慧,所以那独断的"推理"只是不及格的戏仿。想到这儿,他似乎释然了。今天在这里他又找到了熟悉的喜悦,而对于自己犯下的错误,也只能接受它带来的惩罚。等周晨醒后,去和他道歉吧,虽然可能会被开除,或者被调去基层,不管怎样,大概一辈子也不再有机会接触到谋杀案了。但是他知道,当他想要再次体会这种纯粹的推理之乐时,有这样一个地方是他永远的港湾。

"喂,你做了什么奇怪的梦吗,怎么笑得这么猥琐?"

梁雪的一声呼唤突然在耳边响起。乔飞航睁开眼,发现眼角竟然湿湿的,他连忙打个哈欠掩饰,然后一本正经地说道:

"我已经想通了,我要去医院向周晨道歉,然后接受惩罚。"

"你在说什么?"梁雪的表情十分诧异。

"我根据你的提示推理出真凶是孙弘博,我错怪周晨了,你早就知道的吧。"

"你为什么会得出这样的结论……等一下,我先问你,卷子还没找到吗?"

梁雪伸了个懒腰,坐在了乔飞航对面。

"还没有。"

"那你可以给我讲讲你的推理吗?我真的很好奇。"

梁雪的眼睛闪闪发光,乔飞航得到了鼓励,自豪地将自己的推理讲了一遍。梁雪听完后,露出了啼笑皆非的表情,然后说道:

"我还以为你进步了,原来果然高看你了。我明明给了你那么多提示,为什么你能绕过所有正确答案,想到这么漏洞百出的推理来呢?"

"我觉得是很顺畅的推理啊!"乔飞航非常委屈。

"简单来说,你的推理里充满了偶然,偶然捡到了卡片,偶然决定偷卷子,偶然决定杀人。捡到了卡为什么不放回桌子上,而要带在身上?杀人以后为什么还要坚持偷卷子,就因为难忘初心?这种可能性我也不是没有想过,但是因为可能性太小就直接排除掉了。"

乔飞航百思不得其解,他明明用上了梁雪给的所有提示,为什么推理出的答案还是不对呢?

"可是我就是按照你的提示推理的……"

"好吧,我先从卷子开始说。我一直问你卷子找到了没有,你知道为什么吗?"梁雪的语气柔和了起来。

"因为经过搜查之后,卷子总会被找到。"

"是啊。我们都知道这一点,凶手当然也知道。别忘了,他仔细擦拭过现场，反侦察能力很强。凶杀案可不是简单的偷窃案，既然凶杀现场有东西不见了，那这件东西肯定会被警察当作重要证物，翻个底朝天也要找到。如果只是老师自己丢了卷子，恐怕连垃圾桶都不愿意翻吧，可是在谋杀案里，为了找到卷子警察恐怕会连地基都翻出来。"

"技侦的同事们好辛苦。"乔飞航感叹道。

"重点不在这儿，而在于凶手明知道自己不可能把那么一大包卷子销毁掉，最后肯定会被警察找到，却还是坚持偷走，引人怀疑。"

"我想不明白……"

"他偷走卷子的目的不是让卷子消失，而是赋予卷子特殊的意义。他想要卷子作为重要证物被警察找到，而不是被发现尸体的人们看到。"

"这样做有什么意义吗？最后还是会被找到的，而且他也没办法在卷子上做任何手脚，我们只要经过鉴定就会轻易发现问题。"

"当然有区别。作为重要证物被警方封存，那么最后警察只会将成绩透露给老师，老师再录入系统让学生们自己去查。而如果放在现场，先发现尸体的一定是学生，他们会忍不住偷看批过的卷子，于是凶手的秘密就被所有人知道了。凶手最怕的就是这一点。所以我们可以推理出，凶手是一个'好学生'，是对自己的成绩很有自信，却没有及格的人。"

"周晨……"

当天在教室学习的学生里面，周晨是唯一一个大家口中的"好学生"。

"仔细想想，我们关于周晨的印象都是侧面描述，同学们说他平时很喜欢找老师问问题，上课时很喜欢举手说一些很高深的知识，课间还会在大家面前大声给女朋友讲题。但是如果他只是自以为学会了呢？他刚好在一个学习成绩很不好的班级，在这样的环境里无论他说什么都会被人赞赏，这让他渐渐产生了'自己很厉害'的误解。"

梁雪的脸上露出了坏笑，乔飞航感觉她仿佛在说自己，不禁感到无地自容。

"我们这位可怜的周晨同学，那天应该是为了早点知道自己的成绩才去自习的吧。他乐颠颠地跑去办公室找老师套近乎，大概还聊了聊下学期要学的抽象代数之类的东西，然后再问老师自己的成绩。起初老师可能也想保密，但是抵挡不住他的热情，就告诉他了——他不及格！他室友说过，其实周晨经常觉得老师不如他，所以在心底他连老师也瞧不起吧。得知这个事实之后他没办法接受，愤怒地刺死了老师。他有点小聪明，所以冷静下来后立刻清理了现场。谋杀现场搞定了，唯独卷子很难处理。如果之后有学生进入现场，出于好奇一定会看一下成绩，到时候就会发现他不及格，这种八卦大家可是最爱讲的，毕竟好学生是所有人的谈资。他的事迹很快就会传到同学们耳中，以后他的学弟学妹也会记得这么一个可笑的人，当然最可怕的就是他的女朋友也会知道。他能够做出在众人面前大声讲题这种可怜的事情，一定很自卑吧，也许他潜意识里觉得自己配不上女朋友，他引以为傲的东西只剩下'智商'了。可是如果连她的女朋友都笑话他，他还有什么脸面活下去呢？于是，他急中生智，想到了一个办法，只要暂时将卷子藏在一个不太好找的地方，警察一定会把卷子当作重要线索，到时候他们就会帮他做好保密工作了。"

梁雪停下话头，但仍然是一副意犹未尽的表情。

见到她这副表情，乔飞航知道这就是最后的真相了，于是轻轻叹了口气。

"一切都结束了，接下来只要慢慢搜查，等找到卷子就水落石出了。"

"卷子的位置其实也很好想，只要你注意到了我的另一个提示。直接告诉你答案吧。最危险的地方就是最安全的地方，卷子就藏在办公室里。"

"什么？"乔飞航惊掉了下巴，办公室明明已经搜查过了。

"你还记得书架最上排的档案盒吧，他就把卷子混在那些文件里面。警察搜索卷子的时候肯定会觉得那是一个大物件，而他把卷子分散放起来，就不容易被找到了。"

"啊！他们好像确实还没来得及一张张翻看文件。"

乔飞航连忙发了信息给自己的下属，让他去仔细搜查档案盒，然后，他抬头抗议道：

"可是你刚才没有给我关于找卷子的提示！"

"当然有，就是袋子啊。"

"这个我想到了，袋子作为容器，是凶手用来带走卷子的……"

梁雪摇了摇头。

"为什么你想到一个可能性就止步了，并且坚持认为这是正确的呢？袋子的作用很多，你去思考它的形状、材质、功能等等，所有的可能性不就变成画面，一一浮现在脑海中了吗？在这里找到一个最符合凶手目的的可能性就好了。你难道不是这样推理的吗？"

梁雪用看外星人的眼光看向乔飞航，而他却觉得只有梁雪会在一瞬间想到这些，她才是那个奇怪的人。但是如果有机会，他也想试着让眼前呈现出那样的画面，那一定是个截然不同的、缤纷多彩的世界吧。

见乔飞航没有回答，梁雪一脸不情愿地说道：

"袋子最简单的功能就是用作容器，而它的性质就是光滑，不容易留下太多痕迹。凶手想到将卷子藏在档案盒里之后，发现自己身高不够，即使踩着凳子也够不到档案盒。他看到旁边的袋子，便用袋子装了几册书，再放在凳子上当作垫脚。之后只要擦干净袋子再扔到垃圾桶就可以了，谁也不知道这个袋子与凶杀案有关。顺便说一下，即使最初不知道周晨是凶手，仅身高这一条就能锁定他，所以我从一开始就确定他是凶手了。"

原来袋子是这个用处！乔飞航十分羞愧，他本能地认为袋子消失就是用来装卷子了，真是太想当然了。

"那么，只剩下最后一个问题了，这一点我也给了你足够的提示。"

"校园卡！你明明告诉我校园卡不可能是他无意掉落，而是被人嫁祸的，我就是因为这个原因才会从一开始就排除了周晨。"

"我可没这么说，我说的是：我们排除了凶手无意留在现场的可能，卡留在现场肯定是故意的。"梁雪露出了严肃的表情，"你明白这个区别吗？我自始至终都没有否定过周晨是凶手啊，我只是在否定你坚持的'不小心掉落'。"

乔飞航回想了一下，梁雪确实从一开始就没有说过周晨不是凶手，她给出的提示，无论是为什么把卡故意留在现场、偷走卷子还是带走酒盒的袋子，说的都是'凶手'。也就是说，梁雪用到的线索跟他完全一样，也给他指出了正确的方向，但是他却每一次都和真相失之交臂。

虽然明白了梁雪的意思，但是怎么看都觉得匪夷所思，乔飞航疑惑地问道："如果他是凶手，怎么可能把卡故意留在现场呢？"

"很简单，因为在他眼里，那根本不是他的校园卡。"

乔飞航突然觉得好像听到了什么不得了的事情，但是自己一下子没有反应过来。

"你说过，林青老师的卡也是蓝色的，和学生的卡一样。如果周晨行凶时，老师的口袋里掉出了一张校园卡，他第一反应肯定认为这是老师的卡。当然，严谨的他肯定想到了要捡起来确认一下上面的信息，但是这张卡掉在血泊里，他如果捡起来就会留下痕迹，很难处理，所以他只要确认这不是自己的卡就可以了。那么这时候他想到了什么呢？答案就藏在他女朋友的话里。"

"她女朋友说了，是周晨用他的卡给他们两人买了早餐。"乔飞航回想起来，这一点也是自己用来锁定卡丢失时间的关键。

"是的，那就是我们听到的最后一次周晨的卡的去向。而重点在之后，她的计划是去图书馆看书，而周晨要去教室学习，但是他们却在食堂楼下就分开了。你说了，学校分南区和北区，南区是生活区，北区是学习区，两个人都要从南区到北区，为什么会早早分开呢？我们知道周晨确实直接去了教室，那么焦琳肯定去了另一个和他不顺路的地方。从食堂门口去另一个方向，只有食堂对面的大学生生活服务中心，也就是说，她的校园卡丢了，她要去生活服务中心挂失。"

"啊！"

"焦琳说她是个生活上比较邋遢的人，周晨平时很照顾她。得知她丢了校园卡后，周晨就请她吃早饭，劝她去补办一张卡。补办一般要等挂失二十四小时后，这段时间里周晨决定把自己的卡借给她用，而他在食堂顺便买了一个面包做午饭，也因此中午才无法用校园卡吃午饭。回到杀人现场，周晨看到老师身上掉下来一张卡，他的第一反应是自己的卡还在焦琳身上，而焦琳在图书馆。然而他并没有想到，焦琳早上拿到卡后，在食堂又弄丢了，所以只能再借用别人的卡吃晚饭。而这张丢掉的卡——上面印着周晨名字和头像的卡——被在食堂吃早餐的仲老师捡到了。"

这时，乔飞航的手机突然响了起来，只见上面只有一行字："卷子找到了，一切如乔哥所料。"乔飞航默默熄灭屏幕，他知道他配不上这赞誉，事后一定要好好向下属说清楚。

梁雪似乎毫不关心消息的内容，自顾自地说了下去：

"于是就出现了那神奇的一幕，周晨自信地认为那张卡不可能跟他有关系，所以留在了现场没有管，但是这正如他自信地相信自己绝不可能挂科一样，只是命运对这个可怜人的残酷玩笑罢了。"

柳荐棉，南京大学医学院在读研究生，钟爱黄金时代本格推理。短篇推理小说《猫的牺牲》荣获首届"华斯比推理小说奖"，并收入《2018年中国悬疑小说精选》，日文版2021年9月刊于日本《早川推理杂志》"华文推理特辑"；短篇推理小说《鬼火之翼》于2019年9月荣获第二届"连城杯"全国高校推理小说征文大赛"最佳诡计奖"，并收入《2019年中国悬疑小说精选》。已出版长篇推理小说《纯白如雪》。

星之悲剧

凌小灵

1

李子涛死了。

他不是什么有钱人,但至少不是穷人。公司正在起步阶段,拥有大好的前景,只要精心经营的话,迟早有一天能发展成一家大公司。

可就是这关键的当口儿,他死了——准确地说,是被杀了。

凶器是一座与高脚杯齐高的镀金奖杯,是某次天文观星活动的特制纪念品,本来放在左侧书架上。奖杯上面雕刻着星星与月亮的图案,下面还有一行小字,写着李子涛两个女儿的名字。

从死者后脑上的伤口、现场的各处血痕以及凶器的位置,可以很轻松地再

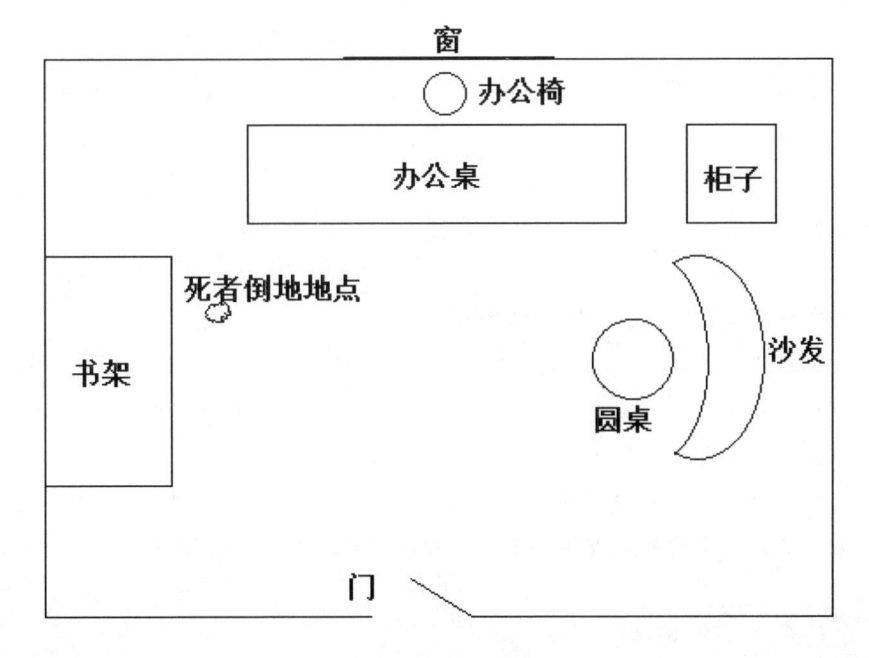

案发现场平面图

现死者遭遇袭击时的场景。

他站在书架前，寻找着一本心仪的书，或是看着照片中的亡妻。可能是他太过入迷了，以致没注意到有人正走进书房，从书架上拿起凶器，站到他的身后，挥动右臂，将手中的奖杯砸向他的后脑。

凶手的第一击就足以让李子涛倒地不起吧。可这还不够，凶手又朝着同一个位置补了好几下，直到李子涛完全失去意识后，才放下了凶器。

此外，死者的身上还发现了一部手机，但听他的秘书说，死者的手机主要用于个人生活，很少用于工作。但死者很少有亲戚往来，只有少数的几个朋友，因此平时基本不怎么使用。

嫌疑人自然就是这个家的成员，再加上一个来路不明的"占卜师"，总共有五人。

理应是这样的。

"那个……宋警官，这边有一本日记，你要看看吗？"占卜师露出天真的微笑，可她一对上宋警官凶恶的眼神，就被那目光中散发出的杀气吓得呆住了。

这位被吓住的女生，就是传言中的占卜师侦探。"侦探"的名号是警察间私下叫的，她只是自称为占卜师罢了。别看她现在一副软弱无能的样子，实际上她曾经解决了陵西大学发生的多起命案，被称为"侦探"也是名副其实。

不过这些顶多就是传言，宋警官没和她接触过，也从没见识过现实中的侦探是怎样推理的。因此对于顽固的宋警官而言，他是坚决不会相信所谓的侦探的。

"别忘了你也是犯罪嫌疑人。"

宋警官警告了一句，随后夺走了她手上的日记本随意翻了几页。

7月5日（周五）晴，午后有小雨

这周末就是女儿们的生日了。我利用下午的时间特地跑去买了礼物，也就是她们去年说很想要的那款裙子。没想到出了店就下起了小雨。不过只要女儿们开心就好了。

晚上我的秘书说裙子买错了。问题应该没那么严重吧，我看着和她们之前说的挺像的。如果她们不开心的话，再让秘书去换就好了。

7月6日（周六）晴

今天朋友劝我在出发前找个占卜师算算命。不过这种事我之前也没做过，就全听他介绍了。我自己找的话，要是把奇怪的人请进家里就麻烦了，还是熟人介绍比较好。

希望女儿们都有个好的未来，这也是为了让你们的妈妈安息啊。

7月7日（周日）晴，晚上转雨

听秘书说，女儿们拿到礼物也都很高兴，也没什么怨言，看来一切都很顺利，就等着占卜师的消息了。

占卜的结果会是怎样的呢？是吉是凶倒不重要，关键是为了摸清楚以后该走的路。星如和月如都已经初三了，也该开始考虑这些问题了。

其他的就不多说了，希望今后也能这么顺利吧。

7月7日正是案发的日子。

他合上了日记，将其交给了其他警察。

现在还有更重要的事情要做，比如收集各个嫌疑人在死亡时间段的七点至九点之间的行动。

一楼的客厅里，所有人都到齐了。

一对双胞胎正坐在沙发的两端，手上拿着纸巾擦着泪水。她们俩的相貌、化妆、发型、头饰、动作都出奇地一致，就像是有一面镜子横在了沙发的中央。

这两位就是李子涛的双胞胎女儿李星如和李月如，现读初三，是死者的再婚对象带来的孩子。两人虽然外貌相似，但性格上还是有所不同的。李星如充满活力又很任性，而李月如则是比较腼腆和内向。

坐在旁边椅子上的女性是在读高一的长女李晨曦，是死者与前妻的女儿，拥有与其长女身份相符的沉稳气质，同时也像是这个家的协调者。在案发之后的这段时间里，也是她一直在安抚那对双胞胎的情绪，积极配合警方调查。

最后，站在沙发后面，比死者的年龄还要大上十几岁的中年男人，就是死者的秘书刘双江。

以上，就是事件的全部嫌疑人了，杀害李子涛的凶手就在这些人中间。

"警官，不好意思，我能说几句话吗？"

听到这声音，宋警官猛然想起，还有这个凌晓月，也是嫌疑人之一。

"不能，你快去找位子坐好。"

"嗯……好。"她的声音听上去有些失落。

等到凌晓月也入座之后，调查终于可以开始了。

"现在是收集证词的时间,主要目的是还原大家在今晚的行动,方便我们找出凶手。那么,一个一个开始吧。"

2

16点30分。

本来李子涛和凌晓月约好在自家门口见面的,可没想到在约定时间前的半小时,凌晓月打来了求助电话,说是进小区后迷路了,光是走出来到小区门口就花了不少时间。既然如此,两人就改在小区大门口见面。

在小区里绕了一圈后,两人终于抵达了别墅的门口,刚好遇到一个五六十岁的中年男人拎着个X光片袋走过来。

凌晓月一眼就见到他绑着石膏的右手。

"回来啦?情况怎么样?"

"右手骨折了,之后还要去复查。这是医院拍的片——"

李子涛挥挥手,表示自己不需要看。

"没关系,这几天你就好好休息,医疗费也到我这边报销吧。"

刘双江不好意思地笑了笑,但也没有再推托。

"对了,今晚八点半还有一笔生意要谈,请您不要忘记了。"

"我记着呢,晚上就会打电话过去的。"

李子涛开门的同时,对凌晓月轻声解释道:"这是我的秘书刘双江,平时有空也干些杂活。今天早上扫地的时候从楼梯上摔了下来,所以去了趟医院。"

穿过玄关,走进客厅,女孩子们的笑声立刻吸引了凌晓月的注意。

在客厅的衣帽镜前,站着两个穿着同样浅绿色花纹裙子的短发女孩子,其中一个正在整理裙摆,另一个则是侧着身子望着镜中的自己,随后拍拍肩膀,似乎觉得那里有些不合身。待两人都穿好衣服后,她们同时抓起一旁的两根青色的丝带,嬉笑着为对方系着领结。而她们原本穿的衣服则被随意地丢在了沙发上。

在她们不远的位置上,坐着一个看起来稍年长的女孩。她正神色紧张地紧盯着那两个女孩的方向,手里放着一条全新的大红色连衣裙。从一旁服装袋上的LOGO来判断,这应该是同一家服装店的裙子吧。

"她们是我的女儿，那对双胞胎是二婚妻子的孩子，名字是李星如和李月如，另外那个是我原配的孩子，名字是李晨曦。今天是那对双胞胎的生日，我就给她们三个都买了新裙子。"

　　明明都是新衣服，可其中一个人的衣服款式却全然不同，这是为什么呢？莫非是因为她们姐妹间的关系不太和睦？

　　看着她们换衣服的场景，凌晓月稍微有些惊讶，但也没有发表什么意见。

　　走出客厅，爬上红木楼梯，两人来到了二楼。楼梯正对着的那个房间就是李子涛的书房了。

　　书房的布置非常简单，进门的左边靠墙处是一排书架，书架分为左右两个部分，左边稍小，有一扇毛玻璃门，边角处还有两三个小的星星状的透明玻璃装饰，里面似乎堆着一些杂物。右边稍大一些，是没有门的普通书架，上面放着一排排的金融类书籍，以及装着亡妻照片的镀金相框。

　　书架的正对面则是月牙形的沙发和配套的小圆桌，圆桌上放着个装满了小零食的木制篮子。

　　与门口相对的是一台简易的办公桌，桌子上还有一台小型办公用打印机。办公桌的一旁是个小柜子，上面放着一台座机和一本笔记本，估计是用来记电话的。

　　李子涛靠在办公桌前，让她坐在一旁的沙发上。看来该谈正事了。

　　"关于占卜的事——"

　　她说到一半又犹豫着不想说了，而一脸困惑的李子涛用眼神鼓励她说下去。

　　于是凌晓月鼓起勇气，将那句自白送出了口。

　　"关于占卜，和占星术、周易、塔罗牌什么的都没有关系！我……我只是……我只是单纯地可以感受到灵力而已！"

　　面对凌晓月拼尽一切的自白，李子涛只是平淡地接受了。

　　"这样啊。反正怎样都行，我只想知道这个家以后会怎样，什么方法都没关系。"提到这个家时，这位生意场上的勇者也暴露出了脆弱的一面，"我结了两次婚，但她们都走了。一个是在生小曦的时候大出血走的，还有一个是重症肺炎。如今她们留给我的，也就只有那三个孩子了，孩子们的未来比什么都重要。"

　　他绕过办公桌，遥望着窗外的天际线。

　　"最近我们公司终于抢到了一项任务，如果把握住这次机会的话，离赚大钱就不远了。可是这需要我去一趟国外，什么时候回来都不知道。我最放心不下的，还是她们三个啊。"

说到这里，凌晓月明白了他的意思。

"您是想知道该不该出国吗？"

"没错，这正是当前最让我不安的事，我不知道该怎么做，希望你能告诉我答案。"

在面临人生的重大抉择时，往往会寻求超自然的力量，凌晓月很理解这种心情。

"好的，那今晚七点，我来您的书房吧。"

"可以……啊，等等，我晚上要谈生意，必须要用这边的座机，所以不太方便。这样吧，隔壁我以前夫人的房间是空的，你看那边合适吗？"

"没关系，哪里都是一样的。"凌晓月微笑着答道。

这时候，书房的门被砰地推开了，之前在客厅见过的短发女孩冲了进来，她的身上正穿着那条新裙子。在她身后的走廊上，站着和她一起的另一个女孩，正拘谨地朝里面望着。那双眼睛似乎在说"这样闯进来是不是不太好"。

果然，李子涛一下子动怒了，说话的声音也比刚才响了好几倍。

"李星如，爸爸不是告诉过你进门前要先敲门吗？还有，你开门的声音能不能轻一点？真是太没有礼貌了！"

原本高高兴兴进来的李星如一下子变了脸色。她转而跑到凌晓月面前，撒娇似的抓着后者纤细的手臂。

"是爸爸请的占卜师姐姐吧！"虽然没有介绍过，但凭着那头薰衣草色的长发，李星如就猜到她是占卜师了，"能帮我们两个也算一下命吗？"

"不是算命，是占卜哦。"

凌晓月礼貌地纠正了她的话。

"都一样啦！我想知道我能考上什么高中，还有——"

走廊上的女孩不知何时也走了进来，默契地接上了李星如的话。

"还有，月如和星如会不会继续在一起呢？"

"姐姐不要把问题浪费在这种地方！"

"嗯，也是呢。那问什么好呢？"

看着一唱一和的两个女孩子，凌晓月的心情也舒畅了不少。为她们两个占卜也不会多花费她的精力，所以答应下来也没事，可李子涛却没有给她回答的时间。

"你们快点出去，大人的事情你们小孩别掺和。还有，今晚占卜师要在这里占卜，你们也别来捣乱，知道吗？"

看来李子涛是真的生气了。一家之主的威严在此刻发挥了作用，让她们俩灰溜溜地走出了书房。

"小曦和小月都是很好的孩子，只有这个家伙，一直在给我添乱。"

李子涛的心情总算恢复了。不过他虽然说得很不好听，但实际上他很偏爱这个女儿吧，凌晓月本能地有这种感觉。

3

18点30分。

由于平时做饭的刘双江受伤了，因此今天的晚餐只是便利店里买来的便当。因为没有提前准备，所以李子涛还专门跑出去买，回来的时候已经很晚了。对此，李子涛对凌晓月连连道歉。

"今天明明有客人在，却这么晚才开饭，而且晚饭也只是一些速食，真的很不好意思。"

凌晓月自然不会在意这些细节，主人如此道歉反而让她有些不好意思。

19点整。

享用完晚饭，坐着消磨了一些时间的李子涛起身告别，先大家一步离开了餐厅。

因为快到预定的时间了，凌晓月向大家道歉之后也一同离席，跟着上了二楼。

两人在书房再次确认了占卜的内容及价格后，凌晓月离开书房，走进了李子涛亡妻的房间——如今已经变成了一间储物室。

与此同时，楼下餐厅的收拾工作也开始了。

以往这些家务都是由刘双江和李晨曦两人完成的，但因为前者受了伤，而且两个孩子也需要锻炼做家务的机会，于是今天临时有了变化。本以为那对双胞胎会因此闹别扭，可没想到她俩都高兴得很，看来是单纯地将家务当作玩乐了吧。

"刘叔，那我去休息了？"看着里外忙活着的两人，李晨曦觉得自己没有什么需要做的工作了，便想着早点回房间休息一会儿。

"哦，当然，这里我会看着的。"

"刘叔也去休息吧！"李星如说，她正熟练地洗着筷子，穿着围裙的样子看上去也有模有样。

刘双江犹疑着，因为这两个小家伙第一次干活总让人有些不放心。

"就交给我们吧。"餐厅里的李月如也这么劝道，"今天刘叔不是刚绑了石膏嘛，还是不要多动，早点去休息吧。"

既然大家都这么劝，刘双江也有些心动了。自己来到这个家，虽说是秘书，但其实更像是保姆，一年中有几次休息的机会呢？

"那好吧，我就在客厅里，有什么事随时叫我。"

"好！"双胞胎同时说道。

19点15分。

"差不多就可以了吧。"李星如脱下了围裙，简单地洗了手，就迫不及待地往外面跑去了。

李月如看到李星如跑出去了，出于本能叫住了她。

"星如等一下，能不能帮我一下。"

这是李月如第一次擦桌子，觉得怎么擦都擦不干净。在家务方面，李月如完全不得要领。

正准备拿果汁的李星如还是乖乖地回来了。她不情愿地从李月如手中拿走抹布，胡乱地在餐桌上抹了两下，随后又把抹布交还到呆愣的李月如手上。整个过程不超过五秒钟。

"欸？"

李月如看了看手中的抹布，又看了看正从餐厅的橱柜上拿果汁的李星如，刚才发生的一切就像一场梦一样。

19点30分。

刘双江正在看电视的时候，眼角的余光注意到了有什么东西在动。他往旁边看去，瞄到了装饰玻璃下面露出的淡绿色裙摆。

"别藏了，我看到了。"

李星如嘿嘿地笑着，快步过来躺倒在沙发上，手里还端着一个盒子，看来是洗完筷子上楼拿的。

"你姐姐呢？"

"回房间了。"

"不是小曦，我是说小月。"

"我就是这个意思，回房间了。"

餐厅与厨房在楼梯的另一边，因此客厅这边是看不到的。

"那个，刘叔，一会儿我们俩想在这里玩会儿桌游，但很可惜今天的桌游只能两个人玩，所以……"

刘双江对那款桌游有点印象，游戏机制像是 SRPG 的风格，只能两个人玩，而且地图板非常大——换言之是她们要征用沙发和桌子了。

他识趣地起身，让开了位置。

"今天真累啊，我先去睡了，你们也记得早点儿睡。"

"好！"李星如开心地笑了。

19 点 45 分。

"小星呀，这个游戏不是能四个人玩吗？"

"欸？"李星如拿起规则书仔细揣摩了一番，随后恍然大悟，"是哦，是可以四个人玩的，可是……"

李星如一边掰着手指一边想着——

我、月如、晨曦姐姐、刘叔？不对，把姐姐去掉，然后让占卜师姐姐来玩吧。可是占卜师姐姐有事，爸爸又肯定不会来。

她想来想去，还是很遗憾地说："算了，就我们两个玩吧。"

可是玩游戏的兴致已经被刚才的话题浇没了。

"我先回房间一趟。"李星如有些无聊地说道。

20 点整。

窗外飘起了小雨，没过一会儿，雨势就转大了。

真是奇怪，之前看天气预报的时候没说过会下雨啊。刘双江想掏出手机核实一下，才发觉自己的手机忘在楼下了。他连忙冲出房间，可没走几步，刘双江觉得有细微的呜咽声从走廊尽头的房间传来。他停下了脚步，凝神静听。

昨天晚上把礼物交到李晨曦的手上，看到她复杂的神情时，刘双江就预料到了这样的结局。老实说他也不知道为什么李子涛会额外买一件不一样的衣服回来，这样无疑会激化她们之间的矛盾啊！

"这是她们双胞胎的生日礼物,也有你的一件,老板让我挑个时间给你们。"

李晨曦打开袋子瞧了一眼,又默默地合上了。

"星如跟我说过,这是她们去年看中的衣服。"

"虽然颜色不太对,款式也错了。"当时带她们出去的是刘双江,所以他记得很清楚。

这是一句缓和气氛的玩笑话,可没想到让氛围更加尴尬了。刘双江知道再留下去也只会妨碍她们,因此他找个借口先行离开了。

说白了,是他逃走了。

思绪回到了这扇紧闭的房门前。里面传来了断断续续的哭喊声,声音虽轻,但也能清清楚楚地听到。

"我也想和她们穿一样的衣服啊。"

哀怨的语调让刘双江的心里很难受,但他对此也无能为力。

于是他赶紧下楼到了客厅,果然自己的手机就躺在桌子上。

"不好意思,我来拿手机。小星呢?"

"不知道呢。上厕所去了吧。刘叔先在这里坐一会儿吧。"

"那我就恭敬不如从命了。"刘双江开玩笑般地在心里默默说道。

20点15分。

一阵刺耳的尖叫声从楼上传来,紧接着是什么东西碰撞的声音。

"是小星?她怎么了?"刘双江猛地起身,如此的惨叫声让他以为李星如出了什么事。他不顾绑着石膏的手,小跑着出了客厅。

李晨曦和李月如也紧接着出现了,两人的神情看上去都万分紧张。尤其是李月如,她的视线捕捉到李星如的身影后,立马冲了过去,抱住了妹妹瘦小的身躯。

"没事吧?受伤了吗?有什么不舒服的地方吗?是摔了?还是……"

见到熟悉的身影,李星如一下扑了上去,在李月如的怀里哭出了声。

"里面……里面有妈妈的幽灵。"

妈妈的幽灵?

三人一齐往房间里看去,只见漆黑的房间里,只有一团淡紫色荧光飘浮在空中,簇拥在一名女孩的身旁。房间里并不通风,可秀丽的长发却飘扬起来,在光点之间上下起伏。

"星如,那不是妈妈的幽灵,是占卜师姐姐哦。"

"占卜师姐姐不是在书房吗？"这么说着，挂着泪水的李星如还是转过头去仔细地瞧着房间内的人影。

看着看着，她扑哧一声笑了，随后不好意思地擦去了眼角的泪水。

"是呢，是占卜师姐姐，我在干什么啊。"

刘双江适时地绕到另一边，用左手帮忙扶起了坐在地上的李星如。

"回房间休息一会儿吧。"

站在一旁的李晨曦建议道。李星如没有拒绝，看来是默认了。

20点30分。

送李星如回房，又聊了会儿天安抚她的情绪后，余下三人才一起回到了客厅。

据李星如说，她是为了拿桌游的扩充包才上楼的，结果在爸爸的房间里没找到，才想起去储物室的。她本以为储物室里没人，这才大大方方地进去，结果被里面的凌晓月吓到了。

这一切只是个误会，大家知道真相后都松了口气。可回到客厅后，气氛却始终有些微妙。刘双江察觉到问题的源头可能出在自己身上，便识趣地离开了。

于是，客厅里只有李月如和李晨曦两人尴尬地坐在一起。

现在正是单独交流的好时机，必须要抓住这个机会。

"我们不是故意排挤你的，只是……"

"我知道，是我不合群的缘故。刚见面的第一天就和你们吵架，闹得大家都不愉快。"

就像是想起了那天一般，李晨曦的眼眶忽然有些湿润了。

"不过都已经是过去的事了。"

"才没有过去呢，"李月如稍显强硬地反驳了对方的话，她或许也讶异于自己竟然会说出这种话，有些不好意思地侧过身去，低声念叨着，"还没过去呢。"

李星如是个怎样的孩子，不管是李月如还是李晨曦都了然于心。她会没理由地喜欢一个人，更会没有理由地讨厌一个人。而且一旦她觉得讨厌了，就会一直讨厌下去，直到永远。

"但她刚才，并没有拒绝你。虽然有些乘人之危的意思，但这确实是一个突破口——"

"谢谢你一直安慰我，就算星如讨厌我到不愿和我说话，你也没有抛弃我。可是我真的受够了，已经不想再坚持下去了。"

295

随后，两人都沉默了。

"她是个任性的孩子呢。"片刻的沉默之后，如同总结一般，李月如开了口。后面应该还有很多想要说的话，可她就停在这里，不说下去了。

言下之意李晨曦也懂，便不再多说了。

这时，李星如出现了。

"一起来玩吧，我把扩充包拿来了。"李星如红着脸，有些忸怩地说道。

20 点 45 分。

刘双江觉得时间差不多了，想去看一下老板有什么需要的东西，但又觉得现在老板一定在谈生意，便没去打扰，转而下楼到了客厅。

可在下楼之后，眼前的一幕惊得他说不出话来。

李星如和李晨曦正面对面地坐着，手中拿着不少卡片，专心地看着地图板上的标志物。而李月如，正坐在桌子的侧边，旁观她们的战局。

按理说，她们关系变得那么好是件好事，可刘双江还是有种身处梦境的错觉。

"你们一起玩呢？"他装作自然地随口问道。

"刘叔也一起来吧，这样就能四人局了！姐姐，我们这盘要不就算了吧。"

"小星你耍赖，这局明明我快赢了。"

看着她们其乐融融的样子，刘双江不由得露出了欣慰的笑。

21 点整。

占卜结束之后，凌晓月火急火燎地跑到书房门前。她连着敲了好几下，却没有得到任何回应。

"怎么了？"刚好上楼的刘双江看到她歪着脑袋站在门前，关切地上前问道，"老板不在吗？"

刘双江试着转动门把手，结果一下就开了。

"这不是在里面嘛。"

他一边说着，一边推开了门。

可呈现在他们面前的，却是倒在地上没有动静的男人的身体。

怎么会——

凌晓月简直不敢相信自己的眼睛。她的眼睛扫视了一遍现场，大脑高速运转着，想要理清一个逻辑。

书架前有一摊血迹，上面也有一些喷溅的血液，那里应该就是受到攻击的地点。凶器是不知从哪儿来的镀金奖杯，现在就躺在书架前的地面上。

"是谁干的！"

刘双江怒吼道。相比于愤怒，这更是悲伤的一种体现。

他冲进屋里，来到李子涛身旁，试探了一下他的鼻息，发现已经没救了，于是从办公桌前拐到柜子那边，抓起了座机的听筒。凌晓月回过神来，连忙跟了上去。在他拿起听筒之前，电子荧幕上还闪烁着上一通拨出电话的时间是晚上七点十分。

不能擅自碰触案发现场的物品是第一守则，但在慌乱之中，两人都完全忘了这回事。

"喂？是警察吗？这里是——"

迅速报警之后，刘双江推着凌晓月出了房间，随后用自己的钥匙锁上了门。

"为什么要……"

"不能让孩子们看到啊。"他的语气满含着悲愤。

4

"据调查，凌晓月在进入占卜状态时就会像块木头一样，什么都听不到，也什么都看不到。"

说这段话时，宋警官满是疑惑。因为在他眼中，占卜师就是最明显的嫌疑人。身份不明，行踪不明，而且占卜地点就在案发现场隔壁，如果她要行凶的话，那真是太方便了。

那么会不会是她装作在占卜，实际上趁人不备溜进书房杀人呢？

但这并不可能。因为除了能力之外，还有一项与超自然无关的更为实际的证据可以证明。

看来，这家伙真的是传闻中的占卜师侦探了。宋警官不甘心地承认了。

"那个……警官？"

真是说谁谁就到。

"怎么？还有什么事？"宋警官不耐烦地回道，"你不是洗清嫌疑了吗？快回去吧。"

"可是……我刚才听到了询问的内容，大概还原了每个人的行动，也知道了

297

谁是凶手……"

"你哪那么多话？让你回去你就回去。"

被吓到的凌晓月缩了缩脖子，胆怯地往后退了几步，眼看着就要哭了。

把女孩子弄哭是一件很麻烦的事。除了犯罪嫌疑人，宋警官不想看到有人在自己面前哭哭啼啼的，于是他只好松口。

"行吧，反正信不信是我的事，就开个特例，听你说说吧。"

★读者挑战★

相信诸位读者此刻已经有了一个模糊的印象——那个人很有可能是杀害李子涛的凶手。那么凶手究竟是不是那个人呢？

在场的嫌疑人包括凌晓月在内共有五人，通过文中所给的线索，就能将其他嫌疑人依次排除，并推理出唯一的凶手。

那么，在这里再次重申本作的谜题：杀害李子涛的凶手是谁？

5

应凌晓月的要求，关于事件的推理只能在和宋警官独处的时候说明。后者也接受了这个要求。

一切都准备好后，由凌晓月开始了解释。

"将凶手锁定分别需要三个条件。

"第一，凶手必须能使用这件凶器。

"这个条件看起来多余，但实际上可以从两个角度来分析。使用这件凶器有两个必要性，其一，是能拿起这件凶器。包括我自己在内的五名嫌疑人之中，只有一人从生理上无法使用凶器。"

根据警方对现场的还原，凶手应该是用右手挥动凶器，将死者击倒并杀害的。而刘双江的右手在今天早上的时候骨折了，而且刚从医院回来，尚无法自由活动。因此可以通过这个条件来排除刘双江的嫌疑。

"其二，是知道这件凶器的存在。凶器是放在左侧书架里的镀金奖杯，而左侧书架的门是一块看不清内部的毛玻璃门。反过来说，对于初次造访这个家的人而言，是不会知道在左侧书架上有一个更合适的凶器的。如果真是访客杀人的话，更可能的凶器应该是那个放在外面的镀金相框吧。"

宋警官赞同地点点头。他之所以排除凌晓月的嫌疑，除了证实了她的能力之外，还有就是关于凶器的推理了。

那么剩下的嫌疑人就只有三个了——李星如、李月如和李晨曦。

她们恐怕是进了书房后，看到李子涛正在右侧的书架前找东西，自然地以拿东西为理由，打开了左侧的书架柜门。死者恐怕也没想到自己的女儿对自己有杀心吧，结果就这么被杀害了。

可是她们三个没有任何特殊性，难以用自身所具备的条件去排除。

"继续吧，后两个条件是什么？"

"第二，是死亡时间的确定。

"警方推断的死亡时间是晚上七点到九点，这是无可厚非的事实。但死亡时间还可以更加精确。

"一方面，死者今晚八点半计划要给一家公司的负责人打电话，可是我和刘双江打电话报警的时候，上一次通话记录是在七点多的时候，而且是拨出的。何况他本人也确实说过，他需要用房间里的座机来打电话，而手机一般是私人用途。因此，至少可以判断，在八点半之前，李子涛就已经遭遇了袭击。

"另一方面，是关于日记。

"日记中的天气是这样写的：晴，晚上转雨。也就是说在被攻击之前，他就已经写完了日记，至少写完了天气。而今天下雨的时间，我记得很清楚，是在八点左右。

"最后，根据警方的调查结果，从八点十五开始到八点半为止，由于李星如受到惊吓的关系，所有人都在一起，没有犯案的时间。而在八点左右，刘双江仍然在走廊上，这时候凶手也是不能犯案的。

"因此，死亡时间就限定在了晚上八点刘双江下楼之后，到八点十五分李星如受到惊吓的这个时间段内。"

宋警官拿出一本小本子，在上面画了一条时间轴，再将涉案的那三个嫌疑人的行动标注在上面。

看着眼前的时间轴，他发觉在这段时间里没有明确不在场证明的人有两个：李星如和她的姐姐。

与此同时，凌晓月继续往下分析。

"第三，是行凶的条件。

"行凶时，必须要保证现场只有死者一人才行，在场的所有人都不知道我在占卜时会进入耳不能听眼不能见的状态，因此如果我在的话，凶手必然不会贸然闯入。"

"这话是什么意思呢？"

"这话的意思是，在这三个人中，有人误会了李子涛的意思。她们在我和死者聊占卜事宜的时候闯入房间，被赶了出去。李子涛还说我会在这里进行占卜。他的本意应该是指这个家里，但联系当时的对话和我所在的位置，很难不产生误会。"

凌晓月的话刚说完，宋警官立马表示反对。

"可是没有证据证明她们两个产生了误会啊。"

"确实没有办法证实她们两个都产生了误会，但至少李星如本人确实是误会了。"

在凌晓月的提醒下，宋警官想起了那个插曲。

李星如去储藏室里找东西的时候，被正在占卜的凌晓月吓到了。李月如过来抱住她的时候，她还说过"占卜师姐姐应该在书房"这样的话。

也就是说，这个条件至少可以将李星如排除在外，留下李月如和李晨曦两人。

在以上三个条件的限定下，嫌疑人就只剩下唯一的一个了——在八点到八点半之间没有不在场证明，没有对占卜地点产生误会的人，同时也是被李星如和李晨曦排除在外的人——

"这么说，凶手，就是李月如！"

其实，在刚进屋子的时候，凌晓月就怀疑她们姐妹俩之间的关系是否不和了。

如果是李晨曦拿到了不同款式衣服的话，最多也就是想到姐姐喜欢的款式与妹妹们不一样而已，绝不会首先怀疑是不是姐妹间的关系出了问题。

可正是因为凌晓月看到的是另外的一幅场景——李星如与李晨曦正在试穿一样的新衣服，无时无刻不黏在一起，而李月如拿到的是却和她们的款式风格完全不同的另一件裙子——才让凌晓月首先想到李月如被疏远的可能性。

后面发生的事更是证明了她的猜想。

不过和顽固的李星如不同，李晨曦还是希望两人能和好的吧。

比如说在书房里，李星如说起占卜内容的时候，李晨曦特意进来，说是希望占卜李月如和李星如还能不能在一起。虽然后来被李星如抱怨之后就改了口，但她还是这么希望的吧。

根据警方调查得到的证词，李晨曦也曾暗示过桌游可以四人玩。这么做也是为了让李星如将她的姐姐月如也纳入考虑范围，让她一起来玩吧。

在那之后，李晨曦也再次说明了她们并非是故意排挤李月如的，而后者却仍然将原因归结在自己不合群身上。

可惜的是李星如很顽固，说是讨厌姐姐，就一直讨厌下去。两人的关系就一直陷入僵局，直到某个插曲的发生，让两人都意识到了，自己最需要的还是对方……

忽然，宋警官想到了一个问题。

"动机呢？排挤她的是她妹妹啊，要杀不也应该杀李星如？再不济，也是李晨曦抢了她的妹妹吧？轮不到妹妹也不会轮不到李晨曦吧？"

"心理上的问题我没办法给出解答，不过大概能猜到一点。"

"说来听听。"

"两人关系决裂应该是在第一次见李晨曦的那天，姐妹俩可能是产生了根本上的分歧——很可能是关于接不接受这个新姐姐。李星如的个性比较强，很可能就是从这时候开始，她就和李晨曦黏在一起了，不知道有没有故意装给李月如看的意思，但至少现在，两人的关系就好像她们才是双胞胎一样了。

"李月如之所以不会对李星如下手，是因为她对自己的妹妹太了解了，知道她的本性是怎样的，而且因为是同卵双生子的关系，从小一起长大，更加不忍心将仇恨的目标放在她身上了。

"或许曾经也有将仇恨转嫁到李晨曦身上的时候，可李晨曦在之后也偷偷和她联系，安慰她，这点也让李月如有些过意不去吧。另外还有一点就是，现在李星如和李晨曦也是很好的姐妹。失去了李晨曦的话，或许会间接地伤害李星如，处理不好的话，两人甚至真的会决裂。"

"等等等等！"宋警官连忙打断了她的话，"道理是有几分。难道你想说，李月如就因为气没处撒，就把后爸给杀了？"

"毕竟事情已经发生了，心里的不满肯定要找地方发泄。比起两个关系密切的姐妹，不太熟悉的后爸倒是更有可能吧。但仅仅因为这个就去杀人是不可能的，肯定还有别的导火索。恐怕是今天有件事和死者有关，而且彻底惹恼了李月如，才让她产生了杀人的冲动。

"而那个导火索，应该就是作为生日礼物的裙子。"

说到这里，宋警官也明白了。

之前不过是三个女儿之间的矛盾以及微妙的平衡罢了。可没想到就在今天，李子涛以生日礼物为名，将两套一样的新裙子送给了李星如和李晨曦，却将另一件不同的裙子给了李月如。这就像是有人给她们的关系宣判了结果，将李月如彻底踢出去了。

不过事到如今，是李子涛真的这么做了，还是李星如在转手的时候故意撒谎气姐姐，只有他们自己才知道吧。

宋警官终于开怀地笑了。他神清气爽地起身伸了个懒腰，就往门口走去了。之前他们就约好，由凌晓月告诉他真相后，再由他转述给其他人。

走到半路，他想起什么似的，又退了回来。

"我就不懂了，为啥要我转述啊？你干脆在大家面前直接说不就好了吗？电视里的侦探不都那样吗？"

可是凌晓月却不这样觉得。

被一群凶恶的警察围着，然后还要面对那些嫌疑人，说错了还要被人耻笑，在家里面壁半年。这种事情她是无论如何也不想去经历的。

"因为……我害怕。"

凌小灵，曾任复旦大学推理协会第七任会长，兴趣广泛的推理小说爱好者，认为推理小说创作应该是一个发散的过程，将"自由"作为推理小说创作的宗旨，笔下有数个风格迥异的系列推理作品。短篇推理小说《三色馆死亡陷阱》《永恒之剑》分别荣获第十四届和第十六届全国高校 BBS 侦探推理大赛"最佳谜题"；《转世》荣获第二届"连城杯"全国高校推理小说征文大赛一等奖，并收入《2019 年中国悬疑小说精选》；长篇推理小说《随机死亡》入围第七届岛田庄司推理小说奖决选。

研究

■ 晚清民国侦探小说中的『女侦探』／战玉冰 文

晚清民国侦探小说中的"女侦探"

战玉冰

　　侦探小说中的侦探似乎是一个专属于男性的职业。如果说世界侦探小说史上第一位男性侦探角色是爱伦·坡笔下的西·奥古斯特·杜宾（C. Auguste Dupin），首次出现在1841年的《莫格街凶杀案》中；第一位享誉全球的男性侦探是柯南·道尔塑造的夏洛克·福尔摩斯（Sherlock Holmes），自1887年《血字的研究》发表以来，几乎成为"侦探"这个职业的代名词；那么世界上第一位被广泛阅读和认知的女性侦探角色则要等到1930年，在阿加莎·克里斯蒂的小说《寓所谜案》中，简·马普尔小姐（Jane Marple）首次登场，后来成为"阿婆"笔下足以和赫尔克里·波洛（Hercule Poirot）比肩的经典侦探形象，而此后其他作家笔下的"女侦探"，无论从流传广度还是经典程度来看，也都少有能与之争锋者。

　　在中国早期侦探小说史上，诸如霍桑、鲁平、李飞、徐常云、宋梧奇、胡闲等一批最有名的侦探形象也通常是男性。在侦探这个职业中，"男女比例失调"的现象似乎再寻常不过。这背后的原因很复杂，比如当时中国侦探小说多模仿自西方福尔摩斯与亚森·罗苹两大系列，作者也就相应地将自己虚构的"东方福尔摩斯"或"东方亚森·罗苹"等侦探主角同样设定为男性。又比如早期侦探小说中的侦探多为"行动派"，四处奔走、乔装易容、抓捕罪犯、近身搏斗、街头枪战，甚至快艇追逐等情节都很常见，而在当时的侦探小说家们看来，这些工作似乎更适合安排一名男性角色来完成，其中渗透了某种微妙的"男性想象"。这也和后来马普尔小姐在一个相对封闭的乡村庄园中，坐在安乐椅上一边聊家常，一边打毛线，顺便推理破案的情节模式有很大不同。当然，这并非是说中国早期侦探小说中没有"女侦探"。在晚清民国时期的中国侦探小说作品中，"女侦探"虽然不多，但却有着多种不同的面貌与别样的风采，从马普尔小姐式的"安乐椅侦探"到"女华生"，再到女侠侦探或"女飞贼"侦探等等，不一而足。

吕侠的《中国女侦探》

如果细数中国最早的女性侦探形象，大概可以追溯至商务印书馆1907年（清光绪三十三年）出版发行的《中国女侦探》一书，这是一本文言短篇侦探小说集，内收小说三篇：《血帕》《白玉环》和《枯井石》。作者署名"阳湖吕侠"，经邬国义等学者考证，应为著名历史学家吕思勉无疑。更有趣的地方在于，吕思勉先生的这本侦探小说"少作"，不仅如书名所言，首创了"中国女侦探"（书中又称之为"中国之女歇洛克"）这一全新的人物形象，还直接塑造出了一批"中国女侦探"群像，换句话说，即小说中的女性近乎个个皆善推理，人人可为侦探。

整本《中国女侦探》的故事开始于黎采芙、锄芰、李薇园、凌绛英、秦捷真、慧真等一班闺阁姐妹在八月十五中秋小聚，大家一边"吸纸烟""嚼鲜果"，一边讲"奇案"故事，不想越讲越入迷，一直讲到后半夜，于是决定一起留宿、讲个通宵。而这晚所讲的故事，就是全书中的前两篇《血帕》和《白玉环》。一方面，这两个故事中涉及的女性多少都具有一些侦探才能：比如《血帕》中多亏县令的妻子提醒县令，这才发现了死者夹衣中的血书，最后揭露出整个案件的真相；而《白玉环》中更是全靠主人公长夫住在外地的姐姐卢姨娘及早掌握到了犯罪团伙的阴谋，才救下弟弟的身家性命，由此称小说中的县令妻子与卢姨娘为"女侦探"并不为过（按照小说中的说法，《血帕》是"犹妇人为构成之材料"，《白玉环》则是"以妇人为主动力者"）。另一方面，几位深夜讲故事的闺阁姐妹也都深谙侦探之道，她们在讲侦探故事的同时，也彼此间展开推理竞赛，既各逞机智才华，相互指出对方推理过程中的漏洞与不同的案件可能

吕侠《中国女侦探》封面

性,又时刻坚守有一分证据说一分话,不肯轻易下结论,因为她们深知"苟欲为侦探,则谨言其首务也,宁常恃喋喋利口,以自炫其所长邪"。

几位姐妹的侦探故事一直讲到天亮,而这时却真的发生了一起案件,"县学场郭宅被盗矣,所失甚巨,计数千金云"。于是几位姐妹从侦探故事的讲述者化身为真正的"女侦探",充分发挥她们从各种侦探故事中获得的侦探经验与才能,从失窃案查到通奸案,最后一举揭露出三条人命案的真相,这就是书中第三篇小说《枯井石》的主要情节内容。

总体上来说,《中国女侦探》中的几篇侦探小说多是通过作者故设迷雾,安排几条引人误入歧途的线索假象,然后再逐一推翻,找出真凶,让案情大白,一定程度上仍明显带有晚清时期公案小说与侦探小说的过渡性色彩,即小说里通过"无巧不成书"的方式构造"奇案"的痕迹较重,和同一时期《狄公案》《九命奇冤》等小说风格颇为相似。至于少年吕思勉为何会写这样一本侦探小说,一方面固然和晚清时期侦探小说的流行与畅销有关,按照小说林社主编徐念慈对自己旗下图书销售情况的粗略统计来看,"他肆我不知,即'小说林'之书计之,记侦探者最佳,约十之七八;记艳情者次之,约十之五六;记社会态度、记滑稽事实者又次之,约十之三四;而专写军事、冒险、科学、立志诸书为最下,十仅得一二也",足可见当时侦探小说受欢迎程度之高,而写作侦探小说或许也可以缓解吕思勉此时"家况益坏"的生活窘境;另一方面,吕思勉的这本《中国女侦探》也多少带有一点和西方侦探小说一较高下的"雄心",面对当时西方侦探小说涌入中国,人们谈侦探必言福尔摩斯的情况,吕思勉在小说中明确表示:"予叹曰:此等深奥曲折之案,虽使福而摩斯遇之,亦当束手,顾乃以一侨居异地、暂归故乡之女子探得之,谁谓华人之智力,不西人若哉?"其中透露出明显的民族主义意味。而在晚清的性别政治话语背景下,这句话所隐含的逻辑还在于,既然中国"女侦探"尚且如此能干,那么中国"男侦探"还会不如福尔摩斯吗?民族主义与性别政治就以这样一种奇怪的方式被扭结在了一起。

而在当时,还有不少以《女侦探》命

吕思勉(1884—1957)

名的小说，但却并不一定都是侦探小说，比如刘半农的《女侦探》(《小说海》第三卷第一期，1917年1月5日)虽名曰"侦探"，实则是一篇"虚无党小说"("虚无党"即今天所说的"无政府主义者")。其实，在清末民初，"虚无党小说"和"侦探小说"之间的界限在文类上并非那么泾渭分明。学者陈平原就曾指出"虚无党小说既有政治小说之理想高尚，又有侦探小说的情节紧张有趣——实际上其时好多人把虚无党小说和侦探小说混为一谈"，"如题为'虚无党小说'的《美人手》实为侦探小说；至于《虚无党真相》则又标为'侦探小说'"(《中国现代小说的起点：清末民初小说研究》)。

从"女华生"到"女福尔摩斯"

自从美剧《福尔摩斯：基本演绎法》于2012年播出以来，刘玉玲所饰演的女版华生形象就引起了不少讨论，支持者认为如此改编福尔摩斯够大胆、很具有突破性和创新性，反对者则觉得这样实在太胡来，并且有过分迎合性别政治正确的嫌疑。其实，早在民国时期的中国侦探小说中，"男福尔摩斯+女华生"的组合就已经出现了，甚至发展到上世纪四十年代，还曾一度出现过"女福尔摩斯+男华生"的侦探组合。

晚清民国时期的中国侦探小说多受柯南·道尔"福尔摩斯探案"系列的影响，其明证之一就是很多当时的中国侦探小说都采取了"福尔摩斯+华生"的侦探、助手组合模式，比如程小青的"霍桑探案"、张无诤的"徐常云探案"、王天恨的"康卜森探案"等。而在陆澹安的"李飞探案"系列小说中，侦探李飞一开始是独来独往的学生侦探形象，后来其成年结婚，妻子王韫玉（个别篇目写成"王韫珠""王蕴珠"）女士则成了李飞的"助手"，只不过王韫玉在丈夫李飞破案过程中一般很少表达自己的观点，其作为"华生"更多情况下只是充当了故事记录员的功能。比如在小说《古塔孤囚》开篇，作者即以王韫

陆澹安（1894—1980）

陆澹安《李飞探案集》，华斯比整理
北京联合出版公司，2021年3月版

艾珑"罗丝探案"系列
之《新婚大血案》封面

玉女士的口吻写到："我以前所记的几件案子，都是李飞亲口讲给我听的。我们俩在蜜月的期内，闲着没事，就借着这记载探案的一件事情，作为消遣。李飞讲一件，我便记一件。"

相比之下，在朱犀的"杨芷芳探案"系列小说中，侦探与助手之间的关系则更为复杂。一方面，类似于程小青笔下的"霍桑－包朗"、张无诤笔下的"徐常云－龚仁之"，朱犀也安排了一个"杨芷芳－吴紫云"的侦探助手组合；另一方面，朱犀还在小说中专门为助手吴紫云设计了一个妻子——励操。其实，在"福尔摩斯探案"中，助手华生也有自己的妻子，即在《四签名》中登场的玛丽·摩斯坦。只不过玛丽·摩斯坦在小说中从最开始的委托人和被保护者到后来成为华生的妻子，并不参与到案件侦破与推理的过程之中。朱犀笔下助手吴紫云的爱侣励操则最终成为参与和见证杨芷芳探案的另一位重要辅助性人物，即"杨芷芳探案"可以说是采取了"侦探+双助手（一对夫妻）"的组合模式，也因此在原有福尔摩斯系列小说的基础上，成功植入了言情小说的部分类型元素和特征。

民国侦探小说发展到一九四〇年代，出现了另外两个颇有特色的"女侦探"

形象，即长川"叶黄夫妇探案"中的妻子黄雪薇和艾珑"罗丝探案"中的妹妹罗丝。更有趣的地方在于，这两个侦探小说系列都采取了"双侦探"的模式，"叶黄夫妇探案"中是丈夫叶志雄和妻子黄雪薇，其中叶志雄被设定为警察、干练、勇武、随身配枪，是警界的一名得力干将，黄雪薇则由于爱读侦探小说（小说中明确写道："她对于柯南·道尔的《福尔摩斯探案》发生了浓厚的兴趣。"）而渐渐成长为一名私人侦探家。而在具体处理案件的过程中，长川一反中国传统故事里"夫唱妇随"的基本模式，而是让妻子黄雪薇表露出了更多的侦探才华（如《一把菜刀》《怪信》等），并

长川"叶黄夫妇探案"系列之《怪信》书影

且有意无意间将黄雪薇的这种侦探才华和女性的纤细、敏感、善于观察等特点联系在一起（如《翡翠花瓶》）。类似的，艾珑"罗丝探案"中哥哥罗文与妹妹罗丝则是一对兄妹侦探组合，不过二人中更有才能的其实是妹妹，因此整个系列小说才取名为"罗丝探案"。而该系列小说的基本情节模式也多是哥哥罗文率先做出煞有介事的推理和"伪解答"，而后妹妹罗丝指出其中的漏洞，并做出正确的推理直至案件告破。甚至在破案过程中，哥哥罗文也经常忍不住请教罗丝："妹妹，你的观察怎样？可有什么独特的见解？"如果我们将这一时期颇为流行的"双侦探"模式也视为"福尔摩斯+华生"组合的某种变形（其实说是"双侦探"，但两名侦探的破案能力及其在小说中的地位显然是不均衡的），那么"叶黄夫妇探案"与"罗丝探案"则无疑采取了在当时看来更为大胆的"女福尔摩斯+男华生"的小说主人公组合。

此外，仍值得补充讨论的细节有二：一是在男女侦探助手的人物组合中，男女之间的关系多为夫妻，或者兄妹。这或许是因为在"福尔摩斯+华生"这一人物组合中，助手华生既是侦探破案的好帮手，又是事后整个案件的记录员和讲述者，因而需要经常和侦探保持同进同出，甚至同吃同住，而将"女华生"直接设定为"男侦探"的妻子（王韫玉、黄雪薇）、妹妹（罗丝），或侦探

309

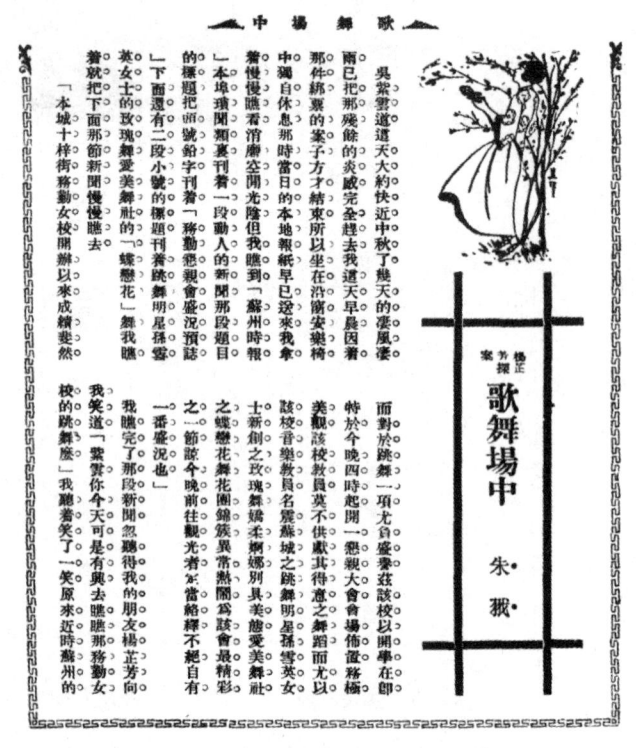

朱狱"杨芷芳探案"系列之《歌舞场中》书影

助手的妻子（励操）显然有着情节叙述上的便利性；二是从二十世纪二十年代陆澹安的"李飞探案"、朱狱的"杨芷芳探案"到四十年代长川的"叶黄夫妇探案"和艾珑的"罗丝探案"，我们似乎能隐约看到一条从作为案情记录员的"女华生"到作为破案主力的"女福尔摩斯"的小说人物性别地位发展线索。但需要注意的是，这种变化并不能简单归因为中国女性地位的崛起或女权主义的胜利，因为我们实在很难说二十世纪四十年代中国上海的女性地位比二十年代要高出多少，尤其还是体现在侦探小说这种通俗流行读物之中。这里小说女性人物地位的上升更多应该归因到侦探小说文类自身的发展，简而言之，即在读者们看多了"男福尔摩斯+男华生"之后，也希望侦探小说作品能够不断有所翻新，于是各种性别改写的尝试就相应产生了。因此，二十世纪四十年代黄雪薇和罗丝等女侦探形象的出现更多是出于一种侦探小说自身"翻新"的需求和对于读者阅读趣味的满足，而非作者有着更进步的性别政治观念。此外，这一时期"女侦探"的流行或许也多少受到西方侦探小说中陆续出现的一批女性侦探角色的影响。

从上海到香港："女飞贼黄莺之故事"

在民国侦探小说中，除了模仿"福尔摩斯探案"系列之外，效法勒布朗"侠盗亚森·罗苹"系列小说的作家和作品也为数不少，且自成一脉，比如张碧梧、吴克洲、何朴斋、柳村任、孙了红都有过这方面的创作,而在这些名为"东方亚森·罗苹"的系列小说中,鲁平或鲁宾们往往是"独行侠",偶尔需要党羽帮忙,其中也绝没有女性角色,甚至鲁平们所遭遇到的女性也多是有待拯救的柔弱女子,或是让人不寒而栗的"蛇蝎女郎"。而说起"东方亚森·罗苹"系列小说之所以能在民国侦探小说读者中广受欢迎,一方面自然是因为其中人物的风采、情节的曲折、故事的惊险以及逞强扶弱的"痛快",而这些元素在勒布朗的小说原作中已经基本齐备;另一方面,"东方亚森·罗苹"系列小说又在某种程度上和中国古代"侠盗"故事不期而遇,被称为"胠箧之王"的亚森·罗苹本人大概也可以和明代话本小说中的宋四公、"我来也"、"一枝梅"懒龙等"侠盗"形象视为同一脉络下的人物来看待。而在这一西方侦探小说(勒布朗"亚森·罗苹传统")与中国武侠小说("侠盗"人物形象序列)的交会点上,我们才能够更清楚地来定位和讨论一九四〇年代曾经一度风靡上海,后来对香港通俗文化影响至深的郑小平的"女飞贼黄莺之故事"。该小说系列虽然明显带有传统"侠盗"型武侠小说的影子,但同时也延续了"东方亚森·罗苹"系列小说的某些特征,甚至我们可以将"女飞贼黄莺"认为是"女版东方亚森·罗苹",从而考察其主人公形象特征与文本流变。

在"女飞贼黄莺之故事"系列的首篇小说《黄莺出谷》中,黄莺与白鸽、绿燕、紫鹊、黑鸦、灰雀等一班姐妹在卢九妈的"飞贼学校"中接受特别训练,学成出山,走向社会,惩强扶弱,俨然沿袭了武侠小说中"学成下山"与"行走江湖"的情节套路。不过这篇小说不同于当时一般武侠

郑小平"女飞贼黄莺"系列之《黄莺出谷》书影

小说的地方在于，其并不注重渲染主人公武功超群，反而是极力想通过尽可能"科学"的描述，给读者留下普通人"受有特殊长期训练，也许可以试一试"的印象。比如在黄莺"翻身上墙"的描写中，作者就特别通过西方跳高的助跑、借势等体育术语将传统武侠小说中的"轻功"知识化、去魅化。与此同时，这篇小说也巧设悬念，通过一个"真假黄莺"的身份诡计来推动情节发展的一波三折。由此，"女飞贼黄莺之故事"有别于一般武侠小说，而更接近于"东方亚森·罗苹"一类的"侠盗型"侦探小说。

"女飞贼黄莺之故事"首刊于1948-1949年上海的《蓝皮书》杂志上，共有《黄莺出谷》《除奸记》《一〇八突击队》《铁骑下的春宵》《二个问题人物》《陷阱》《三个女间谍》《川岛芳子的踪迹》《血红色之笔》九篇作品，整个故事从黄莺惩治为富不仁的"米蛀虫"到智斗国际间谍，暗含着从侠盗侦探故事向间谍题材转型的趋势，这一点也和同一时期孙了红的"侠盗鲁平奇案"有着极为相似的发展演变轨迹（"侠盗鲁平"也从在《三十三号屋》中对付囤积居奇、大发国难财的"米蛀虫"到后来在《蓝色响尾蛇》中大战日本女间谍黎亚男）。

1949年以后，《蓝皮书》杂志随着其资方环球图书杂志公司一起南迁至香港，"女飞贼黄莺之故事"也随之一并南下。在香港，不仅"女飞贼黄莺之故事"中《除奸记》《两个问题人物》《三个女间谍》《血红色之笔》等当初刊载于上海《蓝皮书》杂志上的作品纷纷以单行本形式出版，而且还出现了《三姨太的密室》《龙争虎斗》《紫色墨水之秘密》《无敌霸王》《黄毛怪人》《白花蛇》《神秘俱乐部》《狐群狗党》《魔爪》《最后的宴会》《烟雾里的玫瑰》《死亡边缘》等一批庞大"续作"系列，其中《龙争虎斗》《黄毛怪人》《死亡边缘》等还相继被改编为电影上映，甚至直接影响到香港后来"珍姐邦"电影（The Jane Bond Films）的类型产生与发展（即"女性邦德"题材），发展势头一时无二。

最后，值得捎带一提的作品还有

郑小平"女飞贼黄莺"系列之《龙争虎斗》封面

严阵秋的短篇侦探小说集《女侠侦探》（上海国华书局，1929年8月）。书中共收录了十九个侦探故事，主要讲述了女侦探棠瑛所侦破的一系列案件。不过这本名为"女侠侦探"的小说集其实有些"名不副实"，书中并没有什么"女侠"形象，主角棠瑛只不过是一名闺阁"女侦探"。其所具备的技能主要有二：一是"善观人意，一言之细，一举之微，在常儿视之毫无关系，而棠瑛则以为自有至理，一加考察，便能明白"；二是她善于乔装打扮，经常扮作公子、老妇或道姑等各类形象前去打探情报。至于其所侦破的案件，也多是围绕在她个人生活周边的盗窃案或谋杀案，人物关系不脱亲友仆役之流。再加之小说以文言写就（这在1930年代的民国侦探小说中也算另类），大概可以视为对吕思勉《中国女侦探》传统的某种继承和延续。如果我们将这本书和郑小平的"女飞贼黄莺之故事"对比来看，会发现其中颇为有趣或说吊诡的地方在于，名为"女侠"的侦探小说中其实并没有出现真的"女侠"（我们一般所理解的"女侠"多少要会一点武功，以及

香港出版的"女飞贼黄莺故事"（部分）单行本存目一览

做一些行侠仗义的行为），而名为"女飞贼"的小说却活灵活现地刻画出了让一代代上海及香港读者难忘的"女侠"形象。何为侠？何为贼？这种小说名实之间的错位或许也在一定程度上反映出了当时两地市民读者对于社会现实的不满以及对正义的想象。

从少年吕思勉带有民族主义与性别政治想象的《中国女侦探》开始；历经从上世纪二十年代陆澹安的"李飞探案"、朱狱的"杨芷芳探案"到四十年代长川的"叶黄夫妇探案"和艾珑的"罗丝探案"的"女华生"到"女福尔摩斯"的演变轨迹；再到1948年诞生于上海，却在一九五〇年代以后风靡香港大众读

313

者市场的"女飞贼黄莺之故事"……晚清民国侦探小说中的"女侦探"形象虽不如男性侦探数量众多,但仍几乎遍布了当时中国侦探小说的所有"子类型",如公案侦探过渡性小说、仿福尔摩斯系列小说、仿亚森·罗苹系列小说等等。且这些小说中的"女侦探",无论是深情如励操、娴静如黄雪薇,还是俏皮如罗丝、果敢如黄莺,都是各具魅力、别有风姿,在中国名侦探的星河中不让须眉,熠熠生辉。

战玉冰,文学博士、博士后,复旦大学中文系青年副研究员,上海市作家协会会员。主要研究方向为:类型文学与电影、数字人文等。在《学术月刊》《中国现代文学研究丛刊》《中国比较文学》等刊物发表学术论文多篇。著有《现代与正义:晚清民国侦探小说研究》《民国侦探小说史论(1912—1949)》(即出)。

第六届牧神计划·新主义悬疑文学大赛

【中短篇组】开始征稿

（截止日期：2023年6月30日）

参赛作品，仅限中短篇小说（字数2-3万字为宜，上限不宜超过5万字），需选择以下主题进行创作，单篇作品也可同时符合多个主题的要求。具体主题如下：

①日常之谜
②历史推理
③设定系（含科幻推理、奇幻推理）
④密室推理
⑤幽默推理
⑥倒叙推理
⑦叙述性诡计
⑧发生在火车上的推理故事

入围作品将与牧神文化签约，并于推理主题MOOK《谜托邦》首发，稿酬千字100-120元，优稿优酬。最终获奖作品将从入围作品中选出，并额外发放奖金（获奖作品的稿酬差价也将另行补足）。

奖项设置

一等奖1500元（不超过1名，视具体情况而定，对应上刊稿酬千字150元）
二等奖1200元（不超过2名，视具体情况而定，对应上刊稿酬千字120元）
三等奖1000元（不超过3名，视具体情况而定，对应上刊稿酬千字100元）

投稿格式要求

1. 参赛者一律以附件方式，发送稿件至：mushenjihua@mushen.net.cn
2. 参赛者投稿时，邮件标题格式需统一为【第六届牧神计划（中短篇组）投稿】+【作者】+【作品题目】+【作品字数】+【主题编号】，否则将不被视为参赛稿件。
3. 参赛作品需附带作者个人简介（包括笔名、本名等）和联系方式（包括但不限于：QQ、微博、微信、豆瓣等），以方便后续联系。

图书在版编目（CIP）数据

中国女侦探 / 华斯比主编． — 北京 ： 北京联合出版公司，2022.12
（谜托邦）
ISBN 978-7-5596-6532-4

Ⅰ．①中… Ⅱ．①华… Ⅲ．①推理小说-小说集-中国-当代 Ⅳ．① I247.7

中国版本图书馆 CIP 数据核字（2022）第 202626 号

谜托邦・中国女侦探

主　　编：华斯比
出 品 人：赵红仕
策　　划：牧神文化
责任编辑：李艳芬
特约编辑：华斯比
美术编辑：陈雪莲　王　川
绘　　图：Million

北京联合出版公司出版
（北京市西城区德外大街83号楼9层　100088）
北京联合天畅文化传播公司发行
上海盛通时代印刷有限公司印刷　新华书店经销
字数 353 千字　720 毫米 ×1000 毫米　1/16　20.375 印张
2022 年 12 月第 1 版　2022 年 12 月第 1 次印刷
ISBN 978-7-5596-6532-4
定价：79.00 元

版权所有，侵权必究
未经许可，不得以任何方式复制或抄袭本书部分或全部内容
本书若有质量问题，请与本公司图书销售中心联系调换。
电话：010-65868657　010-64258472-800